글누림한국·문학전집

이해조

이해조 작품선

최찬식

최찬식 작품선

책임편집 · 해설 – 김석봉

문학평론가. 울산대학교 국어국문학부 교수.

대표 저서로『신소설의 대중성 연구』등이 있다.

표지 그림 – 인강 신은숙(仁江. 硯田)

철학박사(성균관대학교. 미학 전공) / 한국서가협회 초대작가 및 심사위원역임. 시인.

글누림한국문학전집 3

이해조 이해조 작품선

최찬식 최찬식 작품선

초판발행 2011년 6월 10일

지 은 이 이해조 · 최찬식
펴 낸 이 최종숙
펴 낸 곳 글누림출판사

진   행 이태곤
책임편집 오수경
편   집 임애정
디 자 인 이홍주 안혜진
마 케 팅 문택주

주   소 서울시 서초구 반포4동 577-25 문창빌딩 2층(137-807)
전   화 02-3409-2055(대표), 2058(영업), 2060(편집)
팩   스 02-3409-2059
전자메일 nurim3888@hanmail.net
홈페이지 www.geulnurim.co.kr
등록번호 제303-2005-000038호(2005.10.5)

정가 12,000원
ISBN 978-89-6327-119-4 04810
ISBN 978-89-6327-116-3(세트)

출력 · 안문화사 인쇄 · 한교원색 제책 · 동신제책사 용지 · 화인페이퍼

누림
국문학전집

03

이해조

자유종 / 화의 혈 / 구마검

최찬식

추월색

책임편집 **김석봉**

| 간 행 사 |

'글누림한국문학전집'을 새롭게 간행하며

　세계의 유수한 고전적 저작들의 목록 절반 이상이 소설이라는 것은 놀라운 일도 이상한 일도 아니다. 잘 짜인 한 편의 이야기인 소설은 사회가 지향하는 꿈과 소망을 고스란히 담고 있다. 소설을 언어로 직조한 시대의 세밀한 풍경화라고 하는 말은 그래서 가능하다. 소설이 그 짧은 역사에도 불구하고 인류 문화의 벗으로 자리 잡을 수 있었던 것도 이러한 특성과 무관하지 않다.

　시대의 격랑 속에 한치 앞도 전망할 수 없는 오늘날의 개인은 소설 속에 담긴 과거의 시공간과 만나면서 인간의 보편성을 확인하고 자신의 개별성을 확장하는 정서적 체험을 하게 된다. 소설과의 만남은 단지 즐거운 독서 체험에 그치는 것이 아니라, 가치의 기준과 삶의 저변을 확장하는 문화의 실천인 것이다.

　'글누림한국문학전집'이 지향하는 기획 의도는 다음과 같다.

　첫째, 이 기획은 문학교육 전문가들과 대학에서 문학을 강의하는 전공 교수들의 조언을 받아 이루어졌으며, 근대 초기로부터 한국전쟁 이전의 소설 중에서 특히 문학적 검증이 끝난, 이른바 정전(canon)에 해당하는 작품들을 중심으로 구성되었다. 정전이란 한 시대의 표준적 규범을 뜻하는 말로, 문학 정전이란 현대문학사에서 누구나 인정하는 성과와 질을 담보한 불후의 명작들을 의미한다. 이 전집을 통해서 근대 초기 이후 지금까지 삶의 이면을 관류하는 문학의 근원적 가치와 이념을 확인할 수 있을 것이다.

둘째, 이 기획은 교양과목을 수강하는 대학생과 시험을 앞둔 수험생, 풍요로운 삶을 소망하는 일반 독자들에게 작가와 작품, 작품의 배경이 된 당대 현실에 대한 이해를 돕는 교양서로 기능하도록 배려하였다. 수록 작품들은 본래의 의미를 최대한 존중하면서 다양한 이본들을 발표, 원문과 일일이 대조하면서 현대식으로 표기하였고, 박사과정 재학 이상의 국문학 전공자의 교정 및 교열 작업을 거쳐 모범적인 판본을 만들었다.

현재 우리 소설의 역사는 1백 년을 넘어서 새로운 전통을 쌓아가고 있다. 우리 소설들에는 우리 선조들이 고심했던 역사와 풍속, 삶의 내밀한 관심과 즐거움이 한데 녹아 있다. 독자들은 소설과의 만남을 통해 우리의 문화가 이룩해온 정체성을 확인하고 상상하는 즐거움을 만끽할 수 있을 것이다.

'글누림한국문학전집'이 21세기의 젊은 독자들에게 새로운 독서 체험을 제공해 주고 동시에 삶의 풍부한 자양분 역할을 하기를 희망한다.

글누림한국문학전집 간행위원회

차 례
Contents

이해조 작품선

자유종 自由鐘

천지간 만물 중에 동물 되기 희한하고, 천만 가지 동물 중에 사람 되기 극난하다. 그같이 희한하고 그같이 극난한 동물 중 사람이 되어 압제를 받아 자유를 잃게 되면 하늘이 주신 사람의 직분을 지키지 못함이어늘, 하물며 사람 사이에 여자 되어 남자의 압제를 받아 자유를 빼앗기면 어찌 희한코 극난한 동물 중 사람의 권리를 스스로 버림이 아니라 하리오.

여보, 여러분, 나는 옛날 태평 시대에 *숙부인까지 바쳤더니 지금은 가련한 민족 중의 한 몸이 된 신설헌이올시다. 오늘 이매경 씨 생신에 청첩을 인하여 왔더니 마침 홍국란 씨와 강금운 씨와 그 외 여러 귀중하신 부인들이 *만좌하셨으니 두어 말씀하오리다.

이전 같으면 오늘 이러한 잔치에 취하고 배부르면 무슨 걱정 있으리까마는, 지금 시대가 어떠한 시대며 우리 *인족은 어떠한 인족이오? 내 말이 연설 *체격과 흡사하나 우리 규중 여자도 결코 모를 일이 아니올시다.

일본도 삼십 년 전 형편이 우리나라보다 *우심하여 혹 천하대세라 혹 자국전도라 말하는 자는, 미친 자라 *괴악한 사람이라 지목하고 인류로 치지 않더니, 점점 연설이 크게 열리매 전도하는 교인같이 거리거리 떠드나니 국가 형편이요, 부르나니 민족 *사세라, 이삼 인 *모꼬지라도 술잔을 대하기 전에 소회를 말하고 마시니, 전국 남녀들이 십여 년을 한담도 끊고 잡담도 끊고 *언필칭 국가라 민족이라 하더니, 지금 동양에 제일 제이 되는 일대 강국이 되었습니다.

오늘 우리나라는 어떠한 비참지경이오? 세월은 물같이 흘러가고 풍조는 날로 닥치는데, 우리 비록 아홉 폭 치마는 둘렀으나 오늘만도 더 못한 지경을 또 당하면 *상전벽해가 눈결에 될지라. 하늘을 부르면 대답이 있나, 부모를 부르면 능력이 있나, 가장을 부르면 무슨 방책이 있나, *고대광실 뉘가 들며 *금의옥식 내 것인가? 이 지경이 이마에 당도했소. 우리 삼사 인이 모였든지 오륙 인이 모였든지 어찌 *심상한 말로 좋은 음식을 먹으리까? *승평무사할 때에도 *유의유식은 금법이어든 이 시대에 두 눈과 두 귀가 남과 같이 총명한 사람이 어찌 국가 의식만 *축내리까? 우리 재미있게 학리상으로 토론하여 이 날을 보냅시다.

(매경) "*절당 절당하오이다. 오늘이 참 어떠한 시대요? 이 같은 *수

참하고 통곡할 시대에 나 같은 *요마한 여자의 생일잔치가 왜 있겠소마는 변변치 못한 술잔으로 여러분을 청하기는 심히 부끄럽고 죄송하나 본의인즉 첫째는 여러분 만나 뵈옵기를 위하고, 둘째는 좋은 말씀을 듣고자 함이올시다. 남자들은 자주 상종하여 지식을 교환하지마는 우리 여자는 한번 만나기 *졸연하오니잇가, *『예기』에 가로되, 여자는 안에 있어 밖의 일을 말하지 말라 하였고, *『시전』에 가로되 오직 술과 밥을 마땅히 할 뿐이라 하였기로 *층암절벽 같은 네 기둥 안에서 나고 자라고 늙었으니, 비록 *사마자장의 재주 있을지라도 보고 듣는 것이 있어야 아는 것이 있지요.

이러므로 신체 연약하고 지각이 몽매하여 쌀이 무슨 나무에 열리는지, 도미를 어느 산에서 잡는지 모르고, 다만 가장의 비위만 맞춰, 앉으라면 앉고 서라면 서니, *진소위 밥 먹는 *안석이요, 옷 입은 *퇴침이라, 어찌 인류라 칭하리까? 그러나 그는 오히려 *현철한 부인이라, *행검 있는 부인이라 하겠지마는, 성품이 괴악하고 행실이 불미하여 *시앗에 *투기하기, 친척에 이간하기, 무당 불러 굿하기, 절에 가서 불공하기, *제반악증은 소위 대갓집 부인이 더합디다. 가도가 무너지고 *수욕이 *자심하니 이것이 제 한 집안일인 듯하나 그 영향이 실로 전국에 미치니 어찌 한심치 않으리까?

그런 부인이 생산도 잘 못하고 혹 생산하더라도 어찌 쓸 자식을 낳으리오. 태내 교육부터 가정교육까지 없으니 제가 *생지의 바탕이 아닌 바에 *맹모의 삼천하시던 교육이 없이 무슨 사람이 되리오. 그러나 재상도 그 자제이요 *관찰·군수도 그 자제니 국가의 정치가 무엇인지, 법률이 무엇인지 어찌 알겠소? 우리 비록 여자나 무식을 면치 못함을 항상 한탄하더니, 다행히 오늘 여러분 *고명하신 부인께서 왕림하여 좋은 말씀을 들려주시니 대단히 기꺼운 일이올시다.”

(설헌) “변변치 못한 *구변이나 내 먼저 말씀하오리다. 우리 대한의 정계가 부패함도 학문 없는 연고요, 민족의 부패함도 학문 없는 연고요, 우리 여자도 학문 없는 연고로 기천 년 금수 대우를 받았으니 우리나라에도 제일 급한 것이 학문이요, 우리 여자 사회도 제일 급한 것이 학문인즉 학문 말씀을 먼저 하겠소 우리 이천만 민족 중에 일천만 남자들은 응당 고명한 학교를 졸업하여 정치, 법률, *군제, 농, 상, 공 등 만 가지 사업이 족하겠지마는, 우리 일천만 여자들은 학문이 무엇인지 도무지 모르고 유의유식으로 남자만 의뢰하여 먹고 입으려 하니 국세가 어찌 빈약치 아니하겠소? 옛말에, ‘백지장도 맞들어야 가볍다’ 하였으니 우리 일천만 여자도 일천만 남자의 사업을 백지장과 같이 거들었으면 백 년에 할 일을 오십 년에 할 것이요, 십 년에 할 일을 다섯 해면 할 것이니 그 이익이 어떠하뇨? 나라의 독립도 거기 있고 인민의 자유도 거기 있소

세계 문명국 사람들은 남녀의 학문과 *기예가 차등이 없고, 여자가 남자보다 해산하는 재주 한 가지가 더하다 하며, 혹 전쟁이 있어 남자가 다 죽어도 겨우 반구비라 하니, 그 여자의 창법 검술까지 *통투함을 가히 알겠도다.

사람마다 대성인 *공부자 아니거든 어찌 *생이지지하리요. *법국 파리대학교에서 토론회를 열매, 가편은 사람을 가르치지 못하면 금수와 같다 하고, 부편은 사람이 천생 한 성질이니 비록 가르치지 아니할지라도 어찌 금수와 같으리오 하여 경쟁이 대단하되 귀결치 못하였더니, 학도들이 실지를 시험코자 하여 무부모한 아이들을 사다가 *심산궁곡에 집 둘을 짓되 네 벽을 다 막고 문 하나만 뚫어 음식과 대소변을 통하게 하고 그 아이를 각각 그 속에서 기를 새, 칠팔 년이 된 후 그 아이를 학교로 데려오니 제가 평생에 사람 많은 것을 보지 못하다가 육칠 층 양옥에 인산인해 됨을 보고 크게 놀라 서로 돌아보며 하나는 꼬꼬댁꼬꼬댁하고 하나는 끼익끼익하니, 이는 다름 아니라 제 집에 아무것도 없고, 다만 닭과 돼지만 있는데, 닭이 놀라면 꼬꼬댁하고 돼지가 놀라면 끼익끼익하는 고로 그 아이가 지금 놀라운 일을 보고, 그 소리가 각각 본 대로 난 것이니 그것도 닭과 돼지의 교육을 받음이라. 학생들이 이것을 본 후에 사람을 가르치지 아니하면 금수와 다름없음을 깨달아 가편이 *득승하였다 하니, 이로 보건대 우리 여자가 그와 다름이 무엇이오? *일용범절에 여간 안다는 것이 저 아이의 꼬꼬댁, 끼익보다 얼마나 낫소이까? 우리 여자가 기천 년을 *암매하고 비참한 경우에 빠져 있었으니 이렇고야 자유권이니 자강력이니 세상에 있는 줄이나 알겠소? 일생에 생사고락이 다 남자 압제 아래 있어, 말하는 *제웅과 숨쉬는 송장을 면치 못하니 옛 성인의 *법제가 어찌 이러하겠소. 『예기』에도 여인 스승이 있고 유모를 택한다 하였고, *『소학』에도 여자 교육이 첫 편이니 어찌 우리나라 여자 같은 *자고송이 있단 말이오?

우리나라 남자들이 아무리 정치가 밝다 하나 여자에게는 대단히 *적악하였고, 법률이 밝다 하나 여자에게는 대단히 득죄하였습니다. 우리는 기왕이라 말할 것 없거니와 후생이나 불가불 교육을 잘 하여야 할 터인데 권리 있는 남자들은 꿈도 깨지 못하니 답답하오. 남자들 마음에는 아들만 귀하고 딸은 귀치 아니한지 일분자라도 귀한 생각이 있으면 *사지오관이 구비한 자식을 어찌 차마 금수와 같이 길러 이 같은 고해에 빠지게 하는고? 그 아들 가르치는 법도 별수는 없습디다. *『사략』, *『통감』으로 제 일등 교과서를 삼으니 자국정신은 간데없고 중국 혼만 길러서 언필칭 *『좌전』이라 *『강목』이라 하여 남의 나라 기천 년 흥망성쇠만 의논하고 내 나라 빈부강약은 꿈도 아니 꾸다가 오늘 이 지경을 하였소.

이태리국 역비다산에 올차학이라는 구멍이 있어 해수로 통하였더니 홀연 산이 무너져 구멍 어구가 막힌지라. 그 속이 칠야같이 캄캄한데 본래 있던 고기들이 나오지 못하고 수백 년을 생장하여 눈이 있으나 쓸 곳이 없더니, 어구의 막혔던 흙이 해마다 바닷물에 패어가며 *일조에 *굼기 도로 열리매, 밖의 고기가 들어와 수없이 잡아먹되, 그 안에 있던 고기는 눈을 멀뚱멀뚱 뜨고도 저 해하려는 것을 전연 모르고 절로 밀려 어구 밖을 혹 나왔으나 못 보던 눈이 졸지에 태양을 당하매 현기가 나며 정신이 없어 어릿어릿하더라 하니, 그와 같이 대문·중문 꽉꽉 닫고 밖에 눈이 오는지 비가 오는지 도무지 알지 못하고 살던 우리나라 이왕 교육은 올차학 교육이라 할 만하니 그 교육받은 남자들이 무슨 정신으로 우리 정치를 생각하겠소? 우리 여자의 말이 쓸데없을 듯하나 자국의 정신으로 하는 말이니, 오히려 만국공사의 헛담판보다 낫습니다. 여러분 부인들은 대한 여자 교육계의 별방침을 연구하시오.”

(금운) “여보, 설헌 씨는 학문 설명을 자세히 하셨으나 그 성질과 형편이 그래도 미진한 곳이 있습니다.

우리나라 지식을 보통케 하려면 그 소위 무슨 변에 무슨 자, 무슨 아래 무슨 자라는, 옛날 상전으로 알던 중국 글을 폐지하여야 필요하겠소. 대저 글이라 하는 것은 말과 소와 같아서 그 나라의 *범백정신을 실어두나니, 우리나라 소위 한문은 곧 *지나의 말과 소라. 다만 지나의 정신만 실었으니 우리나라 사람이야 평생을 끌고 당긴들 무슨 이익이 있겠소? 그런 중에 그 말과 소가 대단히 사나워 좀체 사람은 끌지 못하오.

그 글은 졸업기한이 없고 일평생을 읽을지라도 *이태백, *한퇴지는 못 되며, 혹 상등으로 총명한 자가 물 쥐어 먹고 십 년 이십 년을 읽어서 *실재라, *거벽이라 하여 눈앞에 영웅이 없고, 세상이 돈짝만 하여 내가 내노라고 도리질치더라도 그 사람더러 정치를 물으면 모른다, 법률을 물으면 모른다, 철학, 화학, 이학을 물으면 모르노라, 농학, 상학, 공학을 물으면 모르노라. 그러면 우리 대종교 공부자 도학의 성질은 어떠하냐 묻게 되면, 그 신성하신 진리는 모르고 다만 아노라 하는 것은, '공자님은 꿇어앉으셨지', '공자님은 *광수의 입으셨지' 하여 가장 *도통을 이은 듯이 여기니, 다만 광수의만 입고 꿇어만 앉았으면 사람마다 천만 년 종교 *부자가 되오리까?

공자님은 춤도 추시고, 노래도 하시고, 풍류도 하시고, 선배도 되시고, *문장도 되시고, 장수가 되셔도 가하고, 정승이 되셔도 가하고, 천자도 가히 되실 신성하신 우리 공부자님을, 어찌하여 속은 컴컴하고 외양만 번주그레한 위인들이 광수의만 입고 꿇어만 앉아 공자님 도학이 이뿐이라 하여 *고담준론을 하면서 이렇게 하여야 집을 보존하고 *인군을 섬긴다 하여 자기 자손뿐 아니라 남의 자제까지 *연골에 버려 골생원님이 되게 하니, 그런 자들은 종교에 *난적이요, 교육에 *공적이라 공자님께서 대단히 욕보셨소. 설사 공자님이 생존하셨을지라도 오히려 북을 울려 그자들을 벌하셨으리다.

그만도 못한, 승부꾼이라 일차꾼이라 하는 자는 천시도 모르고, 지리도 모르고, 다만 *의취 없는 강남 풍월한 다년이라. 뜻도 모르는 것은 원코 형코라 하여 국가의 수용하는 인재 노릇을 하였으니 그렇고야 어찌 나라가 이 지경이 아니 되겠소?

대체 글을 무엇에 쓰자고 읽소? 사리를 통하려고 읽는 것인데 내 나라 *지지와 역사를 모르고서 *제갈량전과 *비사맥전을 천만 번이나 읽은들 현금 비참한 지경을 면하겠소? 일본 학교 교과서를 보시오. 소학교 교과하는 것은 당초에 대한이라 청국이라는 말도 없이 다

만 자국 인물이 어떠하고 자국 지리가 어떠하다 하여 자국 정신이
굳은 후에 비로소 만국 역사와 만국 지지를 가르치니, 그런고로 무론
남녀하고 자국의 보통 지식 없는 자가 없어 오늘날 저러한 큰 세력
을 얻어 나라의 영광을 내었소

우리나라 남자들은 거룩하고 고명한 학문이 있는 듯하나 우리 여
자사회에야 그 썩고 냄새나는 천지현황 글자나 아는 사람이 몇이나
되오? 남자들도 응당 귀도 있고 눈도 있으리니, 타국 남자와 같이 학
문을 힘쓰려니와 우리 여자도 타국 여자와 같이 지식이 있어야 우리
대한 삼천리 강토도 보전하고, 우리 여자 누백 년 금수도 면하리니,
지식을 넓히려면 하필 어렵고 어려운 십 년 이십 년 배워도 천치를
면치 못할 학문이 쓸데 있소? 불가불 자국 교과를 힘써야 되겠다 합
니다.”

(국란) “아니오, 우리나라가 가뜩 무식한데 그나마 한문도 없어지
면 수모 세계를 만들려오? 수모란 것은 눈이 없이 새우를 따라다니
면서 새우 눈을 제 눈같이 아나니 수모 세계가 되면 새우는 어디 있
나? 아니 될 말이오. 졸지에 한문을 없이하고 국문만 힘쓰면 무슨 별
지식이 나리까? 나도 한문을 좋다 하는 것은 아니나 형편으로 말하
면 *요순 이래 *치국평천하하는 법과 *수신제가하는 천사만사가 모
두 한문에 있으니 졸지에 한문을 없애고 국문만 쓰면, 비유컨대 유리
창을 떼어 버리고 흙벽 치는 셈이오. 국문은 우리나라 세종대왕께서
만드실 때 *적공이 대단하셨소. 사신을 여러 번 중국에 보내어 그 성

음 이치를 알아다가 자모음을 만드시니, *반절이 그것이오.

우리 세종대왕 근로하신 성덕은 다 말씀할 수 없거니와 반절 몇 줄에 나랏돈도 많이 들었소. 그렇건마는 백성들은 *줏들은 한문자만 숭상하고 국문은 버려두어서 암글이라 지목하여 부인이나 *천인이 배우되 반절만 깨치면 다시 읽을 것이 없으니 보는 것은 다만 「춘향전」, 「심청전」, 「홍길동전」 등물뿐이라, 「춘향전」을 보면 정치를 알겠소? 「심청전」을 보고 법률을 알겠소? 「홍길동전」을 보아 도덕을 알겠소? 말할진대 「춘향전」은 음탕 교과서요, 「심청전」은 처량 교과서요, 「홍길동전」은 허황 교과서라 할 것이니, 국민을 음탕 교과로 가르치면 어찌 풍속이 아름다우며, 처량 교과로 가르치면 *장진지망이 있으며, 허황 교과로 가르치면 어찌 *정대한 기상이 있으리까? 우리 나라 난봉 남자와 음탕한 여자의 제반악증이 다 이에서 나니 그 영향이 어떠하오?

혹 *발명하려면 「춘향전」을 누가 가르쳤나, 「심청전」을 누가 배우라나, 「홍길동전」을 누가 읽으라나, 비록 읽으라 할지라도 다 제게 달렸지 할 터이나, 이것이 가르친 것보다 더하지. *휘문의숙 같은 수층 양옥과 *보성학교 같은 너른 교장에 칠판, 괘종, 책상, 걸상을 벌여 놓고 고명한 교사를 월급 주어 가르치는 것보다 더 심하오. 그것은 구역과 시간이나 있거니와 이것은 구역도 없고 시간도 없이 전국 남녀들이 자유권으로 틈틈이 보고 곳곳이 읽으니 그 좋은 몇백만 청년을 음탕하고 처량하고 허황한 구멍에 쓸어 묻는단 말이오.

그나 그뿐이오? 혹 기도하면 아이를 낳는다, 혹 산신이 강림하여 복을 준다, 혹 *면례를 잘하여 부귀를 얻는다, 혹 불공하여 재액을 막았다, 혹 돌구멍에서 용마가 났다, 혹 신선이 학을 타고 논다, 혹 *최판관이 붓을 들고 앉았다 하는 제반악증의 괴괴망측한 말을 다 국문으로 기록하여 출판한 *판책도 많고 *등출한 *세책도 많아 경향 각처에 불똥 튀어 박히듯 없는 집이 없으니 그것도 *오거서라 평생 을 보아도 못다 보오.

그 책을 나도 여간 보았거니와 좋은 종이에 주옥같은 글씨로 *세 세성문하여 혹 이삼 권 혹 수십여 권 되는 것이 많고 백 권 내외 되 는 것도 있으니, 그 자본은 적으며 그 세월은 얼마나 허비하였겠소? *백해무리한 그 책을 값을 주고 사며 세를 주고 얻어 보니 그 돈은 헛돈이 아니오? 국문폐단은 그러하지마는 지금 금운 씨의 말과 같이 한문을 전폐하고 국문만 쓸진대 「춘향전」, 「심청전」, 「길동전」이 되 겠소, 괴악망측한 소설이 *제자백가가 되겠소? 그는 다 나의 *분격한 말이라, 나도 항상 말하기를 자국 정신을 보존하려면 국문을 써야 되 겠다 하지마는 그 방법은 졸지에 계획할 수 없습니다.

가령 남의 큰 집에 들었다가 그 집이 본래 남의 집이라 믿음성이 없다 하고 떠나려면, 한편으로 차차 재목을 준비하고 목수, 석수를 불 러 *시역할 새, 먼저 *배산임류 좋은 곳에 터를 닦아 모월 모일 모시 에 *입주하고, 일대 문장에게 *상량문을 받아 아랑위아랑위하는 소리 에 수십 척 들보를 높이 얹고 *정당 몇 간, 침실 몇 간, *행랑 몇 간을 예산대로 세워 놓으니, 차방 다락 조밀하고 도배 장판 *정쇄한데, 우리나라 효자 열녀의 좋은 말씀을 문장 명필의 고명한 솜씨로 기록하여 *부벽주련으로 여기저기 붙이고 나도 내 집 사랑한다는 *대자 현판을 정당에 높이 단 연후에 그제야 세간 집물을 옮겨다가 쌓을 데 쌓고 놓을 데 놓아 *질자배기, 부지깽이 한 개라도 *서실이 없어야 이사한 해가 없나니, 만일 옛집을 남의 집이라 하여 졸지에 몸만 나오든지 세간 집물을 한데 내어놓든지 하고 그 집을 비워 주인을 맡기면 어디로 가자는 말이오?

우리나라 국문은 *미상불 좋은 글이나 *닦달 아니 한 재목과 같으니, 만일 한문을 버리고 국문만 쓰려면 한문에 있는 천만사와 천만 법을 국문으로 번역하여 *유루한 것이 없는 연후에 서서히 한문을 폐하여 지나 사람을 되주든지 우리가 휴지로 쓰든지 하고, 그제야 국문을 가위 글이라 할 것이니, 이 일을 예산한즉 오십 년 가량이라야 성공하겠소.

만일 졸지에 한문을 없이하려면 남의 집이라고 몸만 나오는 것과 무엇이 다르오? 남의 집은 주인이 있어 혹 내어놓으라고 독촉도 하려니와 한문이야 누가 내어놓으라 하는 말이 있소? 서서히 형편을 보아 폐지함이 가할 것이오. 국문만 쓸지라도 옛날 보던 「춘향전」이니 「길동전」이니 「심청전」이니 그 외에 여러 가지 음담패설을 다 엄금하여야 국문에 영향이 정대하고 광명하지, 그렇지 못하면 수천 년 숭상하던 한문만 잃어버리리니, 정대한 국문만 쓸진대 누가 편리치 않다 하오리까? 가령 한문의 부자군신이 국문의 부자군신과 경중이 있소? 국문의 백 냥 천 냥이 한문의 백 냥 천 냥과 다소가 있소? 국문으로 *패독산 *방문을 내어도 *발산되기는 일반이요, 국문으로 *삼해주 방법을 *빙거하여도 취하기는 한 모양이오. 국문으로 욕설하면 *탄하지 않겠소? 한문으로 칭찬하면 더 좋아하겠소? 국문의 호랑이도 무섭고, 국문의 원앙새도 어여쁘리라.

국문과 한문이 다름없으나 어찌 우리 여자 권리로 연혁을 확정하리요. *문부 관리들 참 딱한 것이, 국문은 쓰든지 아니 쓰든지 그 잡담 소설이나 금하였으면 좋겠소. 그것 발매하는 자들이 *투전 장사나 다름없나니 투전은 재물이나 상하려니와 음담 소설은 정신조차 버리오. 문부 관리들 그 아니 답답하오? 청년 남녀의 정신 잃는 것을 어찌 차마 앉아 보기만 하오?

학무국은 무슨 일들 하며, 편집국은 무슨 일들 하는지 저러한 관리를 믿다가는 배꼽에 노송나무가 나겠소. 우리 여자 사회가 단체하여 문부관리에게 질문 한번 하여 보옵시다.

여보, 사회단체가 그리 용이하오? 우리나라 백 년 이하 *각항 단체를 내 대강 말하오리다. 관인 사회는 말할 것이 없거니와 종교사회로 말할지라도 무론 어느 나라하고 종교 없이 어찌 사오? 야만부락의 코끼리에게 절하는 것과, 태양에게 비는 것과, 불과 물을 위하는 것을 웃기는 웃거니와 그 진리를 연구하면 *용혹무괴요. 만일 다수한 국민이 겁내는 것도 없고 *의귀할 곳도 없고 존칭할 것도 없으면 어찌 국민의 질서가 있겠소? 약육강식하는 금수세계만도 못하리다.

그런고로 *태서 정치가에서 남의 나라의 강약허실을 살피려면 먼저 그 나라 종교 성질을 본다 하니 그 말이 유리하오. 만일 종교에 의귀할 바이 없으면 비록 인물이 번성하고 토지가 강대한 나라로 군부에 대포가 가득하고 *탁지에 금전이 가득하고 *공부에 기재가 가득할지라도 수백 년 전 남미 인종과 다름없으리다.

동서양 종교 수효와 범위를 말씀하건대 *회회교, *희랍교, 토숙탄교, 천주교, 기독교, 석가교와 그 외에 여러 교가 각각 범위를 넓혀 세계에 세력을 확장하되 저 교는 그르다, 이 교는 옳다 하여 경쟁하는 세력이 대포, *장창보다 맹렬하니, 그 중에 망하는 나라도 많고 흥하는 사람 많소.

우리 동양 제일 종교는 세계의 *독일무이하신 대성 지성하신 공부자 아니시오? 그 말씀에 정대한 부자, 군신, 부부, 형제, 붕우에 *일용상행하는 일을 의논하사 사람으로 하여금 사람 되는 도리를 가르치시니, 그 성덕이 거룩하시고 융성하시며 *향념하시는 마음이 일광과 같으사 귀천 남녀 없이 다 비추이건마는 우리나라는 범위를 좁혀서 남자만 종교를 알지 여자는 모를 게라, 귀인만 종교를 알지 천인은 모를 게라 하여 *대성전에 제관 싸움이나 하고 시골 향교에 *재임이나 팔아먹고 *소민들은 *향교 *출렴이나 물으니 공자님의 도라는 것이 무엇이오?

도포나 입고 *쌍상투나 틀고 혁대와 *죽영이나 달고 꿇어앉아서 마음이 어떠한 것이라, 성품이 어떠한 것이라 하며 진리는 모르고 주위들은 풍월같이 지껄이면서 이만하면 수신제가도 자족하지, 치국평천하도 자족하지, 세상도 한심하지 나 같은 *도학군자를 아니 쓰기로 이렇다 하여 백 가지로 *괴탄하다가 혹 세도 재상에게 소개하여 *제주 *찬선으로 *초선이나 되면 공자님이 당시의 자기로만 알고 *도태를 뽑아내며 괴팍한 위인에 *야매한 언론으로 천하대세도 모르고 *척양합시다, *척왜합시다, 상소나 *요명차로 눈치 보아 가며 한두 번 하여 시골 선배의 칭찬이나 듣는 것이 *대욕소관이지.

옛적 *정자산의 외교 수단을 공자님도 칭찬하셨으니 공자님은 *척화를 모르시오? 척화도 형편대로 하는 것이지 붓끝으로만 척화 척화 하면 척화가 되오? 또 고상하다 자칭하는 자는 당초 *사직으로 장기를 삼아 나라가 내게 무슨 상관있나? 백성이 내게 무슨 이해 있나? *독선기신이 제일이지, *자질도 이렇게 가르치고 *문인도 이렇게 *어거하여 혹 *총명재자가 있어 각국 문명을 *흠선하여, 정치가 어떠하다, 법률이 어떠하다, 교육이 어떠하다, 언론을 하게 되면 자세히 듣지는 아니하고 돌려세우고 고담준론으로 아무 집 자식도 버렸다, 그 조상도 불쌍하다 하여 문인자제를 엄하게 *신칙하되, 아무개와 상종을 말라, 그 말을 듣다가는 너희가 내 눈앞에 보이지 말라 하니, 우리 이천만 인이 다 그 사람의 제자 되면 나라꼴은 잘되겠지요.

그만도 못한 *시골고라리 사회는 더구나 장관이지. 공자님 성씨가 누구신지요, *휘자가 무엇인지 알지도 못하는 인류들이 향교와 서원은 자기들의 밥자리로 알고, 사돈 여보게, 출표하러 가세. 생질 너도 술 먹으러 오너라. 돼지나 잡았는지. 개장국도 꽤 먹겠네. 수복아, 추렴통문 놓아라. *고직아, 별하기 닦아라. 아무가 문필은 똑똑하지마는 지체가 나빠 *봉향감 못 되어, 아무는 무식하지마는 세력을 생각하면 *대축이야 갈 데 있나. *명륜당이 견고하여 술주정 좀 하여도 무너질 바 없지. *교궁은 이렇게 위하여야 종교를 밝히지. 아무 골 향교에는 학교를 *설시하였다 하고, 아무 골 향교 전답을 학교에 붙였다 하니, 그 골에는 사람의 새끼 같은 것이 하나 없어 그러한 변이 어디 또 있나? 아무 골 *향족이 명륜당에 앉았다니 그 마룻장은 대패질을 하여라. 아무 집 *일명이 *색장을 붙었다니 그 *재판을 수세미질이나 하여라 하여, 종교라는 종자는 무슨 종자며, 교자는 무슨 교자인지 착착 접어 먼지 속에 파묻고, 싸우나니 양반이요, 다투나니 재물이라. 이것이 우리 신성하신 대종교라 하오. 한심하고 통곡할 만도 하오. 종교가 이렇듯 부패하니 국세가 어찌 강성하겠소?

학교와 서원 성질을 말하리다. 서원은 소학교 자격이요, 향교는 중학교 자격이요, 태학은 대학교 자격이라. 서원은 *선현 화상을 *봉안하여 소학 동자로 하여금 자국 인물을 기념케 함이요, 향교에는 대성인 위패를 봉안하여 중학 학생으로 하여금 종교를 *경앙케 함이요, 태학에는 예악 문물을 더 융성히 하여 태학 학생으로 하여금 종교 사상이 더욱 견고케 함이니, 어찌 다만 제사만 소중이라 하여 사당집과 일반으로 돌려보내리오? 교육을 주장하는 고로 향교와 서원을 당

초에 설시하였고, 종교를 귀중하는 고로 대성인과 *명현을 뫼셨고,
성현을 뫼신 고로 제례를 행하나니 교육과 종교는 주체가 되고 제사
는 객체가 되거늘, 근래는 주체는 없어지고 객체만 숭상하니 어찌 열
성조의 설시하신 본의라 하리오?

제사만 위한다 할진대 *태묘도 한 곳뿐이어늘 아무리 성인을 *존
봉할지라도 어찌 삼백육십여 군의 골골마다 향화를 받들리까? 저 무
식한 자들이 교육과 종교는 버리고 제사만 위중한다 한들 성현의 마
음이 어찌 편안하시리까?

종교에야 어찌 귀천과 남녀가 다르겠소? 지금이라도 종교를 위하
려면 *성경현전을 알아보기 쉽도록 국문으로 번역하여 거리거리 연
설하고, *성묘와 서원에 *무애히 농용하며, 가령 제사로 말할지라도
귀인은 귀인 예복으로 *참사하고, 천인은 천인 의관으로 참사하고,
여자는 여자 의복으로 참사하여, 너도 공자님 제자, 나도 공자님 제
자 되기 일반이라 하면 종교 범위도 넓고, 사회단체도 굳으리다.

또 사회의 폐습을 말할진대 확실한 단체는 못 보겠습디다. 상업사
회는 에누리사회요, 공장사회는 날림사회요, 농업사회는 야매사회라,
하나도 진실하고 기묘하여 외국 문명을 당할 것은 없으니 무슨 단체
가 되겠소? 근래 신교육사회는 구교육사회보다는 낫다 하나 *불심상
원이오.

관공립은 화욕 학교라 실상은 없고 문구뿐이요, 각처 사립은 단명
학교라 기본이 없어 *번차례로 폐지할 뿐 아니라, 무론 아무 학교든

지 그 중에 열심한다는 교장이니 *찬성장이니 하는 임원더러 묻되, 이 학교에 제갈량과 이순신과 비사맥과 *격란사돈 같은 인재를 교육하여 *일후의 국가 대사를 경륜하려고 하면 열에 한둘도 없고, 또 묻되 이 학교에 인재 성취는 이 다음 일이요, 교육사회에 명예나 취하려고 하면 열에 칠팔이 더 되니 그 성의가 그러하고야 어찌 장구히 유지하겠소? 교원, 강사도 *한만한 출입을 아니 하고 시간을 지키어 왕래한다니 그 열심은 거룩하오. 공익을 위함인지, 명예를 위함인지, 월급을 위함인지, 명예도 아니요, 월급도 아니요, 실로 공익만 위한다 하는 자가 몇이나 되겠소?

무론 공사관립하고 여러 학생들에게 묻되, 학문을 힘써 일후에 *사환을 하든지 일신쾌락을 희망하느냐, 국가에 몸을 바치는 정신 얻기를 주의하느냐 하게 되면, 대·중·소학교 몇만 명 학도 중에 국가 정신이라고 대답하는 자 몇몇이나 되겠소?

또 여자교육회니 여학교니 하는 것도 권리 없고 자본 없는 부인에게만 맡겨 두니 어찌 흥왕하리오. 무론 아무 사회하고 이익만 위하고 좀 낫다는 자는 명예만 위하고, 진실한 성심으로 나라를 위하여 이것을 한다든가, 백성을 위하여 이것을 한다는 자 역시 몇이나 되겠소?

이렇게 교육 교육 할지라도 십 년 이십 년에 영향을 알리니 그 중에도 몇 사람이야 열심 있고 성의 있어 시사를 통곡할 자가 있겠지요마는, 단체 효력을 오히려 못 보거든 하물며 우리 여자에 무슨 단체가 조직되겠소? 아직 가정 여러 자녀를 잘 가르치고 정분 있는 여자들에게 서로 권고하여 십 인이 모이고 이십 인이 모여 차차 단정히 *서립하여야 사회든지 교육이든지 하여 보지, 졸지에 몇백 명 몇천 명을 모아도 실효가 없어 일상 남자 사회만 못하리다.”

(설헌) “그러하오마는 세상 일이 어찌 아무것도 아니하고 앉아서 기다리기만 하리까? 여보, 우리 여자 몇몇이 지껄이는 것이 풀벌레 같을지라도 몇 사람이 주창하고 몇 사람이 권고하면 아니 될 일이 어디 있소? 석 달 장마에 한 점 볕이 갤 *장본이요, 몇 달 가물에 한 조각 구름이 비 올 장본이니, 우리 몇 사람의 말로 천만 인 사회가 되지 아니할지 뉘 알겠소?

청국 명사 *양계초 씨 말씀에 하였으되, 대저 사람이 일을 하려면 이기려다가 패함도 있거니와 패할까 염려하여 당초에 하지 아니하면 이는 당초에 패한 사람이라 하니, 오늘 시작하여 내일 성공할 일이 우리 팔자에 왜 있겠소? 그러나 우리가 우쭐거려야 우리 자식 손자들이나 행복을 누리지. *일향 우리나라 사람을 부패하다, 무식하다 조롱만 하면 똑똑하고 *요요한 남의 나라 사람이 우리에게 소용 있소?

우리나라 삼백 년 이전이야 어떠한 정치며 어떠한 문물이오? 일본이 지금 아무리 문명하다 하여도 *범백 제도를 우리나라에서 많이 배워 갔소. 그 나라 국문도 우리나라 *옹인 씨가 지은 것이니, 근일 우리나라가 부패치 아니한 것은 아니나 단군, 기자 이후로 수천 년 이래에 어떠한 민족이오?

철학가 말에, 편안한 것이 위태한 근본이라 하니, 우리나라 사람이

기백 년 편안하였은즉 한번 위태한 일이 어찌 없겠소? 또 말하였으되, 무식은 유식의 근원이라 하였으니 우리나라 사람이 오래 무식하였으니 한번 유식하지 아니할 이유가 있겠소?

가령 남의 집에 가서 보고, 그 집 사람들은 음식도 잘하더라, 의복도 잘하더라, 내 집에서는 의복, 음식 솜씨가 저러하지 못하니 무엇에 쓸꼬 하고 *가속을 박대하면 남의 좋은 의복, 음식이 내게 무슨 상관있소? 차라리 저 음식은 어떠하니 좋지 아니하다, 이 의복은 어떠하니 좋지 아니하다 하여 제도를 자세히 가르쳐서 남의 것과 같이 하는 것만 못하니, 부질없이 내 집안사람만 불만히 여기면 가도가 바로잡힐 리가 있으리까?

소학에 가로되, 좋은 사람이 없다 함은 덕 있는 말이 아니라 하였으니, 내 나라 사람을 무식하다고 능멸하여 권고 한마디 없으면 유식하신 매경 씨만 홀로 살으시려오? 여보 여보, 열심을 잃지 말고 어서어서 잡지도 발간, 교과서도 지어서 우리 일천만 여자 동포에게 돌립시다.

우리 여자의 마음이 이러하면 남자도 응당 귀가 있겠지. 십 년 이십 년을 멀다 마오. *산림 어른이 연설꾼 아니 될지 뉘 알며, 향교 재임이 체조교사 아니 될지 뉘 알겠소? 속담에 이른 말에 '*뜬쇠가 달면 더 뜨겁다.' 하였소

지금은 범백 권리가 다 남자에게 있다 하나 영원한 권리는 우리 여자가 차지하옵시다. 매경 씨 말씀에, 자녀를 교육하자 함이 진리를

알으시는 일이오. 우리 여자만 합심하고 자녀를 잘 교육하면 제 이세의 문명은 우리 사업이라 할 수 있소

자식 기르는 방법을 대강 말하오리다. 자식을 낳은 후에 가르칠 뿐 아니라 탯속에서부터 가르친다 하였으니, 그런고로 『예기』에 *태육법을 자세히 말하였으되, 부인이 잉태하매 돗자리가 바르지 아니하거든 앉지 아니하며, 벤 것이 바르지 아니하거든 먹지 말라 하였으니, 그 앉는 돗, 먹는 음식이 탯덩이에 무슨 상관이 있겠소마는 바른 도리로만 행하여 마음에 잊지 말라 함이오. 의원의 말에도 자식 밴 부인이 잡것을 먹지 말라 하고, 음식의 차고 더운 것을 평균케 하고, 배를 항상 덥게 하고, *당삭하거든 약간 노동하여야 순산한다 하였소

뱃속에서도 이렇게 조심하거든 나온 후에 어찌 *범연히 양육하오리까? 제가 비록 지각이 없을 때라도 어찌 그 앞에서 터럭만치 그른 일을 행하겠소? 밥 먹는 법, 잠자는 법, 말하는 법, 걸음 걷는 법 *일동일정을 가르치되, 속이지 아니함을 주장하여 정대한 성품을 양육한즉 대인군자가 어찌하여 되지 못하리까?

맹자님 모친께서 맹자님 기르실 때에 마침 동편 이웃집에서 돼지를 잡거늘 맹자께서 물으시되, '저 돼지는 어찌하야 잡나니이까?' 맹모 희롱으로, '너를 먹이려고 잡는다.' 하셨더니 즉시 후회하시되, '어린아이를 속이는 법을 가르쳤다.' 하고 그 고기를 사다가 먹이신 일이 있고, 맹자 점점 자라실새 장난이 심하여 산 밑에서 살 때에 *상두꾼 흉내를 내시거늘 맹모가 가라사대, '이곳이 아이 기를 곳이 못

된다’ 하시고 저자 근처로 이사하였더니, 맹자께서 또 물건 매매하는 *형용을 지으시니 맹모가 또 집을 떠나 *학궁 곁에 거하시매 그제야 맹자 예절 있는 희롱을 하시는지라 맹모 말씀이, ‘이는 참 자식 기를 곳이라’ 하시고, 가르쳐 만세 *아성이 되셨소. 한 아들을 가르쳐 *억조창생에게 무궁한 도학이 있게 하시니 교육이란 것이 어떠하오? 만일 맹자께서 상두나 메시고 물건이나 팔러 다니셨다면 오늘날 맹자님을 누가 알겠소?

『비유요지』라 하는 책에 말하였으되, 서양에 한 부인이 그 아들을 잘 교육할 새 그 아들이 장성하여 장사치로 나가거늘 그 부인이 부탁하되, ‘너는 어디 가든지 남 속이지 아니하기로 공부하라.’ 그 아들이 대답하고 지화 몇백 원을 옷깃 속에 넣고 행하다가 *중로에서 도적을 만나니 그 도적이 묻되, ‘너는 무슨 업을 하며 무슨 물건을 몸에 지녔느냐?’ 하되, 그 아이는 대답하되, ‘나는 장사하는 사람이니 지화 몇 백 원이 옷깃 속에 있노라’ 하니, 도적이 그 정직함을 *괴히 여겨 뒤져 본즉 과연 있는지라, 당초에 깊이 감추고 당장에 *은휘치 아니하는 이유를 물은즉 그 사람이 대답하되, ‘내 모친이 남을 속이지 말라 경계하셨으니 어찌 재물을 위하여 *친교를 어기리오.’ 도적이 각각 탄복하여 말하되, ‘너는 효성 있는 사람이라. 우리 같은 자는 어찌 인류라 하리오.’ 그 *지화를 다시 옷깃에 넣어주고 그 후로는 다시 도적질도 아니하였다 하였소.

그 부인이 자기 아들을 잘 교육하여 남의 자식까지 도적의 행위를 끊게 하니 교육이라는 것이 어떠하오? 송나라 *구양수 씨도 과부의 아들로 자라매, 집이 심히 가난하여 서책과 필묵이 없거늘, 그 모친이 갈대로 땅을 그어 글을 가르쳐 *만고문장이 되었고, 우리나라 *퇴계 이 선생도 어릴 때 그 모친이 말씀하되, '내 일찍 과부 되어 너희 형제만 있으니 공부를 잘하라, 세상 사람이 과부의 자식은 사귀지 아니한다니 너희는 그 근심을 면하게 하라' 하고, 평상시에 무슨 물건을 보면 이치를 가르치며 아무 일이고 당하면 사리를 분석하여 *순순히 교훈하사 동방공자가 되셨으니 교육이라는 것이 어떠하오?

예로부터 교육은 어머니께 받는 일이 많으니 우리도 자식을 그런 성력과 그런 방법으로 교육하였으면 그 영향이 어떠하겠소? 우리 여자사회에 큰 사업이 이에서 더한 일이 있겠소? 여러분 여자들, 지금 남자와 지금 여자를 조롱 말고 이 다음 남자와 이 다음 여자나 교육 좀 잘하여 봅시다."

(국란) "그 말씀 대단히 좋소. 자식 기르는 법과 가르치는 *공효를 많이 말씀하셨으나 자식 사랑하는 이유가 미진한 고로 여러분 들으시기 위하여 그 진리를 말씀하오리다.

세상 사람들이 자식을 사랑한다 하나 실상은 자기 일신을 사랑함이니, 자식이 나매 좋아하고 기꺼하는 마음을 *궁구하면, 필경은 '저 자식이 있으니 내 몸이 의탁할 곳이 있으며, 내 자식이 자라니 내 몸 봉양할 자가 있도다.' 하고, 혹 자식이 병이 들면 근심하고, 혹 자식이 불행하면 설워하니, 근심하고 설워하는 마음을 궁구하면 필경은

'내 자식이 병들었으니 누가 나를 봉양하며, 내 자식이 없었으니 내가 누구를 의탁하리오.' 하나, 그 마음이 하나도 자식을 위한다는 자도 없고 국가를 위한다는 자도 없으니 사람마다 자식 자식 하여도 진리는 실상 모릅디다.

자식의 효도를 받는 것이 어찌 내 몸만 잘 봉양하면 효도라 하리오? *증자 말씀에 인군을 잘못 섬겨도 효가 아니요, 전장에 용맹이 없어도 효가 아니라 하셨으니, 이 말씀을 생각하면 자식이라는 것이 내 몸만 위하여 난 것이 아니요, 실로 나라를 위하여 생긴 것이니 자식을 *공물이라 하여도 합당하오.

혹 모르는 사람은 이 말을 들으면 필경 *대경소괴하여 말하되, 실로 그러할진대 누가 자식 있다고 좋아하며 자식 없다고 설워하리오? 청국 *강남해 말에, *대동 세계에는 자식 못 낳은 여자는 벌이 있다 하더니, 과연 벌하기 전에야 생산하려는 자가 있겠소? 혹 생산하더라도 내 몸은 봉양하여주지 아니하고 국가만 위하여 교육을 받으라 하겠소? 이러한 말이 널리 들리면 윤리상에 대단 불행하겠다 하여 *중언부언할 터이지마는, 지금 내 말이 윤리상의 불행함이 아니라 매우 다행하오리다.

자식을 공물로 인정하더라도 그렇지 아니한 *소이연이 있으니, 가령 우마를 공물이라 하면 농업가와 상업가에서 우마를 부리지 아니하리까? 저 집에 우마가 있으면 내 집에 없어도 관계가 없다 하여 사람마다 마음이 그러하면 우마가 이미 *절종되었을 터이나, 비록 공물이라도 우마가 있어야 농업과 상업에 낭패가 없은즉, 자식은 공물이라고, 있는 것을 귀히 여기지 아니하리오. 기왕 자식이 있는 이상에는 공물이라고 교육 아니하다가는 참말 윤리에 불행한 일이오.

가령 어부가 동무를 연합하여 고기를 잡되, 남의 그물에 걸린 것이 내 그물에 걸린 것만 못하다 하니, 국가 대사업을 바라는 마음은 같으나 어찌 남의 자식 성취한 것이 내 자식 성취한 것만 하오리까? 그러한즉 불가불 자식을 교육할 것이요, 자식이 나서 나라의 사업을 성취하고 국민에 이익을 끼치면 그 부모는 어찌 영광이 없으리까?

옛날 *사파달이라 하는 땅에 한 노파가 여덟 아들을 낳아서 교육을 잘하여 여덟이 다 전장에 갔다가 죽은지라, 그 살아 돌아오는 사람더러 묻되, '이번 전장에 승부가 어떠한고?' 그 사람이 대답하되, '전쟁은 이기었으나 노인의 여러 아들은 다 불행하였나이다' 하거늘 *노구 즉시 일어나 춤을 추며 노래를 불러 가로되, '사파달아, 사파달아, 내 너를 위하여 아들 여덟을 낳았도다' 하고 슬퍼하는 빛이 없으니, 그 노구가 참 자식을 공물로 인정하는 사람이니, 그는 생산도 잘하고 교육도 잘하고 영광도 대단하오이다.

우리나라 사람들이 자식의 진리를 몇이나 알겠소? 제일 가관의 일이, *정처에 자식이 없으면 첩의 소생은 비록 *여룡여호하어 문장은 이태백이요, 풍채는 *두목지요, 사업은 비사맥이라도 서자라, 얼자라 하여 버려두고, 정도 없고 눈에도 서투른 남의 자식을 *솔양하여 아들이라 하는 것이 무슨 일이오?

성인의 법제가 어찌 그같이 *효박할 이유가 있으리까? 적서라는 말씀은 있으나 근래 적서와는 대단히 다르오. 정처의 소생이라도 장자 다음에는 다 서자라 하거늘, 우리나라는 남의 정처 소생을 서자라 하면 대단히 뛰겠소. 양자법으로 말할지라도 적서에 자녀가 하나도 없어야 양자를 하거늘 서자라 버리고 남의 자식을 솔양하니 하나도 성인의 법제는 아니오. 자식을 부모가 이같이 대우하니 어찌 세상에서 대우를 받겠소?

그 서자이니 얼자이니 하는 *총중에 영웅이 몇몇이며, 문장이 몇몇이며, 도덕군자가 몇몇인지 누가 알겠소? 그 사람도 원통하거니와 나랏일이야 더구나 말할 것이 있소? 남의 나라 사람도 고문이니 보좌니 쓰는 법도 있거든 우리나라 사람에 무엇을 그리 많이 고르는지 *이성호는 *적서등분을 혁파하자, 서북 사람을 통용하자 하여 열심으로 의논하였고, *조은당의 부인 김씨는 자제를 경계하되, 너희가 서모를 *경대하지 아니하니 어찌 인사라 하리오. 아비의 계집은 다 어미라 하셨나니 이 두 말씀이 몇백 년 전에 주창하였으니 그 아니 고명하오?

또 남의 후취로 들어가서 전취 소생에게 험히 구는 자 있으니 그것은 무슨 지각이오? 아무리 나의 소생은 아니나 남편의 자식은 분명하니 양자보담은 매우 긴절하오. 사람의 전조모와 후조모라 하여 자손의 마음에 *후박이 있으리까? 그렇건마는 몰지각한 후취 부인들은 내 속으로 낳지 아니하였으니 내 자식이 아니라 하여 동네 아이만도 못하고 종의 자식만도 못하게 대우하니 어찌 그리 박정하고 무식하오? 아무리 원수 같은 자식이라도 내 몸이 늙어지면 소생 자식 열보다 나으며, 그 손자로 말할지라도 큰자식의 손자가 소생 손자 열보다 낫지 아니하오?

원수같이 알고 *도척같이 알던 그 자식 그 손자가 일후에 *만반진수를 차려 놓고, *유세차 효자 모, 효손 모는 감소고우 현비, 현조비 모봉 모씨라 하면 아마 혼령이라도 무안하겠지. 또 자식을 기왕 공물로 인정할진대 내 소생만 공물이요, 전취 소생은 공물이 아니겠소? 아무리 전취 자식이라도 잘 교육하여 국가의 대사업을 성취하면 그 영광이 아마 못생긴 소생 자식보다 얼마쯤이 *유조하리니, 이 말씀을 우리 여자 사회에 공포하여 그 소위 서자이니, 전취 자식이니 하는 악습을 다 개량하여 윤리상 영원한 행복을 누리게 합시다.”

(매경) “자식의 진리를 자세히 말씀하셨으나 그 범위는 대단히 넓다고는 못 하겠소. 기왕 자식을 공물이라 말씀하셨으면 공물이 많아야 좋겠소, 공물이 적어야 좋겠소? 공물이 많아야 좋다 할진대 어찌 서자이니 전취 소생이니 그것만 공물이라 하여도 역시 *사정이올시다.

비록 종의 자식이나 거지의 자식이라도 우리나라 공물은 일반이어늘, 소위 양반이니 중인이니 *상한이니 서울이니 시골이니 하여 서로 보기를 타국 사람같이 하니 단체가 성립할 날이 어찌 있겠소? 또 서북으로 말할지라도 몇백 년을 나라 땅에 생장하기는 일반이어늘, 그 사람 중에 재상이 있겠소, 도학군자가 있겠소? *천향이라 하여도 가하니 그 사람 중에 *진개 재상 재목과 도학군자 자격이 없는 것이 아니라, 재상의 교육과 군자의 학문이 없음인지 몇백 년 좋은 공물을 다 버리고 쓰지 아니하였으니 어찌 나라가 왕성하오리까?

이성호 말씀에, 반상을 타파하자, 서북을 통용하자 하여 수천 마디 말을 반복 의논하였으나 인하여 무효하였으니 어찌 한심치 아니하겠소? 평안도의 *심의도사 오세양 씨는 그 학문이 우리 동방에 드문 군자라. 그 학설과 이설이 대단히 발표하였건마는 서원도 없고 문집도 없이 초목과 같이 썩어진 일이 그 아니 원통한가?

그 정책은 다름 아니라 서북은 인재가 배출하니 기호와 같이 교육하면 사환 권리를 다 빼앗긴다 하니 그러한 좁은 말이 어디 있겠소? 사환이라는 것은 백성을 대표한 자인즉 백성의 지식이 고등한 자라야 참예하나니 아무쪼록 내 지식을 넓혀서 할 것이지, 남의 지식을 막고 나만 못하도록 하면 어찌 천도가 무심하오리까?

철학박사의 말에, '차라리 제 나라 민족에 노예가 세세로 될지언정 타국 정부의 보호는 아니 받는다' 하였으니, 그 말을 생각하면 이왕 일이 대단히 잘못되었소.

또 반상으로 말할지라도 그렇게 심한 일이 어디 있겠소? 어찌하다가 한번 상놈이라 *패호하면 비록 영웅, 열사가 있을지라도 자자손손이 상놈이라 하대하니 그 같은 악한 풍속이 어디 있으리까? 그러나 한번 상사람된 자는 도저히 인재 나기가 어려우니, 가령 서울 사람이라 해도 그 실상은 태반이나 시골 생장인즉 시골 풍속으로 잠깐 말하리다. 그 부모된 자들이 자식의 나이 칠팔 세만 되면 나무를 하여라, 꼴을 베어라 하여, 초등 교과가 꼬부랑 호미와 낫이요, 중등 교과가 가래와 쇠스랑이요, 대학 교과가 밭갈기·논갈기요, 외교 수단이 소장사 등 짐꾼이니, 그 총중에 비록 금옥 같은 바탕이 있을지라도 어찌 저절로 영웅이 되겠소? 결단코 그 중에 주정꾼과 노름꾼의 무수한 협잡배들이 당초에 교육을 받았으면 영웅도 되고 호걸도 되었으리라 하오.

혹 그 부모가 소견이 바늘구멍만치 뚫려 자식을 동네 생원님 *학구방에 보내면 그 선생이 처지를 따라 가르치되, '너는 큰 글하여 무엇 하느냐, *계통문이나 보고 *취대하기나 보면 족하지. 너는 *시부 표책하여 무엇 하느냐, *『전등신화』나 읽어서 아전질이나 하여라' 하니, 그런 참혹한 일이 어디 있겠소? 입학하던 날부터 장래 목적이 이뿐이요, 선생의 교수가 이러하니 제갈량·비사맥 같은 바탕이 몇백만 명이라도 속절없이 전진할 여망이 없겠으니 이는 소위 양반의 죄뿐 아니라 자기가 공부를 우습게 보아서 그 지경에 빠진 것이오. 옛날 유명한 *송귀봉과 *서고청은 남의 집 종의 아들로 일대 도학가가 되었고, *정금남은 광주 관비의 아들로 크게 사업을 이루었은즉, 남의 집 종과 *외읍 관비보다 더 천한 상놈이 어디 있겠소마는 이 어른들을 누가 감히 *존숭치 아니하겠소?

그러나 무식한 자들이야 어찌 그러한 사적을 알겠소? 도무지 선지라 선각이라 하는 양반이 교육 아니한 죄가 대단하오. 무론 아무 나라 하고 상, 중, 하등 사회가 없는 것은 아니나, 그러나 국가 질서를 유지

하려면 불가불 등급이 있어야 문란한 일이 없거늘, 우리나라 *경장대신들이 양반의 폐만 생각하고 양반의 공효는 생각지 못하여 졸지에 반상 등급을 *벽파하라 하니 누가 상쾌치 아니하겠소마는, 국가 질서의 문란은 양반보다 더 심한 자 많으니 어찌 정치가의 수단이라고 인정하겠소?

지금 형편으로 보면 양반들은 명분 없는 세상에 무슨 일을 조심하리오. 그 행세가 전일 양반만도 못하고 상인들은 요사이 양반이 어디 있어 비록 문장이 된들 무엇 하며, 도학이 있은들 무엇 하나 하여, 혹 *목불식정하고 *준준무식한 금수 같은 유들이 제 집에서 제 형을 욕하며, 제 부모에게 불효한대도 동네 양반들이 말하면 팔뚝을 뽐내며 하는 말이, ‘시방 무슨 양반이 따로 있나? 내 자유권을 왜 상관이 있나? 내 자유권을 무슨 걱정이야? 그러다가는 뺨을 칠라, 복장을 지를라’ 하면서 무수 *질욕하나 누가 감히 옳다 그르다 말하겠소? 속담에 상두꾼에도 *수번이 있고, *초라니 탈에도 차례가 있다 하니, 하물며 전국 사회가 이렇게 문란하고야 무슨 질서가 있겠소?

갑오년 경장 대신의 정책이 웬 까닭이오? 양반은 양반대로 두고, 학교 하는 임원도 양반이며, 학도의 부형도 양반이며, 학도도 양반이라고 울긋불긋한 고추장 빛으로 *학부인이라, *내부인이라 반포하면 전국이 다 양반이 될 일을 어찌하여 양반없이 한다 하니, 사천 년 전래하던 습관이 졸지에 잘 변하겠소? 지금 형편은 어떠하냐 하면 어기어차 슬슬 당기어라, 네가 못 당기면 내가 당기겠다. 어기어차 슬슬 당기어라 하는 이 지경에 한번 큰 승부가 달렸은즉, 노인도 당기고, 소년도 당기고, 새아기씨도 당기어도 이길는지 말는지 할 일이오. 나도 양반으로 말하면 친정이나 시집이나 *삼한갑족이로되, 그것이 다 쓸데 있소? 우리도 자식을 공물이라 하면 그 소위 서북이니 반상이니 썩고 썩은 말을 다 그만두고 내 나라 청년이면 아무쪼록 교육하여 우리 어렵고 설운 일을 그 어깨에 맡깁시다."

(금운) "작일은 *융희 이년 *제일 상원이니, 달도 그 전과 같이 밝고, 오곡밥도 그 전과 같이 달고, 각색 채소도 그전과 같이 맛나건마는 우리 심사는 왜 이리 불평하오?

어젯밤이 참 유명한 밤이오. 우리나라 풍속에 상원일 밤에 꿈을 잘 꾸면 그해 일 년에, 벼슬하는 이는 벼슬을 잘하고, 농사하는 이는 농사를 잘하고, 장사하는 이는 장사를 잘한다 하니, 꿈이라는 것은 제 욕심대로 꾸어서 혹 일 년, 혹 수십 년이라도 필경은 아니 맞는 이유가 없소. 우리 한 노래로 긴 밤 새우지 말고, 대한 융희 이년 상원일에 크나 작으나 꿈꾼 것을 하나 유루 없이 이야기합시다."

(설헌) "그 말씀이 매우 좋소. 나는 어젯밤에 대한제국 자주독립할 꿈을 꾸었소. 활멸사라 하는 사회가 있는데 그 사회 중에 두 당파가 있으니, 하나는 자활당이라 하여 그 주의인즉, 교육을 확장하고 상공을 연구하여 신공기를 흡수하며 부패 사상을 타파하여 대포도 무섭지 아니하고 장창도 두렵지 아니하여 국가에 몸을 바치는 사업을 이루고자 할새, 그 말에 외국 의뢰도 쓸데없고, 한두 개 영웅이 혹 국

권을 만회하여도 쓸데없고, 오직 전국 남녀 청년이 보통 지식이 있어서 자주권을 회복하여야 확실히 완전하다 하여 학교도 설시하며 신서적도 발간하여, 남이 미쳤다 하든지 못생겼다 하든지 자주권 회복하기에 *골몰무가하나, 그 당파의 수효는 전 사회의 십분지 삼이오.

하나는 자멸당이라 하니 그 주의인즉, 우리나라가 이왕 이 지경에 빠졌으니 제갈공명이가 있으면 어찌하며, 격란사돈이가 있으면 무엇하나? *십승지지 어디 있노, 피란이나 갈까 보다, 필경은 세상이 바로 잡히면 그때에야 *한림 *직각을 나 내놓고 누가 하나? 학교는 무엇이야, 우리 마음에는 십대 생원님으로 죽는대도 자식을 학교에야 보내고 싶지 않다. 소위 신학문이라는 것은 모두 천주학인데 우리네 자식이야 설마 그것이야 배우겠나? 또 물리학이니 화학이니 정치학이니 법률학이니, 다 무엇에 쓰는 것인가? 그것을 모를 때에는 세상이 태평하였네. 요사이 같은 세상일수록 어디 좋은 명당자리나 얻어서 부모의 백골을 잘 면례하였으면 자손에 *발음이나 내릴는지, 우선 기도나 잘하여야 망하기 전에 집안이나 평안하지, 전곡이 썩어지더라도 학교에 보조는 아니 할 터이야. 바로 도적놈을 주면 매나 아니 맞지, 아무개는 제 집이 어렵다 하면서 학교에 명예 교사를 다닌다지. 남의 자식 가르치기에 어찌 그리 미쳤을까? 글을 읽어라, 수를 놓아라 하는 소리 참 가소롭데. 유식하면 검정콩알이 아니 들어가나? 운수를 어찌하여? 아무것도 할 일 없지. 요대로 앉았다가 죽으면 죽고 살면 사는 것이 제일이라 하니, 그 당파의 수효는 십분지 칠이요, 그 회장은 *국참정이라는 사람이니, 아무 학회 회장과 흡사하여 얼굴이 *풍후하고 수염이 많고 성품이 *순실하여 이 당파도 좇아 저 당파도 좇아 하여 반박이 없이 *가부취결만 물어서 흥하자 하면 흥하고, 망하자 하면 망하여 회원의 다수만 점검하는데, 그 소수한 자활당이 자멸당을 이기지 못하여 혹 권고도 하며, 혹 욕질도 하며, 혹 통곡도 하면서 분주 왕래하되, 몇 번 통상회의니 특별회의니 번번이 동의하다가 부결을 당한지라, 또 국회장에게 무수 애걸하여 마지막 가부회를 독립관에 개설하고 수만 명이 몰려가더니 소위 자멸당도 목석과 금수는 아니라, 자활당의 정대한 언론과 *비창한 형용을 보고 서로 뉘우치며 자활주의로 *전수가결되매, 그 여러 회원들이 독립가를 부르고 춤을 추며 돌아오는 거동을 보았소.”

　(매경) (깔깔 웃으며) “나는 어젯밤에 대한제국의 개명할 꿈을 꾸었소. 전국 사람들이 모두 병이 들었다는데, 혹 반신불수도 있고 혹 *수종다리도 있고 혹 *내종병도 들고 혹 *정충증도 있고 혹 체증, 횟배와 귀먹고 눈멀고 벙어리까지 되어 여러 가지 병으로 집집이 앓는 소리요, 곳곳이 넘어지는 빛이라, 남녀노소를 물론하고 성한 사람은 하나도 없더니 마침 한 명의가 하는 말이, 이 병들을 급히 고치지 아니하면 우리 삼천리강산이 빈터만 남으리니 그 아니 통곡할 일이오? 내가 *화제 한 장을 낼 것이니 제발 믿으시오 하더니 방문을 써서 돌리니, 그 방문 이름은 청심환 골산이니 *성경으로 *위군하고, 정치·법률·경제·산술·물리·화학·농학·공학·상학·지리·역사 각

등분하여 극히 정묘하게 국문으로 법제하여 병세 쾌차하도록 *무시복하되, 병자의 증세를 보아 임시 가감도 하며 *대기하기는 *주색잡기·경박·퇴보·*태타 등이라.

이 방문을 사람마다 베껴다가 시험할 새 그 약을 방문대로 잘 먹고 나면 병 낫기는 더 할 말이 없고 또 마음이 *청상해지며 *환골탈태가 되는데 매미와 뱀과 같이 묵은 허물을 일제히 벗어버립디다.

오륙 세 전 아이들은 당초에 벗을 것이 없으나 팔 세 이상 아이들은 가뭇가뭇한 종잇장 두께만 하고, 십오 세 이상 사람들은 검고 푸르러서 장판 두께만 하고, 삼십 사십씩 된 사람들은 각색 빛이 얼룩얼룩하여 멍석 두께만 하고, 오십 육십 된 사람들은 어룩어룩 두틀두틀하며 또 각색 악취가 *촉비하여 보료 두께만 하여, 노소남녀가 각각 벗을 때 참 대단히 장관입디다. 아이들과 젊은이와, 당초에 무식한 사람들은 벗기가 오히려 쉽고, 조금 유식하다는 사람들과 늙은이들은 벗기가 극히 어려워서, 혹 남이 붙잡아도 주고 혹 가르쳐도 주되, 반쯤 벗다가 *기진한 사람도 있고 인하여 아니 벗으려고 앙탈하다가 그대로 죽는 사람도 왕왕 있습디다.

필경은 그 허물을 다 벗어 *옥골선풍이 된 후에 그 허물을 주체할 데가 없어 공론이 *불일한데, 혹은 이것을 집에 두면 그 냄새에 병이 *복발하기 쉽다 하며, 혹은 그 냄새는 고사하고 그것을 집에 두면 철모르는 아이들이 장난으로 다시 입어 보면 이것이 큰 탈이라 하며, 혹은 이것을 모두 한곳에 몰아 쌓고 그 근처에 사람 다니는 것을 금

하면 다시 물들 염려도 없을 터이나 그것을 한곳에 모아 쌓은즉 백
두산보다도 클 것이니, 이러한 조그마한 나라에 백두산이 둘이면 집
은 어디 짓고 농사는 어디서 하나? 그것도 못 될 말이지 하며, 혹은
매미 허물은 *선퇴라는 것이니 혹 *간기증에도 쓰고, 뱀의 허물은 *사
퇴라는 것이니, 혹 *인후증에도 쓰거니와 이 허물은 말하려면 *인퇴
라 하겠으나 백 가지에 한 군데 쓸데가 없으며 그 성질이 *육기가
많고 *와사 냄새가 많아서 동해바다의 멸치 썩은 것과 방불한즉, 우
리나라 척박한 천지에 거름으로 썼으면 각각 주체하기도 *경편하고
또 농사에도 심히 유익하겠다 하니, 그제야 여러 사람들이 그 말을
시행하여 혹 지게에도 져내고 혹 구루마에 실어내어 *낙역부절하는
것을 보았소.”

　(금운) “나는 어젯밤에 대한제국의 독립할 꿈을 꾸었소 오뚝이라
는 것은 조그마하게 아이를 만들어 집어던지면 드러눕지 아니하고
오뚝오뚝 일어서는 고로 이름을 오뚝이라 지었으니, 한문으로 쓰려
면 나 오자, 홀로 독자, 설 립자 세 글자를 모아 부르면 오독립이니,
내가 독립하겠다는 의미가 있고 또 오뚝이의 사적을 들으니 옛날 조
그마한 동자로 정신이 *돌올하여 일찍 일어선 아이라. 그런고로 후
세 사람들이 아이를 낳아서 혹 더디 일어설까 염려하여 오뚝이 모양
을 만들어 희롱감으로 아이들을 주니 그 정신이 오뚝이와 같이 오뚝
오뚝 일어서라는 의사라. 우리나라 사람들이 오뚝이 정신이 있는 이
는 하나도 없은즉, 아이들뿐 아니라 장정 어른들도 오뚝이 정신을 길

러서 오뚝이와 같이 오뚝오뚝 일어서기를 배워야 하겠다 하여, 우리 영감 평양 *서윤으로 있을 때에 장만한 수백 석지기 좋은 땅을 *방매하여 오뚝이 상점을 설치하고 각 신문에 영업 광고를 발표하였더니 과연 오뚝이를 몇 달이 못 되어 다 팔고 큰 이익을 얻어보았소.”

(국란) “나는 어젯밤에 대한제국이 천만 년 영구히 안녕할 꿈을 꾸었소. 석가여래라 하는 양반이 전신이 황금과 같이 윤택하고 양미간에 큰 점이 박히고 한 손은 *감중련 하고 한 손에는 *석장을 들고 높고 빛나는 옥탁자 위에 앉았거늘, 내가 *합장배례하고 *황공복지하여 *내두의 *발원을 묻는데, 어떠한 신수 좋은 부인 한 분이 곁에 섰다가 책망하기를, 적선한 집에는 경사가 있고, 불선한 집에는 *앙화가 있음은 *소소한 이치어늘, 어찌 구구히 부처에게 비나뇨? 그대는 적악한 일 없고 이생에도 부모에 효도하며 형제에 우애하며 투기를 아니 하며 무당과 소경을 멀리하여 *음사 기도를 아니 하며 전곡을 인색히 아니하여 어려운 사람을 잘 구제하고 학교에나 사회에나 공익상으로 보조를 많이 하였으니 너는 가위 선녀라 할지니, 그 행복을 누리려면 너의 일생뿐 아니라 천만 년이라도 자손은 끊기지 아니하고 부귀공명과 충신 효자를 많이 점지하리라 하시니, 이 말씀을 미루어 본즉 내 자손이 천만 년 부귀를 누릴 지경이면 대한제국도 천만 년을 안녕하심을 짐작할 일이 아니겠소?”

여러 부인 중에 한 부인이 일어나서 말하되,

“나는 지식이 없어 연하여 담화는 잘 못하거니와 사상이야 어찌

다르며 꿈이야 못 꾸었겠소? 나도 어젯밤에 좋은 *몽사가 있으나 벌
써 닭이 울어 밤이 들었으니 이 다음에 이야기하오리다.”

화花의 혈血

서언

무릇 소설은 체계가 여러 가지라 한 가지 전례를 들어 말할 수 없으니 혹 정치를 언론한 자도 있고, 혹 정탐을 기록한 자도 있고, 혹 사회를 비평한 자도 있고, 혹 가정을 경계한 자도 있으며, 기타 윤리·과학·교제 등, 인성의 천사만사 중 관계 아니 되는 자이 없나니, 상쾌하고 악착하고 슬프고 즐겁고 위태하고 우슨 것이 모두 다 좋은 재료가 되어 기자의 붓끝을 따라 재미가 진진한 소설이 되나, 그러나 그 재료가 매양 옛사람의 지나간 자취나 가탁(假託)이 헙질없는 것이 열이면 팔구는 되되, 근일에 저술한 <박정화>·<화세계>·<월하가인> 등, 수삼 종 소설은 모두 현금에 있는 사람의 실지 사적이라, 독자 제군의 신기히 여기는 고평을 이미 많이 얻었거니와, 이제 또 그와 같은 현금 사람의 실적으로 <화의 혈(花의 血)>이라 하는 소설을 새로 저술할 새, *허언 낭설은 한 귀절도 기록치 아니하고 정녕히 있는 일동일정은 *일호차작 없이 편집하노니, 기자의 재주가 민첩지 못하므로 문장의 왕채는 황홀치 못할지언정 사실은 적확하여 눈으로 그 사람을 보고 귀로 그 사정을 듣는 듯하여 선악 간 족히 밝은 거울이 될 만한가 하노라.

1.

천하에 보고 볼수록 어여쁜 것은 향기로운 꽃이라. 꽃이 한 번 피면 십 년, 백 년, 천 년, 만 년을 *이울지도 않고 떨어지지도 않고 고운 *색태를 한결같이 띠고 있는 것이 아니라, 일 년 *일도에 춘삼월이 돌아오면 낮이면은 볕을 쏘이고 밤이면은 이슬을 받아 몇 밤 몇 날 만에 간신히 피운 그 꽃이라서 저 있을 기한을 온전히 있다가 이울고 떨어짐도 섭섭하고 원통하거든, 뜻밖의 사나운 바람과 모진 비에 못 견딘 바 되어 열흘 있을 것을 이레나 여드레에 흔적이 없어지면 그 섭섭하고 원통함이 더구나 어떠하며, 바람과 비는 천치자연한 이치로 되는 것이라 누구를 원망할 수 없지마는, 어디서 마침 경박한 아이가 와서 사재고 독한 손으로 아까운 줄을 모르고 제 욕심을 채우기만 위하여 한번 뚝 꺾어 놓으니, 슬프다! 그 꽃이 *경각에 빛이 변하여 향기가 적막하여지는도다. 이 세상 사람 중 *춘색을 아낄 줄 모르는 범상한 무리는 그 꽃이 피어도 피었나보다, 이울고 떨어져도 이울고 떨어졌나보다, 누가 꺾어도 꺾나보다 하여 심상히 보고 심상히 지나는데 어떠한 여자 하나이 꺾어진 그 꽃가지를 다정히 집어들고 한없이 가엾이 여기며,

"에그, 가여워라! 어느 몹쓸 아이가 이런 못할 노릇을 했을까? 겨우내 풍설 중에 *천신만고를 다 겪다가 봄철을 인제 만나 간신히 피인 너를 사정없이 뚝 꺾었구나."

하며 *연한 눈에 조금만 더하면 눈물이 나올 듯하다가,

"속절없다."

소리를 구슬프게 하고 우두커니 앉았으니, 그 여자는 전라남도 장성군 최호방이 나이 사십이 되도록 자녀간 한낱 혈육이 없어 매양 설워하더니 그 고을 *퇴기 춘홍을 *작첩하여 천행으로 딸 형제를 낳았으니, 큰딸의 이름은 선초요, 작은딸의 이름은 모란이라. 모란이는 *유치의 어린아이라 족히 의논할 바 없거니와, 선초는 십 세가 넘어 점점 장성하여 오니 꽃 같은 얼굴과 달같은 태도가 한 곳도 범연한 데가 없는 *일색이더라. *자래로 전해오는 말이 조선 십삼도 중 전라도 *물색이 제일이요, 전라남북도 중 장성군 물색이 또 제일인데, 그 고을 *배반 이후로 명기가 나고 명기가 나도 둘도 못 되고 꼭꼭 하나씩이 연해 계속해서 나서 일세에 *훤자(喧藉)하던 터이라. 최호방이 선초의 인물을 속절없이 버리기가 아까와서 그곳 풍속대로 십삼 세에 *기안(妓案)에다 넣었는데, 선초는 짝이 없어 총명 영리한 여자라. 한 번 들

고 한 번 본 것을 능통치 못하는 것이 없어 글, 글씨, 가무, 음률이 교방 *분대 중 제일 으뜸이 되니 그 이름이 원근에 전파하여, 어느 남자가 선초 한 번 보기를 원하지 않는 자 없고, 한 번 보기만 하면 꽃다운 인연을 생각지 않는 자 없더라. 선초가 하나라도 적어서는, 동무를 따라 이런지 저런지 모르고 어느 배반이나 어느 놀음에서 부르는 대로 좋아서 가더니, 어어간 십오 세가 되매 거울 같이 맑은 천성으로 왼갖 물정을 모두 짐작하는 터이라. 한번은 어떠한 연회에를 갔다가 호탕한 무리가 *설만히 구는 양을 보고 슬며시 *분원한 생각이 들어서 한탄하기를,

"나도 사람인데 부모의 혈육을 타고나서 어쩌다 *타옥같이 천한 구덩이에 몸이 떨어졌노! 그냥 이곳 풍속이 괴악해서 자식 나서 기생에 박는 것을 전례로 여기는 터이니, 부모를 원망할 것도 없고 내가 한 눈 한 팔 병신으로 생기지 못한 것만 *절통하지. 그러나 털 중에도 *쟁쟁이라고 아무리 기생이라도 제 행실 저 가질 탓이지 기생이라고 다 개짐승의 행실을 할까? 광대 타령의 말마따나 옛날 춘향이는 남원 기생으로 *허탄히 몸을 버리지 아니하고 *연기와 재질이 적당한 이도령을 만나 *일부종사를 하였으므로 그 아름다운 이름이 몇 백 년을 썩지 아니하였는데, 나 역시 팔자가 *기박하여 천한 몸은 비록 되었으나 *절행이야 남만 못할 것 있나?"

하고 그날부터 속에는 남복을 입고 겉에는 여복을 하여 불의의 창피한 일을 방비하고 관찰, 군수 이하로 아무리 흠모하여 수청을 들이

고자 해도 죽기로써 맹세하고 *청종치 아니하니, 그 관찰, 군수가 적이 지각이 있는 자들 같으면 제 뜻이 가상해서라도 아무쪼록 찬성을 하여 지조를 온전히 지키게 할 터이거늘, 한 달이 멀다 하고 펄쩍 갈아오는 그 관찰 그 군수가 모두 다 한 *패당이라. 선초의 인물을 보고 제각기 침이 없이 욕심을 내어 *만단개유(萬端改諭)도 하고 백방 위협도 하나, 선초의 작정은 연기도 자기와 같고 인물도 자기와 같고 총명도 자기와 같은 남자와 꽃다운 인연을 한 번 맺어 검은 머리 파뿌리 되도록 *난봉의 깃들임같이 *금슬지락(琴瑟之樂)을 누리리라 하여, 아무리 관직이 높은 자이나 *기구가 좋은 자이나 의복을 사치한 자라도 일체로 거절하노라니 저간에 당한 *단련이야 이루 어찌 다 측령하리요.

어떤 자는,

"이애 선초야, 말 들어라. 네가 바로 기안에 이름이 없고 규중에 깊이 감추어 있는 터 같으면 모르겠다마는, 기왕 *화류장에 발을 적신 이상에 *순상 사또가 그처럼 하시고 본관 사또가 그처럼 하시는데 왜 말을 아니 듣고 고집을 하니? 너 같은 자격에 눈 꿈쩍하고 한 번만 응락을 하였으면 이 도나 이 고을 *일판을 쥐었다 폈다 할 터이니 그 아니 좋으냐."

어떤 자는,

"여보게 선초 씨, 자네 생각이 어떻게 들어 이렇게 고집을 하나. *왕후장상(王侯將相)이 씨가 있다던가? 자네가 사또 수청만 들게 되면 오늘 기생이 내일 마마님이 되어 호강도 한번 늘어지게 하려니와 자네 속에서 아들을 쑥쑥 낳으면 그 아들이 판서는 못하겠나, 정승은 못하겠나, 관찰사, 군수 무엇은 못하겠나? 그때 가서는 정경부인이 되어 언제 기생 노릇을 하였느냐 할 터인데 그것을 싫다고 말을 아니 듣는단 말인가?”

그 중에 선초가 관찰, 군수의 수청을 아니 듣는 것을 해롭지 아니케 여겨 슬며시 제 욕심을 채우고자 하는 자는,

“허, 자네 잘 생각했네. 관찰, 군수 그네들은 뜬구름에 흰 *매아지 일체로 휙 지나가면 고만인데. 당장에 자기 눈앞에 자네가 뵈이니까 아직 소일이나 해 보려고 어쩌니 어쩌니 별별 소리를 다 해가며 수청을 들이려고 하는 것이지 벼슬만 갈려서 훌쩍 가보게. 꿈에나 자네 생각을 할 터인가? 두말 말게, 내가 자네 구실을 떼어 줄 것이니 우리 둘이 같이 한번 살아 보세.”

하루도 몇 사람이 문턱이 닳도록 드나들며 감언이설로 꿀을 들이붓는데 선초는 그리할수록 마음을 더 굳건히 가져, 혹 정색을 하여 거절도 하고 혹 좋은 말로 반대도 하니, 선초가 *여염가 규수로 춘색을 누설치 아니한 터 같으면 무리한 말로 권할 사람도 없을 것이요, 권해서 말을 아니 듣더라도 말하던 저나 무안하지 이상히 여길 바 아니로되, 제가 교방 출신으로 사람마다 가히 꺾을 만한 *노류장화가 되어 그 모양으로 *말살스럽게 구니, 듣고 보는 자 모두 큰 변괴나 싶어 한 입 걸러 두 입 걸러 그 소문이 사면 각처에 아니 퍼진 데

가 없는데, 말은 갈수록 보탠다고 전하는 자의 성미를 따라 점점 한 마디씩을 보태어 나중에는 서울까지 전파되기를,

"전라남도 장성군에 선초라는 천하일색 기생 하나이 났는데 인물은 *양귀비, *서시가 명함을 못 들이겠고 재질은 *반첩여, *소소매가 *현신도 못하겠는데 어찌 마음이 *도고한지 바로 *찬물에 돌 같아서 관찰, 군수 이하로 그 경내 부자의 자식들이 어느 누가 침을 아니 삼킬 사람이 없으되 차례로 *퇴박을 맞았다는걸. 그런데 말을 들은즉 아무 때든지 두 *질빵 사이에 모가지 넣은 막벌이꾼이라도 제 눈에 드는 자만 만나면 백 년을 같이 살 작정으로 제 집 들창문에 발을 드리우고 매일 몇백 명씩 지나가는 남자를 낱낱이 선보기로 *종사를 한다는걸. 아무라도 이목구비나 똑똑이 쓰고 났거든 *자두지족을 훨씬 매만지고 일부러 한 번 내려가 선을 뵈어 볼 만하더라."

이 소문이 부인 사회로 돌아다니는 것이 아니라 으레히 둘이 모이나 셋이 모이나 남자 총중에서 이야기가 나는데 무론 어떤 남자 총중이고 이야기 곧 나면,

"허어, 그것 무던하고. 기생에도 그런 자격이 있더란 말인가? 그래야 하지, 사람이 되어 개 도야지 모양으로 난잡히 행동을 하나가 남의 소년 자제를 수없이 버려주고 저까지 악한 병이나 얻어 신세를 마칠까. 허어, 그것 기특하고."

난봉으로 막된 위인들은,

"실없는 년, 제가 아니꼽게 절행이라는 것이 다 무엇인고? 그럴 터

이면 기생 노릇은 왜 해? 우리는 보지는 못했지마는 제 얼굴이 응당
*반주그레하기에 이 사람 저 사람이 회가 동하여 날치는 것이니, 이
놈도 좋아, 저놈도 좋아 하여 세상 보내는 것이 상책이지, 되지 못하
게 제가 그러면 무엇을 해? 무정 세월에 덧없이 늙어만 지면 어떤 시
러베 아들놈이 찾아갈 터인가?”

그 중에 우악한 자는,

“주제넘은 년, 제 어미도 기생으로 *매인열지하던 것이라는데 가
장 제가 젠 체하고 그러면 제 집 대문에 *정문(旌門)을 세워 볼 줄
아나? 그런 년이 욕심은 더 앙큼하게 있어서 외양으로 가장 고결한
체하고 은근히 별별 일이 다 많은 법이지. 관찰, 군수로 있는 분네들
이 모두 다 똥물에 튄 인물들이기에 그렇지, 적이 손아귀가 딱딱하고
보면 제까짓 년이 어디 가서 그런 버르장이를 할꾸? 당장 *혼뜀을
하여 다시 그런 버르장이를 못 하게 하였으면 다른 기생에게까지 본
보기가 되지.”

그런 말을 아무라도 한때 웃음거리로 듣고 말 터인데, 그 중에 나
이 사십이나 되고 얼굴이 검푸르고 수염이 많도 적도 않고 키는 중
길은 되는 사람 하나이 눈을 깜작깜작하고 가커니 부커니 아무 말
없이 가만히 앉아 들으며, 손에 든 *합죽선을 폈다 접었다 하다가 가
장 범연스러운 체하고,

“에, 이 사람들, 상스러운 소리 고만두게, 점잖은 사람에서 *외하
방 기생년의 이야기는. 응, 창피스러워! 제가 잘나면 얼마나 잘났겠

으며, 설혹 잘났기로 무엇을 그리 떠든단 말인구?"

좌석에 마침 전라남도 친구가 앉았다가,

"노형 말씀이 당연하기는 하오마는 나도 금년 이월에 장성읍에를 갔다가 선초를 얼풋 보니까 과연 생기기는 썩 *도저하게 생겼어요. 처음에야 선초의 소문만 들었지 자세히 알았소마는 제 집이 바로 *삼문 앞인 고로 하루도 몇 번씩 드나드는 것을 보고 짐작하였지요."

대범한 체하던 자는 이도사라 하는 자인데 평일 역사를 대강 말하자면 속담에 *망석중이 일반이라, 선조 때부터 양반은 자기 하나뿐인 체, 언변도 자기 하나뿐인 체, 지혜도 자기 하나뿐인 체, 그 중에 엉큼한 욕심은 들어앉아서 어느 사람에게 *집지를 하여 학행도 자기 하나뿐인 체, 부모 덕에 글자는 배워서 문장도 자기 하나뿐인 체하다가 서울로 쑥 올라와서 은근히 세력이 있는 재상의 집에를 출입하여 처음에 *재랑초사로 나중에 도사*출륙을 한 분네인데, *선천품부를 *순양덩이로 타고나서 호색은 한 *바리에 실을 사람이 없으므로 남모르게는 별별 기괴망측한 행동을 모두 하면서 *외식으로는 세상에 *정남은 역시 자기 하나뿐인 체하여 노상에서 지나가는 여인을 보면 거짓말 보태어 십 리씩은 피해가고 *좌상에서 계집의 언론이 나면 능청스럽게 *거리책지를 일쑤 잘하더니, 급기 선초의 *선성을 들은 후로 며칠 밤을 잠을 잘 못자며 스스로 궁리하기를,

'선초가 참 일색인 모양인데 어떻게 하면 한 번 볼꾸? 보기야 내일이라도 장성만 내려갔으면 어렵지 아니하지마는 행색을 그 모양으로

*초솔하게 내려가면 관찰, 군수의 수청도 아니 든다는 계집이 내 말 들을 리가 정녕 없을뿐더러, 평일에 내 행세를 그렇게 낮게 한 터가 아닌데 남들이 *비소하기가 *첩경 쉬울 터이니 무슨 방법을 하였으며 내 행세도 손상치 아니하고 한번 처결을 하여 볼꼬? 응, 못생긴 자식들! 그곳 관찰사, 군수로 있어서야 당장 기생으로 있는 것을 일 호령에 수청을 못 들이고 *무류히 물러앉아? 응, 못생긴 것! 내가 그 처지로 있게 되면 시각을 넘기지 않고 제가 자원하여 수청들게 못할까? 그러나 그는 다 쓸데없는 말이고 어떻게 하면 *묘리있게 내 소원 성취를 하여 볼꾸?'

이처럼 *전전반측하다가 한 가지 무슨 생각을 하고 혼잣말로,

"꼭 그렇게 했으면 영락없이 되겠구먼, 무슨 *빙자할 말이 있어야지."

그러자 어떠한 손님이 문밖에 와 찾으니까 분주히 나가 보더니 반가이 인사를 하며,

"자네 언제 올라왔나? *대소댁내가 다 *일안들 하신가?"

그 손이 한숨을 휘휘 쉬며,

(손) "시생의 집은 이동안 아주 결단을 당했습니다."

(이) "그게 무슨 말인가? 어찌하다가, 응?"

(손) "근일에 충청남북도는 동학으로 해서 아주 말 아닌 중, 목천은 더욱 우심하여 시생의 *대소가가 모두 폭화를 당했습니다."

(이) "대소가라니 자네 *삼종씨 댁도 그 풍파를 당하셨단 말인가?"

(손) "풍파를 당할 여부가 있습니까? 시생은 이렇게 도망이나 하여 서울로나 왔습니다마는 삼종씨께서는 그자들에게 잡혀가셨는데 어찌 되었는지 *하회를 알 수 없습니다."

(이) "허허, 그것 말 되었나? 자네 삼종씨는 장정이니까 잡혀갔더라도 여간 고생은 좀 하겠지마는 설마 무슨 일이 있겠나마는 자네 재종숙모께서 팔십당년에 오죽 놀라셨겠나."

이도사가 그 사람의 작별하여 보내고, 남은 난리를 만나 대소가가 결단이 나서 *황황망조히 지내는데, 자기는 무엇이 그리 좋은 일이 생겼는지 얼굴에 회색을 가득히 띠고 혼자 빙글빙글 웃으며 *분분히 웃옷을 내어 입고 남문 안 창골 근처로 쏜살같이 가더니 몇 시간 후에 다시 낙공 등지로 분분히 가더라.

그날부터 창골, 낙동을 *풀 방구리에 쥐 드나들 듯 활동을 하더니 삼남 시찰사 하나이 새로 났는데 그 관보가 돌아다니니까 이 사랑 저사랑에서 공론들이 *분운하다.

"어, 시찰이 새로 났네."

"으응, 시찰이 났어? 누가 했단 말인가?"

"오늘 관보를 보니까 이도사가 하였습디다."

"허허, 그야말로 *만장공도(萬丈公道)로구면. 그 사람이 학행이 있고 무식지 아닌 터이니까 시찰을 매우 잘할걸. 그는 필경 평일 명예로 공천이 되었겠지?"

"아무렴 그렇지. 점잖은 터에 그가 *자구야 했겠소? 고지식하니까

가기나 할는지 알 수도 없소.”

한 사람이 그 곁에 드러누워 잠을 자다가 벌떡 일어나 앉으며,

“이 사람들, 자지도 않으며 잠꼬대를 하고 앉았나? 그 사람이 시찰을 왜 아니가? 아니 갈 사람이 목에 침이 말라 돌아다니며 벌었을까?”

먼저 말하던 사람들이 일시에,

“이 사람, 남을 그렇게 *할경하여 말을 말게. 그가 열 번 죽기로 벼슬 벌러 다녔겠나?”

자다가 일어난 사람이 화를 버럭 내며,

“이 사람들! 내가 무슨 억하심정으로 남의 없는 말을 할까? 자네네 알다시피 나는 *가빈친로(家貧親老)하여 *구사를 하는 터이기로 매일 남북촌 모모 재상의 집을 한 차례씩은 으레히 돌아다니는데, 그가 신씨와는 *계분이 대단하더군. 신대신, 신장신 두 집에서는 어느 날 못 볼 날이 없는데 이번 시찰 운동을 하노라고 애를 무진 쓰던데 그래.”

그 사람의 말이 *일호도 허언이 아니라, 이도사의 좋은 구변으로 신대신, 신장신을 *북 나들 듯 가보고 기회를 보아가며 시찰을 그치는데 썩 *의사도스럽고 간교도 하더라. 신대신을 가 보고,

(이시찰) “대감께옵서 *묘당에 계신 터에 어련하시겠습니까마는 요사이 지방 소문을 들으니까 하루바삐 진정 아니하오면 인민이 *무여지하게 *어육이 되겠습니다.”

(신대신) “글세, 삼남에는 소위 동학당의 횡행이 대단하다는걸. 그

렿지마는 그까짓 *오합지중을 무슨 심려할 것이 있나? *진위대 몇 *초만 풀어 보내면 며칠 아니 가서 다 소멸할 것일세.”

이도사가 *꽁 채려는 보라매 모양으로 두 어깨를 바싹 모으고 신대신 앞으로 가까이 다가앉으며,

(이) “대감, 이게 무슨 망령의 말씀이오니까? 그 백성이 무슨 죄가 있길래 병정을 풀어 무찌르려 드십니까?”

(신) “그 백성이 죄가 없다니 총귀에서 물이 나느니 도사라고 앉아 공중에를 올라가느니 하는 허탄한 말을 *주출하야 사면 돌아다니며 늑도도 시키고 *빚받이, *굴총하기, 심지어 부녀, 재산을 함부로 탈취한다는데 어찌해서 무죄하다고 하오?”

(이) “허허, 대감께서 그렇게 통촉하시기가 용혹무괴(容或無愧)올시다마는 그 백성 그 지경된 원인을 말씀하고 보면 저이들은 아무 죄도 없다고 해도 과한 말씀이 아니올시다.”

(신) “어찌해서 그렇단 말이오?”

(이) “자고 이래로 백성은 물과 일반이라, 동으로 터놓으면 동으로 흐르고 서로 터놓으면 서로 흐르고, 막히면 격동하고 순하면 내려가는 것이온데 근일에 각 도 지방관을 *택차를 못한 탓으로 *적자 같은 백성을 사랑할 줄은 모르고 기름과 피에 긁으매 일반 인민이 억울하고 원통함을 참다 못하여 악이 나서 이리해도 죽고 저리해도 죽기는 일반이라 하고 범죄를 한 것이오니 그 아니 불쌍한 무리오니까?”

(신) "그 폐단도 없지는 아니하겠지마는 설마 지방관들이 모두 *불치야 되리까?"

(이) "아무렴 그렇지요. 닭의 무리에도 학이 있다 하옵는데 불치들한 중에도 이따금 선치가 있기는 하겠지요마는, 큰 집 쓰러지는데 한 나무로 버티지 못함[大廈將傾 非一木可支]은 확연한 이치가 아니오니까?"

(신) "그러면 어떻게 했으면 좋겠소?"

(이) "시생의 *천견에는 *공직하고 무식지 않고 민정을 알 만한 자격을 택차하여 삼남도 시찰을 내어 암행으로 각 군에를 순회하며 지방관의 *치적의 *선부를 낱낱이 시찰한 후 *선치자는 *포장을 하고 불치자는 징계를 하며, 일변으로 백성을 *안무하여 귀순, 안도케 하오면 불과 얼마 아니되어 삼남 각처에 *격양가가 일어날 줄로 꼭 믿습니다."

신대신이 그 말을 듣고 한참 연구하더니 이도사의 말을 십분 유리하게 듣고,

(신) "노형은 가위 *경세지재(經世之才)시오. 그 말이 꼭 그러하겠소. 내일이라도 시찰을 보낼 일을 *탑전에 아뢰면 처분을 물을 듯하오마는 그 소임을 감당할 만한 자격이 얼풋 어디 있어야 아니하오?"

(이) "만사구비에 지흠동남풍(萬事具備 只欠東南風)으로 제일 사람이 없으니 그 일이 어려울 듯합니다."

신대신이 이도사를 물끄러미 건너다보더니,

(신) *"불필타구요구려. 노형이 그 사무를 담당하여 보면 어떠하겠소?"

(이) "천만의외 말씀이올시다. 시생이 자격도 부족하옵고 여러 가지 *행지, *층절이 있어 못 되겠습니다."

(신) "자격은 *족부족간에 나의 짐작이 다 있으니까 다시 *겸사할 것도 없소마는, 층절은 무엇이 그리 여러 가지가 있단 말이오? 여보, 노형이 독선기신(獨善其身)만 하면 소용이 무엇이오? 이런 때를 당하여 나라 일을 한번 해봅시다그려."

(이) "대감께서 이처럼 누누이 말씀하시는데 제 몸이 무엇이 그리 대단하다고 종래 고집을 하오리까마는, 물러가 제 역시 형편을 생각하여 보옵고 내일 다시 *낮하와 좌우간 말씀을 여쭙겠습니다."

(신) "그리하시오. 아무쪼록 나라 일을 한번 해 봅시다."

이도사가 그 길로 신장신을 가 보고 신대신과 하던 말과 일반으로 수작을 한참 하여 자기를 천거하여 내세우려고 하도록 한 후 여전히 재삼 사양하다가 내일 또 와 고하마 하고 자기 집으로 돌아왔다가, 그 이튿날 다시 신대신, 신장신을 차례로 가 보고 청산유수 같이 좋은 구변으로 자기 일을 칠월의 굳은 박 모양으로 단단히 굳힌다.

(신) "그래, 밤 동안에 연구를 많이 해 보았소?"

(이) "아무리 생각해 보아도 도저히 될 수가 없습니다."

신대신이 좌우 손이나 잃은 듯이,

(신) "그게 무슨 말이오? 되지 못할 말을 하시오. 내가 그 이유를

들어 보아서 웬만 곧 하면 변통을 해서 되도록 해 보겠소.”

(이) “대감께서 시생으로 시찰을 임명하시려기는 지방 행정의 선악을 포장하며 혹 징집하여 인민의 마음을 편안하도록 하시는 일이 아니오니까?”

(신) “아무렴 그렇지.”

(이) “그러하오면 시생에게 대감의 위엄을 빌리시고 권한을 어디까지 허락하여 주시겠습니까?”

(신) “모두 다 *상의에 있는 바인즉 내가 미리 말하기는 어렵소마는, 중대한 사무를 쓸어맡기는 이상에 권한은 주지 아니하며 나 역시 모르는 체하리까? 그러나 권한이라는 것은 한량이 없은즉 어떻게 하였으면 넉넉히 사무를 진행할까요?”

(이) “권한이 별것이오니까? 단순하게 시찰만 보내오면 너무 초솔한 뿐 아니로라 시생의 혼자 힘으로 위엄이 서지 못할 터이오니 대감께서는 *안렴사가 되시고 낙동 대감은 *순무사가 되시고 시생은 시찰을 시키시면 두 대감의 명령을 받들어 힘껏 일을 하여 보오리다.”

(신) “허허, 낙동 대감은 순무사 자격이 되시지마는 내야 안렴사 자격이 되나? 그것은 어찌되었든지 그 외에 다른 말씀할 것은 없소? 생각한 바이 있거든 아주 지금 설명을 하오.”

(이) “그 외에 말씀하올 것은 이왕 암행어사 일반으로 마패를 내리셔 *선참후계하는 권한을 사용케 하여 주셔야 치적이 있는 수령은

당장 *포계를 하고 탐관오리는 모조리 *봉고를 하여 일반 민심이 상쾌하도록 하여야 *적년 쌓여 오던 원기가 풀어질 터이올시다.”

(신) “글쎄…… 일은 그러하오마는 용이할 듯싶지 아니하오. 그러나 *모사는 재인(謀事在人)이라니 운동을 하여 보기나 합시다.”

2.

두 신씨의 굉장한 운동으로 이도사 욕심껏 성사가 되어 관보에 성명이 게재되니 즉시 *치행을 하여 삼남으로 내려가는데 그 행색을 언론하면 중도 아니요, 속한 이도 아니러라. 마패를 가졌으니 옛날 어사 일반이라, 아무쪼록 *폐포파립(弊袍破笠)으로 *여항에 암행하여 *민정감고를 탐문하여야 할 터인데 *신교바탕도 못 타 보던 위인이 별안간에 그다지 귀해졌는지 좋은 *사인교에 *두세 패를 지르고 건장한 *구종을 앞뒤에다 느런히 세웠으며, 자릿보, 요강, 퇴침, *타구와 모든 기구를 썩 굉장케 차려가지고 “시찰 내려간다” *노문을 놓다시피 뒤떠들며 내려가니 이 고을 저 고을 수령들이 각기 이시찰의 선성을 듣고 다투어 영접하여 *칙사 대접이나 다름없더라. 이시찰이 마음 내키는 대로 하면 바로 전라남도로 내려갈 터이요, 전라남도로 내려가도 바로 장성읍으로 갈 터이지마는 가만히 생각하여 본즉,

‘이번 시찰을 벌어 내려가기는 소관이 *하사(所關何事)리요마는 아무 일도 한 것 없이 기생 작첩부터 했다면 *청문이 사나워 명예에 관계가 되겠고, 또는 세상일이 내 실속부터 하는 것이 가한즉 돈부터

넉넉히 벌어 놓고 보겠다.’

하고 먼저 충청도로 내려섰는데, 각 읍 선치 수령은 아무리 자기를 냉대하여 당장 결단내고 싶으나 무엇이라 트집잡을 거리가 없고, 불치 수령은 다투어 은근히 무릎을 괴어 주며 갖은 *첨을 다하니까, *사세부득이 눈을 감아 도처마다 포계를 하여 주니 그 시찰 보낸 것이 효험만 없을 뿐 아니라, 도리어 민심이 더욱 *불울하여 폭도가 사면에서 불 일어나듯 하는지라. 이시찰이 *요량에,

‘내가 신대신, 신장신 앞에서는 폭도의 *치성하는 것이 전혀 지방의 죄라 하고 시찰을 시켜 주도록 하였지마는 군수들은 염치 소재에 하나 *파직 *장계할 사람이 없고 폭도는 저 모양으로 점점 더 치성하니 이 일을 어찌하면 좋은가? 아무 성적 없는 소문이 서울에 올라가기만 하면 오직 나를 *미타히 여길라구? 모로 가나 바로 가나 서울만 갔으면 고만이라고 아무렇게 하든지 폭도만 없앴으면 고만이지 다른 일이야 누가 알 *시러베아들놈 있느냐?’

하고 신대신 내려오기를 기다려 비밀히 의견 진술하는 말이,

*“하관이 이번 길에 위로 *성상 *홍덕과 그 다음 두 분 대감 위엄을 받드와 도처마다 진심껏 *설유하온즉 일체 수령들이 모두 정신을 가다듬어 정치를 쇄신하올 뿐 아니라, 본래 양민으로 위협을 못 이기어 폭도에 참여하였던 무리는 차례로 귀순하는 중이올시다.”

(신) “허허, 나라에 *만행한 일이요, 아무려나, 노형이 큰 *훈로를 세우셨소”

(이) "망령의 말씀도 하십니다. 하관도 *신민한 분자가 되어서 저 할 도리 저 하옵는 것이지 훈로가 다 무엇이오니까? 그러하오나 풀을 베면 뿌리를 없애라는 일체로 *협종 등은 귀화케 하옵기가 *여반장이오나 한 가지 큰 화근이 있습니다."

신대신이 둥그런 눈이 더 둥그레지며,

(신) "화근이라니 무슨 화근이 있단 말이오?"

(이) "화근이 별것이 아니오라 하관이 서울서 요량하옵기는 아무든지 모조리 귀화케 하여 한 명도 참혹히 죽임이 없도록 하리라 하였삽더니 급기 내려와 목격하온즉, 본래 *부랑패류로 업을 잃고 *도당을 *소취하여 여항에 돌아다니며 강도질로 생활하던 무리가 동학 일어나는 것을 좋은 기회로 이용을 하여 폭행이 더욱 심하와 불러도 오지 않고 쫓아도 헤어지지를 아니하오니 그 무리는 가위 *화외의 물건이라, 설혹 오늘 *간정되어 지방이 *안온할지라도 몇 날이 못 가서 그 무리가 필경 또 양민을 선동하여 지방을 여전히 소란케 할 터이온즉 시생의 소견에는 악착하기는 하오나 지방대 몇 초를 풀어 그 무리를 일망타진하여 *종처에 *추육을 베어버려 성한 살에 전염치 못하게 하듯 하였사오면 깊은 *후려(後慮)가 없을 듯하오이다."

(신) "그는 노형이 형편을 보아가며 *자단하며 할 일이지 나더러 물어 볼 것이 무엇 있단 말이오?"

신대신의 말이 그 모양으로 떨어지니 이시찰이 즉시 각 진위대에 통첩하여 병정을 다수히 풀어 *원범, 협종을 물론하고 동학에 *간련만 있다 하면 다시 조사할 여부 없이 모조리 잡아죽이는데 열이면 아홉이나 여덟은 애매히 참혹한 지경을 당하니 그 *원억한 기운이 *구소에 사무치는 중 제일 악착하고 말살스럽기는 목천 임씨의 집이 니라. 임씨라 하는 사람은 본래 이시찰과 한 동리에서 *죽마고교로 자라나서 *여형약제(如兄若弟)하게 정의가 두터울 뿐 아니라 임씨의 집은 적이 *조수족을 할 만하고 이시찰의 집은 극히 *빈한한 탓으로 임씨의 어머니가 이시찰을 자기 소생 아들이나 다름없이, 배가 고파 하면 음식도 거둬 먹이고 헐벗어 추워하면 의복도 주어 입히니, 어린 아이는 *괴는 곳으로 간다고 이시찰이 자기 집은 남의 집 보듯 하여 도 임씨의 집은 자기 집보다 더 여겨 머리도 종종 임씨 어머니 손에 빗고 잠도 임씨 어머니 품에서 자며 자라난 터이라 철모를 때에는 순연한 천진이라, 조금도 *식사없이 임씨 어머니에 대하여 매양 하 는 말이,

"제가 자라서 이 다음에 잘되게 되면 아무 걱정 없이 부자로 잘 살게 해 드릴 터이야요."

임씨 어머니가 어린아이 말이나마 기특하여,

"오냐, 여북 좋으랴, 나야 부자로 잘 살게 하든지 말든지 네나 아 무쪼록 귀히만 되어라."

그때에는 그 말을 일시 웃음거리로 지내고 말하였더니 이시찰이 서울 올라가 벼슬을 한다 하니까 임씨 어머니는 자기 자질이 공명하 는 이에서 조금도 못지않게 기껍게 여겨서 그 아들더러,

"이애, 아무 벼슬했다는구나. 너무나 고맙다. 우리가 점점 이렇게 못살게 되니 아니 나는 생각이 없구나. 아무가 어릴 때에 항상 말하기를, 제가 잘되면 우리를 도와주겠다 하였으니 설마 아주 모르는 체할 리가 있겠느냐?"

이 모양으로 이시찰 잘되는 것을 *주야옹망하던 터인데, 그리하자 동학이 각처에서 불 일어나듯 하여 무죄 양민을 모조리 잡아다가 능도를 시키는 통에 임씨도 불행히 잡혀가 위협을 못 이기어 *입도하였는데 진위대가 각 방면으로 습격하는 통에 임씨가 요행으로 도망하였다가 풍편에 소문을 들은즉, 자기와 같이 자라던 이 아무가 이번에 시찰로 내려왔다 하는지라 혼자 생각에,

'아무가 설마 내야 놓아주지 죽일 리가 있으랴, 진작 내가 *자현하여 죄를 떼어 버리고 말겠다.'

하고 즉시 시찰 있는 처소로 가서 자현하였더니 이시찰이 아는지 모르는지 포박된 여러 죄인과 한 곳에 *엄가뇌수하는지라. 임씨가 그 중에 생각하기를,

'죄인은 일반인데 *중인소시에 *유표하게 나 하나만 *백방할 수 없으니까 이렇게 가두어 두었다가 밤중 아무도 모르는 *승시하여 슬며시 나를 내어놓으려나 보다. 아니 그러고 보면 내가 도주한 모양이 되어 죄를 종시 못 벗어지겠으니까 아마 며칠 후에 대동 *발락하게 무죄함을 발포한 후 *방송하여 다시 후환이 없도록 하려나 보다.'

이 모양으로 태산같이 믿고 있더니, 하루는 호령이 천둥같이 나며

죄인을 모조리 청어 두름 엮듯하여 벌판에다 내어 앉히고 첫머리에 서부터 차례로 *포살하는데 임씨도 그 중에 치여 *미구에 그 총을 맞을 지경이러라. 임씨 어머니 팔십 노인이 그 소문을 듣고 어떻게 놀랐던지 *기색을 수없이 하며 대성통곡을 하니 동리 늙은 부인네들이 그 *경상이 불쌍하여 하나 둘 모여와서 임씨 어머니께 권하는 말이라.

"여보시오, 이러지 말으시고 정신을 차리셔서 일 주선을 하여 보십시오. 이시찰이 필경 노인 자제를 몰라보았기에 그렇지, 알고서야 이왕 자기 자랄 때에 노인께서 귀히 여기시던 은동을 생각하기로 자제를 살려 주지 아니할 리가 있습니까? 두 말 말으시고 근력을 차리셔서 이시찰 앞에 가 *원정을 해보십시오."

임씨 어머니가 그 말이 *근리하여 경황없이 지팡이를 짚고 엎어지며 자빠지며 울며 불며 읍내를 들어가 원정 여부 없이 이시찰 *좌기하고 있는 앞으로 한달음에 이르러 땅에 가 엎드려 두 손으로 빌며,

"살려 주옵소서. 이 늙은이의 자식을 살려 주옵소서. 제 죄가 천 번 만 번 죽이고도 남사와도 이 늙은이를 보옵서 제발 덕분에 살려 주옵시오. 저는 기실 죄도 없습니다. 그 몹쓸 놈들이 잡아다가 위협을 하니 죽지 못하여 따라다닌 일밖에 없습니다. 살려 줍시오, 그것 하나만 죽으면 이 늙은이 *고부도 속절없이 죽어 세 식구가 함몰할 지경이올이다. 영감, 통촉하시다시피 그 자식이 삼대독자올시다. 살려 줍시사. *하해 같은 덕을 입어지이다."

이시찰이 소리 한 번을 버럭 지르며,

"어, 요망스러운지고! 웬 계집이 겁이 없이 횡설수설, 어 괴악한지고! 이리 오너라, 역졸 거기 있느냐? 네 이 계집이 실성한 것인가 보다. 멀찍이 끌어내 물리고 이 근처에 *현형을 못하게 하여라. 만일 이놈들 사정 보고 지체하였다는 너희 놈부터 죽고 남지 못하렷다."

무지하고 우악한 역졸들이 벌의 *살같이 달려들어 팔십 넘어 구십이 *불원한 임씨 어머니의 손목을 와락 끌어 사정없이 몰아내는 통에 정신을 잃고 어느 길 밑에 가 쓰러졌는데 얼마 만에 누가 붙들어 일으키며,

"일어나셔서 댁으로 가십시오."

노인이 그제야 눈을 뜨고 *한구히 쳐다보더니 비죽비죽 울며,

"에구, 예가 어디요? 우리 아들 죽었나요, 놓여 나갔나요?"

그 사람이 그 경상을 보고 눈물을 금치 못하며,

"예, 자제가 백성되어 댁으로 갔습니다. 어서 댁으로 가십시오."

임씨 어머니가 그 말을 참말로만 여기고 반갑고도 좋아서 더듬더듬 기엄기엄 자기 집으로 가더라. 그때 이시찰이 임씨 어머니를 불호령을 하여 물리친 후에 몇 사람 다음에 처치할 임씨를 억하심정이던지 그 중 먼저 포살을 하였는데, 그 총소리가 땅! 하고 한 번 나자 임씨 원통한 귀신이 *반공중으로 불끈 솟아 이시찰의 머리 위로 빙빙 돌아다니는데, 이시찰이 고요한 밤에 홀로 자노라면 마음에 공연히 그 귀신 우는 소리가 두 귀에 들리는 듯 들리는 듯하기를,

“이놈, 이시찰! 말 들어라. 은인이 원수 된다더니 네게 두고 이른 말이로구나. 네가 내 집 단것 쓴것이 아니면 잔뼈가 굵지를 못하였을 터인데, 그 은공을 생각하기는 고사하고 무죄한 나를 왜 죽였느냐? 이놈 이시찰아! 나 하나 죽는 날 우리 식구가 함몰을 하였다. 우리 집 세 식구가 어디까지든지 너를 쫓아다니면서 그 앙화 받는 것을 보고야 말겠다.”

그 후로는 밤마다 공연히 마음이 *수란하여 낮같이 등촉을 밝히고 *상직하는 사람을 몇십 명씩 모아 *경야를 하여 가며 대강대강 사무를 처리하고 그 지경을 떠나 타도를 가더라.

임씨 어머니가 집으로 아들을 반가이 보려고 허둥지둥 돌아오니 그 며느리가 땅을 두드리며 우는 양을 보고 그제야 자기 아들이 죽은 줄을 알고서 그 자리에서 몇 번 몸부림에 이내 세상을 버리니 그 며느리도 그날 밤에 *간수를 퍼먹고 그 남편의 영혼을 따라갔는데, 그 동리 사람으로부터 *일경 어느 누가 임씨의 집 일을 참혹히 여겨 말 한마디씩이라도 이시찰을 욕 아니 하는 자가 없더라.

“에, 저 기른 개가 발뒤꿈치를 분다는 말이 꼭 옳더라. 세상 사람이 모두 이시찰 같아서야 남의 자식 구제해 줄 사람이 어디 있을꾸? 아니되지 아니되어, 남의 은공을 그렇게 모르고 그 앙화 받을 날이 없을까! 아직은 조각 세력을 얻어 시찰인지 뭉둥인지 다니며 못된 짓을 함부로 하고 돌아다니지마는, 열흘 붉은 꽃이 없고 십 년 가는 세도가 없다고 그 시찰을 며칠이나 다닐꾸? 시찰만 못 다니고 아무 일만 없으면 이번 길에 날불한당질을 하여 끌어간 돈만 가져도 처자를 데리고 *족과평생을 할 터이지마는 그리고 보면 *복선화음(福善禍淫)의 이치가 아주 없게? 이시찰의 *후분을 우리 눈으로 보면 다 알 것일세."

이시찰이 경상남북도로 돌아다니며 동학을 박멸한다 빙자하고 인명을 파리 죽이듯 하여 가며 재물을 어떻게 긁어들였던지 *백척간두(福善禍淫)의 형세로 여지없이 지내던 터이러니 졸연히 부자가 되어 일용범절에 아무것도 구차한 바가 없으니까 슬며시 흉측한 생각이 나던지 즉시 전라남도로 노문을 놓고 가다가 갈재고개를 올라서 남으로 장성군을 내려다보니 반갑고 기꺼운 마음이 부지중에 나서 한걸음에 갔으면 좋을 듯이 연해 길을 재촉하며 혼자 하는 말이라,

"저가 보이는 산 밑이 장성읍이로구나. 인제야 나의 소원을 성취하겠다. 그러나 어서 가서 외양부터 보아 과연 듣던 말과 같은지, 만일 내 눈에 벗어나면 모르거니와 그렇지 않으면 아무 짓을 하기로 저 하나야 내 마음대로 못 처치할까?"

장성군에를 도착하여 여간 사무를 대강대강 처리한 후에 불현듯이 선초를 불러보고 싶지마는 체면 소재에 그리하는 수는 없고 은근히 *심복지인을 시켜 본관에게 어떻게 귀를 울렸던지 본관이 그 이튿날 연회를 떡 벌어지게 열고 이시찰을 대접하는데, 이름이 시찰이지 직권을 암행어사이라 수령의 치적 선불선을 정탐하는 터에 본관이 차린 연회를 아무리 청한대도 갈 필요도 없겠고, 기왕 갔으면 약간 다과나

먹은 후에 정치에 관계있는 문답이나 하다 올 것이거늘, 이시찰은 그 연회를 자기가 극력 운동하기는 따로 목적 한 가지나 있는 터이라, 오라는 시간을 *칠 년 대한에 비 기다리듯 하여 허둥지둥 가서 겨우 인사 몇 마디 후에 다만 기생의 가무만 정신이 빠지게 보는 모양이거늘, 눈치 빠른 본관이 이시찰의 호색하는 양을 벌써 짐작하고 *나중사는 어찌되었든지 제일 일색 기생을 구경시키어 그 인정을 얼마쯤 사고 보리라 하고 그 길로 관노를 최호방 집에 보내어 선초를 성화 같이 불러왔더라. 선초가 차마 귀치않건마는 기생의 몸으로 *관령을 거역키 어려워서 마지못하여 관노를 따라 연회에를 갔더라. 이시찰이 선초를 자두지족과 행동범절을 보니 자연 정신이 취하여지고 사지에 맥이 없어 중인소시(衆人所視)만 아니면 한아름에 덥썩 안아가지고 자기 침소로 가고 싶지마는 차마 그리할 수는 없고 가장 체면을 차려서 본체만체 앉았는데, 눈초리는 *간좌곤향(艮坐坤向)이 되었고 가슴에는 *천병만마(千兵萬馬)가 뛰놀아서 도저히 진정키가 어렵던지 펴들었던 부채를 주루룩 접어 거꾸로 들고 선초 앉은 편을 가리키며,

"저 기생 이리 오너라."

선초가 천연한 태도로 이시찰 앞에 가 *공순히 앉으니,

(이) "허허, 그것 절묘하거든. 네 이름은 무엇이며 나이는 몇 살이냐?"

(선) "이름은 선초옵고 나이는 열일곱이올시다."

(이) "기생은 몇 살부터 되었으며 가무는 무엇 무엇을 배웠노?"

선초가 미처 대답하기 전에 본관이 입에 침이 없이 선초의 칭찬을 늘어놓는다.

"그애가 외양은 저렇게 기묘하거니와 *재조가 비상하여 춤도 못 춤이 없고 노래도 못 부를 노래가 없는 중 문필로 말한대도 제 앞가림은 할 만하고 음률로 말한대도 매우 도저합니다. 그뿐 아니오라 제 절행이 이상한 아이라 아무도 상종한 사람이 이때까지 없습니다."

이시찰이 바른손으로 수염을 쓰다듬으며 고개를 끄덕끄덕하며 너털웃음을 내어놓는다.

"허허 허허허, 그것 참 기특하다. 사람이 그러해야 쓰지. 허허, 저 자격 저 재화에 교방에 몸이 매여 있기는 아까운걸. 허, 이곳 풍속은 어찌해서 자식을 저만치 절묘히 낳거든 아무쪼록 그 재조를 채워서 공부를 잘 시켜 여자 사회에 *공명한 인물이 되게 할 것이지, 응 응! 지금도 관계치 아니하다. 자고 이래로 창기 출신에도 충, 효, 열세 가지 행실로 *유방백세(遺芳百世)한 인물이 하나 둘 뿐이 아닌즉 너는 그네만 못할 것이 있느냐? 오, 네가 문필에 똑똑하다니 나와 글 이야기나 좀 해보려느냐? 연회 파한 뒤에 내 처소로 오너라, 응 응?"

본관이 아무쪼록 이시찰의 *보비위를 하느라고 선초를 돌아보며,

"선초가 오늘이야 *수의사또 전에 좋은 학문을 배우겠다. 이애, 너 네 집으로 나갈 것도 없다. 바로 예서 수의사또를 뫼시고 가거라."

선초가 이시찰의 용모를 보건대 점잖은 학자 같고, 언론을 듣건대 유리한 격언이라, 속마음으로 생각하기를,

‘저 양반이 저만치 유식한 터에 나를 자기 딸이나 손녀 일반으로 귀해서 저리하는 것이지, 설마 경박하고 음흉한 자들 모양으로 괴악한 뜻을 두고야 부를라고? 세상일이 *연비 없이는 아니 되는데 저런 양반이 나의 *집심한 바를 알고 상당한 일로 인도하여 줄는지 알 수 있나?”

하고 한마디 사양 없이 이시찰 뒤를 따라 그 처소로 갔더라. 이시찰이 선초를 앞에 앉히고 창해의 늙은 용이 여의주나 얻은 듯이 어루다가,

“이애, 선초야! 너 부르기는 다른 일이 아닌즉 너 내 청을 들어라.”

하겠지마는 지조 있는 선초를 보통 다른 기생 다루듯 할 수 없어 얼풋 바로 말을 못하고 가장 선초를 위로하는 듯이 수작을 에둘러한다.

“허허, 참 다시 보아도 *절등하거든! 이애, 편히 앉아라. 어, 게가 차겠다. 이 요 위에 올라오너라.”

선초가 두 무릎을 접어 붙인 듯이 한편 구석에 가 쪼그리고 앉아서,

“예도 관계치 아니합니다.”

이시찰이 선초의 손목을 잡아 자기 앞으로 끌어다 앉히려다가 생각한즉, 그리하다가 *노색을 먹으면 공연히 일도 못되고 *덧들이기만 할까 염려하여 내밀었던 손을 도로 움츠러들이며,

(이) “오냐, 너 편할 대로 아무데나 앉거라. 그래, 기생 노릇한 지가 몇 해야?”

(선) "열세 살부터 *시사를 하였사오니까 열셋 열넷 열다섯 열여섯 열일곱 햇수로는 다섯 해나 되었습니다."

(이) "기생 노릇을 할 만치도 하였구나. 이애, 아까 본 군수에게 들으니까 네 골 군수로 내려오는 *등내마다 너를 으레히 수청들이려 한다는데 일체로 거절을 한다 하니 그게 무슨 고집이냐? 기왕 기생이 되었으니 *송구영신(送舊迎新)하는 것이 본색이요, 아무 양반에게든지 진작 몸을 허락하여 *전정을 도모할 것이거늘 차일피일 금년 명년 하다가 무정한 세월에 어느덧 손을 넘기면 그 아니 딱하냐?"

(선) "……."

(이) "오, 내가 네 말을 들어 보자는 것인데 네가 옳게 생각을 하였다. 사람이면 다 사람이냐? 소위 근일 지방에 다니는 사람들 외양으로 보면 군수니 관찰사니 지위도 높아 뵈고 기구도 있어 뵈지마는 그 속을 파보게 되면 모두 다 *청보에 개똥 싼 모양이라. 가령 *공도로 왔다는 자는 대가 후예로 부형의 덕이나 *인아의 연비로 그 벼슬을 얻어 했지 자격은 누구누구할 것 없이 무식하거나 못생긴 것들이요, *납뢰를 하고 온 무리는 더구나 자격을 의논할 여지가 없이 깡그리 도적놈들이요, 그나마 서울 삽네 하고 수중에 푼돈냥을 가지고 요량없이 덤벙이는 것들은 부랑탕자에 지나지 못하니 바로 지각없이 남의 등골이나 빼려면 모르거니와 그렇지 아니하고 마음을 단정히 먹어 백 년을 의탁할 사람을 구하려면 대단히 어려우니라."

(선) "……."

(이) "선초야, 나는 힘들여 말하는데 너는 왜 대답을 한마디도 아니하느냐? 이애, 연분이라 하는 것은 인력으로 못할 것인가 보더라. 그러기에 노인의 소첩이 있지 아니하냐? 그 계집들이 열이면 열 다, 스물이면 스물 다 꽃다운 연기가 서로 알맞은 남편을 만나 백 년을 하루같이 즐기고 싶지마는, 벌써 거적자리에 뚝 떨어질 때에 모월(姥月)의 붉은 실로 발목을 매어 인연을 맺어 놓은 이상에 다시 변통하는 도리가 없는 까닭으로 신랑 신부가 피차에 마음이 있고도 무슨 탈이 나든지 그 혼인이 기어이 못되기도 하고, *연치가 비록 *상적지 못하고 *간혼이 빗발 같이 들어온대도 어떻게 하든지 그 혼인이 기어이 되고 마는 법인즉, 이애 너도 너무 고집말고 웬만하거든 몸을 허락하여라. 세상에 별 사람이 있는 줄 아느냐? 내가 옛날이야기 하나를 할 것이니 너 좀 들어 보아라. 옛날에도 너같이 어여쁘게 잘생긴 처녀 하나이 있던가 보더라. 연기가 *당혼하여 신랑 하나를 고르고 골랐구나. 그때 그 처녀 심중에는 저 신랑과 재미있게 살아 자녀를 층층이 기르며 백 년을 해로하리라 하였더니 급기 성롓날 신랑이 *전안청에 당도하여 졸지에 *낭기마가 놀라 뛰며 신랑이 여러 길 되는 언덕에 가 떨어져 목이 부러져 세상을 버리니 신부의 아버지가 생각하기를, 성례도 아니한 터에 자기 딸을 청상과부로 늙힐 이유가 없는지라. 그 딸더러 사리를 타이르니 그 처녀 역시 그러히 여겨 저의 아버지의 주장하는 언론을 순종하는지라, 신부의 아버지가 사랑으로 나아가 여러 손을 향하여 공포하기를, '여러분 중 누구시든지

상처하신 양반이 있거든 내 딸과 성례를 하십시다.' 그때에 만좌가 다 당황히 앉았는데 그 중 목생원이라 하는 자가 나이 칠십여 세인데 자기가 *속현을 하겠노라 자청하는지라, 신부의 아버지가 그 늙은 양을 보고 얼른 응답을 아니하였구나. 그래서 안으로 들어가 자기 마누라를 향하여 의논을 하는데 신부가 곁에 앉았다가 부끄럼이 조금 없이 '이 일이 벌써 *천정연분이오니 늙었기로 관계할 것 있습니까.' 하거늘, 하릴없이 그 신부를 목생원에게로 시집보냈는데, 그 신부가 시집가던 해부터 태기가 있어 한 삼줄에 여룡여호한 아들 삼형제를 낳아서 며느리, 손자를 차례로 보고 오십이 되도록 해로하다가 목생원 일백오 세 되던 해에 내외 *구몰한 일이 있으니 그 일 한 가지로만 미뤄보아도 혼인이라는 것은 꼭 연분이 있는 줄 안다. 네가 어떻게 들을지는 모르겠다마는, 너의 연기가 당혼을 하여 외양과 재질이 뛰어난 까닭으로 그 여러 사람이 모두 욕심을 내되 차례로 거절하였은즉, 필경은 나 같은 늙은이와 천정연분이 있어 마음이 그렇게 들었던 것인지 역시 알 수 있느냐?"

(선) "……."

(이) "허허 허허허, 내 수염이 희뜩희뜩 세기는 하였다마는 기력이 든지 마음은 여간 젊은 놈이 못 당할 만하다. 이애, 이리 좀 가까이 앉아라."

선초가 마음대로 하면 *잡아다리는 손을 뿌리치고 거리책지(據理責之)라도 하고 싶으나 몸이 창기에 있으니 아무리 정당한 말로 거절하여도 듣지 아니할 터이요, 연회에서 바로 집으로 갔더면 좋을 것을 이시찰 *흉중을 곧 *정인군자로만 여기고 따라온 이상에 독불장군으로 아무래도 아니되었는지라, 마지못하여 그 곁에 가 잠시 앉았다가 원산 이미를 부챗살 접은 듯이 찌푸리고 바른손으로 아랫배를 움켜잡고,

"애구 배야! 아까 국수 조금 먹은 것이 체했나? 왜 이렇게 재가 아픈가?"

이시찰이 자기 *친환에 그렇게 놀랐으면 대문에다 *붉은 문을 세웠으련마는 *내간, *외간을 당할 제는 남의 말을 과히 할 것 없지마는 동리 늙은이 초상난 데에서 조금 다를 것 없이 시들스럽게 여기던 위인이라서, 선초의 배야 소리 한마디를 듣더니 두 눈을 *경풍한 아이 모양으로 둥그렇게 뜨면서,

"응, 배가 아파? 저를 어찌하잔 말이냐?"

부스럭부스럭 *염낭을 끄르고 *소합원 서너 개를 내어 주며,

"이애, 이것을 먹어라"

선초가 소합원을 받아 한입에 툭 *들이뜨리고 질경질경 씹어먹으며,

"에그, 저를 집으로 가게 하여 줍시오."

이시찰이 선초가 간다는 소리에 기가 막혀서,

(이) "너의 집에를 가면 별 수 있느냐? 아무데서나 약 치료를 하여 보자꾸나."

(선) "아니야요. 예서 아무리 좋은 약을 먹어도 갑자기 낫지를 못합니다. 제가 본래 속병이 있어 조금만 무엇이 체하기만 하면 속병이 치밀며 쥐어뜯어 며칠씩은 으레히 고생을 하더니 이 근래에는 발작을 아니하기에 아마 그 병이 없어졌나 보다 하였는데, 에그, 오늘 말고 이따가 또 이러합니다그려. 제가 나가서 수일 조리를 하여 적이 낫거든 다시 들어와 뵈옵겠습니다."

(이) "응, *옹이에 마디로다. *불선불후에 하필 오늘 병이 났단 말이냐? 오냐, 그리해라. 보내주마."

선초가 그 방문을 나서니 *상말로 *시환이나 나은 듯이 시원 상쾌하여 집으로 온 뒤에 이시찰이 조석 문병을 하며 다시 한 번 보려고 애를 *무진히 쓰나 선초는 줄곧 거절을 하여 *낙락난합이 된지라. 이시찰 생각에, 처음에는 제 몸이 편치 못하니까 *수접하기가 귀치 않아 저리하거니 하였다가 여러 날이 되도록 일향한 모양으로 아니 보니, 그제는 의심이 없지 못하여 슬며시 사람을 놓아 선초의 병세 유무를 탐지해 보니 그동안 어떻게 앓느니 어디가 아프니 하던 것이 모두 다 딴소리라, 그제야 분심이 *탱중하여 당장 역졸을 풀어 최호방의 집 식구를 모조리 잡아다가 *물보낌으로 *치도곤을 퍽퍽 때리고 선초를 번쩍 들어오고 싶으나 그는 명예 관계에 하는 수 없고, 그대로 두고 제 마음만을 기다리자 하니 쇠불알 절로 떨어지면 구워 먹기라, 곰곰 궁리를 하다가,

'옳지, 되었다! …… 했으면 며칠 아니 되어 제가 절로 슬슬 기어

들어오고 말지. 오늘은 *기위 저물었으니 내일은 첫새벽에 *거조를 하여 보리라'

하고 *일심전력이 선초에게 가 있어 누웠다 앉았다 한잠도 자지도 못하고 있는데 창밖에 사람의 자취가 급히 나더니 어떤 자가 들어와 이시찰 귀에다 입을 대고 무에라 무에라 몇 마디를 하니까 이시찰이 별안간 사지를 벌벌 떨며,

   (이) "이애, 그러면 어떻게 하면 좋느냐?"

   (그자) "잠시 피신을 하실밖에 다른 상책이 없습니다."

   (이) "네 말이 옳기는 하다마는 저간에 낭패되는 일이 있구나."

   (그자) "무슨 일이온지는 알 길이 없사오나 이 다음에 다시 행차하옵서는 못하십니까?"

   (이) "그도 그렇다"

하더니 신도 못 신고 버선발로 뒷문으로 나서서 뒷산 *초로길로 발톱 부러지는 것을 알아볼 겨를이 없다 하고 얼마쯤 달아났더라. 와서 귀에 말하던 자는 별사람 아니라 서울서부터 *중방으로 데리고 내려간 사람인데, 충청, 경상도 동학 *여당이 *복보수를 하려고 수천 명이 작당하여 병기를 가지고 이시찰을 찾아 장성군에를 그 밤내로 들어온다는 *풍설을 어서 얻어듣고 겁결에 자세히 탐지해 볼 여부없이 한달음에 이시찰 처소로 와서 어떻게 풍을 쳐놓았던지 이시찰이 자기의 지은 죄가 있은즉 *자겁이 아니 날 수 없어 그 모양으로 도망한 것이라. 장성 지방을 그 밤새기 전에 지나 영광, 담양으로 북도를

넘어서서 순창, 고부, 흥덕 등지를 개미 쳇바퀴 돌 듯하며 아무리 동학당의 소식을 탐지하여도 *진적한 동정을 알 수 없는지라 혼잣말로, "이 말이 필경 헛소동이기에 그렇지, 조금이라도 근지가 있는 일 같으면 저희가 한둘이 하는 일 아니도 이렇게 비밀할 수가 있나? 내가 어림없이 속고 *소영사만 낭패를 하였지. 응, 낭패될 것은 무엇 있나. 상쾌[중방의 이름] 말따나 아직도 늦지 아니하였는데." 하고 불현듯이 장성군으로 도로 가려다가 다시 무슨 생각으로 정지하기를 누차 하였는데, 나중은 확실한 허언인 줄 자세히 알고 그제는 새로 *깨어진 독 서슬 같이 위풍을 피우며 길을 떠나더라.

3.

이때 최호방이 자기 딸의 정한 뜻을 억제키 어려워서 저 하자는 대로 내버려두었으나 시골 사람이라는 것은 서울 양반 무서워하기를 호랑이 만나니보다 한층 더한 중 이시찰의 선성이 높고 최호방의 조심이 심하여 인자 선초의 *병탈하고 온 이후로 *울에 앉은 새 몸같이 조마조마하던 차에 이시찰이 *모야무지(某夜無知) 간에 *부지거처로 갔다니까 일변 이상도 하고 일변 시원도 하더니, 하루는 문밖에서 누가 와서 찾거늘 *신지무의하고 나아갔는데 졸지에 무지한 역졸배가 우루루 달려들어 최호방의 멱살을 치켜잡고 이 뺨 저 뺨 사정없이 치며 꽁무니에서 빨랫줄 같은 *삼시위로 *오라를 쑥 빼어 최호방의 두 손목을 끊어지거라 하고 잔뜩 졸라매더니 덜미를 턱턱 짚어 앞세우고 가는지라, 그 지경이 되니까 온 집안이 *난가가 되어 어찐 곡절인지 모르고 황황망조하는데 선초는 저의 아버지 잡혀가는 것을 물끄러미 보며 혼잣말이,

"에그, 저를 어찌하면 좋은가! 아버지께서 다년 *이역을 다니셨지마는 엽전 한 푼 *범포한 적도 없고 성품이 *번거함을 싫어하사 내 일 아니면 상관 아니하시기로 유명하신 터인데, 저놈들이 무슨 곡절로 큰 죄인 일반으로 저렇게 잡아를 갈까?"

남부끄러운 줄 모르고 버선발로 쫓아가며 눈물이 더벅더벅 울다가 문득 생각이 돌기를,

'옳지! 이 일이 까닭이 있는 일이로구나. 좀 있다 소문을 들으면 알겠지마는 필경 이시찰의 소위가 *십상팔구인즉 내가 이 모양으로 나섰는 것이 *만만불가하지, 그도 설마 사람이지 백성 보호하라는 정부 관리가 되어 무죄한 사람을 억지로 어찌할라고?'
하며 집으로 도로 들어와 사람들 늘어놓아 하회 형편을 탐지하더라.
최호방은 자다가 꿈결같이 *불의지변을 만나 발길이 땅에 닿을 새 없이 잡혀가 관가 뜰 아래에 꿇어 엎드려 있노라니 *당상에서 천둥 같은 호령이 나오는데,

"네 죄를 네가 모를까?"

최호방이 고개를 조아리며 곁눈으로 힐끗 쳐다보니 다른 사람이 아니라 곧 이시찰이 노기를 등등히 띠고 앉았는지라,

(최) "*장하에 죽사와도 죄명은 깨닫지 못하겠나이다."

(이) "정녕히……. 흉악하고 *간특한 놈!"

(최) "제가 무엇을 그다지 흉악하고 간특하오니까? 죽을 때 죽사와도 죄명이나 알아지이다."

(이) "이놈 *관정발악한다! 네 죄명을 네가 스스로 생각해 보면 알 것이지 누구더러 *생심코 물어!"

(최) "저는 아무리 생각하와도 알 길 없사오니 일러 주옵소서!"

(이) "그러면 동학당은 어느 놈이 비밀히 불러 나를 해하려고 했던구?"

(최) "하늘 내려다보십니다. 제가 생심 그런 뜻이나 둘 가망이 있습니까? 지금이라도 그 말을 들으신 곳으로 다시 *채근을 자세히 해 보옵시면 저의 무죄함을 자연 통촉하실 터이올시다"

(이) "이놈! 무슨 잔소리야! 무죄하면 네 집 하인이 고부읍에서 *작란하던 최순팔의 집에는 무엇 하러 갔다 왔어?"

(최) "제 집 하인을 전답 매매에 상관되는 일이 있사와 고부 땅에 보냈던 일은 있사와도 작란하던 최순팔은 어떤 자인지 평생에 얼굴도 알지 못하옵나이다."

(이) "무슨 잔소린구! 내가 번연히 알고 말하는데 종래 바로 *토설을 아니 하려구? 네 몸이 아파도 이리 할까! 이놈, 음흉한 놈!"

최호방이 어이가 없어 이를 깨물고 다시는 말을 아니하고 엎드려 있노라니 좌우에서 연해 *주장질을 하며 바로 아뢰라고 무한 *조련하다가 그대로 *항쇄족쇄하여 옥 속에 끌어다 넣고 *하도감 자물쇠로 옥문을 굳게 잠갔더라. 이때 선초가 이시찰의 문초하던 소문을 들으니 *백옥무하(白玉無瑕)같은 자기 아버지에게 적지 아니한 죄명을 억울히 씌워 장차 어느 지경에 이르는지 측량치 못할지라, 황망한 말소리로,

"어머니, 저 일을 어찌하면 좋단 말씀이오? 우리 지금 *승문고라도 쳐서 아버지 무죄하신 발명을 하여 보십시다."

자식이라 하는 것은 열이면 아홉은 *외탁을 으레 하는 법이라. 선초 같은 딸을 낳은 최호방의 마누라 춘홍인들 범연한 자격이리요? 자기 남편의 변란당한 것을 보고 가슴이 터질 것 같으면 산산조각이 날 만치 애를 쓰는 차에 선초의 하는 말을 듣고 두 손으로 한편 무릎에 깍지를 나지막이 끼고 우두커니 앉아 궁리를 하다가,

(춘홍) "이애, 승문고도 소용없다. 이 일이 본관이나 관찰사가 관계하는 바가 아니요, 이시찰이 우리를 미워서 너의 아버지에게 죄를 씌우는 일인데 아무 짓을 하기로 효험이 있겠느냐?"

(선초) "에그, 그러면 어떻게 하나요? 소문을 들으니까 동학 죄인은 잡는 대로 포살을 한다는데 아버지를 동학 간련으로 몬다 하니 뒤끝이 어떻게 되는지 알 수가 있나요."

(춘) "이시찰이 너 까닭에 *함혐을 하고 그러는 모양인가 보다마는 아무렇든지 무죄한 사람을 생으로 죽이겠느냐?"

하더니 그 날이 점점 극도에 달하여 확확 함부로 물 퍼붓듯 나온다.

"오냐, 열 치가 한 치가 되더라도 너의 아버지만 옥구멍에서 살아

만 나오래라. 이 복보수할 날이 설마 있지. 사람이 죽으면 아주 죽으랴. 수염이 희뜩희뜩한 것이 제 막내딸 같은 네게다 흉측한 마음을 두고 그따위 행실을 해! 그래도 아니꼽게 제가 가장 점잖은 체하고 의젓을 빼내더라지? 에그, 조정에는 사람도 귀하지, 그런 음흉한 것을 시찰사로 내려보냈으니 제가 그 꼴에 시찰은 무슨 일을 시찰할 터인구? 내가 남의 악담이 아니라, 남의 못할 노릇을 하고 제게 앓히지 아니하는 법이 없느니라."

(선) "에그, 어머니 아무 말씀도 마시오. 공연히 이런 소문이 나면 아버지 몸에만 해롭게 됩니다."

(춘) "이 계집애, 듣기 싫다! 오늘날 너의 아버지 저 고생하는 것이 모두 다 뉘 탓이냐? 기왕 팔자가 사나와 기생인지 비생인지 되었으면 유난스럽게 굴지 말고 남과 같이 *추월춘풍(秋月春風)으로 지내거나 또 한마음 한뜻을 먹었거든 연회 파한 뒤에 진즉 집으로 나올 것이지 무엇을 하러 어슬렁어슬렁 따라갔다가 집안을 이 지경이 되게 하였느냐?"

한참 이 모양으로 모녀가 말을 하는제 다년 자기 집 하인이나 다름없이 다니는 관비가 분주히 들어오더니,

"아씨, 안녕하십쇼? 에그, 작은아씨께서 어디가 편치 않으십니까? 왜 얼굴이 저렇게 못하셨어요?"

선초는 아무 말 없이 자기 처소로 들어가고 선초 어머니는,

(춘) "응, 자네 왔나? 왜 여러 날을 아니 왔던가?"

(관비) “자연 그리되었습니다. 에그, 댁에서야 여북 걱정이 되시겠습니까? 나으리께서 저 지경이 되셔서.”

(춘) “…….”

(관) “제가 댁을 상전 댁 같이 바라고 다니는데 나으리 소문을 듣삽고 어찌 놀라운지 한달음에 뛰어가 김선달을 보았습니다.”

(춘) “김선달이라니 누구 말인가?”

(관) “압다, 수의사또 중방으로 따라온 김선달 말씀이올시다.”

(춘) “김선달은 어찌해서 찾아갔던가?”

(관) “그가 제 *아오의 집에 주인을 정하고 있삽는데 아오의 말씀을 들은즉 김선달이 수의사또께 아주 단벌로 긴하다고 하옵길래 댁 나으리께서 무슨 죄로 잡히셨는지 큰 형벌이나 아니 당하시고 수이 놓이실는지 제 아오더러 김선달게 슬몃슬몃 물어보아달라고 하였습니다.”

(춘) “김선달이 아무리 자네 아오의 집에 주인은 정하고 있기로 그런 말을 함부루 이야기할라구 그리했나?”

(관) “제 아오가 묻는데 김선달이 아는 일까지는 이야기 아니하지 못할 만한 눈치를 알았습니다. 제 아오가 좀 똑똑히 생겼습니까? 아마 김선달이 주인 정하고 있은 후로 무슨 관계가 착힐히 있는 것이야요.”

(춘) “그래, 김선달이 무엇이라고 하드라던가?”

(관) “에그, 어찌하나? 이런 말씀을 여쭈면 너무 놀라실 터인데 그

렇다고 아니 여쭐 수는 없고.”

하더니 무슨 소리를 두어 마디쯤 하니까 선초 어머니가 주먹으로 땅바닥을 땅땅 치며,

“에구, 하나님 마옵소서! 생사람을 이렇게 죽여도 관계치 않은가? 왜 죽여, 왜 죽여, 무슨 죄를 범했길래 죽이려 들어?”

하며 *방성대곡을 하니 선초가 마주 울며,

“어머니 고만 진정하십시오, 저 어멈이 무슨 말을 여쭈었길래 이러십니까? 여보게 어멈, 무엇이라고 말씀을 여쭈었나?”

이 모양으로 성화같이 묻는데 관비는 머뭇머뭇하고 대답을 못하는데 선초 어머니가 소리를 버럭 질러,

“너의 아버지를 내일 모레 죽인단다. 시원히 알려느냐?”

선초가 처음에는 어찐 영문인지 몰랐다가 저의 어머니의 하는 말을 들으니 어떻게 기가 막힌지 얼굴빛이 노래지고 두 눈이 꼿꼿하여 아무 말도 못하고 앉았다가 저의 어머니 앞에 가 떡 엎드러지며,

“에그, 어머니, 저부터 죽어요.”

선초 어머니가 그 딸 죽겠다는 말을 울면서도 귓결에 들었던지 치맛자락을 집어 눈물을 이리 씻고 저리 씻으며,

“오냐, 아니 울마, 걱정 마라. 죽기는 왜 죽으려느냐? 우리 모녀가 아무쪼록 기를 쓰고 살아서 너의 아버지 원수를 갚아야 할 터인데, 그렇게 어림없이 죽어?”

이때 관비는 *열없이 말 한마디를 불쑥 해 놓고 도리어 무료히 있

다가,

"아씨, 진정합시오. 말이 그렇지 설마 어떠하오리까? 제가 댁에는
별로 가까이 아니 다니는 체하고 김선달에게 다시 물어보아 만약 풍
설이게 되면 다시 말씀할 거 없이 좋삽고, 그렇지 못하옵거던 즉시
와 여쭐 것이니 힘자라는 대로 주선하여 보십시오."

(춘) "에그, 이 지경에 누가 이렇게 와서 고맙게 말을 하겠나? 어렵
지마는 어서 좀 알아다 주게."

그 관비가 하직하고 간 지 두어 *식경이나 지나 분분히 다시 오거
늘, 선초 어머니도 궁금하려니와 제일 선초가 갑갑해서 마루 끝으로
마주 나오며,

"갓난어멈, 그래 댁 나으리마님 일을 자세 알아보고 왔나?"

관비가 선초더러는,

"예예, 다 알아보았습니다. 아씨께 자세 여쭐 것이니 천천히 들으
십시오."

하며 다시는 다른 말이 없이 자기 어머니 처소로 들어가더니 가만가
만히 무엇이라고 한참 말을 하니까 자기 어머니가 눈물만 뚝뚝 떨어
뜨리고 듣다가 입맛을 쩍쩍 다시며,

"아무리 내 속에서 난 자식이기로 이런 일이야 억지로 권할 수가
있나?"

이때 선초가 관비 들어오는 양을 보고 *일껀 갓난어멈을 부르며
말을 물어 보았더니 천천히 들으라고 맛없이 대답하며 자기 어머니

더러 무슨 말을 은근히 전하는 양을 보고 심중에 이상히 여겨 미닫이 틈으로 엿보며 듣다가, 급히 자기 어머니가 울며 하는 말을 들으니 심히 이상스러워서 방문을 가만히 열고 곁에 가 날아갈 듯이 앉으며,

(선) "어머니, 지금 그게 무슨 말씀이야요? 왜 아버지께서 참말 놓여나오시지 못하게 되셨나요?"

(춘) "놓여 나오는 것이 다 무엇이냐? 닷새 후면은 홍문 밖 삼거리에서 내어다 앉히고 총으로 놓아 죽인단다. 에그, 남은 열 자식을 두어도 아무 탈 없더구면, 우리는 변변치 못한 딸 형제를 두었는데 딸의 효도 보기는 바라도 아니하지마는 너로 인하여 *생때같은 아비가 폭도의 죄명을 쓰고 총을 맞아 죽게 되었지."

(선) "그게 웬 말씀이야요? 이시찰이 저를 미워서 아버지를 죽이는 것이올시다그려? 정 그러할 터이면 고만두십시오. 제가 지금 떠나 *주야배도하여 서울로 올라가 남산에 봉화를 들어 이시찰의 죄상을 드러내고 아버지 무죄함을 발명하겠습니다."

관비가 *대경실색을 하여 선초의 입을 손바닥으로 틀어막으며,

(관) "작은아씨, 남의 말은 채 들으시도 아니하시고 왜 이리 떠드십시오? 곧 큰일나겠네! 수의사또가 언제 펼쳐 내놓고 작은아씨 때문에 그리합니까? 공연히 이렇게 왁자지껄하시면 화만 더 재촉하시는 일이올시다. 설령 작은 아씨가 서울을 가시기로 어느 겨를에 일 주선을 하실 터이오니까? 분하다고 이리시면 나으리께 조곰도 이롭지 못

합니다.”

선초가 *냅뜨던 기운을 억제로 참고,

(선) “그러면 어디 자세 들어보세. 말을 다 하게.”

(관) “지금 가서 제 아오를 시켜 김선달에게 다시 알아봐도 며칠 후면 댁 나으리 일이 차마 입으로 옮기지 못할 지경이라 하기에 제 말로 ‘하늘이 무너져도 솟아나올 구멍이 있다는데 어떻게 일 *폐일 도리가 없겠느냐?’ 물은즉, 김선달도 아무리 수의사또의 심복일지라도 나으리 무죄히 그 지경되시는 것이 마음에 딱하던지 한없이 한탄을 하다가 말하기를, ‘지금이라도 *무사타첩하자면 똑 한 가지 일이 있는데 만일 의향만 있고 보면 그 주선은 내가 다 하겠다.’ 하는데 그 말이 별말이 아니라 작은아씨 말씀입디다.”

(선) “…… 내 말을 무엇이라고 하더란 말인가?”

(관) “수의사또가 아씨를 한없이 사모하시는 터에 눈 끔쩍하고 그 말을 들었으면 *베개 위 공사가 없다고 분명히 백방이 될 듯하지마는, 원래 그의 지조가 *견확하니까 누가 무안이나 보자고 권해 보겠나? 속절없이 최호방만 죽을 터이지, 하는 말을 듣고 저어 되어서 댁에 와 여쭙지 아니할 가망이 있습니까?”

선초가 그 다음 말은 듣지도 아니하고 자기 방으로 들어가 뒷문을 열어 놓고 문지방에다 한편 팔꿈치를 세우고 비스듬히 기대앉아서 무엇을 유심히 내다보며 한숨만 치쉬고 내리쉬더라. 천지 권능을 홀로 차지한 듯한 것은 춘삼월 동풍이라, 그 바람 지나는 곳마다 마르고 쇠한 가지에 잎이 나고 꽃이 피며 일 년 일도에 영화로운 기상을 그려내는 중 최호방의 집 후원 화초가 당시에 제일인 듯 싶게 *난만한데, 몸은 약하고 날개는 부드러운 옥색 나비 하나이 바람을 못 이기어 간신히 날아다니다가 심술궂고 욕심 많은 거미가 *요해처마다 꼭꼭 질러 판만 금사 진치듯한 줄에 가서 불행히 턱 걸려 오도가도 못하고 무한 *신고를 하다가 근력이 탈진하여 두 날개를 접어 붙이고 다시 꼼짝도 못하는지라 선초가,

"에그 저 나비 보게. 나와 같이 불쌍히도 되었지!"
하고 방구석에 세워 있는 *전반을 얼풋 집어들고 버섯발로 가만가만 내려가 거미줄 한복판을 탁 걸어 잡아당겨 나비 전신에 휘휘 친친 감긴 거미줄을 차례차례 뜯어 주며 혼자 한탄하는 말이,

"에그, 이 나비는 천행으로 나를 만나 몹쓸 거미의 핍박함을 면하고 저렇게 마음대로 훨훨 날아가는구면. 나는 어느 누가 구제를 하여 우리 아버지를 옥중에서 뫼셔내오고 아무 *침책 없이 시원한 세상을 보고 살아볼꼬? 휘여, 저 까마귀가 왜 저렇게 야단스럽게 와서 우나? 까마귀는 영물이라, 사람이 죽으려면 미리 알고 저렇게 운다는데 아마 내가 분에 못 이기어 정녕 죽으려나 보다. 죽는 것은 섧지 아니하지마는 아버지 놓여 나오시는 것을 보지 못하는 일이 뼈에 사무치지 아니한가? 에그, 까마귀는 미물이라도 제 어미에게 효성이 있는 고로 만고에 효조(孝鳥)라는 아름다운 이름을 얻었는데, 사람이 되고 부모에게 불효가 되면 미물만도 못하지……."

하며 끌고 파고 박은 듯이 한 곳에 가 우두커니 서서 곰곰 생각을 하다가,

"에라, 하릴없다! 부모 없는 자식이 어디 있겠니? 내 몸 하나 버려 아버지만 살아나셨으면 오늘 죽어도 내 도리는 다 차렸지."

하고 낯빛을 *화평히 가지고 안방으로 다시 들어가 관비를 대하여,

"여보게, 댁 나으리 무죄백방 되시고 못 되시는 것은 갓난어멈 주선만 믿으니 아무쪼록 힘을 잘 써 보게."

갓난어미는 최호방 집을 위하여 그 모양으로 입에 침이 없이 애를 쓰는 일이 *순전 아니라, 기실은 이시찰의 돈 천이나 준다는 전후 농락에 춤을 추고 다니는 것이라, 처음에 선초의 *냉락히 구는 양을 보니 얼마쯤 마음에 낭패로 여겼더니 선초의 좋은 낯으로 다시 와서 말하는 양을 보고 한없이 기꺼워서,

(관) "작은아씨, 그는 아무 걱정 말으시고 한마디 말씀만 쾌히 하시면 내일이라도 댁 나으리께서 나오시도록 힘을 써 보오리다."

(선) "아무려나 고마운 사람일세. 나더러는 더 말할 것 없이 수의 사또의 말씀을 들어 보아서 내게 향하여 일시 *풍정으로 그리한다 하면 갓난어멈도 내게 다시 올 것이 없고, 아무리 그가 내게 연기가 상적지 아니하나 백 년을 기약하겠다 하거던 즉시 와서 알게만 하게."

관비가 그 길로 김선달을 가 보고 선초의 말을 일일이 전하니 김선달이 큰 성공이나 한 듯이 이시찰에게 고하였더니 이시찰이 입이

귀밑까지 떡 벌어지며,

　(이) "그러면 그렇지! 제가 될말인가? 어려울 것 없지, 제 소원대로 다 하여 줄 것이니 오늘밤이라도 들어오라고 말하여라."

　(김) "예, 그리하겠습니다."

하고 서너 걸음쯤 나가는데 이시찰이 무슨 생각을 하였는지 김선달을 급히 부른다.

　"이애, 가만히 있거라. 이리 좀 오너라. 일이 그렇지 아니하다. 아무 일 없을 때 같으면 내가 기생년 좀 불러 *상관하기가 *불시이사(不時異事)지마는 지금 최가를 내일 죽이리 모레 죽이리 하면서 그 딸을 불러다 가까이했다 하면 남 듣기에 대단히 모양이 사나우니 너만 알고 저만 알게 쥐도 새도 모르게 밤들기를 기다려 은근히 데려오너라."

　김선달이 연해 대답을 하고 제 주인으로 와서 관비에게 그 사연을 전하여 선초에게 통지케 하였더라. 선초가 관비의 하는 말을 듣고 한참 생각을 하다가,

　(선) "여보게, 갓난어멈, 그렇지 않은 일 한 가지가 있으니 어려워도 또 한 번 걸음을 하여 주게."

　(관) "왜요? 작은아씨 심부름이야 열 번 백 번인들 못해 드리오리까. 말씀만 하십시오."

　(선) "일이 되는 이상에 은근하나 왁자하나 아무 관계 없거니와 만일 댁 나으리께서 어느 때든지 놓여나오신 뒤라야 내가 가든지 그

양반이 오시든지 하는 것이 그 양반 정체에도 손상되지 아니하고 내 도리도 당연하려니와, 싸고 싼 향내도 난다고 아무리 비밀해도 소문이 절로 날 터인데 *실범이 있든지 없든지 옥중에 갇혀 있는 죄인의 딸을 가까이했다 하면 그 양반은 무슨 모양이며, 부모는 내일 죽게 되네 모레 죽게 되네 하는데, 소위 자식이라고 수의사또와 어쩌니어쩌니 했다 하면 나는 무슨 꼴이겠나? 두말 말고 수의사또더러 오늘이라도 댁 나으리만 무죄백방만 하시라게. 내가 한번 허락한 이상에 위반할 리가 만무하고 또는 그 양반과 서로 만날 지경이면 어제도 말하였거니와 그 양반의 분명한 약조를 내 귀로 들어야 하겠네.”

(관) “들으실 약조는 또 무엇이오니까? 아주 지금 다 시원하게 일러 주십시오. 좌우간 이번 가서 수의사또의 의향을 알고 오겠습니다. 에구, 댁 일이 아니면 옷이 납니까, 밥이 납니까? 이 애를 쓰고 다니게요?”

(선) “아무렴 그렇지. 약조는 별 것이 아니라 어제 말과 같이 나를 한번 가까이하는 이상에 노류장화로 여기지 아니하고 백년해로하겠다는 말을 분명히 듣기 전에는 내 몸을 천 조각 만 조각에 다 낸다 해도 청종치 못하겠다 하더라고 그 양반께 말을 하여 주게.”

(관) “이 말씀은 왜 또 하십니까? 어제도 아씨 말씀대로 다 고하였는데 아무 반대의 대답이 없으실 제는 모를 것 무엇 있습니까? 그대로 하겠다는 말 일반인데 아무려나 시키시는 대로 하오리다.”

선초가 관비를 대하여 이처럼 말하기는 이시찰의 신의를 암만해도 알 수 없는즉 자기 몸을 *경선히 허락하였다가 첫째는, 자기 부친을 백방할는지도 꼭 알 수 없고, 둘째는, 자기 일시 색정으로 그리하였다가 나중에는 어떻게 괄시를 할는지 알 길이 없어서 *다심함을 돌아보지 아니하고 *지재지삼 신용 없는 자에게 어음 다지듯한 것이더라. 이시찰이 선초의 하는 말을 관비와 김선달의 소개로 다 듣더니 당장 욕심이 불같이 치밀어 이 다음 일은 반푼어치도 생각지 아니하고,

"그리하지, 어려울 것 없다."
하더니 일변 최호방을 잡아올려 어름어름 심문을 하는 체한 후 가장 체통이 정대한 듯이 일장 설유를 한다.

"너 말 듣거라. 네 죄상으로 말하면 열 번 죽여 싸다마는 십분 생각하는 바가 있어 특별히 용서하는 것이니 *지금 이후로는 개과천선하여 아무쪼록 다시 죄를 범치 말지어다. 만일 이 다음 또 무슨 일이 있고 보면 그때 가서는 죽기를 면치 못하렷다."

최호방이 잡혀올 때도 꿈 밖이요, 놓여나가기도 꿈 밖이라, 잡기는 무슨 마음이요, 놓기는 무슨 마음이냐고 한번 질문을 하고 싶지마는 벌써 보아도 위인이 족히 데리고 옳으니 그르니 수작할 거리가 못되던지 다만,

"예, 지당합시외다. 어디가 다시 죄를 지을 가망이 있습니까?"
하고 집으로 돌아와 그동안 관비가 왕래하며 수작된 일을 듣고서 *반자가 얕다고 열 길 스무 길 뛰면서,

"그게 무슨 소리니? 자식을 팔아 내 목숨을 이어? 어 망측한지구! 내가 죄를 범하였으면 열 번이라도 죽이는 것을 당할 것이요, 죄만 아니 범하였으면 당당히 놓여나올 터인데 그게 무슨 소리니? 어, 망측한지구! 이년, 관비년부터 버르장이를 단단히 가르쳐야 하겠다."

하고 두 눈귀가 쭉 찢어질 듯이 부릅뜨고 벌떡 일어서 나가니 선초가 와락 달려들어 저의 아버지 소맷자락을 *검쳐 붙잡으며,

(선) "아버지 왜 이러십니까? 좀 참으십시오. 이래도 제 팔자요, 저래도 제 팔자올시다. 어떠하든지 아버지께서 살아나신 것만 좋지 남의 탓 하시면 무엇합니까?"

(최) "에라, 왜 요리 방정을 떠느냐? 나 살자고 자식을 팔아먹어!"

하며 선초를 뿌리치는데 선초 어머니가 우두커니 앉아보다가,

"여보, 저게 웬 망령이시오? 업은 아기 말도 *귀넘어 들으랬다오. 저도 다 생각하는 일이 있어 그리하는 것을 공연히 분만 내서 이러시오?"

하며 달려들어 자기 남편의 허릿도리를 안아 안방으로 들어끌더니 아무쪼록 분심이 풀리도록 좋은 말로만 해석을 하는데, 아무리 지금은 마음을 잡고 들어앉아 여염 살림을 할지언정 본래 *대인수접하던 말솜씨야 어디 갔으리오? 어떻게 *이승스럽게 *첩첩이구(喋喋利九)로 명기 *불연한 말을 하여 놓았던지 그 고지식하고 결단성 있는 최호방이 슬며시 드러누웠더라. 당장 이 광경을 보면 속 모르는 사람은 아무라도,

"저게 무슨 소릴까? 자식을 팔아 목숨을 잇다니? 아마 그 딸 선초를 뉘게다 팔아서 그 돈을 이시찰에게 바치고 백방으로 놓여나왔나 보다."

할 터이요, 그 *이허를 대강 짐작할 만한 사람은,

"저럴만도 하지. 그 딸을 어떻게 알던 딸인가! 비록 제 팔자 탓으로 기생 노릇은 시킬지라도 원래 씨가 있는 자식이라 제 지조가 *아홉 방 유부녀보다 더하던 터인데, 저의 아버지를 살려내노라고 필경 몸을 버린 모양이니 아무라도 저렇게 할 터이야."

이런 말은 그때 근경의 이야기거니와 바위가 *노래기를 생으로 회쳐 먹을 만한 이시찰은 최호방을 그 모양으로 백방하고 해지기를 기다려 김선달을 조용히 부르며,

"이애, 너 최호방의 집 소식을 들었느냐? 필경 왼 집안이 좋아들 하겠지."

김선달이 두 손을 마주잡고 허리를 굽슬하며,

"좋아할 뿐이오니까? 저의 집에서는 큰 경사가 난 듯이 기뻐하며 사또 송덕을 *만세불망(萬世不忘)으로 한다 합니다."

이시찰이 껄껄 웃으며,

(이) "실없은 것들이로구. 송덕은 무슨 송덕? 제가 실범이 없으니 그렇지, 실범이 있어도 놓였을까? 이애, 그러나 선초가 오늘밤에 정녕히 오기는 하겠지?"

(김) "그렇다 뿐이오니까? 제가 어느 *존전이라고 거짓말씀을 여쭈

었겠습니까?”

(이) “이애, 저런 소리로 긴 밤 새겠느냐? 밤 들기 전에 어서 오라고 가 일러라.”

(김) “예, 그리하오리다.”

하고 제 주인으로 나와 갓난어미를 *족불리지(足不履地)로 최호방 집에를 곧 보내었더라. 갓난어미가 무슨 상급이나 탈 듯이 최호방의 집으로 가서 먼저 최호방을 보고 공순히,

“나으리마님 문안 어떱시오? 그동안 경과하옵신 일은 *하정에 무에라고 여쭐 말씀이 없습니다.”

최호방이 관비를 보니 분이 도로 왈칵 나서 당장,

‘이년! 괘씸한 년! 무엇이 어찌고 어찌해! 저런 년을 없애버려야지. 그대로 두었다는 무슨 짓을 할는지 모르겠다.’

하고 본보기를 착실히 내놓으려다가 다시 돌려 생각하기를,

‘에, *견문발검(見蚊拔劍)이지 제까짓 것을 *가래서 무엇하며, 역시 내 집 운수니라.’

하더니 눈살을 훨쩍 펴면서,

“오, 너 왔느냐? 근래에는 네가 중매를 잘한다는구나.”

갓난어미가 최호방의 말 나오는 것을 듣고 가슴이 울렁울렁하며 얼풋 대답을 못하고 섰으니, 이는 다름 아니라 최호방이 평일에 성품이 어찌 강경한지 말 한마디 일 한 가지 자기 *소료에 벗어나면 조금도 *용서성 없이 당장 마른 벼락을 내리는 터이라. 그동안 제가 왕

래하며 소개하던 일을 미타히 여겨 무슨 거조를 하려고 저렇게 문제를 내거니 함이더니 생각 밖에 최호방이 껄껄 한 번 웃으며,

"왜 대답을 아니하느냐, 응?"

갓난어미가 그제야 숨이 휘이 나가서,

(관) "소인네가 무슨 재주로 남의 중매를 합니까? 요사이 댁에 몇 차례 오옵기는 소인네 소견에는 댁 일이 하도 가엾어 심부름은 더러 다녔습니다."

(최) "허허, 내가 우스갯소리다. 내가 대강 들었다마는 네 말을 좀 자세히 듣자."

(관) "……. 제야 무엇을 압니까? 수의사또 따라온 김선달이 시키는 대로 심부름만 할 따름이올시다."

(최) "김선달의 말이 즉 수의사또의 말인즉 김선달 제가 *허전장령을 하였겠느냐? 그래, 김선달이 무엇이라고 하더냐? 한마디도 빼지 말고 자세히 이야기를 하여라."

(관) "이왕 물으시는데 죄를 주시나, 상을 주시나 어디가 *기망을 하겠습니까? 김선달의 말이 수의사또께서 댁 작은아씨의 한마디 허락만 들으시면 댁 일을 극력 *두호해 주실 의향이시라고 하옵기에 소인네는 댁을 위하와 마음에 좋아서 와서 여쭈어 본즉 천행으로 작은아씨께서 허락을 하옵시기에 그대로 김선달에게 회답하였삽더니, 지금 김선달이 소인네를 또 불러서 수의사또께서 기다리실 터이니 오늘밤으로 작은아씨를 뫼시고 오라 하옵기 나으리 문안도 하올 겸

작은아씨께 이런 말씀도 여쭐 겸 왔습니다."

(최) "그러면 작은아씨더러 같이 가자고? 아니 될 말이지. 바로 수의사또가 내 집으로 오시면 모르거니와 작은아씨가 갈 수는 없지."

(관) "에그 그러면 그대로 가서 말씀을 하옵지요."

선초가 창을 격하여 그 말을 듣다가 저의 아버지 곁에 와 서며,

(선) "그렇지 아닌 일 한 가지가 있습니다."

(최) "무엇이란 말이냐"

(선) "제가 가는 일이 불가함은 더 말씀할 것 없삽거니와 그 양반더러 경솔히 오시라 할 수도 없습니다."

(최) "네가 잘잘못 간에 이미 허락을 한 이상에 가지도 아니하고 오지도 말라 하면 점잖은 대접도 아니요, 네 모양은 무엇이냐?"

(선) "아니올시다. 저는 세상 없어도 갈 수도 없삽고, 그 양번더러 오시라할 터이면 그 양반 친필로 단단히 약조서를 받은 후라야 오시라고 청할 터이야요."

최호방이 벌떡 이러나 사랑으로 나아가며,

"오냐, 네 생각대로 하여라, 나는 이것저것 도무지 모르겠다."

4.

선초가 저의 아버지 나아간 뒤에 갓난어멈을 대하여,

(선) "여보게, 그렇지 아니한가? 이 일이 남 보기에는 시들하여도 내게는 평생 큰 관계가 여간이 아닐세. 여보게, 자네 말이, 그 양반께

서 이미 내 말에 대하여 허락까지 하셨다 하니 어련할 바는 아니로
되, 내서 그리하더라고 김 선달을 가 보고 말씀을 어쭈어 보라고 하
게.”

(관) “무에라고 말씀을 여쭈라 하와요?”

(선) “별말이 있겠나? 아까 나 하는 말을 자네도 들었거니와 *육례
갖추는 혼인 아닌 바에 *혼서지 여부는 없지마는 다만 글 한 자라도
이 다음 증거될 만한 것을 하여 보내시기를 바란다고 여쭈어 무엇이
라 하든지 내게 곧 와서 알게 하여 주게.”

갓난어미가 그리하겠다 대답하고 즉시 가더니 *거미구에 도로 와
서,

“작은아씨, 김선달이 그 말씀을 여쭈니까 수의사또께서 웃으시며
도리어 작은아씨가 너무 심하게 말씀을 하신다고 하시며 그는 어렵
지 아니한즉 구태여 사람을 간접으로 무엇을 써서 주고 말고 할 것
없이 서로 대면하여 앉어서 어디까지 마음에 충분하도록 의논하여
증거물을 써 줄 것이니 걱정 말라고 하시더래요.”

선초가 한참 무슨 생각을 하여 보다가,

“에그, 점잖은 처지에 설마 거짓 말씀 하시겠나? 그러면 오늘밤에
내 집으로 행차하시라고 여쭈라게.”

갓난어멈을 보내며 자기 어머니에게 당부하여 일변 *주안을 먹을
만하게 정결히 차려 놓고 이시찰 오기를 기다리는데 얼풋 말하면 과
년한 여자가 첫날 신방을 당하였으니 남 보기에 한없이 부끄럽기도

할 터이요 내심으로 은근히 기쁘기도 할 터이지마는, 이는 여염가 보통 여자를 두고 하는 말이지 일찍이 교방에 몸이 매여 날마다 시마다 남자의 노리개로 *파겹(破性)을 여지없이 한 선초로 말하면 부끄러울 것은 으레 없으려니와 반점도 기쁘지 아니하니, 이는 다름이 아니라 자기의 일정한 뜻이 연기라든지 인물이라든지 운치가 이시찰 같은 자를 꿈에도 원하고 기다리던 터이 아니거늘 사세에 *박부득이(迫不得已)하여 그 지경이 되었으니 어찌 심사가 편안하리요? *섬섬옥수로 턱을 나지막이 괴이고 시름없이 홀로 앉아 긴 한숨 짧은 한숨 쉴새없이 쉬는데 윗목에 놓인 등잔불은 *등화가 절로 앉아 끔벅끔벅할 따름이더라. 그리자 문밖에서 사람의 소리가 두런두런 나며 뜰 앞에서 자던 삽살 동경개가 컹컹 짖고 마주 나가니 선초의 가슴이 무단히 덜컥 내려앉으며 사지에 맥이 하나도 없어 검다 쓰다 말을 못하고 그대로 앉아 혼자 하는 생각이라.

'에구, 내 팔자야! 어찌하면 좋은가! 이 일이 부모를 위하여 이렇게 된 것이지 내 마음 글러서 그런 것은 아니지마는……. 그의 희뜩희뜩한 모발을 보건대 우리 아버지보다도 나이 더 많은 모양이던데 차마 부끄럽고 무서워서 어떻게 남편이라고 얼굴을 마주 대하나……. 에라, 기왕 이리 된 일을 다시 말하면 쓸데 있느냐? 그가 들어오거던 계약이나 단단히 받아 내 신세 결딴이나 아니 내도록 하는 것이 옳지……. 그의 하는 거조는 비록 족히 의논할 여지가 없지마는 그도 사람이지, 나이 그만치 지긋하니까 한번 약조만 하여 놓으면 남의 적

악이야 설마 할라구……'

굿 들은 무당과 *재 들은 중과 일반인 이시찰은 선초가 오라 하는 기별을 듣고 어찌 좋은지 어깨춤이 저절로 나서 그 시각을 머물지 아니하고 춘향이 찾아가는 이도령과 같이 선초의 집을 찾아가는데, 뒤에 따라오는 김선달더러,

(이) “이애, 내가 가기는 한다마는 창피스럽지 아니하냐?”

(김) “그러하올시다. *제만 기생으로서 사또께서 부르시는데 으레히 *등대를 하여야 도리에 가하올 터이온데 방자스럽게 제 집에 까딱 아니 하고 앉아서 어느 존전이라고 오시라고 한단 말씀이오니까? 소인의 미련한 생각에는 이렇게 행차하실 것이 없이 도로 들어가옵소서. 냉큼 대령하라고 엄분부를 내리셨으면 좋은 듯하오이다.”

(이) “허허, 네 말이 그럴 듯하다마는 내가 점잖으니 철 모르는 저를 가리어 무엇하겠느냐? 또 이왕 나선 길에 도로 들어가면 더구나 모양이 되었느냐? 그리고 기생이면 다 기생이냐? 제가 이때까지 지조를 지키고 있는 것이 가상해도 내가 한 번 질 수밖에 없고, 또는 제 아비가 그 고초를 겪다가 *방장 놓여나왔는데 자식된 도리에 모르는 체하고 나올 수가 있느냐? 내가 저를 가까이 아니하려면 모르거니와 그렇지 아닌 바에 내가 가서 저도 볼 겸 제 아비 일을 위문도 하는 것이 관계치 아니할 듯하구나.”

남의 덕으로 제 생계를 삼는 무리는 예나 지금이나 매사에 자유는 반 점도 없고 가위 *이현령비현령(耳懸鈴鼻懸鈴)으로 비위 맞추기로

만 주장을 하는 법이라, 김선달이 이시찰의 말을 들으니 *지남석 만난 바늘 모양으로 전신이 모두 선초의 집으로 끌려가며 외면치레만 어쩌니어쩌니 하는 모양이라, 그 입맛이 썩 나도록 대답을 연해 한다.

(김) "예, 지당합소이다. 점잖으신 *좌지로 저와 *각승을 하오실 수가 있사오며, 과연 말씀이지 죽을 제 아비가 사또 덕택에 살아 나왔으니 하정에 감사한 품으로 한달음에 뛰어라도 와서 사또 앞에 백배 사례를 하겠지요마는, 지금 분부하신 말씀과 같이 고생 겪던 제 아비를 만나 차마 곁을 떠날 수가 있습니까? 그렇지마는 저의 일편단심은 사또를 향하여 감격한 뜻이 필경 어디까지 간절할 터이올시다."

그 다음에는 이시찰이 다시 말이 없이 웃논에 물 실어 놓은 듯이 든든한 마음으로 한 걸음 두 걸음 선초의 집에를 거진 당도하였는데, 갓난어미가 마주 나와 기다리다가 쪼루루 먼저 들어가는 양을 보고 속마음으로,

'저 계집이 저렇게 들어가 *통기를 하면 아마 최호방이라도 마중을 나오렷다. 최호방이란 자가 우매한 사람이 아니라 *경위 조리가 매우 똑똑한 모양이던데 초면 수작을 무엇이라고 해야 내 모양이 창피하지 아니할꾸? 오, 응! 지금 세상은 아무리 실수한 일이 있더라도 내 기운을 *축지지 말고 언론이 씩씩해야 좀체 놈이 넘보지를 못하나니라.'

이렇듯 마음을 *도스러 먹고 그 집 문전까지 이르러도 *어리친 개

새끼도 내다보지를 아니하는지라 슬며시 *가통한 생각이 들어, 자기의 평소 객기대로 하면 불호령이 *천동같이 나오지마는 꿀떡꿀떡 억지로 참기는 선초 하나의 관계라, 스스로 돌려 생각하기를, '소경된 내 탓하지 개천 너 나무라 무엇하리. 내가 오늘 여기 오기는 소관이 하사라고 좀 참았으면 고만 될 것을 공연히 행실을 했다가 다 쑨 죽에 코를 처뜨려 무엇하리? 그러나 놈의 소위가 괘씸키는 아닌 바가 아닌즉 이 다음에 어느 모퉁이에서든지 만날 날이 있을 터이지.' 하고 문 앞에서 왔다 갔다 하며 동정을 기다리는데 안으로서 등불빛이 번듯 비치며 신발 소리가 들리더니 오매불망하던 선초가 갓난어미를 앞세우고 마주나오며,

"사또, 안녕히 행차해 겝시오니까?"

이시찰이 그 인사 한마디를 들으니 분하던 마음이 봄눈 스러지듯 하며 웃음이 걷잡을 새 없이 절로 나온다.

"허허허, 허허허, 너 잘 있더냐?"

선초가 앞서 인도를 하여 후원 별당으로 들어가 아랫목 비단 보료 위에다 앉히더니, 그 앞에 가 날아갈 듯이 쪼그리고 앉아서 머리를 다소곳하고 공손한 말로,

"황송하올시다. 사또께서 이렇게 행차를 하옵시는데 인사로 하옵든지 도리로 하옵든지 제 아비가 *진시 나와 문안을 하였으련마는 ······. 어쩐 일인지 요사이 우연히 신병이 나서 꼼짝을 못하고 누워 있습니다."

이시찰이 자기의 한 짓이 부끄러워 그렇든지 얼굴이 술 취한 것같이 취해지며,

(이) "내 어쩐지 너의 어른의 동정을 못 보겠더라. 그것 아니 되었구나. 증세가 중하지나 아니하냐? 약이나 진시 써보지."

(선) "약도 약간 썼답니다마는 동정이 없습니다."

(이) "오냐, 사람이 병나기도 혹 예사이지 설마 어떠하겠느냐? 이리 가까이 오너라. 밤낮 보고 싶던 얼굴을 자세히 좀 보게."

(선) "…………"

그러자 방문이 열리며 주안상이 들어오는데 썩 *성비는 아니하였으되 아담하고 정결하기는 다시 할 말 없더라. 아무리 술 못 먹는 자라도 반가운 일이 있거나 생각던 사람을 만나면 한 잔 두 잔 취하는 줄 모르고 먹는 법인데, 이날 이시찰로 말하면 주량이 썩 크든 못해도 순배 차례에는 빠지지 아니할 만한 중, 반가운 일, 생각던 사람을 만난 좌석이라 어깨가 절로 으쓱으쓱 흥치가 어찌 나던지 부어라 먹자, 먹겠다 부어라, 얼근하게 취한 판에 선초의 손목을 잡아 앞으로 끌려 하니 선초가 정색을 하며 뒤로 물러앉았더니,

"이게 웬 망령이오니까, 점잖은 처지에?"

이시찰이 지재지삼 선초를 *지그럭대다가 골이 버럭 나서 술상을 드륵 밀어놓으며,

(이) "이애 선초야, 네가 이러할 터이면 나더러 오라기는 무슨 버르장이고? 이 술 한 잔 주려고 불렀던가? 내가 술에 팔려 다닐 터가

아니거늘, 어 참 맹랑하다.”

  (선) “잠시 진정을 하옵시고 제 말씀을 들어 봅시오.”

  (이) “말이 무슨 말이냐? 기다랗게 *장황수작할 것이 없다. 먼젓번에도 내가 어림없이 네 꾀병하는 데 속은 일이 지금까지 가통하거든, 또 무슨 얕은 꾀로 속여넘기려고?”

  (선) “*왕사는 말씀하실 것이 없는 것이, 그때에는 제가 아무쪼록 사또의 말씀을 아니 들으려니까 부득이하여 꾀병을 하였삽거니와, 오늘이야 어디가 일호기로 *기정을 하여 말씀하올 리가 있습니까?”

  이시찰이 선초의 냉락함을 보고 *열화를 불끈 내다가 기정 아니하겠노라는 소리에 금방 풀어져서,

  “허허허허, 못생긴 자식이로구. 할 말이 있으면 얼풋 할 것이지 무엇을 그리 벼르고만 있단 말이냐?”

  선초가 얼굴빛을 정대히 가지고 치맛자락을 바싹바싹 여미며,

  (선) “이번에 제 아비를 살려 주신 은덕은 태산이 가벼웁고 하해가 얕사오니 자식된 도리에 사또 분부하시는 데 대하여 *도탕부화(蹈湯赴火)라도 감히 사양하오리까마는 급기 내외되는 일에 당하와는 인륜의 으뜸되는 바이온즉, 확실히 믿사올 만한 증거가 없이는 당장 장하에 죽사와도 *봉행할 길이 만무하옵고, 그 지경에 당하와도 하늘 같은 사또 은덕은 이 몸이 죽사와서라도 풀을 맺어 갚을 터이올시다.”

  (이) “허허허, 그 대단한 일을 가지고 말하기를 어려워하였느냐? 그리하여라. 어떻게 하였으면 증거가 확실히 되겠느냐?”

(선) "사또께옵서는 경성 존귀하옵신 양반이시오, 저는 *하방 일개 *천기가 아니오니까? 소일삼아 그러시던가 장난삼아 그러시던가 담 위의 꽃가지같이 실없이 꺾어 보시려는 것이 본시 예사이올시다마는, 제가 비록 팔자가 기구하와 기안에 이름은 있사오나 일편단심이 시속 천한 무리와 일반으로 행실을 음란히 가지지 아니하고 무론 누구에게든지 한 번 *허신을 하는 지경이면 백 년을 의탁하자는 작정이온즉 오늘밤이라도 사또께옵서 제 몸을 누추히 여기지 아니하옵실 터이오면 사또 필적으로 백 년 맹세를 써 주옵시면 즉시 명령대로 복종하오리다."

(이) "이애, 그러면 혼서지 일체로구나. 어렵지 않지. 지필 가져오너라. 네 소원대로 써 줄 것이니."

선초가 머리맡에 있는 *연상을 다가놓고 섬섬옥수로 먹을 썩썩 갈더니 *주지와 붓을 이시찰 앞에 놓으니, 이시찰이 종이를 집어 두어 뼘은 둘둘 펴서 *서판 한편에 다 걸쳐 접어쥐고 쓰윽 잡아당기더니 다시 서판에다 받쳐들고 붓에 먹을 흠썩 묻혀 이리저리 재면서,

(이) "이애, 한문으로 쓰랴, 언문으로 쓰랴."

(선) "한문이고 언문이고 처분대로 하십시오."

(이) "이애, 사연은?"

(선) "사연도 처분대로 쓰십시오."

이시찰이 그날 밤에는 웃음이 보로 터졌는지 검푸른 입술이 귀밑까지 찢어지며 붓에 먹을 다시 묻히어 순식간에 써 놓는데 문필이라

는 것은 부정을 아니 타는 법이라, 그 자격에 글 솜씨는 무식치 아니하여 별로 생각지 아니한 사연과 힘도 아니 들인 자획이 능란휘황하더라.

"이애, 이것 보아라. 이만하면 증거가 되겠느냐?"

선초가 받아들고 두세 차례를 보더니 척척 접어 싸고 싸서 *의장 속에다 깊이깊이 간수를 한 후 이시찰의 소원을 성취케 하였더라, 촌 닭이 새벽을 재촉하노라고 쉴새없이 자지러지게 우는데 뜰 앞에서 자던 개가 인적에 놀라 깨어 지붕이 울리게 짖는 통에 이시찰이 일어나 두 손으로 두 눈을 씩씩 부비며 의복을 부스럭부스럭 입더니 선초를 흔들흔들하며,

"이애, 자느냐, 응?"

이시찰은 평생 목적을 달하였으니 마음이 푸근하여 잠을 잤거니와 선초야 처음 뜻을 지키지 못한 일이 통분도 하고 이 다음 일 행해 갈 것이 심려도 되어 눈가이 반반해지며 잠이 천리만리 달아났으니 짐짓 눈을 감고 자는 체하여 경선히 굴지 아니하다가 이시찰이 깨우는 바람에 사뿟이 일어나 앉으며,

(선) "왜 이렇게 일찌거니 기침을 하십니까? 더 주무시고 이따가 해나 훨쩍 퍼지거던 천천히 일어나셔서 변변치 못하나마 조반이나 잡수시고 가시지요."

(이) "구태여 남이 알게 늦게 갈 것 무엇 있니? 일찌거니 슬며시 가는 것이 옳지."

(선) "이 지경된 이상에 남이 알기로 무슨 관계가 있사와 슬며시 가신다고 하셔요?"

(이) "네가 그런 이유를 어찌 다 알겠느냐?"

하고 옷을 다 입고 일어나며,

(이) "섭섭히 여기지 말고 잘 있거라. 내가 공사를 인하여 오늘 다른 고을로 가면 아마 사오 일 지체가 될 모양이다. 그때 오면 다시 만나 우리 장차 지낼 살림할 *배포도 의논을 하자."

선초 마음에 섭섭한 대로 하면 며칠 만류라도 하고 싶으지마는 공사로 어디를 간다 하니까 사세 부득이 전송을 하며 계약한 일을 다시 제출하여 단단히 뒤를 다져 놓으려고 당장 말을 하려 하는데 이시찰이 무엇을 잊었다 깨달은 모양으로,

(이) "아차! 하마터면 그대로 갈 뻔하였군! 이애, 그 계약서를 이리 꺼내오너라."

(선) "그것은 왜 내오라고 하셔요?"

(이) "약증서를 아니하였으면 모르거니와 기왕 한 이상에 도장을 쳐야 확실 증거가 될 터인데 마침 도장을 아니 넣고 왔구나. 그것을 내가 가지고가서 도장을 쳐서 곧 내보내 주마."

선초가 아무리 총명하고 지각이 있는 터이라도 종시 경험 없는 여자이라, 이시찰의 말을 순연한 천진으로 나오는 것으로만 믿고 일호 의심 없이 꺼내어 주며 인사에 당연하게 말 한마디를 한다.

(선) "영감, 인제는 제가 댁사람이 되었사온대 제 모가 엊저녁에라

도 나와서 뵈왔으련마는 늙은 바탕에 무엇이 그리 부끄러운지 못 와 뵈옵고 제 어른은 신병으로 하여 *호정 출입을 못하는 탓으로 역시 나와서 뵈옵기를 못하오니 영감 좌지로 하나 딸자식의 관계로 하나 못 와 뵈옵는 제 부모의 정황이 어떻다 하오리까마는, 저 되어서는 영감 얼굴 대할 낯이 없사오니 이런 사정을 용서하십시오.”

(이) “별말을 다 하는구나. 지금은 총총하다. 이 다음에 서로 *설파하기로 늦을 것 있으냐? 자, 나는 간다. 잘 있거라. 얼마 아니 되면 볼 것이니 내 생각을 너무 과도히나 말아라. 무얼 내 생각을 꿈에나 할라구?”

(선) “왜 그렇게 말씀을 하셔요?”

하며 이시찰을 대문 밖까지 전송하는데 이시찰은 왜 그리 급한지 뒤도 돌아보지 아니하고 *행행히 가더라. 최호방은 자기의 사랑하는 딸이 그날 밤에 시집가는 날 밤인즉 마음에 경사스러워라도 *전후범백 거행을 *연해신칙하여 힘 자라는 대로 기구를 부려 볼 것이요, 사위 되는 자가 사랑하여서라도 방문이 닳도록 나들며 정답게 수접을 하였을 것인데, 늙은 위인이 음침한 뜻을 두고 자기의 딸을 *겁박하려다가 제 마음대로 아니 되니까 자기에게 불측한 죄명을 *억륵으로 씌워 죽이려 하던 일도 마음에 얼마쯤 통탄하거든, 하물며 자기를 무죄 방송하는 것으로 어린 것의 마음을 유인하여 기어이 *충욕하는 일이 *절치부심(切齒腐心)이 되어서 자기 마누라까지 단속하여 저의 *자락대로 내버려 두고 오거니 가거니 도무지 내다보지도 아니하였더라.

이때 이시찰은 자기 사처로 돌아오며 심중에 스스로 하는 말이라.

'흥, *유지면 사경성(有志査經成)이란 말이 꼭 옳다. 제가 가장 결심이나 있는 체하고 어쩌니어쩌니 하더니, 인제도 그따위 수작을 남을 대하여 지껄일까? 어, 시러베 딸년, 내가 서울서부터 저를 한 번 결연하자고 마음 둔 일이 있던 터이요, 또는 제 인물과 재조가 하룻밤 소일거리가 착실하기에 장난을 실없이 한 일이지, 저하고 살기는 내가 계집이 없어서? 시골집에는 마누라가 눈이 시퍼렇게 있고, 서울집에는 꽃같이 젊은 첩이 있는데 무에 나빠서 저를 또 두어? 그나마 자손이 없는 터이면 일점 혈육이라도 보려고 어린 계집을 얻는 것이 혹 예사지마는, 내야 아들딸이 삼 남매나 되고 손자가 그득한데 무엇을 하자고 저를 얻어? 어, 우순 일 다 보겠구! 제 아비놈으로 말하면 당장 내 수중에 죽는 놈인즉, 무죄 백방으로 하여 준 은덕으로 한대도 내가 왔다면 *유공불급하여 나와 볼 터이거늘, *언연히 제 방에 떡 자빠져 있고, 제 어미년으로 말하면 *불과시 퇴기로 뭇놈을 보던 것이 아니꼽게 내외? 옳지, 제 딸 하나 내놓는 것이 큰 배부른 흥정이나 하는 것처럼, 응, 제 딸이 무엇인데 내가 마음에 없었으면 모르거니와, 이 고을 기생년 하나 임의로 처치하지 못할까? 너희 연놈의 소위가 괘씸해서도 선초는 아니 데리고 살 것이다. 오냐, 계약서에 도장을 찍어 보내기를 잘 기다려 보아라. 하늘에 있는 별따기보다 더 어려울라.'

하고 그 이튿날 이렇다 저렇다 한마디 기별 없이 전라북도로 향해

갔더라.

5.

순전한 천진으로 사람을 자기 마음 믿듯 하는 선초는 이시찰 돌아간 뒤로 이때나 계약서를 보낼까 눈이 감도록 기다리는데 어언간 해가 지도록 소식이 없으니 심중에 심히 의아하던지 저의 부모를 향하여 *소경력 사정을 고하며,

(선) "이 양반이 어찌해서 아무 기별이 없을까요? 그 양반이 *연부역강치 않으신 터에 밤에 잠을 편히 못 주무시고 아마 신병이 나셨나 보오. 그렇지 아니면 즉시 하인을 보내마고 금석같이 말씀을 하였는데 어찌해서 이때까지 기별이 없으니 갑갑한데, 갓난어멈을 불러 알아보았으면 좋겠어요."

(최호방) "믿기를 꼭 잘 믿는다. 그가 사람인 줄로 믿었더냐? 그 흉계를 몰랐지. 잠깐 너를 속이느라고 능청스럽게 무엇을 써 주고 급히 갈 때에 도로 빼앗을 계교로 도장인지 막걸린지 찍어 주마고 가져간 것인데, 네 생각에는 도로 보낼 줄로 알고 기다리는 모양이냐? 이번에 너 욕 당한 일만 생각하면 이에 신물이 절로 난다. 이애, 기왕 욕 당한 일은 팔자 탓으로 여기고 그따위 인물을 생각도 말아라. 설혹 그 위인이 약조를 지키기로 소용이 무엇이냐?"

선초가 자기 부친 말에 대하여 무엇이라 명기불연하여 대답을 하려다가 다시 생각하기를,

‘에그, 아무 말도 말아야 하겠다. 아버지께서 *분정지두에 하시는 말씀이지, 그렇지 아니면 아직 앞일을 지내보시지도 아니하시고 나의 가장된 분을 저다지 *단처를 들어 말씀하실라구? 그래도 그렇지 아니하다. 만일 분김에 말씀을 더 심하게 하시면 낮말은 새가 듣고 밤말을 쥐가 듣는다는데, 영감 귀에 혹 들어가면 열흘 길을 하루도 못 가서 내게 향하는 영감의 마음도 섭섭하여질 터이지.’

하고 자기 부친의 입을 손바닥으로 막으며,

“글쎄, 왜 이렇게 말씀을 하십니까? 기왕 일은 어찌 되었든지 인제는 그 영감이 아버지 사위가 아니오니까? 사위의 말을 장인 되시는 아버지께서 심하게 하시면 딸의 꼬락서니는 무엇이 됩니까? 분하셔도 참으시고, 갓난어미에게 좀 알아나 보아 주십시오.”

(최) “저 자식이 약고 똑똑한 줄 알았더니 지금 보니까 아직 *용렬하구나. 영감은 *난장 맞을 무슨 영감이고, 알아보기는 무엇을 알아보아? 아비의 말이 꼭 옳으니 가당치 않게 생각을 말고 진작 잊어버려라. 한 일 미뤄 열 일을 아는 법인즉, 두고 볼 것 없이 네게도 결단코 못할 노릇할 위인이니라.”

(선) “에그 아버지, 그렇게 하실 말씀이 아니올시다. 그가 어떠한 자격이든지 기왕 한번 몸을 허락하였사온즉 제가 죽어도 이씨 댁 사람이온데 어찌 달면 삼키고 쓰면 뱉어 금수의 행위를 한단 말씀이오니까?”

최호방이 이시찰 위인을 *명약관화(明若觀火)로 알고 선초더러 아무쪼록 다시 뜻을 두지 말고 진작 달리 변통하라고 정색하여 얼마쯤 꾸짖다가 제가 결심을 하도 단단히 하고 일향 듣지 아니하는 양을 본즉 아무래도 하릴없는지라 부득이하여,

"응, 자식도, 한 번 쥐면 다시 펼 줄은 도무지 모르지. 할 수 없다, 네 팔자 소관이다."

하더니 하인을 갓난어미에게로 보내어 이시찰의 동정을 탐지하여 본즉, 이시찰이 조반을 재촉하여 먹고 즉시 떠나서 전라북도로 갔다 하는지라, 최호방이 혀를 툭툭 차며,

(최) "자, 보아라. 내가 무엇이라더냐? 발써 전라북도로 달아났단다. 고렇게 계약서에 도장을 잘 찍어 보내었느냐?"

(선) "아마 *총망 중에 잊고 그대로 가신 게지요. *소양배양한 젊은 사람 아니고, 설마 *배약하오리까! 하회를 기다려 보면 알 것이오니 너무 과도히 말씀을 마십시오."

(최) "나인들 너만치 생각을 못하겠느냐? 그가 늙었으나 젊었으나 사위 되기는 일반인즉, 너를 위하여 아무쪼록 그 허물을 뒤덮어 가겠지마는, *관기모자면 인언수재(觀其眸子 人焉搜哉)라고 그 *목자가 천하에 간교하기가 짝이 없고 음성이 괴상해서 후분(後分) 신세는 말이 못 될라. 내가 상서 공부는 못하였다마는, 다년 관부 출입을 하며 *열인을 많이 한 탓으로 *여합부절(如合符節) 알겠더라. 그런즉 내 생각에는 열애 아홉은 그가 너를 당장 속여넘긴 것 같고, 또는 설혹 속이지를 아니하고 신의를 지킨대도 나중에 필경 좋지 못할 것이니

아까 말한 대로 진작 단념하는 편이 가하니라."

(선) "에그 아버지, 저는 죽사와도 그리 할 수 없습니다. 그 영감께서 금석 같은 언약을 저버리는 지경이면 저는……. 또 후분 좋지 못한 것이야 어찌 앞을 내다보는 수도 없고, 설사 그럴 줄 알기로 기왕 몸을 허락한 이상에 후회하면 쓸데가 있습니까?"

최호방은 선초의 고집하는 양을 보고 화가 더럭 나서,

"애, 누가 아느냐? 네 자락대로 하여라! 잘되어도 네 팔자요, 못되어도 네 팔자니라."

하며 바깥으로 나간 뒤에 선초 어머니가 쥐죽은 듯이 있어 동정만 보다가 곰곰 생각하기를,

'자기 남편 말대로 이시찰의 자격이 깊이 믿지 못할 위인 같으면 자기 말의 집심은 *맺고 끊은 듯하여 다시 변통을 못할 모양이라. 딸자식일지언정 제 자격이 남의 밑에 아니 들 만하니까 아무쪼록 저와 같은 짝을 얻어 한이 없이 재미를 보자 했더니 꿈결인지 잠결인지 천만뜻밖에 *굽도 젖도 못할 경우를 당하였으니 이 일을 어찌하면 좋단 말인가?'

하며 담뱃대를 툭툭 털어 한 대를 피워 물고 후정 화원으로 넋이 없이 한 걸음 두 걸음 돌아가는데 머리가 더부룩하고 키가 조그마한 계집아이가 각색 풀잎을 뜯어 치마 앞에다 싸들고 강동강동 뛰어오며,

"어머니, 저기 언니가 뒷마루에 혼자 앉아서 자꾸 울기만 하며, 내

가 가니까 저리 가라고 핀잔만 주어요. 나 미워하는 그놈의 언니, 진작 죽기나 했으면 좋겠지.”

선초 어머니가 가뜩이나 심란한데 아무리 철모르는 어린 것이라도 제 형에게 향하며 *막마침 가는 말로 죽었으면 좋겠다고 하는 것을 듣고 분이 와락 나서,

“이년, 무엇이야? 형더러 죽었으면 좋겠다는 법이 어디 있더냐? 그러지 아니해도 심사가 좋지 못하여 울기만 하는 형더러 죽으라고? 이년, 보기 싫다. 저리 가거라.”

그 아이는 저의 어머니가 그리할수록 팔에 가 매달려 응석을 하며,

“어머니, 그리고 언니가 나를 자꾸 쫓기에 무엇을 혼자 처먹으려나 하고 가만가만히 가 숨어 보니까 언니가 왜 그러는지 의장을 열고 의복을 차례로 내어 이것도 입어 보고 한숨 쉬고, 저것도 입어 보고 한숨을 쉬어요.”

선초 어머니가 그 아이 대강이를 툭 쥐어박으며,

“에라 이년, 저리 가거라, 듣기 싫다.”

하여 쫓아 보낸 뒤에 선초의 처소로 슬슬 돌아가니 선초가 자기 어머니 오는 양을 보고 흐르던 눈물을 얼풋 씻어 버리고 천연한 모양으로 내려 맞으며,

(선) “어머니, 왜 무슨 일에 역정이 나셨습니까? 기색이 좋지 못하시니.”

(모) “에그, 역정인지 무엇인지 나는 모르겠다. 내가 너를 어떻게

기른 딸이냐? 남보다 뛰어나게 잘되지 못한들 천하에 몹쓸 양반을
만나서 네가 저 모양으로 속을 상하고 울기만 하니 내 마음이 어찌
좋겠느냐? 이애, 어미가 애쓰고 공들여 길러서 태산같이 믿고 바라는
뜻을 생각하여서라도 어제 아버지 하시던 말씀과 같이 팔자 탓으로
*보쌈 겪은 셈치고 그 양반은 잊어버려라. 네 말마따나 그 양반이 총
망 중에 잊었다 할지라도 벌써 그 양반 떠나간 지가 며칠이냐? 처음
에 너를 만나지 못하여 서둘던 품으로 하면 잊어버릴 리도 만무하고
이때까지 이렇다 아무 기별이 없단 말이냐?"

(선) "어머니, 아무 걱정을 말으십시오. 이시찰 영감이 저더러 말씀
하시기를, 공사로 그 이튿날 급히 떠나시면 오륙 일 후에 다시 오셔
서 *범백사를 *구처하시마 하셨으니 하회를 기다려 보아 어떻게 하
든지 좌우간 *귀정을 할 터이오니 아무 염려 말으십시오. 제가 울기
는 언제 울었다고 이리하셔요?"

(모) "네 얼굴을 보다 운 것을 모르며, 모란이가 보고 와서 이르던
데 아니 울었다고 말을 해? 오냐, 울지 마라. 너 그러는 양을 보면 내
속이 푹푹 상한다. 너의 아버지 말씀이 야속해서 그리했니?"

(선) "아니야요. 공연히 마음이 수란해서 그리했어요. 다시는 울지
아니할 터이니 아무 걱정 말으십시오."

선초가 저의 어머니 앞에 좋은 말로 대답은 하였으나 은근히 *삼
촌 간장이 바짝바짝 조여 낮이면 해가 지도록 밤이면 동이 트도록
이시찰의 소식을 고대하는데, 사오 일이 훌쩍 지나 육칠 일이 지나도

록 아무 동정이 없는지라. 궁금하고 기막힌 사정을 발표하여 말하자
니 부모의 책망이 두렵고, 다만 자기 속으로 치밀어 오르는 화를 억
지로 참으며 신음하는 말이라.

　"에그. 세상에 이런 일도 있나? 내가 벌써 몇 차례를 *자처하여 이
세상을 버리고 싶건마는, 그 양반도 사람인즉 조만간 무슨 기별이 있
을 터이지! 설마 모발이 희뜩희뜩한 좌지로 나 같은 어린 사람을 속
일 리가 없을 듯도 하고, 또 내가 죽기만 하면 부모 가슴에 못을 박
아 드리는 것인데, 하회도 아직 모르고 경선히 죽었다는 불효만 될
터이라 하여 오늘까지 실낱 같은 목숨이 부지하였더니……. 에구, 인
제는 내가 목숨을 끊을 때가 되었나 보다. 내가 처음 작정한 대로 못
하고 이시찰에게 몸을 허락하기는 부모를 위하여 사세 부득이 한 일
이거늘, 더구나 종래 신의를 저버려 이렇다 말이 없으니 사람의 탈을
<u>쓰고</u> 그 대우를 받고서 잠시간인들 어찌 살아 있을꾸?"
하며 눈물이 하염없이 비 오듯 하는데, 갓난어멈이 불러댄 듯이 들어
오더니 긴 봉한 편지 한 장을 허리춤에서 내어주며,

　"작은아씨, 얼마나 궁금하시게 지내셨습니까? 수의사또에게 인제
야 편지를 보내셨습니다. 어서 떼어 보십시오. 저는 작은아씨를 위하
여 어찌 답답하던지 하루도 몇 차례씩을 *길청에 가서 수의사또 문
안을 물어도 어디 가 계신지 도무지 모른다고 하기에, 인제 말씀이지
수의사또를 향하여 '에그, 양반님네는 이렇게 경우가 없나? 이럴 줄
알았더면 나를 육포를 켜도 심부름을 아니하였을걸. 설마 점잖은 터

에 한 입으로 두 말을 할 리가 있으리 하였더니, 상말로 똥 누러 갈 때 다르고 올 때 다르다는 일처럼 한 번 가시더니, 이 모양으로 아무 기별을 아니하시는 경우도 있나.' 하는 황송한 말씀도 한두 번 아니 하였습니다. 그러면 그렇지, 그 사또께서 그러하실 리가 있습니까? 어서 편지를 떼어 보십시오. 인제는 작은아씨가 좋으시겠습니다."

선초가 그 편지를 얼른 받아 *피봉을 떼어 들고 차차 내려 보는데 편지 속에서 지폐 몇 장이 우루루 쏟아지는지라.

"에그, 이것이 웬 것이야?"

갓난어미가 주엄주엄 집어 세어 보더니, 선초 무릎 위에다 놓으며,

"에그, 양반도 *찬찬도 하시지. 아마 아씨더러 *요용소치로 위선 아쉬우신 데 쓰시라고 아는듯 모르는 듯 이것을 편지 속에다 넣어 보내신 것인가 보오이다."

선초가 그 말을 들은 체도 아니하고 보던 편지를 마저 보다가 얼굴빛이 붉으락푸르락하다가 점점 노래지며 손에 들었던 편지가 서리 맞은 나뭇잎이 바람을 좇아 떨어지듯 힘이 반점도 없이 슬며시 무릎 위에 가 떨어지는데 *뒤미처 선초의 입에서,

"에구!"

한숨 한마디가 나오더니 그 편지는 박박 찢어 버리고 지폐 십 원 은 백지로 싸서 갓난어미를 주며,

"여보게, 이것 그 양반에게로 도로 전하여 주게."

갓난어미는 선초의 광경을 보고 무식한 것이 가장 *의사스럽게 내

심으로 추측하기를,

'에그, 저 아씨 보게. 그런 줄 몰랐더니 *보짱이 어지간치 않게 큰 걸! 돈 십 원이면 우리는 한밑천을 삼을 것인데 저렇게 도로 보낼 제는 *소들하고 투정하는 것이 아닌가? 어디 나중 끝이나 구경할 겸 도로 갖다가 보내 보겠다.'

하고 돈 넣은 봉지를 받으며,

(갓) "이것은 왜 도로 보내십니까? 사또께서 일껀 아씨더러 쓰시라고 보내신 것인데요."

(선) "여러 말 말고 갖다 주게."

갓난어미가 다시 말을 못하고 그 돈을 도로 갖다가 김선달을 주었더라.

사람이 매운 뜻을 한 번 먹으면 세상만사에 원통한 것도 없고, *고기(古奇)할 것, 아까울 것이 모두 없는 법이라. *만리전정(萬里前程)에 꽃 같은 연기도 아깝지 아니하고 양친 부모의 슬하를 떠나는 것도 고기치 아니하고 밝은 세상을 *영결하는 것도 원통치 아니하여 평탄한 낯빛으로 부모의 침소에를 다녀서 자기 방으로 돌아와 앞뒷문을 첩첩이 닫고, 시험하여 입어 보던 새 의복을 내어 정결하게 입은 후에 아편은 어느 틈에 준비하여 두었던지 밤톨만 한 것을 한입에 툭 들이뜨리고 물을 마셨더라. 천륜이 심상치 아닌 것이라 그렇든지 최호방 내외가 모란이를 앞에다 누이고 한잠을 들락말락하여 공연히 마음이 수란하여 선초 우는 소리가 들리는 듯한지라.

(춘) 영감, 잠드셨소? 내 마음이 무단히 어수선 산란하며 잠이 아
니 오구려.

(최) "글쎄, 내 말이야. 나도 잠을 *번놓았는걸."

(춘) "왜 그런지 선초가 별안간에 보고 싶소. 가서 불리올까?"

(최) "글쎄, 내 마음도 그렇기는 하지만 고만두지. 그애가 웬 망할
자로 해서 요사이 *시시로 울기만 하고 잠을 못 자더니 오늘은 아마
곤하던지 초저녁부터 문을 닫고 아무 소리 없는 것을 공연히 깨웠다
가 찔끔찔끔 울기나 하면 성가스러운데 고만 내버려 두지."

최호방 내외가 그 모양으로 수작을 하고 그 딸의 일로 한걱정을
하는데 앞에서 자던 모란이가 별안간에 벌떡 일어나서 주먹으로 땅
을 치고 대성통곡하며,

"에구 아버지, 에구 어머니, 나는 속절없이 세상을 버렸소. 내가
이 원수를 갚지 못하면 어느 때까지든지 살이 썩지 못할 터이오. 생
전에 아버지 어머니 두 분께 효성을 다하여 봉양하려던 마음과 문필,
가무 등 각종 재질은 모두 모란이를 전하여 주었사오니 저의 죽은
것을 슬퍼 말으시고 모란이에게 재미를 보옵시소서."

최호방 내외가 대경소괴하여 달려들어 모란이의 손발을 꼭 붙잡고
혼들혼들하며,

(최) "이년 모란아, 정신차려라! 이게 무슨 소리냐?"

(춘) "모란아 모란아, 나 좀 보아라! 그게 무슨 소리냐?"

그리할수록 모란이는 더 울며,

"아버지, 저는 이 길로 저의 못할 노릇한 이시찰의 원수를 갚으로 가오니 소문을 들어 보셔서 이시찰에 무슨 일이 있다고 하거던 제 소위인 줄로 여기십시오. 이시찰 제가 남에게 그 모양으로 적악(積惡)을 하고 아무려면 무사할라구요? 자기가 내려올 제는 기구를 한껏 차리고 *어깻바람으로 왔지마는 올라갈 때에는 아마 복장을 쾅쾅 짓찔 터이올시다."

최호방이 우두커니 듣다가 어이없어서 마누라더러,

"여보게, 이애가 웬 곡절인가? 자다가 말고 실성을 했으니 문갑을 열고 청심환을 내어오게, 어서 먹여 보세."

선초 어머니가 청심환을 황망히 꺼내다가 *백비탕에 풀어 모란의 입에 퍼넣으며 애를 무한 쓰는데 모란은 여전히 그 모양으로 횡설수설하더니, 날이 점점 밝아오니까 정신을 모르고 혼곤히 늘어지는지라, 최호방 내외가 그제야 마음을 놓고 역시 잠이 혼곤히 들었다가 해가 한나절은 되어 깨어 보니 모란이는 *여상히 뛰어다니며 장난을 하는데 선초의 동정이 도무지 없는지라, 심중에 깊이 의심이 나서 내외 서로 의논하기를,

(최) "여보게, 선초가 그저 아니 일어났나?"

(춘) "글쎄요, 어쩐 일인지 이때까지 볼 수가 없소구려."

(최) "제 방으로 좀 가 보지, 필경 또 울고 있나 보구먼! 그렇지 아니하면 효성이 유명히 있는 것이 해가 낮이 되도록 어미 아비를 아니 와 볼 리가 있나?"

(춘) 내가 가 보고 오리다. 저것이 또 울고 있으면 보기 싫어 어떻게 한단 말이오?

하며 선초의 처소로 가 보니, 방문이 그저 첩첩이 닫혀 있는지라, 선초 어머니가 손가락을 꾸부려 제쳐들고 문설주를 툭툭 올리며,

"아가 아가, 그저 자니? 해가 한나절이 지났다. 고만 일어나 아침밥을 먹어라. 에그, 이애가 이렇게 곤히 잠이 들었나? 이애 아가, 고만 일어나거라."

이같이 처음에는 나직나직이 깨우다가 나중에는 문을 와락와락 잡아당기며 소리를 높이어 크게 불러도 종래 아무 동정이 없는지라.

(춘) "에구 영감! 이게 웬일이오? 잠귀 밝기로 유명한 아이가 이렇게 깨워도 대답이 없으니 그 아니 심상치 아니하오?"

(최) "글쎄, 웬 곡절이란 말인구?"

하며 역시 음성을 크게 하여,

"선초야, 선초야!

선초 어머니가 손가락에다 침칠을 하여 문바른 종이를 배비작 배비작 뚫더니 한편 눈을 들이대고 한참 보다가 뒤로 펄쩍 주저앉으며,

"에구머니, 저게 웬일인가?"

최호방이 눈이 동그래져서,

(최) "응, 왜 그러나? 무슨 일이 있나?"

(춘) "필경 저것이 죽었나 보오."

하며 두 발길로 방문을 박차는데, 그 문을 예사 날림으로 짠 것이 아

닌즉 평시 같으면 여간 여편네 발길 한두 번에는 끄떡도 아니할 터
이지마는, 물론 급한 지경을 당하면 딴 기운이 한층 더 나는 법이라.
문짝이 선초의 어머니 발길을 따라 우루루 덜컥 자빠지며 *완자 미
닫이가 그 바람에 *걸묻어 *열파가 되는지라. 두 내외가 한달음에 뛰
어들어가니 선초가 벌써 어느 때 그 지경이 되었는지 사지가 뻣뻣하
게 굳고 전신이 백지장에 물을 축여 싸놓은 듯한지라, 어떻게 기가
막히던지 피차에 말 한마디 못하고 물끄러미 들여다보기만 하다가
한편에서 울음 주머니가 툭 터지며 마주 몸부림을 땅땅 하고 방성대
곡을 하는데, 그 집안 상하노소와 이웃집 남녀친지가 모두 모여와서
그 광경을 보고 흑흑 느껴가며 눈을 아니 내는 사람이 없는 중 그 중
친근한 사람들은 최호방 내외를 붙들어 만류한다.

"여보십시오, 고만두시오. 암만 울면 쓸데 있습니까? 기왕 이 지경
을 당하신 터에 정신을 차리어 제 몸 *감장이나 유한 없이 하여 주
시는 일이 옳습니다. 에그, 기막힌 일도 있지, 꽃 같은 나이에 병이
들어 천명으로 이 지경이 되었어도 부모 되신 터에 기가 막히실 터
인데, 제일 인물과 재질이 아깝지, 여보십시오, 어서 그치시고 *초종
치를 일이나 생각해 보십시오."

최호방이 한숨을 휘 쉬고 일어나 가만히 생각한즉 자기 딸이 자처
하기는 이시찰로 인연한 것인 줄은 분명 알겠으나 자세한 이유는 알
수 없는지라, 제 손그릇 등속과 방구석 사면을 두루 살펴 보느라니
아무것도 증거가 없고 다만 윗목에 찢어 버린 휴지밖에 없는지라, 주

엄주엄 집어 낱낱이 펴가지고 이리저리 조각보 모으듯 맞춰 보니, 이 곧 이시찰의 편지인데 그 사연에, '긴 사연 후리치고 피차에 아름다운 인연을 맺기는 백 년을 해로코자 함이러니, 다시 생각한즉 연기도 너무 차등이 지고 나의 형편으로 말한대도 도저히 될 수가 없기로 계약서는 보내지 아니하며, 돈 십 원을 보내니 변변치 않으나 분과 기름이나 사서 쓰기 믿으며, 이 사람은 공무나 분망치 아니하면 수이 일차 가서 옥안을 다시 대할 듯 대강 그치노라.'

하였는지라, 최호방이 보기를 다하고 도로 썩썩 부비어 집어던지고 두 눈이 불끈 뒤집히어 이를 북북 갈고 북편을 바라보며,

"으응, 세도 좋은 사람은 남의 적악을 이렇게 하고도 무사할까? 내 눈에 흙 들어가기 전에는 어디 좀 두고 볼걸. 여보게 마누라 울지 말게. 그까짓 소견없는 년 뒤어진 데 무엇이 설워 운단 말인가? 그 위인이 믿지 못할 자격이니 기다리지도 말고 진작 단념하라니까 말을 아니 듣고 고집하더니, 필경 제 몸을 이 모양으로 버려서 아비, 어미 눈에서 피가 나오게 해!"

선초 어머니는 그 말을 들으니 더욱 불쌍하고 원통하여 자주 기절을 하여가며 울더라. 선초가 변변치 못한 자격이라도 그 모양으로 죽었으면 소문이 원근에 낭자하려든, 하물며 인물도 남다르고 재질도 남다르고 지조도 남다른 중, 죽기까지 남다르게 한 선초리요? *지여부지간(知與不知間) 그 소문을 듣고 다 한 마디씩은 말을 하는데, 열이면 열 다 이시찰 욕하는 소리뿐인데, 그 중에 언론이 두 가지로 나

오기는 본군과 *인읍에 기생들이라.

기생 노릇을 해도 제 마음에는 죽기보다 싫은 것을 사세에 꼼짝하지 못하여 벗어나지 못하는 계집은 선초의 고결한 것을 흠모하여,

"에그, 마음이 어쩌면 그렇게 맺고 끊은 듯한구. 우리는 그런 사람에게 비하면 아무것도 아니지. 아무 때 죽든지 죽기는 일반인데, 무엇이 아까워서 이 더러운 일을 하며 살아 있노! 아무도 아니 들으니 말이지 이시찰인지 누구인지 그것도 양반인가? 무식한 상사람과 달라서 의리도 있고 체통도 있을 터인데, 제 자식이라도 막내딸 뻘이나 되는 사람에게 그 모양으로 적악을 해서 생 목숨을 끊게 한담!"

시집살이하기가 싫거나 서방을 나무라고 제 버릇 개 못 주어 모야무지에 뛰어나와 기생을 자원한 것들은 선초의 고집을 비소하여

"어, 아니꼰 년! 제가 저 모양으로 죽으면 대문에 *주토 칠할 줄 알고? 죽은 저만 속절없이 인생이 일장춘몽인데 아니 놀고 무엇할꾸! 흥, 우리는 그런 기회를 만나지 못해서 걱정이야. 왜 얼렁얼렁해 그 비위를 살살 맞춰가며 움푹히 빨아먹지를 못하고 되지 못하게 고집을 하다가 제 몸까지 버릴 곡절이 무엇이람? 에그 우스워라!"

서울, 시골 물론하고 기생곧 죽으면 전후 건달이 모두 모여 꽃 *평량자에 징, 장고, 호적, 소고로 쿵쾅 니나노 하면서 *줄무지로 *신체를 내가는 것이 오백 년 *유래지고풍(由來之古風)이 되었는데, 더구나 선초야 원통히도 죽었으려니와 원래 유소문한 터이라. 그 신체 나가는 데 누가 구경을 아니 가리요? 읍, 촌 여부없이 노소남녀가 바쁜

일을 제쳐놓고 인사 겸 구경 겸 구름같이 모여들었는데 최호방이 그 딸에 향하여 불쌍하기도 한이 없으려니와, *문견도 없는 처지가 아닌 고로 수의, *관곽 상여 등을 돈 아까운 줄 모르고 한없이 *치례를 하고 술과 밥을 *흔전흔전히 장만하여 기구를 부릴대로 부렸더라.

생베 두건을 눈썹까지 꾹꾹 눌러 쓴 상여꾼이 *구정닻줄을 갈라메고 요령소리 몇 마디에 원통한 신체가 집을 하직하고 떠나간다. 사람이 칠십이고 팔십이고 저 살 나이를 다 살다가 *한명(限命)에 병이 들어 죽더라도 *영결종천 떠나가는 길에서 더 설운 것이 없다는데 나이 청춘이요 세상을 원통히 버린 선초의 *상행이야 다시 일러 무엇하리요? *상두 수번이 요령을 뗑겅뗑겅 치며,

"워호 워호."

소리를 주니까, 여러 상두꾼이 발을 밀어 일어서며,

"워호! 워호!"

*신산 잡은 데로 워호 소리를 주고받으며 가서 양지바른 *자좌오향(子坐午向)판에다 깊숙이 장사를 지내고 봉분을 덩그렇게 모아놓은 뒤에 사람은 다 헤어져 가고 오직 빈 산이 적적한데 달이 황혼이더라.

선초 어머니가 새로 입힌 잔디를 두 손으로 부드등부드등 뜯으며,

"에구, 선초야! 왜 집을 버리고 예 와 있느냐? 세상에 내가 모질기도 하지. 이것을 예다 버리고 혼자 집으로 돌아가려고 하니. 영감, 나는 차마 이것을 버리고 집으로 못 가겠으니 여기다 아주 묻어를 주고 가오, 혼이나마 모녀가 서로 의지를 하게."

　최호방은 대범한 남자라, 좀체 일에 눈물을 아니 내던 터이더니 비죽비죽 마주 울며,

　"여보게, 객스러운 말 말고 내려가세. 세상에 자식 따라 죽는 부모가 어디 있던가? 제가 이렇게 죽은 것이 이탓저탓 할 것 없이 첫째는 제 팔자요, 둘째는 우리 팔자이니, 고만 울고 집으로 내려가세."

6.

　최호방 내외가 앞을 가리는 눈물을 간신히 억제하고 집으로 돌아오니 왼갖 것이 모두 다 눈에 밟혀 못 살 지경이라. 자박자박 자취가 나는 듯, 나즉나즉 음성이 들리는 듯, 연상 *혈합에는 제 필적으로 쓴 편지쪽이 데굴데굴, 바느질 그릇에는 침선 배울 제 시험하던 *골모, *괴불이 데굴데굴, 탁자 위 *만권 서책에는 먼지가 켜로 앉았는데 이 갈피 저 갈피 질러둔 표지는 저 읽던 흔적이 완연한 그 중에, 제일 간장이 슬슬 녹고 정신이 아주 없어지며 가슴이 답답해질 일은 문갑 위에 놓여 있는 *양금이 밤중만 되면 줄이 절로 죄이며 똥 땅 하는 소리라. 평시 같으면 그 소리가 일기가 *음음한 탓으로 복판이 늘며 줄이 튀는 것이라 하여 심상히 들었으련마는, 수심이 겨워 잠을 못 이루고 고생 고생하는 선초 어머니는 그 소리 날 제마다,

　"에구, 저 소리가 또 나는구나! 저것도 심상치 아니해서 임자를 찾노라고 저렇게 시시로 우나 보오. 영감, 나는 진정이지 저 소리 듣기 싫소. 집어다 아궁이에나 틀어 넣으시오."

모란이가 옆에 앉았다가 와락 뛰어들며,

(모란) "에그 어머니, 그것은 왜, 내가 가질 걸."

(모) "에 이년, 네가 그것은 해서 무엇하게?"

(모란) "에그 요전에는 언니가 음률할 제마다 그리 가르쳐 주어도 금방 금방 잊어 버리겠더니 어찐 일인지 요새는 음률 소리가 귀에 지잉하여 높고 얕고, 되고 느린 가락을 모두 짐작하겠는데요."

(모) "에라, 듣기 싫다. 저리 가거라. 또 이년, 뉘 가슴에다 못을 박으려고 음률을 배우려고."

(모란) "어머니께서는 공연히 저러시네! 음률만 배워 나도 언니처럼 기생노릇을 해야 할 터인데."

(모) "기생? 기생이 어째? 이년, 다시 그런 아가리를 벌려 보아라."

조선 천지에 제 힘 아니 들이고 남 속여먹기로 생애를 삼는 것들은 소위 무당, *판수라. 무당, 판수가 만나는 사람마다 정대하고 당하는 일마다 광명하면 하나도 속여먹지 못하고 자고송(自枯松) 모양으로 굶어 죽은 지가 *이구(已久)하겠지마는, 사람들도 보통 어리석고 일도 매양 의심나는 중 *연때가 맞으려면 천지도 야릇한 법이라. 선초 죽던 그 달부터 비 한 점 아니 오고 내리 가무는데, *논배미, 밭두렁에 성냥만 득 그어 대면 홀홀 탈 만치 오곡잎이 다 말라 들어가니 가물이 너무 심하면 *노약들이 *서독에 병들기가 십상팔구거늘, 무식한 부녀들이 무당에게도 묻고 판수에게도 물으니 묻는 데마다 *소지에 *우근진으로 으레히 말하기를, 원통히 죽은 선초의 혼이 옥

황상제께 호소하여 날도 가물게 하고 병도 다니게 한다 하는 *허탄
무거한 말이 한 입 걸러 두 입 걸러 이 사람 저 사람, 큰 소일거리
삼아 지껄이는 중, 농군의 집에서 더욱 *악머구리 끓듯 하여 필경 대
동(大洞)이 *추렴을 놓아 각색 과실에 큰 소를 잡아 선초의 무덤에
가 제사를 정성껏 지내어 그 혼을 *안유코자 하더라. 택일한 제일을
당하여 수백 명 남녀가 구름같이 모여 술잔을 다투어 부어 놓고 제
각기 소원을 속으로 *암축하는데 어떤 자는,

"선초 씨여! 이 술을 달게 받고 아무쪼록 오늘밤 내로 비가 앞 내
에 *시위나도록 퍼부어 우리 논에 물이 마르지 않도록 하여 주소서."

어떤 자는,

"선초 씨여! 이 술을 받은 후에 잡귀, 잡신을 모두 제쳐주어 우리
집 우환이 구름 걷듯 *퇴송케 하여 주소서."

이때 이시찰은 거절하는 편지에 돈 십 원을 넣어 보내고 스스로
생각하기를,

'아마 내 편지를 보면 제 생각에 어이가 없으렷다. 기실은 어이없
을 것도 없지. 나를 대하여서는 가장 지조가 있는 듯이 계약서니 해
로를 하느니 하였지마는 그게 다 남자 후리는 제 행태이지, 무얼 진
심으로야 어린 것이 나 같은 늙은이와 같이 살려고 할라구? 참말 살
기만 하면 제가 아니 제 꼭지에 물러날까? 모르면 모르되 편지를 본
뒤에 필경 돈 십 원 보낸 것만 대견하여 얼마쯤 좋아할걸.'

*거무하(居無何)에 김선달이 그 돈 십원을 도로 가지고 와 주며 선

초가 받지를 아니하고 도로 싸 보내더라 하는지라, 이시찰이 아니꼬
운 양반의 마음이 불끈 치밀어서 발을 땅땅 구르며,

"어, 버르장이 없는 년! 제년쯤이 *다과간에 내가 보낸 것을 외람
히 받지를 아니하고 도로 보내? 양반이 괴악한 년 한 번 상관하고 큰
욕을 보았군!"

김가는 아무쪼록 이시찰의 비위를 맞추노라고,

"진노하옵실 일이 아니올시다. 소인의 미련한 생각에는, 선초가 본
시 욕심 많은 것으로, 사또께서 가까이 하옵셨으니까 그 돈 주신 것
이 제 마음에 약소히 여겨 도로 바치면 *전천이나 더 처분하실 줄
알고 소견없이 그리했나보이다."

이시찰이 그 돈을 전장에 나갔던 아들 살아온 것만치나 대견히 알
아서 한번을 척 접어 가방에다 넣으며,

"오냐, 고만두어라, 내가 두고 쓰지. 저 싫다는 것을 애를 써 줄 것
무엇있니? 더 주어? 저 더 줄 돈이 있으면 내가 땅을 다만 한 마지기
라도 더 사서 *전지자손하겠다."

김선달 물러간 뒤에 자기 마음에 무엇이 그리 *충연유득(充然有得)
하던지 바른손으로 배를 쓱쓱 문지르며 *초헌다리를 하고 누워서 풍
월구를 읊으더니 잠이 스르르 들어 코를 드르렁 드르렁 골다가 이맛
전에 땀을 줄줄 흘리고 벌떡 일어나더니 입맛을 쩍쩍 다시며,

"응, 꿈도 괴상하다."
하고 연상의 붓을 집어 먹을 찍더니 머리맡 벽에다 두 줄을 가로,

'야몽극흉, 서벽대길(밤 꿈 극히 흉한즉 벽에 글을 쓰노니 크게 길하라.)'이라 쓴 뒤에 다시 드러눕더니 얼마 아니되어 또 여전히 땀을 물독에서 빼낸 듯이 흘리며 일어나 혼자 중얼중얼 꿈 이야기를 한다.

"어, 이게 무슨 꿈인가? 속담에 맘이 있어야 꿈에 뵌다는데, 내가 장난삼아 저를 한 번 상종한 일이지, 바늘 끝만치나 못 잊어 생각을 하기에 펄쩍 보이나? 어, 요망스러운 것, 꿈에 뵈일 터이면 좋은 낯으로 반갑게 뵈이지를 왜 아니하고, 내가 제게 무슨 못할 노릇을 했길래 머리 풀어 산발을 하고 이를 아득아득 갈며 요악한 소리로, '내게 이렇게 적악을 하고, 네 신세가 평안할 줄 아느냐? 내 혼이 네 머리 위로 주양장천 돌아다니며, 네 가슴을 쾅쾅 짓찧으며 한탄하는 양을 보고야 말겠다' 하고 바락바락 울며 덤벼 보이노? 응, 요망스러운지고!"

이시찰이 그 꿈을 꾸고 나서 *입찬소리로 장담은 하였지마는 일자 이후로 공연히 심신이 산란하여지며 머리끝이 쭈뼛쭈뼛한지라, 다시 잠을 자지 못하고 애꿎은 담배만 펄쩍 먹는데 그렁저렁 날이 밝았더라. 김선달이 숨이 턱에 닿게 오더니 황망한 말로,

(김) "사또, 간밤에 선초가 자처를 하였답니다."

(이) "무엇이야? 자처를 하다니, 제가 무슨 곡절로 자처를 했단 말이냐? 네가 분명히 들었느냐?"

(김) "듣다 뿐이오니까? 관비가 가서 보기까지 하고 왔답니다."

(이) "이애, 듣기 싫다. 관비년을 너 어찌 그리 꼭 믿느냐? 그년이

역시 그년이니라. 죽었다고 으름장을 하면 내가 왼눈이나 깜짝할 줄
알고? 실없는 것들이로구."

(김) "아니올시다. 제가 자처를 했는지는 확실히 믿지 못하겠습니
다마는 살을 맞았는지 *관격을 하였는지 죽기는 정녕히 죽었길래 *염
습 제구를 장만한다 관곽을 짠다 하옵지요."

(이) "참말 죽었을 터이면 네 말마따나 필경 살을 맞았거나 관격이
되어 죽은 것이요, 또는 *만손 자처를 하였다 하더라도 제 손으로 저
죽은 것이 내게 무슨 상관이 있느냐?"

그 모양으로 김선달을 대하여서는 말을 하여 놓고 은근히 마음에
는 일상 꺼림하던 차에, 장성읍 인민들이 가뭄과 유행병을 인하여 선
초의 무덤에 제를 *풍비하게 지낸다는 소문을 듣고 염치 좋게 스스
로 생각하기를,

'내가 제게 *적원한 것은 없지마는 제 마음에는 얼마쯤 섭섭히는
여겼던 것이야. 그리기에 종종 내게 현몽하는 것이니, 제 귀신을 위
로할 겸 제 지내는 구경도 할 겸 내가 좀 가 보겠다.'
하고 대동이 택일한 제삿날을 당하여 이시찰이 선초의 무덤으로 뱃심
좋게 가서 남녀노소의 축원하는 양을 차례로 구경하고 모두 다 헤어
져 간 뒤에 자기 역시 술 한 잔을 따뜻하게 부어 놓고 글 한 귀를 지어
*고성대독하는데,

'추풍에 내백발하야(가을 바람에 백발이 와서) 낙일에 곡청산(떨어
지는 날에 청산에서 울다)'이로다.

가장 선초의 혼이 자기의 술을 달게 *흠향이나 한 듯싶어 희색이
만면하여 돌아왔더라. 그날 밤 삼경이 못 되어 별안간에 남풍이 슬슬
불며 사면에서 검은 구름이 뭉게뭉게 일어나서 탄탄대로에 *기초 달
리듯 하더니, 번개는 번쩍번쩍 천둥은 우르르우르르 주먹 같은 빗방
울이 우두두 떨어지다가, 거 미구에 눈을 못 뜨게 *삼대같이 퍼부어
오니 *읍하의 우매한 부녀들은 모두 좋아 춤을 추며 제각기 한마디
씩을 다 지껄이기를.

"세상에 영검도 해라! 무당, 판수라 하는 것이 헷것은 아닌게야.
점괘 나는대로 선초 혼을 위로하였더니 당일 내로 비가 이렇게 오지.
이번 일만 보아도 살아서나 죽어서나 선초 같이 연하고 싹싹한 사람
을, 나이는 몇 살 아니 되었어도 처음 보는걸. 만일 이번에 인간들이
몽매하여 그냥 내버려 두었더면 어느 때까지 가물는지 모를 뻔하였
지. 인제 비는 더 바랄 것 없이 흡족하니 내 집 남의 집을 물론하고
우환이나 마저 없어졌으면 그 아니 좋을까?"

이시찰이 적이 신학문에 유의한 터 같으면 그런 소리를 듣더라도
비 오는 이치를 풀어서,

"허허, 무식한 것들이라 할 수 없고! 비가 제 지냈다고 왔을까? 사
람이 근 천 명이 모여 왔다 갔다 하는 바람에 먼지가 공중으로 올라
가 수증기를 매개하여 비가 온 것이라."

설명을 하였으련마는, 이 눈썹만 빼도 똥이 나올 분네는 요량하기
를,

"흥, 어림없는 것들이라구! 선초의 귀신이 비를 오게 했을 터이면 저희들 정성에 비가 왔을까? 내가 와서 술을 부어 놓고 글을 지었은 즉 거기 감동하여 비를 오게 하였을 터이지."

그날 밤에 아무 *기탄 없이 잠을 자려 하는데 눈만 감으면 선초가 여전히 와서 머리 위로 돌아다니며 울고 부르짖는지라, 하릴없이 일어나 등촉을 밝히고 밤새기를 기다리는데, 동이 틀락말락 하여 창밖에서 난데없이 기침소리가 "에헴 에헴" 나거늘, 이시찰은 *휘휘하고 적적하던 차에 든든한 마음이 나던지 대단히 반가워하며,

"거기 누구 왔느냐?"

기침 소리가 그치며,

"예, *영문에서 서간이 있어 왔습니다."

이시찰이 갈려 간 관찰과는 서로 *성기가 통하여 *결전 상관에 별별 조화를 다 부렸더니 새로 내려온 관찰과는 아직 낙락난합하여 어찌하면 계제를 얻어 또 한번 수단을 피워 볼꼬 하던 판이라, 영문에서 서간이 왔다는 말을 듣고 한없이 반가와서 의복도 채 입지를 못하고 이불을 두른 채 일어나 앉으며, 윗간에서 자는 상노놈을 깨워서 문을 막 열고 편지를 받으려 할 즈음에 갓 두루마기한 사람이 마루 위로 우쩍우쩍 올라서며 이 문 저 문 턱턱 가로막아 서더니 큼직한 봉투 하나를 주며,

"법부 조회로 영감 잡히셨습니다."

이시찰이 자기의 전후 한 일은 있고 잡혔다는 말을 듣더니 *수각

이 황망한 중 삼십육계를 쓰고 싶으나 문마다 막혀서 움치고 뛸 수가 없는지라, 어찌하는 수 없어 그 봉투를 받아 *속폭을 뽑아 보며 우두커니 앉았다가,

"잡혔으면 가지. 내 죄 없으니까 아무 겁날 것 없다."
하고 상노놈더러 세수를 놓으라 하여 *소세를 한 후 아침밥도 못 먹고 그자들에게 끄들려 영문으로 올라가 그 길로 *평리원으로 *압상이 되었더라. 이시찰이 잡혀온 죄는 막중 국세를 중간 *환롱한 죄라. 감옥서에서다 엄밀히 *뇌수하여 두고 삼 년 동안을 재판하는데, 세상 사람이 지옥 지옥 해도 지옥이 별것이 아니라 이생에 있는 감옥서가 곧 지옥이라. 그런고로 죄를 범하고 그 속에를 한번 들어만 가면 살아나올 제 나온대도 죽은 목숨과 조금 다를 것이 없는 법이라.

이시찰이 처음에는 가장 *쇠가 산 체하고 큰소리를 *철장같이 뽑아낸다.

"양반이 감옥 맛을 아니 보면 못 쓰나니라. 감옥 말고 감옥에서 더한 데를 들어왔더라도 내 죄 없으면 고만이지, 겁을 손톱만치라도 낼 내가 아니다."

하면서도 뒤는 나든지 은근히 자기 상전 두 신씨에게 *고급을 하여 일을 무사타첩하게 주선하여 달라고 애걸한 후에 눈이 감기도록 반가운 소식 듣기를 기다리는데, 하루 이틀 지나 점점 여러 달이 되도록 시원한 소식은 도무지 없고 사람은 못 당할 경우가 날로 생긴다. 그렇게 가물던 일기가 유월을 접어들며 무슨 비가 그렇게 그칠

새 없이 오던지, 정결한 처소에도 습기가 자연 생겨서 의복은 눅눅하고 *기명은 곰팡이가 나는데, 더구나 양기를 받아보지 못하는 감옥 속이리요. 침침 칠야에 빗소리는 주루룩 주루룩 모기, 빈대, 벼룩 등물(等物)은 먹을 판이나 생긴 줄 알고 들이덤비는데 앉아도 편치를 아니한 중 눈만 감으면 선초가 여전히 옥문 밖에 와 돌아다니며 원통한 사설을 하여 가며 우는 소리가 두 귀에 완연히 들리니, 오려던 잠이 천리 만리 달아나며 신세타령이 부지중 나온다.

"에구, 내 신세가 어찌하다가 이 지경이 되었을까? 죄가 있거던 죽이든지 귀양을 보내든지 이 얼풋 *처판을 하여 주거나, 밤낮 재판은 하여도 끝은 아니 내어주고 이 모양으로 옥구멍에다 넣어 두니 사람이 살이 슬슬 내려 절로 죽겠지. 이 지경될 줄 알았더면 남과 *혐의나 아니 지었더면 좋을 것을. 큰 훈공이나 세울 줄 알고 잡아 압상한 동학당 수백 명을 진작 죽여 없애지를 않고 그대로 가두어 두어서 이놈들이 나를 못먹겠다고 벌이 살 덤비듯 하며, 주먹질 발길질, 입에 못 담을 욕설 악담이 물 퍼붓듯 하는 중, 조석 때를 당하여 먹을 것을 좀 해 들여오면 이놈도 빼앗아가고 저놈도 빼앗아가서 정작 나는 다만 몇 술을 먹어 보는 수 없으니 당장 *들피가 나서 꼭 죽을 지경이요, 그뿐 아니라 밤이 되어 잠을 좀 자려 하면 고 방정맞은 선초 귀신의 우는 소리에 실로 송구해서 견딜 수가 없지. 내가 외입은 많이 못했지마는 그 모양으로 소견없는 것은 듣고 보나니 처음이야. 제가 규중에 감추어 있던 터이 아니요, 계집 상종하는 사람이 여간 거짓말로 속이기가 불시이사거늘, 벌써 제가 고만 살 팔자라 자처를 하고서 왜 내게 와서 성화를 바치누? 내가 지금은 횡액으로 옥 속에서 고생을 하고 있으니 할 수 없지, 조만간 나가기만 하여보아라. *금부 뒤 장님 몇 명만 불러다가 *『옥추경』을 일만 번 읽어 영영 세상 구경을 못하게 가두어 버릴 터이다. 그러나 이네들이 내 일 범연히 주선을 할 리가 만무한데."

하며 가슴이 *부집 죄이듯 바싹바싹 타들어가는 차에 자기 집에서 무슨 편지가 급히 왔는지라, 좋은 기별이나 있는가 하여 얼풋 받아 떼어 보니 자기 큰아들이 급한 관격으로 위태하다는 병보라. 앓기가 예사지, 설마 어떠하랴 하였더니 비몽사몽간에 선초가 앞서고 동학에 몰려 죽은 임씨 모자가 뒤를 서서 오더니 *소상 분명히 이르는 말이,

"네가 우리와 무삼 불공 대천지 원수를 졌길래 생목숨을 끊게 하였느냐? 일인즉 너를 잡아다가 살을 점점이 저며 간을 내어 씹고싶다마는, 그러고 보면 네가 생전에 앙화를 못다받을 터이기로 네 집 식구만 차례로 잡아가고 네 몸 하나만 남겨 두어 각색 고초를 당할 제마다 지은 죄를 굽이굽이 생각하게 할 터이다."

이시찰이 깜짝 놀라 두 손으로 눈을 이리저리 씻고 정신을 가다듬어도 뼈에 사무치는 그 소리가 두 귀에 소상 분명히 들리는 것 같더라. 거 미구에 곽란으로 앓던 맏아들의 부음이 오더니 곧 이어서 둘째아들, 셋째아들의 부음으로 손자, 손녀의 *변상 기별이 *연속부절

하여 들어오는지라, 처음에는 원통한 마음이 나서 눈물이 앞을 가리고 한숨이 걷잡을 새 없이 나오더니 *참척도 하 여러 번 보니까 졸업생이 되었던지, 설우니 원통하던 마음이 다 어디로 도망을 하고 부음 들을 때마다 *탄평무사하여,

'제 명이 짜르니까 제가 죽었는데 생각해서, 소용이 무엇이냐? 젊은 처첩이 있으니 또 낳으면 자식이지.'

하는 독하고 무정하고 매몰한 뜻을 가슴 속에다 품고서 여상히 지내다가, 급기 자기 마누라가 여러 번 *독척을 보고 상심이 되어 시름시름 앓다가 세상을 또 버렸다는 기별을 듣더니, 그제는 몸부림을 땅땅하며 기가 컥컥 막히게 울다가 옥사장이에게 구박을 자심하게 당하더라. 사람이 궁극한 지경을 당하면 뉘우치는 마음이 절로 생기는 법이라. 이시찰이 웬만한 사람 같으면 그 지경을 당하였으니 맑은 낮고요한 밤에 자기의 전후에 지은 죄를 차례로 생각만 하면 뉘우치는 마음이 나서,

'에구, 내가 이 앙화를 받아 싸지. *수원수구를 할까마는 차라리죄 지은 내나 진작 죽어 주었으면 백 번 사양을 못하려니와, 애꿎은 처자야 무슨 죄가 있나?"

하여 자기 하나 잘못한 죄로 처자식이 불쌍히 세상을 버린 일을 생각하면 머리를 기둥에라도 부딪쳐서 따라 죽을 터인데, 그런 회심을 하기는 고사하고 종래 *흰소리로 자기 조상 탓부터 한다.

"어허, 내가 이렇게 하면 내 몸만 해롭지 아니되겠구. 우리 산소가

잘못 들었거나 선세에 지은 죄가 있는 탓으로 자식들이 모두 애물로 생겼다가 눈 앞에 끔찍스러운 경상을 뵈었는 것을 아무 지식 없는 마누라는 공연히 마음을 상하여서 천금 같은 몸까지 버렸지. 오냐, 칠십에 *생남자도 많다는데 아직도 내가 연부역강한즉 어느 때든지 이 재판 끝만 나거든 *복성스러운 규수에게 후취도 하려니와 애낳이 하는 작은 마누라가 있으니 설마 또 날 터인즉 이 다음 소생 아들을 학교에나 보내어 개화 공부를 시켜 먹을 벌이를 하게 하겠다.”

이시찰이 당한 일은 어느 관찰사와 *공전 *건몰한 상관으로 재판 시작이 되었는데, 아무쪼록 고생을 더 하려고 그렇던지 재판할 때마다 제출할 증거와 변론을 미리 준비하였다가 급기 재판정에를 나가면 선초와 임씨 모자가 눈앞에 와서 울며 *폭백하는 소리에 정신이 수란하여지며 한 가지 기억을 못하고 횡설수설 주책없이 말이 나오는 탓으로 그 재판 끝을 진시 못 내고 *장근 삼 년을 내 끌었더라. 그때에 이시찰을 *지어부지간에 모두 다 고소해서 한마디씩이라도,

“에, *잘코사니, 제가 상전 잘 만난 탓으로 그만치 *부릇되었으니 어디까지 매사를 극력 조심하여도 실수하기가 십상팔구거든, 본래 주제넘고 아니꼬운 위인이 그같이 *소무기탄(小無忌憚)하고 남에게 적악을 하였으니, 천도가 어찌 무심할 리가 있나? 그 죄벌을 당해 싸지.”

이렇게 말하는 사람은 일반 공론이라 과격하다 할 수 없거니와, 적거니 크거니 혐의(嫌疑)가 좀 있는 사람들은,

"흥, 고까짓 것 제가 제 벌을 받으려면 아직도 멀었지. 아무의 *전재 빼앗은 것과 아무의 전답 빼앗은 것이라든지, 누구누구를 모함한 것만 해도 저만치는 고생을 하고도 남을 터이요, 그네 일과 우리의 *소조는 다 고만두고 남의 일이라도 말을 하자면 이가 절로 갈리기는, 제 동향에 있는 임씨의 집에 대하여 배은망덕으로 멸망을 시켰으니 그 원귀들이 가만히 있을 리도 없고, 그는 *차치물론(且置勿論)한대도 장성읍 기생 선초의 일로 말하면, 이시찰 자기 소위 학문가의 출신으로 철모르는 계집아이가 목전에 노는 풍정만 탐하여 행실을 부정히 가질지라도 아무쪼록 좋은 도리로 권고를 간절히 하여 개과천선하도록 하는 것이 가하거늘, 제 자격이 절등하고 지조가 비상한 선초를 어디까지 포장은 못해주나마 제 부형의 없는 죄를 억지로 씌워서 당장 죽일 듯이 위풍을 부리고 뒤로 은근히 소개를 하여, 백발이 허연 자가 막내딸 같은 것을 간통하고 그나마 약조를 저버려 생선 같은 것이 철천지한을 품고 죽게 하였으니 앙화를 받지 않고 무엇을 할꼬?"
하더라.

그런데 선초와 임씨 모자가 이시찰 눈에 뵈인 일로 말하면, 아무라도 참말 그 귀신이 있어 원수를 갚으려고 그리한 것이라 할 터이지마는 기실은 그렇지 아니한 것이, 죽은 귀신이 있어 원수를 갚을 것 같으면 지금 누구니 누구니 하는 소위 재상들이 하나도 *와석종신을 못하고 참혹히 벌써 이 세상을 하직한 지가 오랬을 터이지마는,

유명이 한번 달라놓은 이상에 그렇게 *역력할 수 없는 것은 정한 이치라. 그러나 도적이 발이 저리다는 일처럼, 이시찰이 자기 생각에도 지은 죄가 있으니까 공연히 겁이 나며 *중정이 허해져서 선초로도 뵈이고 임씨 모자로도 뵈이는 중, 선악간 사람의 뇌라 하는 것은 극히 *영통하여 아직 오지 아니한 앞일을 미리 깨닫는 일이 이따금 있는 고로, 자기의 *참경을 본 일부터 상처하는 일까지 벌써 마음에 켕겨서 그 모양으로 선초 귀신, 임씨 모자 귀신이 눈에 *현연히 뵈이며 하는 말이 귀에 소상하였던 것이더라.

최호방이 선초의 참경을 본 이후로 한 가지 고집이 생겼는데, 이 고집은 별것이 아니라,

"딸자식이라는 것은 반절이나 깨쳐서 *가간 *통정이나 하면 넉넉하고 밥이나 짓고 의복이나 꿰매면 고만이지, 한문자는 한 자도 가르칠 일이 아니요, 또 기생으로 말한대도 음률, 가무가 변변치 못한 아이들은 열이면 열이 다 후분이 좋아도 재조가 남보다 뛰어나면 *재승덕박(才勝德薄)하여 그런지 개개이 팔자가 기구하더라. 더 할 말 없이 우리 선초로 보아도 제가 인물이라든지 음률, 가무가 변변치 못하였더면 이시찰이 그 모양으로 욕심을 내어 *의리부동한 행위를 했을 리가 없었을 것이오, 또 제가 글자를 아니 배워 무식한 것 같으면 의리인지 지조인지 어찌 알아서 제 목숨을 끊을 지경까지 하였을 리도 없으니, 에, 우리 모란이년은 당초에 아무것도 가르치지 말고 그대로 내버려 두겠다."

하여 일절 아무것도 배우지를 못하게 하건마는, 모란이는 매를 맞고 꾸지람을 들어가며 틈틈이 저의 일갓집에 가서 동냥글을 배와서 문필이 저의 형만 못지 아니하고, 음률은 최호방 출입한 동안이면 제 형 공부하던 *율보를 보아가면 *사습을 은근히 하여 어느 배반이든지 막힐 것이 없는 중, 형제의 얼굴이 방불한 것은 흔히 있는 일이라. 제 나이 점점 차갈수록 달덩이 같이 어여뻐 제 형의 얼굴에서 쪼개어낸 듯하더라. 그러지 아니해도 모란이가 천륜이 감동해서 제 형의 넋두리하던 소문 들은 사람마다 모란이는 선초가 다시 왔다고 지목을 하였는데, 더구나 인물, 재질이 제 형과 방불하니 *호사자(好事者)들이 오죽 말을 만들어 하리요.

"에, 세상에 희한한 일도 있더라. 장성읍에는 대대로 명기 하나씩이 으레히 생기어서 *당년에 유명하던 명주, 보패가 차례로 죽고 그 뒤를 이어 선초가 생겨나서 장성 일군을 흔들흔들 하다가 몹쓸 바람에 떨어진 꽃 모양으로 하룻밤 사이에 흔적이 없어지고 적막히 빈 가지에 석양이 비낀 모양이 되었으니 아무라도 생각하기를, 인제는 산천도 변하여져서 장성읍에 명기가 그치려나 보다 하였는데, 죽은 선초는 참 희한한 일이야. 요사이에 도로 살아났다는걸!"

모란이 *성식을 자세 아는 사람은 그런 말을 듣고,

"옳지. 모란이가 제 형 선초의 *계적을 했으니까 저렇게 말하기도 용혹무괴이지."

하여 다시 묻지도 아니할 터이지마는, 밑도 끝도 없이 그 말을 처음

듣는 자는 죽었던 사람이 살아왔다는 말에 대경소괴하여,

"으응, 그게 무슨 말이야, 선초가 살아났다니? 죽은 사람이 도로 살아나? 그러면 선초가 이시찰을 속이노라고 거짓 죽었던 것이로구면. 어떻든지 계집의 꾀라는 것이 기가 막히더라. 이시찰은커녕 우리도 그 소문을 듣고 꼭 속았는걸."

그대 말 전하던 사람도 두 가지 구별이 있으니, 선초의 자초지종을 알고 말한 자는 선초가 이시찰을 속였나 보다 하는 의심에 대하여 정색을 하여가며 기어이 변명을 하여 주려니와, 자기도 남의 전하는 것만 듣고 절인지 중인지 알지도 못하며 입이 가볍게 지껄이던 자는 어디까지 자기의 주견을 세우노라고 *엇구수하게 얼마쯤 말을 보태어 하더라.

7.

지극히 어지신 하느님께서는 *호생지덕(好生之德)을 주장하시는 터이라. 삼 년 동안을 옥구멍 속에서 사람은 못 당할 고생을 다 겪던 이시찰을 놓여 나와 세상 구경을 다시 하게 하신지라. 그물을 벗어난 새와 일반으로 이시찰이 옥문을 나오니 그때에는 *애연한 양심이 잠깐 생기어서 스스로 *자복하는 말이라.

"에구, 내가 이번에 고초 겪은 일이 모두 다 내 잘못이지, 수원수구할 수 있나? 임씨 집 일로 말하면 내가 그 노인의 사랑하던 은혜를 태산같이 지고 만분의 일이라도 갚지는 못할지언정 내 *요공을 하자

고 죄도 변변치 않은 그 아들을 사정없이 포살하였으니 어찌 아니 원통치 아니하며, 선초로 말하면 제가 그처럼 고집을 하니 내 욕심을 참았더면 나도 점잖은 모양이 되고 저도 소원 성취가 되었을 것을. 응, 내 잘못했지, 잘못했어! 그것이 생목숨을 끊을 때에 다시 없는 원혼을 품었을 것이니 *일부함원에 오월비상(一婦含寃五月飛霜)이라는데 내가 결단이 어찌 나지 아니하였을꼬?"

하여 가장 회개한 듯이 일절 여색은 가까이 아니하고 점잖은 행태를 이왕 학자 문하에 다니던 때와 일반으로 하니, 이는 자기 마음에 뉘우침도 여간 있으려니와 은근히 엉큼한 욕심이 들어앉아서 세상 이목을 또 한번 속여 볼 작정이더라. 속담에 더 먹자면 거친 개라더니, 이시찰이 *부조유업만 해도 자기 식구는 굶지 않고 넉넉히 지내었을 것을 아무쪼록 불한당질을 하여 장안에 손꼽아지는 *거부장자가 되어 보자는 작정 겸 일색 미인을 한번 상종하자는 계교로 천신만고하여 삼남 시찰을 벌어 내려가서 일색도 상관하였으려니와 재물은 어떻게 휩쓸어 몰아 올려왔던지, 만일 그 재물을 굳게 지키기곧 하면 충청도 내에 큰 자본가가 되었을 터인데, 거칠게 들어온 재산이 나갈 제도 거친 것은 당연한 이치라. 이시찰이 자기 집에를 와서 그 재물을 한 푼 써보도 못하고 전라 *감영에서 바로 서울로 압상이 되어 삼 년 재판하는 중에 집안에 사람도 씨가 없어지고 재물도 본래 있던 것까지 보태어 탕진을 하였으니, 이시찰이 옥에서 나온 후로 본집이라고는 쑥밭뿐이요, 발을 내디디어 향할 곳 없으니까 하릴없이 이왕 소박하여 버렸던 첩의 곁방살이 하고 있는 곳을 수소문하여 찾아가서 *비진 사정을 하여 몸을 의지하고 있으며 *간능스럽게 틈틈이 교제를 잘하여 *전백전관의 구걸로 근근이 호구를 하니, 자기 마음에는 *사력이 훨씬 펴인 줄 여겼던지 지어먹은 마음이 사흘을 못 가서 이왕 행태가 도로 나와서 돈냥만 보면 소취나 대단한 체하여 친구도 모아 술도 먹고 계집도 불러 소일도 하더니, 하루는 어떤 친구의 연회에를 갔더니, 그 좌석에 아무 판서, 아무 대신 이하로 *협판 참서 국장 주사가 다수히 *회집하여 반조정이 더 되고— 겸하여 각국 *공영사 내외국 상민도 적지않이 모였는지라, 행여나 실수를 할까 하여 극히 조심조심 하느라고 먹고 싶은 *주육도 못 먹고 하고 싶은 수작도 못하며 한번 구석에서 숨도 크게 못 쉬고 얌전스럽게 앉았느라니 마침 여흥으로 기생의 가무를 보는데 그 중 기생 하나가 자기의 얼굴을 눈이 뚫어지게 여겨보거늘, 자기 역시 유심히 본즉 분명히 알 수는 없어도 어디서 이왕 많이 보던 인물 같은지라 의젓이,

"이애, 저 기생 이리 오너라. 네 이름이 무엇이고, 나이는 몇 살이며, 시골은 어디냐?"

한마디 물어 보고 싶지마는 여러 귀중한 좌객들이 어떻게 여길는지도 알 수 없고, 곁에 있는 친구를 연비하며 그 성명, 거주를 탐지하고 싶으나 그 사람 못보는 데는 무슨 행세를 하였던지 제법 정대한 체통인 체하던 터에 기생의 이름을 자세히 물으면 역시 무엇이라고 흉을 볼는지 알 길이 없어 꿀먹은 벙어리 모양으로 앉아서 그 기

생만 쏘아보며,

‘그것 다시 볼수록 절묘한걸! 어떻게 하면 한번 조용히 불러볼꾸?’
하며 한입에 꿀딱 집어삼키고 싶은 마음이 나서 은근히 *좌불안석을
하는데, 그 기생이 추던 춤을 중간에 그치고 이시찰 앉았는 앞으로
쭈르르 와서 우뚝 섰더니 물끄러미 한동안 마주보는지라. 이시찰 생
각에는, 자기의 풍채가 두목 지존 *장칠만하여 그 기생이 저렇게 와
서 보거니 싶어 한없이 좋은 중, 도리어 면구해서 고개를 돌려 딴 데
를 보는 체하는데, 그 기생이 신내리는 무당 모양으로 소리 한마디를
버럭 지르더니 이시찰을 향하여 전후 *수죄를 다한다.

"여보, 너무 마오. 남의 적악을 너무 마오. 점잖은 처지로 학자 문
하에 출입을 하였다면서…… 여보, 나잇값이나 좀 하시오. 귀밑에 털
이 희뜩희뜩한 터에 나같이 어린아이에게 이다지 원통히 하여야 가
할까요? 조정에서 *불차탁용(不次擢用)으로 시찰을 보내실 제는 아무
쪼록 *패악하여 풍속을 괴란케 하는 자는 징치하고, 정직하여 사회
에 모범될 만한 자는 포장하라는 뜻인데, 왜 나와 무슨 *불공지수 운
수가 있길래 무죄한 우리 아버지를 동학에 간련이 있다 모함을 하여
옥중에다 뇌수하고 내일 포살하네, 각색으로 위협할 뿐 아니라, 천연
스럽게 계약서까지 하여 주고 급기 강제로 욕을 보인 뒤에는 도장
찍어 주마고 그 계약서를 도로 달래 가더니 이내 배약을 하여 내가
철천지 한을 품고 이렇게 죽게 하였으니 당신 마음에 얼마나 상쾌하
시오? 내 백골이 진토가 될지라도 내 원혼은 그대로 있어 당신 후분

이 얼마나 잘되나 보고야 말 터이오. 여보, 무슨 정이 그리 따뜻해서 내 무덤에 와서 술을 부어 놓고 글을 지었습더니까? 가을 바람에 백발이 왔다 하니 나 살아서 거절한 양반이 죽은 뒤에 무엇하러 왔으며, 떨어지는 날에 청산에서 운다 하였으니 울기는 무엇이 답답해서 울었습더니까? 오늘 내가 이 좌석에를 *불원천리하고 올라오기는 다름아니라 당신이 시찰로 내려와 그 *탐음무도(貪淫無度)한 행실을 하고도 필경 *명찰하게 직분을 다한 모양으로 세상 이목을 속였을 터이기에 이렇게 *만당 귀객이 모이신 데에서 죄상을 공포하려는 것이오. 댁집에 변상이 수없이 나고 재산을 *탕패한 것이 무심한 일인 줄로 여겼습더니까? 내 혼이 당신 간 곳마다 쫓아가서 후분이 얼마나 잘되나 보고야 말 터이오."

하며 무죄 양반을 *비도라 모함하여 재물 빼앗던 일을 역력히 들어 수죄하는 중 임씨 부인의 양육한 은혜를 저버리고 죽마고교로 자라난 그 아들을 죄없이 포살을 하여 그 집 고부가 일시에 원통히 세상을 버린 일까지 모조리 공포하니, 그때 그 좌석에 참예한 귀객 중 언어를 직접으로 통치 못하는 외국 사람은 당장에는 아무런 줄 모르고 다만 당황히 여길 뿐이로되, 기타 모 대신 모 협판 이하로 평시에 이 시찰을 *상없지 않게 여기던 여러분네들이 그 기생의 하는 거동을 보고 심히 괴상하여 처음에는,

　"저것이 *풍병이 있거나, 광증이 들었나 보다."

하였더니 차차 그 말을 들으니 무슨 *묘맥이 착실히 있는 일이라. 각

기 연비를 하여 그 기생의 내력을 물은즉 이름은 모란이요 시골은 장성인데, 당시 명기로 세상에 이름이 훤자하던 최호방의 딸 선초의 아우 모란이라. 선초가 비록 하방에 있는 천기나, 그 품행과 재화를 모르는 사람이 없이 썩 유명하였던 탓으로 자세한 곡절은 몰라도 자 처하였다는 소문은 다 듣고 모두 가석히 여기던 터이더니, 급기 모란 의 일장 하는 말을 듣고 선초의 불행히 된 이유를 명확히 알겠는 동 시에, 이시찰의 죄상까지 일일이 알겠으나, 한갓 모란의 거동에 대하 여 의심될 문제 한 가지가 되었는데,

"죽은 선초가 살아나서 모란이 모습을 쓰고 왔단 말인가? 산 모란 에게 죽은 선초의 넋이 들었단 말인가? 외양은 보면 모란이대로 있 고, 수작을 들으면 선초가 왔으니, 그 아니 이상한 일인가?"

이때 이시찰은 어찌 기가 막힌지 아무 말도 못하고 앉아 듣기만 하다가 가만히 생각을 한즉, 묵묵히 발명 없이 있다가는 자기 과실이 모두 발각되어 *일자반급이라도 다시 얻어 해 볼까 하고 일건 행세 를 적공들여 한 것이 속절없을 지경이라, 무슨 효험이나 볼 줄 알고 어여삐하던 본의 없이 정색을 하여 모란을 보며,

"이년, 이 미친년! 이 좌석이 어떤 좌석으로 알고 얼토당토아닌 *광 언망설을 이렇게 하느냐? 번연히 살아서 지껄이는 년이 나더러 죽었 느니 마니! 응, 간밤에 꿈자리가 뒤숭숭하더니 괴악한 년의 수작을 다 듣는다."

하고 좌상의 자기와 친절한 재상을 쳐다보며,

"시생은 오늘 이런 소조가 없습니다. 이런 미친 것이 또 어디 있습니까? *윤척이 없는 말을 함부로 지껄여 *조좌 중에 창피케 하오니 *역일 변괴올시다. *소매평생에 눈도 코도 못 보던 것이 어서 와서 저를 죽였느니 살렸느니 못할 험담이 없이 하는 모양을 보온즉, 저것이 미친년만 아니면 필경 동학 여당으로 시생에게 형벌당한 무엇이 회개는 할 줄 모르고 도리어 함혐을 하여 저것을 꾀이어 이 거조를 하도록 한 것이오니 대감께옵서 경무사 대감께 말씀하오서 *근인을 *사문하여 기어이 *득정을 하도록 하여 주옵소서."

그 말이 뚝 떨어지자 모란이가 또 소리를 질러 수죄하는 말이,

"여보, 간사도 하오. 그래도 나를 몰라본다고 해! 그만치 고생을 하고도 옛 버릇이 그저 남았구려. 누구를 잡아 가두고, 사문을 하여 달라구? 이왕에는 세상을 속이고 명예를 도적질한 탓으로 사면 대우도 받고 여간 벼슬도 얻어 했거니와, 내가 이 모양으로 *설원하는 것을 목도하시고야 어느 양반이 당신의 말을 옳게 여겨 나더러 무엇이라 할 줄 알고? 내가 유명이 다른 탓으로 직접으로 말을 하는 도리가 없어서 내 아우 모란의 입을 빌어 당신의 죄상을 이렇게 말하는 것인데, 누구더러 미친년이니 광언망설이니 하오? *궁흉극악한 댁과 더 말할 것이 없으니 나는 가오."

하더니 모란이가 뒤로 벌떡 자빠져 이내 기색(氣塞)을 하였는지라, 이시찰과 깊은 관계없는 자들은 일변 모란의 거동을 괴상히 여기고 일변 이시찰의 본색을 깨달아 검다 쓰다 *일언반사를 아니하는데,

그중 이시찰을 사자 어금니 아끼듯 하던 신대신은 멋없는 호령을 내

심에 잔뜩 준비하기를,

  '어, 요망한 년! *사불범정이거든, 어디서 이까짓 버르장이를 하노

라고. 어, 암만해도 그대로 두지 못하겠구.'

하여 그 자리에서 순검을 불러 모란이를 내어 주려 하다가, 신대신은

본래 천성이 *근신한 터이라 둥그런 눈을 끔적끔적하며 다시 생각하

기를,

  '*대범 물건이라는 것이 불평하면 우느니, 저것이 맑은 정신의 말

이라 할 수는 없으나 제딴은 무슨 원통한 일은 있기에 저 모양으로

울며 사설을 하는 것이니, 아무렇든지 그대로 내버려 두고 동정을 더

보리라.'

하고 가만히 앉아 모란의 폭백하는 말을 역력히 듣더니, 모란이가 하

던 말을 다 마치고 그 자리에 가 쓰러지며 넋을 잃는 양을 보고 그날

연회가 살풍경이 되어 내빈이 흘림흘림 다 헤어져 가는 통에 이시찰

은 무안에 취하여 제일 먼저 삼십육계 중 상책을 하였더라. 당초에 모

란이가 저의 형 죽은 후로 꿈마다 저의 형이 와서 울며 부탁하기를,

  "이애, 모란아, 네가 아무쪼록 시서, 가무, 음률, *침재를 나만치

배워 가지고 교방에 일등이 되어 네 형의 맺어먹었던 소원대로 성취

도 하고 네 형의 뼈에 사무친 설원도 하여다고."

하니 한 나이라도 적어서는 아무 의사도 못 내다가 십오 세가 되어

온갖 지각이 날 만하니까 자기 형의 원억히 세상을 버린 일이 점점

유한이 되어 무슨 능력으로 *설분을 상쾌히 하여 주는 도리가 없는지라, *주사야탁으로 골몰히 궁리를 하다가 한 가지 계책을 내어, 서울서 다년 *기부로 영업하던 박별감이, 데리고 외입을 하던 기생은 들여보내고 새로 기생을 구할 차로 내려온 것을 알고 사람을 소개하여 청해다가 가기를 자원하며 약조하는 말이라.

"당신이 기왕 기생을 구하러 오셨다 하니 불필타구로 나를 데려가시오. 내가 당신을 따라간대도 춤이라든지 노래라든지 지어 각색 음률까지도 새로 배울 것이 없은즉 *부비 한 푼 들 것 없고 다만 내 주인이 되어 *바깥두령만 하여 주면 내 목적 달하는 날까지 *매창은 사양치 아니하고 하려니와 결단코 매음은 아니할 터이니 그리 알으시고 같이 가십시다."

박별감이 그 말을 듣고 생각하여 본즉,

'*날뜨기를 돈 주고 사다가 *생매 길들이는 일체로 이삼 년 동안을 *불소한 자본을 허비하여 가르치는 것보다 모란을 돈 한푼 아니 주고 데려다가 가무 등속을 수고스럽게 가르칠 여부없이 그날부터 벌어먹는 것이 해롭지 않고, 또는 기왕 기부 노릇을 하는 터에 저러한 명기를 한번 데리고 지내는 것이 옳거니.'

하여 소원대로 하게 하마 다짐을 하고, 즉시 *교마를 차려 서울로 올라와 약방에다 구실을 박았는데, 박별감이 비록 천한 업은 할지언정 과히 상없지는 아니한 자이라, 모란의 원치 아니하는 매음을 일절 시키지 아니하고 다만 매창하는 노름에만 보내는데, 기생이 인물만 똑똑해도 예서 오너라, 제서 오너라 하거든, 하물며 가무가 *갖고 음률까지 서화까지 능란한 모란이리요. 날마다 어찌 째이는지 잠시도 집에 들어앉을 겨를이 없는데 모란은 일편 정신이 어느 좌석에서든지 이시찰만 만나면 망신을 한번 톡톡히 줄 작정인데, 가령 *평교(平交) 같으면 일부러라도 한번 찾아가 이시찰을 보고 *움파 같은 주먹으로 볼치를 눈에서 불이 나게 홈쳐치며.

"댁이 내 형을 왜 원통치 죽였습나? *법소도 갈 것 없이 내 손에 당장 죽어 보아라."

하련마는 남자도 아니요 여자요, 여자 중에도 천기라. 그리하는 수는 없고 다만 좌석에서 만나기만 기다리는데, 천행으로 그날 연회에서 이시찰을 보고 직접으로 그 얼굴에다 침을 뱉어 가며 수죄를 하려다가 생각한즉 그 좌석에 이시찰의 상전이 많이 있는 모양인데 섣불리 하다는 망신만 하겠는 고로 가장 자기 형의 넋이나 씌운 듯이 일호 고기(顧忌) 없이 하고 싶은 말을 다 하였더라. 모란의 그 거조한 번이 어찌 그다지 *영독한지 이시찰이 일자 이후로 간 곳마다 *정거가 되어 복직은커녕 *청편지 한 장 얻어보는 도리가 없으니 돈 한 푼 생길 곳은 없고 허구한 날 무엇으로 먹고 입고 살아가리요. 그 중에 약종의 첩은 저의 남편이 벼슬을 다녀 돈을 벌어들일 제는 제 *낭탁을 좀 해 볼 작정으로 입에 혀 노릇을 하며 갖은 간특을 다 부리다가 감옥서 삼 년에 가산을 여지없이 털어 마치고 다시는 벼슬도 못하고 돈도 못 벌어 들이니, 날마다 함박 쪽박을 메어붙이며 *포달을 부리는 통에 잘 먹지도 못하지마는 여간 먹는 것이 살로 한 점 못 가는지라, 배도 고프고 자기 첩의 바가지 긁는 것도 귀찮아서 낯 모르는 집으로 남이 알세라 모를세라 다니며 소매 동냥을 하여가지고 자기 집에 들어갈 제는 가장 누가 보낸 준 모양으로 그 첩을 속여 안유하며 근근히 지내더니, 하루는 남문 안 어떤 골목에를 지나가다가 대문이 큼직하고 *용마루가 번주그레한 집을 보고 얼굴 아는 사람이나 아니 보나 뒤를 흘금흘금 둘러보며 그 집으로 들어가 처량한 말로 산천초목이 스러질 만치 애원한 사정을 하며 다소간 구걸을 한다.

"예, 쌀이 되나 돈이 되나 적선 좀 하십시오. 늙은 부모가 병이 들어 여러 달포째 *위석하였는데 가세가 말이 못 되어 *절화를 여러 때 하였사오니 다소간 적선을 하시면 미음이라도 한때를 끓여 봉양하겠습니다."

그 집 공교히 부엌문에서 중문이 마주 내다보이는데, 주인이 무엇을 하러 마침 부엌에를 내려왔다가 중문 밖에 섰는 걸인을 물끄러미 내다보다가 혼자 웃고 안으로 들어오며,

"천리가 무심치는 아니하다. 제가 필경 저 지경이 되었군! 우스워라. 늙은 부모가 병이 들었어? 저의 부모가 또 어디 있던가? 양친이 구몰하여 *조고여생(早孤餘生)으로 자라났다는데. 오냐, 입맛이 썩 붙게 두둑히 동냥을 주어 이 다음에 또 오는 양을 보겠다."
하더니 뒤주문을 덜컥덜컥 열고 쓸고 쓸은 *어백미를 푹푹 퍼서 붉은 도래 함지로 수북하게 담아 아이 하인을 시켜 내어보내더라. 그 집 안

주인은 별사람이 아니라 곧 연회좌석에서 이시찰 수죄하던 장성 기생 모란이니, 그날 그 좌석에 의기 남자 하나가 있어 선초, 모란 형제의 내력을 일일이 듣고 그 절조를 깊이 *흠복하여 즉시 모란과 백 년을 *뇌약하고 남문 안에다 살림을 *불치불검하게 썩 얌전히 차렸는데, 이시찰이 문전에 와서 구걸하는 양을 보고 두 눈이 쑥 솟게 호령을 하여 내쫓으려다가 없는 부모 병들었단 말이 하도 우스워서 다시 생 각하여 보고 쌀을 후히 주어 보낸 것이라. 이시찰이 그 쌀을 받아 가 지고 돌아오면 혼자 생각이라.

'에 참, 그 집이 부자도 부자려니와 인심도 매우 좋은걸! 그 집 한 집에서 얻은 것이 열 스무 집에서 얻은 것보다 썩 많지 않은가? 수일 후에 또 한 번 다시 가보겠다.'
하고 며칠 후에 그 집을 *전위하여 찾아가서 외마루 문자로 구걸을 하면 또 그렇게 많이 주지 않을 듯싶어서 임시변통을 하여,

"예, 쌀말이나 적선하십시오. 세 살 먹은 어린 것이 *시두를 방장 하고 나서 온갖 먹을 것을 찾는데 가세가 말이 못되어 죽 한 그릇도 끓여 주지 못합니다. 후덕하신 댁에서 후히 보조를 하여 주십시오."

모란이가 그 다음부터는 구걸하는 사람이 밖에 와 소리만 지르면 *백사를 제치고 내다보더니, 그날 이시찰이 또 와서 구걸하는 양을 보고 동냥은 아니주고 하인을 시켜 안마당으로 들어오라 하니, 이시 찰은 어쩐 곡절인지 알지 못하고 원래 후한 집이니까 *의차로 피륙 이나 *양미섬이나 두둑이 주려나 보다 하고 그 하인의 뒤를 따라 들

어가다가 마루 위를 흘긋 쳐다보니 *여화여월한 젊은 부인이 *두렷
이 서 있는지라, 구걸을 하더라도 염치가 있는 사람 같으면 황송해
서 고개를 푹 숙이고 상벌간 처분만 바랄 터인데, 이는 지각을 어떻
게 타고났는지 그 중에도 부정당한 생각이 들기를,

'잠시간 보아도 저 여편네가 썩 잘생겼는데, 나를 왜 이렇게 *제잡
담하고 불러들이노.... *거번에 동냥을 한 함지나 줄 때부터 이상스럽
더니, 이번에는 이렇게 불러들일 제는 *필유곡절한 일이로군! 동냥만
주려며는 문밖에 세우고라도 넉넉히 줄 터인데.... 옛날 이야기에도
나 모양으로 궁하게 돌아다니다가 장가 잘 들고 재물도 많이 얻은
일이 있다더니…… 아마 내가 인제는 생수가 나려나 보다. 집에 있는
첩은 늙은 것이 *악종만 시시로 부리고 아무 재미가 없건마는, 그나
마 버리게 되면 당장 몸 의탁할 곳이 없겠길래 마음대로 못하였더
니…… 어디 아무렇든지, *제관하회(第觀下回)를 하여 내게 달도록
하여 보겠다.'
하고 은근히 마음에 좋아하더니 마루 위로서 그 여인이 기침 한 번
을 카악 하더니, 이시찰 얼굴이 모닥불 담아부은 듯이 화끈화끈하여
지난 말이 나온다.

"여보소 걸인, 보아하니 사지육체가 멀쩡한 터에 하다못해 인력거
를 끌기로 못 살아서 남의 집으로 돌아다니며 없는 부모의 병이 있
느니, 없는 자식이 시두를 했느니 거짓말을 하여 가며 동냥을 하러
다녀? 초년에 죄를 지으면 말년에 죄를 받는 것은 떳떳한 이치어늘,

저 지경이 되어서도 죄를 생각지 못할까! 눈을 들어 내가 누구인지 자세히 쳐다볼지어다.”

이시찰이 그 말을 듣고 *만단 의심이 나서 고개를 들어 쳐다보고서 얼굴빛이 *진당홍물 끼어얹은 듯하여지며 고개를 다시 폭 숙이고 한걸음에 도주하더라.

기자 왈, 소설이라 하는 것은 매양 빙공착영(憑空捉影)으로 인정에 맞도록 편집하여 풍속을 교정하고 사회를 경성하는 것이 제일 목적인 중, 그와 방불한 사람과 사실이 있고 보면 애독하는 열위 부인, 신사의 진진한 재미가 일층 더 생길 것이요. 그 사람이 회개하고 그 사실을 경계하는 좋은 영향도 없지 아니할지라. 고로 본 기자는 이 소설 기록함에 스스로 그 재미와 그 영향이 있음을 바라고 또 바라노라.

구마검 驅魔劒

　*대안동 네거리에서 남산을 바라보고 한참 내려가면 *베전 *병문 큰길이라. 좌우에 저자 하는 사람들이 조석으로 물을 뿌리고 비질을 하여 인절미를 굴려도 *검불 하나 아니 묻을 것 같으나, 그 많은 사람, 그 많은 마소가 밟고 오고 밟고 가면 몇 시 아니 되어 길바닥이 도로 지저분하여져서 바람이 기척만 있어도 행인이 눈을 뜰 수가 없는데, 바람도 여러 가지라. 삼사월 길고 긴 날 꽃 재촉하는 동풍도 있고, 오뉴월 삼복중에 비 장만하는 남풍도 있고, 팔월 *생량할 때 서리 오려는 동북풍과 시월 동짓달에 눈 몰아오는 *북새도 있으니, 이 여러 가지 바람은 절기를 따라 으례히 불고, 으례히 그치는 고로, 사람들이 부는 것을 보아도 놀라지 아니하고, 그치는 것을 보아도 희한히 여길 것이 없지마는, 이날 베전 병문에서 불던 바람은 동풍도

아니요, 남풍도 아니요, 서풍·북풍이 모두 아니요, 어디로조차 오는 방면이 없이 길바닥 한가운데에서 먼지가 솔솔솔 일어나더니, 뱅뱅뱅 돌아가며 점점 언저리가 커져 *도래멍석만 하여 정신 차려볼 수가 없이 팽팽 돌며 자리를 뚝 떨어지며, 어떠한 사람 하나를 겹겹이 싸고 돌아가니 갓 *귀영자가 쑥 빠지며 머리에 썼던 *저모립이 *정월 대보름날 귀머리장군 연 떠나가듯 삼 *마장은 가서 떨어진다.

그 사람이 두 손으로 눈을 썩썩 비비고 입속에 들어간 먼지를 테테 뱉으며,

"에, 바람도 몹시 분다. 정신을 차릴 수가 없지. 내 갓은 어디로 날려갔을까? 어, 저기 가 있네."

하더니, 한 손으로 *탕건을 상투째 아울러 꺼붙들고 분주히 쫓아가 갓을 집어 들더니, 조끼에서 *저사수건을 내어 툭툭 털어 쓰고 가는데, 그때 마침 장옷 쓴 계집 하나가 그 광경을 목도하고 그 사람의 얼굴을 넌짓 보더니, 장옷 앞자락으로 제 얼굴을 얼풋 가리고 *행랑 뒷골로 들어가더라.

중부 *다방골은 장안 한복판에 있어 자래로 부자 많이 살기로 유명한 곳이라. 집집마다 바깥 대문은 개구멍만 하여 남산골 *딸깍샌님의 집 같아도 중대문 안을 썩 들어서면 *고루거각에 *분벽사창이 조요하니, 이는 북촌 세력 있는 *토호 재상에게 재물을 빼앗길까 엄살 겸 흉 부리는 계교러라.

그 중에 함진해라 하는 집은 형세가 남의 밑에 아니 들어, 남노비

에 기구 있게 지내는 터인데, 한갓 자손복이 없어 낳기는 펄쩍해도 기르기는 하나도 못 하다가, 그 부인 최씨가 *삼취로 들어와 아들 하나를 낳아 놓고 몸이 큰 체하여 집안에 *죽젓갱이질을 할 대로 하며, 그 남편까지도 손톱 반머리만치 두려워하지 아니하고, 마음에 있는 일이면 옳고 그르고 눈을 *기이어 가면서라도, 직성이 *해토머리에 얼음 풀어지듯 하게 하여보고야 말더라.

최씨의 친정은 *노돌이라. 그 동리 풍속이 재래로 제일 숭상하는 것은, 존대하여 말하자면 *만신이요, 마구 말하자면 무당이라 하는, 남의 집 망해주며, 날불한당질 하는 것들을 남자들은 누이님, 아주머니, 여인들은 형님, 어머니 하여가며 개화 전 시대에 칙사 대접하듯 하여 봄, 가을이면 으레히 찰떡 치고 메떡 치고 쇠머리, 북어쾌를 월수, 일수 얻어서라도 기어이 장만하여 *철무리 큰 굿을 하여야 세상일이 다 잘될 줄 아는 동리니, 최씨가 어려서부터 보고 듣고 자란 것이 그뿐이러니, 시집을 와서도 그 버릇을 버리지 못하고 어디가 뜨끔만 하면 *무꾸리질이요, 남편이 이틀만 아니 들어와 자도 살풀이하기라. 어디 새로 난 무당이 있다든지, 신통한 점쟁이가 있다면 남편 모르게 가도 보고 청해다도 보아, *노구메를 올리라든가 기도를 하라든가, 무당의 입이나 점쟁이 입에서 뚝 떨어지기가 무섭게 거행을 하니, 이는 최씨 부인이 무당이나 점쟁이를 위하여 그리하는 바가 아니라, 자기 생각에는 사람의 일동일정으로 죽고 사는 일까지라도 귀신의 농락으로만, 물 부어 샐 틈 없이 꼭 믿고 정신을 못 차려 그러는 것이러라.

장사 나자 용마가 난다고, 함진해 집에 능청스럽게 거짓말 잘하고 염치없이 도둑질 잘하는 *안잠자는 노파 하나가 있어, 저의 마님의 눈치를 보아 비위를 슬슬 맞춰가며 전후 심부름은 도맡아하는데 천행으로 최씨 부인이 태기가 있어 아들 하나를 낳으니 노파가 신이 열 길이나 나서,

(노) "마님, 마님의 정성이 지극하시더니 칠성님이 돌보셔 삼신 행차가 계시게 하셨습니다. 에그, 아기가 범연한가? 떡두꺼비 같은 귀동자니. 오냐, 무쇠 목숨에 돌 끈 달아 수명 장수하여라."

그 아이가 거적자리에 떨어진 이후로 무슨 귀신이 그리 많이 덤비던지 삼 일 안부터 빌고 위하는 것이 모두 귀신이라. 겨우 돌 지나 *걸음발타는 아이가 돈은 제 몸뚱이보다 몇십 갑절이 더 들었더라.

그런데 그 아이에게 펄쩍 잘 덤비는 *여귀(女鬼) 둘이 있으니, 최씨 마음에 죽지 아니하였고 살아 있어 그 지경이면 *다갱이에서부터 발목까지 아드등 깨물어 먹고라도 싶지마는, 죽어 귀신이 된 까닭으로 미운 마음은 어디로 가고 무서운 생각이 더럭 나며, 무서운 생각이 너무 나서 위하고 달래는 일이 생겨 *행담과 *고리짝에다 치마저고리를 담아서 둔 *방축 머리에 *줄남생이 같이 위해 앉혔으니, 그 귀신은 도깨비도 아니요, *두억시니도 아니요, 못다 먹고 못다 쓰고, 함씨 집에 인연이 미진하여 원통히 세상 버린 초취 부인 이씨와 재취 부인 박씨라. 사람이 죽어 귀신이 되어 산 사람에게 침노한다는 말이 본래 요사스러운 무녀의 입에서 지어낸 말이라. 적이나 현철한

부인이야 *침혹할 리가 있으리오마는, 최씨는 지각이 어떻게 없던지 노파와 무녀의 꾸며내는 말을 열 되들이 정말로만 알고 그 아들이 돌림감기만 들어도 이씨 여귀, 설사 한 번만 해도 박씨 여귀, 피륙과 전곡을 아까운 줄 모르고 무당, 점쟁이 집으로 물 퍼붓듯 보내다가, *고삐가 길면 디딘다더니 함진해가 대강 짐작을 하고 최씨더러 훈계를 하는데, 본래 함진해의 위인은 무능하지마는 *선부형 문견으로 그같이 요사한 일이 별로 없던 가정이라.

(함) "여보, 무당, 판수라 하는 것은 다 쓸데없는 것이외다. 저희들이 무엇을 알며, 귀신이라 하는 것이 더구나 허무치 아니하오? 누가 눈으로 보았소? 설혹 귀신이 있기로 나의 전 마누라 둘이 다 생시에 심덕이 극히 착하던 사람인데 죽어졌기로 무슨 침탈을 하겠소? 다시는 이씨니 박씨니 하는 부당한 말을 곧이듣지 마오."

(최) "죽은 마누라를 저렇게 위하시려면 똥구멍이라도 불어서 아무쪼록 살려 데리고 해로하시지, 남을 왜 데려다 성가시게 하시오? 누가 이씨, 박씨의 귀신이 무던하지 아니하다오? 무던한 것이 탈이지. 귀신은 귀하답시고 한 번 만져만 보아도 산 사람의 병이 된다오. 인저는 아무가 앓든지 죽든지 나는 도무지 상관치 말리다. 걱정 마시오."

이 모양으로 몰지각하게 폭백하니 함진해가 어이없어 좋은 말로 타이르고 사랑으로 나간 후에 최씨가 전취 부인들이 살아 곁에 있는 듯이 강짜가 나서,

(최) "할멈, 영감 말씀 좀 들어 보게. 아무리 사내 양반이기로 생각

이 어쩌면 그렇게 들어가나?”

(노) “영감께서 신귀가 그렇게 어두시답니다. 딱도 하시지, 돌아가신 마님 역성을 그렇게 하실 것 무엇 있나? 마님, 영감께서 돌아가신 두 마님과 금실이 아주 *찰떡근원이시더랍니다. 아무리 그러셨기로 누가 그 마님들을 『옥추경』이나 읽어 무쇠 *두멍에 가두었나? 떠받들어 위하시기밖에 더 어떻게 하시라고?”

(최) “여보게, 염려 말게. 저년들 무서워 천금같이 귀한 자식을 기르며 두고두고 그 성화를 받을까? 내일 모레 영감께서 *송산 산소에 다니러 가시면 *산역을 시키느라고 여러 날 되신다데. 세차게 경 잘하는 장님 대여섯 불러오게. 자네 말마따나 옥추경을 지독하게 읽어 *움도 싹도 없게 가두어버리겠네.”

(노) “에그, 너무나 잘 생각하셨습니다. 조금 박절하지만, 두고두고 성가시럽게 구는데, 시원하게 처치하여버리시지. 아무리 귀신이기로 심사를 바로 가지지 아니하고 살아 계신 양반에게 말만 이르니 박절할 것도 없습니다.”

(최) “장안에 어데 있는 장님이 그중 *영한구? 이 근처 돌팔이 장님들은 쓸데없어.”

(노) “아무렴, 그렇고말고요. 돌팔이 장님은 무엇에 쓰게요? 제까짓 것들이 그 귀신을 가두기커녕 *범접이나 해보겠습니까, 덧들이기나 하지. 장님은 *복차다리 사는 정 장님이 아주 제일이라고들 하여요.”

(최) “그러면 그 장님을 불러다 일을 하여보세.”

약속을 단단히 하고 손가락을 꼽아 기다리다가 그 남편이 길을 떠난 후 경을 며칠을 읽었던지 이씨 여귀, 박씨 여귀 잡아 가두는 양을 눈으로 현연히 보는 듯이 최씨 마음에 시원 상쾌하여 누워 자는 그 아들의 등을 뚝뚝 두드리며 말도 못 하는 아이더러 알아들을 듯이 이야기를 한다.

"만득아, 시원하지? 만득아, 상쾌하지? 너의 전 어머니 귀신들을 다 가두어버려서 다시 못 오게 하였다. 으응, 어머니는 그까짓 것들이 네게 무슨 어머니, 죽은 고혼이라도 어머니 소리를 들어 보려면 그까지로 행세를 했을까? 만득아, 그렇지, 응응. 인제는 앓지 말고 잘 자라서 어미의 애쓴 본의 있게 하여라, 응응. 에그, 그것이야 *엄전하게 잘도 자지."

하며 입을 뺨에다 대고 쭉쭉거리는데, 안잠 마누라는 곁에 앉아 최씨의 말하는 대로 어릿광대같이,

"그렇고말고, 마님 말씀이 꼭 옳으시지. 어머니 노릇을 하려면 그까지로 행실을 했겠습니까?"

만득이 볼기짝을 저도 뚜덕뚜덕하며,

"아가, 어머니 말씀을 다 들었니? 이 다음에 어머니께 효성스러운 자손 되고 할멈도 늙게 호강시켜다고."

가장 만득의 나이 장성하여 말을 아니 듣는 듯이 최씨가 꾸지람을 옳게 한다.

"오, 이놈, 어미의 애쓴 본의 없이 뜻을 거스르든지 할멈의 길러

준 공 모르고 잘살게 아니하여 주어보아라. 내 솜씨에 못 배길라.”

이 모양으로 주거니 받거니 지각 반점 없이 지껄여가며, 대원수가 되어 십만 대병을 거느리고 적국을 한 북소리에 쳐 없앤 후 개선가나 부른 듯이, 날마다 둘이 모여 앉으면 그 노래 부르기로 세월을 보내더라.

연때가 맞느라고, 하루 *반한 날 없이 잔병치레로 유명한 만득이가 경 읽은 이후로는 안질 한번 안 앓고 잘 자라니, 최씨 마음에 정 장님은 *천신만 싶어 만득의 먹고 입는 일동일정을 모두 그 지휘하는 대로 남의 집 음식도 아니 먹이고, 색다른 천 끝도 아니 입혀, 본래 *구기가 한 바리에 실을 짝이 없던 터에 얼마쯤 *가입을 하였는데 그 명목이 썩 많으니,

‘세간 놓는 데 손보기

음식 보면 *고시레하기

새 그릇 사면 쑥으로 뜨기

쥐구멍을 막아도 *토왕 보기

닭을 잡아도 *터주에 빌기

까마귀만 울어도 살풀이하기

족제비만 나와도 고사 지내기’

이와 같이 *제반악증을 다 부리는데, 정안수 그릇은 장독대에 떠날 때가 없고, 공양미 쌀박은 어느 산에 아니 가는 곳이 없으며, 심지어 대소가 사이에 *상변이 있으면 백 일씩 통치 아니하기는 예사

로 하더라.

우리나라에 의학이 발달 못 되어 비명에 죽는 병이 여러 가지로되, 제일 무서운 병은 천연두라. 사람마다 으레히 면하지 못하고 한 번씩은 겪어 고운 얼굴이 찍어매기도 하며, 눈이나 귀에 병신도 되고, *종신지질 *해소도 얻을뿐더러, 열에 다섯은 살지를 못하는 고로, 속담에 '*역질 아니한 자식은 자식으로 믿지 말라'는 말까지 있은즉, 그 위험함이 다시 비할 데 없더니, 서양 의학자가 발명한 *우두법을 배워 온 후로 천연두를 예방하여 인력으로 능히 위태함을 모면하게 되었건마는, 누가 만득이도 우두를 넣어주라 권하는 자 있으면 최씨는 열, 스무 길 뛰며 손을 홰홰 내어젓고,

"우리 집에 와서 그대 말 하지도 마오. 우두라 하는 것이 다 무엇인가? 그까짓 것으로 *호구별성을 못 오시게 하겠군. 우두한 아이들이 역질을 하면 별성 박대한 벌역으로 더구나 중하게 한답디다. 나는 아무 때든지 마마께서 우리 만득에게 *전좌하시면 손발 정히 씻고 정성을 지극하게 들이어서, 열사흘이 되거든 장안에 *한골 나가는 만신을 청하고, 입담 좋은 *마부나 불러 *삼현육각에 *배송 한번을 *쩍지게 내어 볼 터이오. 우리가 형세가 없소? 기구가 모자라오?"
하며 사람마다 올까 봐 겁이 나고 피해 가는 역질을 어서 오기를 눈이 감도록 고대하더니, 함씨의 집안이 결딴이 나려는지 최씨의 소원이 성취가 되려던지 별안간에 만득의 전신이 부집 달듯하며 정신을 모르고 앓는데 뽀얀 물 한 술 아니 먹고 늘어졌으니, 외눈의 부처같

이 그 아들을 애지중지하는 함진해가 오죽하리요. 김주부를 청하여라, *오별제를 불러라 하여 맥도 보이고 화제도 내어, 연방 약을 지어다 어서 달여 먹이라 당부를 하니, 함진해 듣고 보는 데는 상하노소 물론하고 분주히 약을 쉴 새 없이 달이는 체하다가, 함진해만 사랑으로 나가면 그 약은 간다 보아라 하고 귀신 노래만 부르는데, 그렁저렁 사흘이 지나더니, 녹두 같은 천연두가 자두지족(自頭至足)에 빈틈없이 *발반이 되었는데, 붉은 반은 조금도 없고 배꽃 이겨 붙인 듯하더니, 팔구 일이 되면서 *먹장 갈아 끼얹은 듯이 *흑함이 되며 숨결이 턱에 닿았더라. 역질이라는 병은 다른 병과 달라, 증세를 보아 가며 약 한 첩에 죽을 것이 사는 수도 있고, 중한 것이 경해도 질 터이어늘, 최씨는 약은 *비상국만치 여기고 밤낮 들고 돌아다니는 것이 동의 정안수뿐이니 이는 자식을 아편이나 양잿물을 타 먹이지 아니하였다 뿐이지, 그 죽도록 한 일은 조금도 다를 것이 없어, 불쌍한 만득이가 지각없는 어미를 만나 필경 세상을 버렸더라. 아무라도 자식 죽어 설워 아니할 이는 없으려니와 최씨는 설움이 나도 썩 수선스럽게 배포를 차리는데,

"그것이 그 모양으로 덧없이 죽을 줄이야 어찌 알아⋯⋯. 인간은 몰라도 무슨 부정이 들었던 것이지⋯⋯. 허구한 날 눈에 밟혀 어찌 사나⋯⋯. 한이나 없게 큰굿을 해 보았더면 좋을걸. 영감이 하도 고집을 하니까 마음에 있는 노릇을 해 볼 수나 있어야지⋯⋯. 제가 좋은 곳으로나 가게 용산 나아가서 *지노귀새남이나 하여주어야⋯⋯."

그 다음에는 목을 놓아 울어내는데 노파는 덩달아 울며,

(노) "마님, 그만 그치십시오. 암만 우시면 한번 길이 달라졌는데 다시 살아옵니까? 마님 말과 같이 새남이나 하여 저승길이나 열어주시지. 그렇지만 마마에 간 아이는 *진배송을 내어야 이 다음에 낳는 자손도 길하답니다."

(최) "자네 말이 옳은 말일세. 나도 번연히 알면서 미처 생각지 못했네그려. 여보게, 우리 단골더러 진배송을 한번 좀 잘 내달라고 불러주게. 영감도 생각이 계시겠지. 고집 세우다 일을 저질러 놓고 또 무엇이라 하시겠나? 내가 죽더라도 하고 말 터이니 그 염려는 말고 어서 가보게."

노파가 살판이나 만난 듯이 겅둥겅둥 뛰어 *대묘골 모퉁이로 감돌아들더니 조그마한 평대문집으로 서슴지 아니하고 들어가며,

"만신 계십니까? 만신 계셔요?"

안방문이 펄떡 열리며 얼굴에 아양이 *다락다락 하는 여인이 끼웃이 내어다보며,

"이게 누구시오? 어서 오시오."
하며 손목을 다정히 끌고 안방으로 들어가더니,

(만신) "그 댁 아기가 구태나 멀리 갔다구려. 나는 벌써부터 그럴 줄 알면서도 박절히 바로 말을 못 했소. 그래, 어찌해 오셨소? *자리걷이를 하신다고 나를 불러 오라십더니까?"

(노) "자리걷이가 아니라 진배송을 내신다고 제구를 다 차려 가지

고 내일로 오시라고 하십디다.”

하며 앞뒤를 끼웃끼웃 둘러보며,

　(노) “누구 들을 사람이나 없소?”

　(만) “아무도 없소. 걱정 말고 세상없는 말이라도 다 하시오.”

　(노) “만신…… 지금 세상에 *상전의 빨래를 해도 발뒤꿈치가 희다 하는데, 이런 판에 좀 먹지 못하고 어느 때 먹소? 나 하라는 대로만 다 하고 보면 전천이나 잘 떼어먹을 터이오.”

　(만) “아무렴, 먹는 것은 어디로 갔든지 마누라님 지휘를 내가 아니 들으며, 또 돈이 생기기로 내가 마누라님을 모르는 체하겠소? 그대 말은 하나마나 무슨 일이오? 이야기나 하시구려.”

　노파가 앞으로 다가앉으며 만득이 병중에 하던 말과 찾던 것을 낱낱이 형용하여 이르고 무어라 무어라 한동안 지껄이더니,

　“꼭 되지 아니했소? 그렇게만 하고 보면 세상없는 사람도 깜짝 반하지.”

　(만) “아니 될 말이오. 그 모양으로 어설프게 해서 큰 돈을 먹어 보겠소? 별말 말고 내 말대로 합시다.”

　(노) “아무렇게 하든지 일만 잘하구려.”

　(만) “내야 사흘이 멀다 하고 그 댁에를 북 *드나들듯 하였으니 세상없이 *영절스러운 말을 하기로 누가 믿겠소? 마누라님도 아마 아실걸. 저 *국수당 아래 있는 김씨 만신이 배송 잘 내기로 소문나지 아니했소? 지금으로 내가 그 만신을 가보고 전후 부탁을 단단히 할

것이니 마누라님은 댁으로 가서 마님을 뵈옵고 곧이들으시도록 꾸며 대구려."

(노) "옳소, 그것 참 되었소. 그 만신 소문을 우리 마님도 들으시고, 그러지 아니해도 일상 한번 불러보시든지 가보신다고 하시면서도 혹 *단골이 노여워하면 어찌하리 하시고 계신 터인데, 당신이 천거하더라고 여쭙기만 하면 얼마쯤 좋아하실 것이오. 마님께서 기다리실 터이니까 나는 어서 가야 하겠소. 김만신 집에를 즉시 가보시오."
하고 두어 걸음 나아가다가 다시 돌아서며,

(노) "김씨 만신이 좋기는 하오마는, 나와는 생소하니 다 알아서 부탁하여 주시오."

(만) "그만만 해도 다 알아듣소 염려 말고 어서 가시오."

이 모양으로 *별순검 *변 쓰듯 끝만 따 수작을 하고 노파의 마음이 든든하여 집으로 돌아오더니 최씨를 보고 *언구럭을 피우는데,

(노) "마님, 다녀왔습니다. 아마 대단히 기다리셨을 것이오. 얼른 다녀온다는 것이 그렇게 되었습니다."

(최) "늙은 사람 행보가 자연 그렇지. 그에서 더 속히 올 수 있나? 그래, 단골더러 내일 오라고 일렀나?"

(노) "단골이 오는 것이 다 무엇입시오? 제가 앓아서 거진 죽게 되었던데요."

(최) "그리면 어떻게 한단 말인가?"

(노) "마님, 일상 말씀하시던 국수당 만신이 하도 소문이 났기에

지금 가서 내일로 일을 맞추고 왔습니다.”

(최) “국수당 만신이라니, 금방울 말인가?”

(노) “네네, 금방울이올시다.”

금방울의 별호 해제를 들으면 요절 아니 할 사람이 없으니, 얼굴이 누르퉁퉁하여 금빛 같다고 금이라 한 것도 아니요, 키가 작아 떼굴떼굴 굴러다니는 것이 방울 같다고 방울이라 한 것도 아니라. 그 무당의 입에서 떨어지는 말이 길흉 간 쇳소리 나게 맞는다고 소리 나는 쇠로 별호를 지을 터인데 쇠에 소리 나는 것이 하고많지마는 종로 인경이라 하자니 너무 *투미하고, 징이나 꽹과리라 하자니 너무 상스러워, 아담하고 어여쁜 방울이라 하였는데, 방울 중에도 납방울, *시우쇠방울, 은방울 여러 가지 방울이 있으되, 썩 상등으로 대접하느라고 금방울이라 하였으니, 금이라는 것은 쇠 중에 일등될 뿐 아니라 그 무당의 성이 김가니, 김은 즉 금이라고 이 뜻 저 뜻 모두 취하여 금방울이라 하였더라.

금방울의 소문이 어떻게 났던지 남북촌 굵직굵직한 집에서 단골 아니 정한 집이 없어, 한 달 삼십 일, 하루 열두 시, 어느 날 어느 때에 두 군데, 세 군데 으레히 부르러 와, 몸뚱이가 종잇장 같으면 이리저리 찢어지고 말았을 터이리라. 원래 무당이라 하는 것은 보기 좋게 춤이나 추고 목청 좋게 소리나 잘하고 수다스럽게 지껄이기나 잘하면 명예를 절로 얻어 예 간다 제 간다 하는 법인데, 금방울이는 한때 해 먹고 살라고 하느님이 점지해 내셨던지 그 여러 가지에 한 가지 남의 밑에 아니 들뿐더러 남의 눈치 잘 채우고, 남의 말 넘겨짚기 잘 하고, 아양, 능청 온갖 재주를 구비하였는데, 함진해 마누라의 무당 좋아한다는 소문을 듣고 어떻게 하면 한번 어울려들어 그 집 세간을 훌쭉하도록 빨아먹을꼬 하고 아라사 *피득 황제가 동양 제국을 경영하듯 하던 차에, 함진해 집에서 부른다는 말을 듣고 다른 볼일을 다 제쳐 놓고 다방골로 내려와 함씨 집 안방으로 들어오며 *첫대 앙큼스러운 거짓말 한번을 내어 놓는데, 최씨는 아들 참척을 보고 설우니 원통하니 하는 중에도 금방울의 말이 어떻게 재미가 있는지 오줌을 잘곰잘곰 쌀 지경이라.

(금방울) "세상에 이상한 일도 있어라. 예 없던 신그릇에서 방울이 딸딸 울며, 두 어깨에 짐이 잔뜩 실리더니, 제 집에 뫼신 호구 아기씨께서 인도를 하시기에 꿈결인지 잠결인지 한 곳에를 가보았더니, 집 모양이든지 방 안 세간 놓인 것까지 영락없이 댁일세. 신통도 해라."

최씨는 미처 대답도 하기 전에 노파가 한 번 더 초를 쳐서 찰떡 반죽하듯 한다.

(노) "꿈도 영검하셔라. 만신이 댁과는 적지 아니한 연분이시구려. 마님께서는 그런 현몽하신 바는 없으셔도 일상 마음이 절로 키어서 만신을 보시고 싶다 하셨다오."

(최) "만신의 나이 손아래일 듯하니 처음 보아도 *서어하지 않도록 하게 하겠네. 지금 할멈도 말했지마는 어찌해 그런지 일상 만신이 보

고 싶더니 좋은 일에 청해 오지 못하고. 에구에구…… 팔자 사나워
열 소경의 한 막대 같은 자식을 죽이어 궂은 일에 청하였네그려. 에
구에구……. 그 끔찍스러운 일을 보고 모진 목숨이 살아 있기는 그
자식의 저승길도 맑혀주려니와 더러운 욕심이 무슨 낙을 다시 볼까
하지, 에구에구……."

하더니 노파를 부른다.

　(최) "할멈, 어서 배송 제구를 차려 놓고 사랑에 나아가 영감께 내
말로 여쭙게."

　(노) "제구는 어제 다 장만한 것을 또다시 차릴 것이 있습니까마는
영감께 무엇이라고 여쭈랍시오? 걱정이나 듣게요."

　(최) "걱정은 무슨 걱정을 하신단 말인가? 내 말대로 이렇게 여쭙
게. 역질에 죽은 아이를 진배송을 아니 내어주면 원귀가 되어 다시
환토를 못할 뿐더러, 이 다음에 낳는 아기께도 길하지 못한 일이 생
긴다니, 그것이 참말이나 거짓말이나 알고서야 그대로 있을 수 없습
니다. 자세 자세 여쭙되, 처음에 걱정 좀 하신다고 머쓱히 돌아서지
말고 알아들으시도록 말씀을 하게. 그래서 정 아니 들으신대도 나는
그래도 시작하겠네."

　노파가 사랑으로 나아가 한나절을 서서 핀잔을 먹어가며 어떻게
중언부언하였던지 함진해가 슬며시 못 이기는 체하고 드러누우니,
이는 노파의 말솜씨가 *소진장의 같아 속아 넘어간 것도 아니요 이
치가 그러한 듯하여 어기지 못하리라 한 것도 아니라. 어리석은 생각

에 자기 마누라 뜻을 너무 거스르다가 감정이 더럭 나면 집안에 *화
기를 잃을 지경이라 하여 혼자말로,

"계집이라는 것은 *편성이라, 옳고 그르고 너무 억제하게 되면 저
잘못하는 것은 모르고 야속한 생각만 날 터이요, 또 요사이 몹쓸 경
상을 보고 울며불며 하는 터이요, 나 역시 아무 경황 없어 세상사가
귀찮다."
하고 할멈의 말을 잠잠히 듣다가,

"아무 짓이든지 하고 싶은 대로 하라게그려. 말리지 아니하네."

노파가 그 말 한마디를 듣더니 엉덩이춤이 절로 나서 열 걸음을
한 걸음에 뛰어 들어오며,

"마님, 인제는 걱정 마옵시오. 영감께서 허락을 하셨습니다. 만신,
마음 턱 놓고 징, 장구 울려가며 진배송이나마 산배송 다름없이 마님
속이 시원하시게 잘 지내주오."

금방울이 신옷을 내어 입고 장단을 맞추어 춤 한바탕을 늘어지게
추다가 *매암 한번을 뺑뺑 돌며, 왼손에 들었던 방울을 쩔레쩔레 흔
들더니 숨 한번을 *오려 논의 새 쫓듯 위이 쉬고서 *공수를 주되, 호
구별성이 금방 온 듯이 최씨를 불러 세우고 수죄를 하는데, 세상 부
정 모두 몰아다 함진해 집에다 퍼부은 듯이 주워섬긴다.

"어허, 괘씸하다! 최씨 *계주야, 네 죄를 네 모를까? *별성행차를
몰라보고 물로 들어 *수살 부정, 불로 들어 화살 부정, 거리거리 성화
부정, 아침저녁 *주왕 부정, 사람 죽어 *상문 부정, 그릇 깨져 *악살

부정, 쇠털같이 숱한 부정을 아니 범한 것이 없구나. 앉아서 삼천리요, 서서는 구만리라. 너의 인간은 몰라도 내야 어찌 속을소냐? 어허, 괘씸하다! 네 죄를 생각거든 네 아들 데려간 것을 원통타 말아라."

이때 최씨와 노파는 번차례로 나서서 손바닥을 마주 대어 가슴에 높이 들고 썩썩 비비면서 입담이 매우 좋게 비는데,

"허하고 *사합시사. 인간이라 하는 것이 쇠술로 밥을 먹어 아무것도 모릅니다. 여러 가지 부정을 다 쓸어버려서 함씨 가중을 참기름같이 맑혀줍소사. 입은 덕도 많삽거니와 새로 새 덕을 입혀주사, 죽은 자식은 *연화대로 인도해주시고 새로 낳는 자손을 수명 장수하게 점지해줍시사."

금방울이 또 한번 춤을 추다 여전히 매암을 돌며 휘이 휘 소리를 하더니 황주, 봉산 *세청 *미나리 곡조같이 *노랑목을 연해 넣어가며 넋두리가 나오는데 최씨 마음에는,

'아마 만득이 넋이 돌아왔거니.'
싶어, 제가 살아오나 다름없이 소원의 일이나 물어보고 원통한 말이나 들어보겠다고 하고 바싹바싹 들어서더니, 천만 뜻밖에 다시 오려니 생각도 아니 하였던 귀신이 왔더라.

금방울의 두 눈에는 눈물이 더벅더벅 떨어지며,

"에그, 나 돌아왔소. 내가 이 집에 인연지고 시우진 내오. 에그, 할멈, 나를 몰라보겠나? 아, 삼 년 석 달 병들어 누웠을 때 단잠을 못다 자며 지성으로 구완해주던 자네 은공, 죽은 넋이라도 못 잊겠네에.

침방에 있는 *반닫이 안에 나 시집올 때 가지고 온 *은반상이 있으니 변변치 않으나, 그것이나 갖다가 내 생각하여가며 받아 먹게에. 에그, 원통해라! 정도 남다르고 의도 남다르더니 한번 죽어지니까 속절이 없고나아."

이때 구경하는 집안 식구들이 제각기 수군거리는데 어떤 계집은,

"여보 형님 형님, 저게 누구의 넋이 들었소? 아마 재취 마님이지."

어떤 계집은,

"아닐세, 은반상 해가지고 오셨다는 것을 들어보게. 초취 마님이신가 뵈. 이별제 댁이 부자로 사시는 때문에 그 마님 시집오실 제 퍽 많이 가지고 오셨다데. 재취 마님 친정은 억척 가난하여서 이 댁에서 안팎을 싸오셨는데 은반상이 다 무엇인가? 질그릇도 못 가져왔다네."

어떤 계집은,

"아주머니 말씀이 옳소 영감마님과 금실도 초취 마님이 계셨지. 재취 마님과는 *나무 공이 등 맞춘 것같이 삼 년이나 사시며 말 한마디 재미있게 해보셨소?"

그 중의 한 계집은 여러 사람의 이야기하는 것을 한편으로 들어가며 행주치마 자락을 접어 들고 두 눈에는 샘솟듯 나오는 눈물을 이리 씻고 저리 씻고 흑흑 느껴 우는데, 이때의 최씨는 눈꼬리가 실쭉하여 아무 말도 아니하고 섰다가 혀를 툭 차며,

"저렇게 원통한 것을, 누가 죽으라고 고사를 지냈나? 이년 삼랑아, 보기 싫다. 너는 죽은 사람만 밤낮 못 잊어 아이 때부터 *드난을 했

나니, 무던한 심덕을 못 잊겠나니 하며 산 나는 쓴 외 보듯 하는 터이니 공연히 소요시럽게 울고 섰지 말고 저렇게 왔을 때에 아주 따라가려무나. 할멈, 나가서 영감 여쭙게, 귀신이 보고 싶다네. 그 소원이야 못 풀어주겠나?”

함진해가 집 안에서 똥땅거리는 것이 듣기 싫어 의관을 내려 입고 친구 집에 가서 바둑이나 두다 오려고 막 나서다가, 할멈이 나와 큰마누라의 혼이 들어와 청한다는 말을 듣고 *속종으로,

‘이런 미친 무당년도 있나? 여인들을 속이다 못하여 나까지 속여보려고. 대관절 그년의 거동을 구경이나 해보아, 정 요사스럽거든 당장 내어 쫓으리라.’
하고 노파 뒤를 따라 안으로 들어오며,

“우리 죽은 마누라가 어디 왔어, 응?”

그 말이 채 그치기 전에 넋두리하던 무당이 마주 나오며 대성통곡하더니, 함진해의 입이 딱 벌어지며 혀가 홰홰 내둘리게 수작이 나온다.

“에그 영감, 나를 몰라보오오? 아무리 *유명이 달라졌기로 어쩌면 그다지 무정하오오? 나 병들었을 때에 무엇이라고 하셨소오? 십 년 동거하던 정을 버리고 왜 죽으려 드느냐고 저기 저 창 밑에서 더운 눈물을 더벅더벅 떨어뜨리시던 양을 보고 죽는 나의 뼈가 아프며 눈을 못 감겠더니, 이 눈이 꺼지지 않고 살이 썩지도 않아 밤낮 열나흘 경을 읽어 *구천 응원이 호통을 하고 *소거백마가 선봉이 되어 앞뒤

에다 금사진을 치고 움도 싹도 없이 잡아 가두려 하였으니, 아무리 영감이 하신 일은 아니시나 인정에 어찌 모르는 체하오오? 간신히 자취를 숨겨 이 집을 떠날 제 원통하고 분한 생각 어느 날 어느 때에 잊히겠소오? 이 집 저 집 엿보며 수수밥 조죽 사발로 고픈 배를 채우면서 그 동안 세월을 보내던 내오오."

그때 곁으로 왔던 무당이 별안간에 손뼉을 치며 넋두리가 또 나오는데,

"에그, 나도 돌아왔소. 이팔청춘에 *뒷방마누라가 되어 긴 한숨 짜른 탄식으로 평생을 마치던 박씨 내오오. 여보 영감, 그리를 마오. 살아서 박대하고 죽어서도 미워하여 밝은 세상을 보지도 못하게 경을 읽어 가두려 드오오. 에그, 지극 원통해라아!"

하더니, 그 다음부터는 둘이 *병창을 하여 흑흑 느껴가며,

"우리 둘이 전후취로 영감께 들어와 생전에는 서로 보지도 못했으나 고혼은 남과 달라아. 손목을 마주 잡고 설운 눈물이 마를 날 없이 *전전걸식 다니다가 칠월 보름날 *사시 초에 베전 병문에서 영감을 만나 이씨 나는 동남풍이 되고, 박씨 나는 서북풍이 되어 두 바람이 모여 회오리바람이 되었소오. 영감의 가시는 길을 에워싸고 이리 돌고, 저리 돌고, 감돌고 *푸돌며 *지접할 곳을 두루 찾더니 영감 쓰신 저모립이 둥둥 떠나가 일 마장 밖에 가 떨어지기에 우리가 그 갓에 은신을 했더랬소오. 그 길로 영감을 따라 집에를 돌아온 지 보름이 다 되도록 국내·장내 맡기만 했지, 떡 한 덩이 못 얻어먹었소오. 여

보아라 최씨야, 우리를 그렇게 박대하고 무사할 줄 알았더냐! 네 자식 데려간 것을 원통타 말아아. 별성마마께 호소하고 네 자식을 잡아 왔다아.”

상하노소 여인들이 서로 수군수군하며,

“에그, 저것 보아. 초취·재취 두 마님이 모두 오셨네.”

“그런데 그게 무슨 소릴까? 영감더러 하는 말씀이 이상도 하지. 그러니까 댁 아기를 그 마님이 데려갔구려. 누가 그대 뜻이나 했을까? 경 읽어 가두면 다시 세상에 못 나오는 줄 알았더니 경도 쓸데없어.”

이 모양으로 공론이 불일한데 이씨·박씨의 죽은 넋이 함진해의 산 넋을 다 빼갔던지 함진해가 금방울의 입만 물끄러미 건너다보고 두 눈에 눈물이 핑 돌며,

“허허, 무당도 헛것이 아니로군. 내가 베전 병문에서 회오리바람을 만난 것을 집안사람도 본 이가 없고 아무더러도 이야기한 적도 없는데 여합부절로 말하는 양을 본즉 귀신이라는 것이 있기는 있는걸.”
하고 최씨더러 책망을 하는데 함진해 생각에는 예사로 하는 말이지마는 최씨 듣기에는 죽은 마누라 역성이 시퍼런 것 같더라.

(함) “집안에서 나만 쌀쌀 기이고 못 할 짓이 없었군. 아무리 죽은 사람이기로 내 가속 되기는 일반인데, 어느 틈에 『옥추경』을 읽어 가두려 들었던고? 마음을 그렇게 독하게 쓰고서야 자식을 보전할 수가 있나?”

혀를 툭툭 차며 할멈 이하 여러 계집종을 흘겨보며,

"이년들, 아무리 마님이 시키기로, 내게는 한마디 고하는 년이 없고, 네 이년들, 견디어 보아라. 차후에 무슨 변이 또 있으면 그제는 한 매에 깡그리 때려죽일 터이다. 너희 년쯤 죽이면 귀양밖에 더 가겠느냐?"

최씨는 자기 남편의 하는 양을 보고 옥니가 뽀도독뽀도독 갈리며 *강열이 바싹 치밀지만 부지중에 소원 성취된 일 한 가지가 있어, 분한 줄도 모르고 설운 줄도 모르고 도리어 빌붙느라고 골몰중이니, 그 성취된 소원은 별것이 아니라 자기 남편이 무당이라면 열 스무 길씩 뛰더니, 넋두리 한바탕에 고집 세던 응어리가 확 풀어지며 깜짝 반하는 모양이라. 인제는 쉬쉬할 것 없이 펼쳐 내어놓고 할 노릇을 한껏 다해보겠다 하고 목소리를 서늘하게 눅여가며,

(최) "영감, 내가 다 잘못한 일인데 하인들 걱정하실 것 있소? 집안에 우환이 하도 떠나지 아니하기에 그러면 나을까 하고 지각 없는 일을 했었구려. 그러기에 여편네지. 그렇지 아니하면 여편네라고 하겠소? 이 다음부터는 집안만 편안하다면 이씨, 박씨 두 귀신을 내 등에 업어 모시기라도 하리다."

함진해의 위인이 이단을 물리치고 *오도를 존중하는 도학군자라든지 원소를 궁구하여 물질을 분석하는 물리박사 같으면 물 같은 *심계가 휘저어도 흐려지지 아니할 것이요, 산 같은 지조가 흔들어도 빠지지 아니할 터이지마는, 여간 주워들은 문견으로 점잖은 모양을 *강작하여 무당 판수를 반대하던 것이, 첫째는 남이 흉볼까 함이요, 둘

째는 인색에서 나옴이라. 실상은 의심이 믿음보다 많아 귀신이 있는 듯도 하고 없는 듯도 하던 차에, 없는 증거는 보지 못하고 있는 증거는 확실히 본 듯싶어서, 어서 회사를 발기하든지 학교를 설립하든지, 고금이나 보조를 청구하면 당장 굶고 벗는 듯이 엄살을 더럭더럭 하여 가며 한 푼 돈내기를 떨던 규모가, 별안간에 어찌 그리 희떠워졌는지 싸고 싸두었던 이천 *자채벼 *작전해 온 돈을 아까운 줄 모르고 펄쩍 날라다 *별비를 써가며 무당 하는 대로 시행을 하는데, 눈치 빠른 금방울이는 함진해의 하는 거동을 보고 새록새록 별소리를 다 지어내어 번연히 제 입으로 말을 하여 제 욕심을 채우면서도 저는 아무 상관없는 듯이,

  "이씨가 노자를 달라 한다.

  박씨가 *의복차를 달라 한다.

  당집을 짓고 위해 달라.

  달거리로 굿해 달라."

하여 당장에도 빼앗고 싶은 대로 빼앗고 이 다음까지 두고두고 우려 먹을 거리까지 장만하는데, 거죽 인심을 푹 얻어놓아야 아무 중병이 아니 나겠다 하고 만득이 넋두리를 대미처 하며, 나 업어준 공으로 할멈은 무엇을 주고, 젖 먹여준 공으로 유모는 무엇무엇을 주고, 삼 랑이, 은단이는 이것저것을 차례로 주라고, 어머니, 아버지를 연해 불러 가며 부탁을 하여 파산선고 당한 집의 *판셈 하나 다름없이 집 어내려 들더라.

*싸리말, *짚오쟁이에 홍양산 *수팔련을 갖추어, 입담 좋은 마부 놈이 마부타령을 거드럭거려 하며 호구별성을 모시고 나가는데, 그림자나 흔적도 없는 치행에 찾는 것이 어찌 그리 많은지 형형색색이루 섬길 수 없는 중, *대은전쾌를 지어 말 워낭을 달아라, *세백목필을 채어 *마혁을 달아라, *마량을 달라, *대갈 값을 달라, *요기차·*신발차 등속의 달라는 소리가 한끈에 줄줄 이었더라.

그전에는 최씨가 안잠 마누라를 데리고 역적 모의하듯, 그대 소문이 날세라, 그대 눈치가 보일세라 하여가며 집안 망할 짓을 하더니, 인제는 도리어 자기 남편이 알지 못할까 봐 겁을 내고, 함진해는 그런 말 듣기가 무섭게 내 집에 쓰던 돈이 없으면 남에게 빚을 내어다라도 그 시행은 하고야 마는데, 장안 *만호 집집마다 날 곧 밝으면 *개문하니 만복래로 떡떡 열어젖뜨려 가까운 친척이나 정다운 친구들이 나오기도 하고 들어가기도 하건마는, 밤이나 낮이나 잠시 아니 열어놓고 안으로 빗장을 굳게 질러 적적히 닫아두는 대문은 함진해 집이라. 그 집 대문을 왜 그렇게 닫아두었는고 하니, 매삭 초하루, 보름으로 고사도 지내고, 기도도 하느라고 부정한 사람이 내왕할까 염려하여 대문 *주초 앞에 황토를 *삼태로 퍼부어두고 좌우 *설주에 청솔가지를 날마다 꽂아두건마는 그 사정 모르는 사람은 종종 들어오는 고로, 그 폐단을 없이하느라 그 문을 아주 닫은 것이더라.

하루는 황혼이 될락말락하여 대문에서 벼락 치는 소리가 나며 노파가 들어오더니, 최씨 입에서 사북 개천 같은 욕설이 나오는데,

(최) "그 양반이 왜 그리 성가시게 굴어? 그것 참 심상치 아니한 심사야. 죽어서 꽁지벌레밖에 안 될걸. 그 모양이니까 나이 사십이 불원하도록 *초사 하나 못 얻어 하고 비렁뱅이 꼴로 돌아다니지. 남 잘사는 것이 자기 못사는 것보다 더 배가 아픈 것이로군."

(노) "왜 그 상제님이 남이십니까? 남도 아니신데 그러시니까 딱하시지요."

(최) "일가 못 된 것은 남만도 못하다네. 친형인가, 친아우인가? 사촌부터야 남이나 질 것이 무엇인가? 에그, 나는 일가도 귀치 않고 *당내도 성가스러워. 모두 일본이나 아라사로 떠나가기나 했으면 이 꼴 저 꼴 아니 보겠네."

함진해는 영문도 모르고 저녁밥을 먹으러 들어오다가 그 광경을 보고,

(함) "왜 누가 어찌했길래 그리하오? 떠들지 않고는 말을 못 하오? 요란스럽소."

(최) "누구는 누구야요? *진위 상제님인지 누구인지, 날송장을 주무른 지가 석 달 열흘도 못 되고서, 아무리 대소가기로 무엇 하러 와서, 대문이 닫혔으면 고만이지, 발길로 박차고 들어올 것이 무엇이란 말이오? 번연히 알며 심사 부리는 것이지. 에그, 이 노릇을 어떻게 하나! 두 달 반이나 들인 공이 나무아미타불이 또 되었지. 삼신맞이를 하려면 번번이 이렇게 재앙이 드니, 우리 팔자에 자식이 아니 태었는지, 삼신 제왕이 아무리 점지하시려니 이 모양으로 인간 부정이

있으니까 괘씸히 보시지 아니할 수가 있나?”

함진해가 입맛을 쩍쩍 다시고 남 듣게 말은 아니해도 속종으로는 부인의 말을 조금도 반대가 없이 자기 사촌을 긴치 않게 여겨서,

“사람도, 지각날 나이 되었건만, 응. 글자가 그만치 똑똑하여 각색 사리를 알 만한 것이 술곧 먹으면 방정을 떨어어. 방정을 떨면 제 집에서나 떨지, 내 집에까지 와서 왜?”

입맛을 또 한번 쩍쩍 다시고 앉았다가 소리를 버럭 질러,

“삼랑아, 네 나가서 보아라, 작은댁 상제님인지 누구인지 갔나, 그저 있나? 그저 있거든 내서 들어오지 말고 냉큼 가라 하더라고 일러라.”

삼랑이가 대답을 하고 중문간에를 막 나가는데, 상제 하나가 *추포 *중단에 새 *방립을 푹 숙여 쓰고 휘적휘적 들어오다가 삼랑이를 보고,

(상제) “영감 어디 계시냐?”

(삼랑) *“아낙에 계신데, 밖에 상제님 오셨다는 말씀을 들으시고 들어오실 것 없이 바로 가시라 하셔요.”

(상) “들어오지 말라고, 들어오지 말라고? 왜 들어오지 말라고?”
하며 삼랑이 말은 다시 대꾸도 아니하고 바로 안마루 위에를 썩 올라서며, “형님!” 한마디를 부르더니 대성통곡을 드러내놓으니, 함진해는 가슴이 덜컥 내려앉으며 예기가 질려 아무 말도 못 하고, 최씨는 독이 바싹 나서 아랫목에 앉았는 채 내어다보지도 아니하고 악만

바락바락 쓴다.

　(최) “왜, 와서 울어요? 왜 와서 울어요? 멀쩡한 집안에 왜 와서 울어요? 우리집에서도 초상난 줄 아시오? 아무리 대소가 간이기로 *깃옷을 입고 구태여 들어오실 것이 무엇이오?”

　이 모양으로 *수숙 간 체통은 조금도 없이 무지막지하게 말을 하니, 전 같으면 함진해가 자기 부인을 적지 아니 나무라고, 사촌의 우는 것을 좋은 말로 만류하였을 터이지마는, 사람의 심장이 변하기로 어쩌면 그렇게 변하였는지, 사촌이라도 친형제나 다름없이 *자별하던 우애를 꿈에도 생각지 아니하고 *영창을 메붙이며,

　“이놈아, 내 집에 와서 울 곡절이 무엇이냐? 설우면 네 집 *상청에서나 울지. 나이 사십이 불원한 것이 방갓 귀를 쳐뜨리고 돌아다니며 먹을 것만 여겨 술만 퍼먹고 주정은 내게 와 해? 나는 네 주정받이 하는 사람이냐?”

　그 상제의 선친은 곧 진해의 작은삼촌 함지평이라. 육십지년이 되도록 *분호를 아니하고 *백씨와 일문 동거하여 화기가 더럭더럭 하였고, 백씨 돌아간 뒤에도 그 조카 *함일덕의 공부도 시키고 살림 뒷배도 보아주느라 그 곁집을 사들고 하루도 몇 번씩 큰집에 와서 대소사 분별을 하여주더니, 최씨가 삼취 질부로 들어온 후로 열 가지 일이면 아홉 가지는 뜻에 맞지 아니하여 한두 번 이르고 나무라다 점점 의만 상할 지경이라. 차라리 멀찍이 가서 살아 눈에 보고 귀에 들지 아니하려고 진위로 낙향하였더니, *수토가 불복하여 그렇던지

우연히 병이 들어, 장근 삼 년에 신접살이 변변치 못한 재산이 여지없이 탕패할뿐더러, 필경 백약이 무효하였는데, 그 아들 일청은 성품이 정직하여 사리에 조금이라도 온당치 아니한 것을 보면 듣는 사람이 싫어하든지 미워하든지 도무지 고기 아니하고 바른말을 폭폭 하는 터이라. 그 사촌의 심정이 변하여 *범백처사하는 양을 보고 부화가 열 길씩은 부풀어 올라오지마는, 자기 부친이 집안에 화기가 손상할까 하여 매양 만류함을 거역하기 어려워 꿀떡꿀떡하고 지내더니, *친상을 당한 후 부고를 *전인하여 보냈더니, 그 부고를 받아들이지도 아니하고 대문 밖에서 도로 쫓아 보내며, '상가를 통치 아니할 일이 있으니 아무리 박절하여도 백일이 지난 후라야 내려오겠다' 말로만 일러 보내고, *초종장례를 다 지내고 *졸곡까지 지내도록 *현영이 없는지라, 일청이 분한 생각대로 하면 *성복 안이라도 뛰어올라가 손위 사촌이라 할 것 없이 한바탕 들었다 놓고 싶지마는, 행세하는 처지에 초상상제가 상청을 떠날 수도 없고, 그러노라면 남에게 일문이 *불목하다는 비소도 받을 터이라, 참고 또 참아, 누가 *종씨는 어찌하여 아니 내려오느냐 하게 되면 신병이 위중하니, 먼 곳에 출입을 했느니, 별별 소리를 다 꾸며대어, 아무쪼록 뒤덮어가며 그렁저렁 졸곡을 지낸 후에 질문 한번을 단단히 해보려고 벼르고 별러 올라왔더니, 자기 사촌의 집 대문을 닫아걸고, *천호 만호 하여도 알고 그리했든지 모르고 그리했든지 도무지 대답이 없다가, 노파가 마침 붉은 함지에 노란 *식지를 덮어 머리에 이고 나오다가 자기를 보고 깜

짝 놀라며,

"상제님, 무엇 하러 오셨습니까? 댁에 아기를 비시느라고 칠성 기우를 하시는데 백일이 한 보름밖에 아니 남았습니다. 들어가시지 말고 달이나 가시거든 올라오십시오."

하고 *생면부지 과객 따돌리듯 하려 드니 함상인이 분이 날 대로 나서,

"무엇이 어쩌고 어찌해? 칠성 기우를 하기에 그렇지, 팔성 기우쯤 했드면 천 일 부정을 볼 뻔했네그려. 부정은 누가 똥칠하고 다닌다던가? 자네가 명색이 무엇인데 누구더러 가거라 오거라, 어, 아니꼬워."

노파가 최씨의 *셋줄만 믿고 함상인을 터진 꽈리만치도 못 알고 *훌뿌릴 대로 훌뿌려 인사 도리가 조금도 없이,

"늙은 사람더러 아니꼽다고? 초상상제가 부정하지 않으면 무엇이 부정한고? 양반은 법도 없나? 큰댁에서 자손이 없어 기우를 한다면 들어오라고 하신대도 도로 가실 터인데, 들어오시지 말라는데 부득부득 우기실 것이 무엇인구? 생각대로 합시오그려. 우리게 상관이 있습니까?"

다시는 말해볼 새 없이 안으로 들어가니, 함상인이 본래 성미가 괄괄한 터에 그 구박을 당하매 어찌 기가 막히지 아니하리오. 자기 종씨를 들어가 보고 가슴에 서려 담아두었던 책망도 절절이 하고, 노파의 분풀이도 시원하게 하려 들었더니, 입 쩍 한마디 해볼 새 없이 최씨의 악쓰는 소리를 듣고 설움이 북받쳐 올라오니, 이는 상제 몸이

되어 망극한 생각이 새로이 나는 것도 아니요, 자기가 박대를 받아 원통코 분해서 그리하는 것도 아니라. 수십 대 *상전하여 오던 대종가가 최씨 수중에 망하는 일이 *지원절통하여 인사 여부 할 새 없이 마룻바닥을 주먹으로 치며 대성통곡을 드러내어놓은 것이라.

한참을 울다가 최씨의 포달 부리는 것을 듣고 분나는 대로 하면 다갱이가 깨지도록 *적벽대전이라도 할 터이나, 차마 수숙 간 체통을 아니 볼 수 없어 아무 말도 못 하고 있다가 그 사촌의 *만불근리하게 꾸짖는 말을 듣더니, 최씨에게 할 말까지 한데 얼뜨려 말대답이 나온다.

(상) "형님 마음이 변하셨소, 본래 그러시오? 내 아버지는 형님의 작은아버지시요, 형님 아버지는 내 큰아버지신데, 내 아버지 돌아가신데 졸곡이 다 지나도록 *영연일곡을 아니 하오? 큰아버지 돌아가셨을 때에는 내가 철몰랐소마는, 만일 지금같이 장성하여서 현영을 아니 하게 되면 형님 생각에 매우 잘한다 하실 터이오? 기도는 무슨 기도요? 기도를 하면 인사 도리도 없소? 펄쩍 기도 잘하는 집 잘되는 것 못 보았소"

함진해는 양심이 과히 없던 사람은 아니라, 손아래 사촌일지언정 바른말을 하니 무엇이라 대답할 말 없이 못 들은 체하고 있는데 최씨가 혀를 툭툭 차고 벌떡 일어나더니 자기 남편을 흘겨보며,

"에, 무능도 하오. 손아래 사람이 저 모양으로 할 말, 못 할 말 함부로 해도 꾸지람 한마디 못 하고 무슨 큰 죄나 지었소? 아니 할 말

로 죽을 죄를 지었더라도 형은 형이지.”

하며 영창문을 메어 붙이고 마주 나오더니,

(최) “여보 상제님, 무엇을 잘못했다고 수죄를 하러 오셨소? 상제님은 삼사 형제씩 아들을 두었으니까 시들한가 보오마는 우리는 자식이 없으니까 아니 날 생각이 없어 기도를 하오. 무슨 기도인지 시원히 좀 아시려오? 왜 우리가 기도를 하여서 당신의 층층이 자라는 아들 장가를 못 들이겠소? 사내 양반이 악담은 어따 대고 하오?”

(상) “내가 누구더러 악담을 했더란 말씀이오? 그렇게 하시지를 말으십시오, 아무리 분정지두에 하시는 말씀이라도.”

(최) “그러면 악담이 아니고 덕담이오? 번연히 우리가 기도를 하는데 기도하는 집 잘되는 것 못 보았다구? 잘되지 못하면 망한다는 말이구려? 사촌도 이만저만이지, *누대봉사하는 종가 사촌인데, 종가가 망하면 무슨 차례 갈 것이나 있을 줄 아나 보구려. 망해도 내 집이나 망하는 것을 걱정할 것 없이 당신네 집이나 어서 흥해보시오. 빈말이나 참말이나 종손 낳기를 빈다 하니, 없는 정성이 남과 같이 들이지는 못할지언정 중단 자락을 휘두르고 훼방을 놓으러 오셨소?”

이 모양으로 함상인이 미처 대답할 새 없이 물 퍼붓듯 하더니 그 자리에 펄썩 주저앉아 들입다 울어내니, 편협하고 배우지 못한 부인네가 마음에 맞지 아니한 일이 있으면 제 독살을 못 이기어 쪽쪽 울기는 흔히 하는 버릇이지마는, 최씨는 능청 한 가지를 가입하여, 자기 남편이 감동하도록 하느라고, 갖은 사설을 하여 가며 자탄가로 울더라.

"팔자를 어떻게 못 타고 나서 이 모양인가! 으으으. 떡두꺼비 같은 자식을 잡아먹고 청승궂게 살아 있어서, 어어어. 눈먼 자식이라도 하나 점지하실까 하고 정성을 들여보겠더니, 이이이. 무슨 대천지 원수로 그것조차 방망이를 드누, 으으으. 인제는 사촌도 다 알아보고 대소가도 다 알아보았소, 어어어. 우리 만득이도 저 모양으로 총부리들을 대어서 죽었지, 이이이이."

치는 시어미보다 말리는 시누이가 더 밉다고 사설하는 최씨보다 곁에서 그만 그치라고 권하는 노파가 더 가통하다.

"마님 마님, 그치십시오. 분하고 원통하시면 어쩌십니까, 남도 아니시고 집안 간이신데. 그리 하시는 양반이 그르시지. 당하신 마님이야 잘못하시는 것이 무엇 계십니까? 마님 마님, 그만 그치십시오."
하더니 가장 사리를 저 혼자 아는 체하고 마루로 나와 함상인을 보고,

"사랑으로 나아가십시오. 점점 마님 분만 돋우지 말으시고, *재하자는 유구무언이랍니다. 상제님 잘하신 것도 없지마는, 아무리 잘하셨기로 형수 마님이 저렇게 하시는데 어찌하십니까? 마님 말씀이 한마디도 틀리신 것이 없습니다. 어서어서 나아가십시오."

일청이가 울던 눈을 딱 걷어붙이고 대청 들보가 뜰뜰 울리게 소리를 질러,

"어, 아니꼬아! 그 꼴은 더 못 보겠구. 늙은 것이 안잠을 자러 돌아다니면 마음을 올곧게 먹어 주인집이 잘되도록 하는 것이 아니라 전

후 요사스러운 말은 모두 지어내어 남의 집을 결딴을 내려고, 무엇이 어쩌고 어찌해? 마님 분돋움을 내가 해? 재하자는 유구무언이야? 이를테면 나의 행실을 가르치는 모양인가? 한 매에 죽이고도 죄가 남을 것 같으니.”

함상인이 *써렛발 같은 짚신을 집어 부시럭부시럭 신으며,

“형님, 나는 가오. 인제 가면 어느 때 또 뵈러 올지 모르겠습니다.”

이렇게 말이 나오니, 잘잘못은 고사하고 가깝지 아니한 길에 올라온 사촌이니, 아무라도 하루를 묵어 가라든지, 그렇지 못하면 밥이라도 먹고 가라 할 터인데, 무안해 그렇든지 여기가 질려 그렇든지 함진해는 달다 쓰다 말이 도무지 없이 내밀어보지도 아니하고 있더라.

사람의 집 재산은 물레바퀴같이 빙빙 돌아다니는 것이라. 이 집에 없어지면 저 집에 생기고, 저 집에 없어지면 이 집에 생겨서, 있다가 없어지기도 쉽고 없다가 있기도 쉬워 변화, 번복을 이루 측량하기 어려운 것이라. 함씨의 집안 대청에 금방울 소리가 딸랑딸랑 한 차례 난 이후로 몇 사람은 못살게 되고 몇 사람은 생수가 났는데, 그 서슬에 해토머리에 눈 사라지듯 없어져 가는 것은 함진해의 재산이라.

못살게 된 사람은 누구인고하니, 첫째는 함상인이니, 함상인이 그 모양으로 다녀간 후로 최씨의 미워하는 마음이 대천지원수보다 못지아니하여, 자기 남편에게 없는 말 있는 말을 하려 들려, 저의 부친 유언으로 해마다 주던 돈 몇천 냥, 벼 기십 석을 다시는 주지 아니할 뿐더러, 진위 땅에 있던 *농막까지 다른 곳으로 *이매하여 농사도 지

어먹지 못하게 하니, *신골 망태 쏟아놓은 것 같은 층층이 자라는 자녀들은 모두 밥주머니요, 다산한 부인의 벌통 같은 뱃속은 쓴 것·단 것을 물론하고 들여라 들여라 하는데, 졸지에 *생맥이 뚝 끊어지니, 성품은 남보다 급한 함상인이 어찌 기가 막히지 아니하리요. 열 번 죽어도 자기 사촌의 집에는 다시 발길 들여놓기가 싫어 허리띠를 바싹바싹 졸라매어가며 *기직닢도 매고 짚신 켤레도 삼아 쌀 되, 나뭇짐을 주변하여 하루 한때 죽물을 흐려가고, 둘째는 박유모니, 박유모는 함진해 돌 전부터 젖을 먹여 길러낸 공으로 그 이웃에다 집을 장만해 주고 일동일정을 대어주니 나이 육십여 세가 되도록 걱정 없이 지내니, 남들이 말하기를, 함진해는 박유모의 젖이 아니면 살지 못하였을 것이요, 박유모는 함진해의 *시량이 아니면 살지 못하겠으니, 천지간 *보복지리가 신통하다고들 하더니, 신통이 변하여 절통이 되느라고 함상인이 최씨에게 구박을 받고 쫓겨나올 때에 늙은 마음에 너무 가엾어서 자기 집으로 청해 들여 좋은 말로 위로하고 장국 한 상을 대접하여 보냈더니, 박유모의 바른말이 듣기 싫어 소리 없는 총이 있으면 탕 놓아 죽이고 싶어하는 안잠 마누라가 그 일을 알고 중언부언을 하여 무엇이라고 얽어 넘겼던지, 하루라도 아니 오면 하인을 보내 불러다 보고, 감기나 체증으로 조금만 편치 않다면 몸소 가서 문병하던 함진해가 별안간에, 괘씸하니 괴악하니 하는 *무정지책으로 눈앞에 뵈지 말라 일절 거절하고, 다시는 나무 한 가지 양식 한 움큼 대어주지 아니하니, 남의 농사는 잘 짓고 내 농사는 잘못하듯,

함진해는 잘 길러주면서 자기 자식은 기르지 못할 근력 없는 쇠경 늙은이가 *끈 떨어진 뒤웅이 모양으로 삼척 냉돌에 뱃가죽이 등 뒤에 가 붙어, 오늘 내일 간 어서 죽기만 기다리고 있더라.

　그러면 생수난 사람들은 누구들인고 하니, 첫째는 금방울이라. 베전 병문에서 회오리바람에 함진해 갓 벗겨지는 것을 넌짓 보고 그 눈에 뜨이지 아니하려고 행랑뒷골로 돌아온 후로 어쩌면 함씨 집 쇠를 먹어볼꼬 하다가, 대묘골 무당의 인도로 함씨 집에를 다니며 앙큼하고 알랑스러운 수단으로 그날부터 회오리바람을 두고두고 *쇠 웅두리 우리듯 하여 먹는데 별별 기묘한 방법이 다 있어, 삼국시절 적벽강 싸움에 방통 선생이 조조를 속여 *연환계로 팔십만 대군을 깨치듯 금방울은 함씨 내외를 속여 정탐 수단으로 *누거만 재산을 탈취하는데, 그 내외의 웃고 찡그리는 것까지 전보를 놓은 듯이 금방울의 귀에 들어오면, 금방울은 귀신이 집어 대는 듯이 일호차착 없이 말을 번번이 하나, 함진해는 쥐에게 파먹히는 닭 모양으로 오장을 빼어 가도 알지 못하고, *영하니 신통하니 하여 가며 자기 정신을 자기들이 차리지 못할 만치 되었는데, 제일 큰 문제는 아들 비는 일이라. 돈을 쳐들이고 쌀을 퍼주어가며 보름 기도니, 한 달 기도니 하여, 이웃집에서 닭 한 마리만 잡아먹고 누가 손가락 하나만 베도 부정이 들어 효험이 없겠다 하고 번번이 다시 시작을 시키다가, 다시는 핑계 댈 말은 없고 기도만 마치면 태기 있기를 날마다 기다릴 것이요, 태기가 요행 있으면 좋으려니와, 만일 없고 보면 헛일을 하였느니 영치 않으니 하여 본색이 탄로될 터이니 무엇으로 탈을 잡을꼬 하고 별궁리를 모두 하다가 함상인 다녀간 소식을 듣더니, 얼씨구 좋다 하고 상문 부정을 연해 쳐들어 살풀이를 해도 여간해서는 아무 일도 아니 되겠다 *칭탁하고, 또 한 차례를 빼앗아 먹는데, 함씨의 집 광 속 뒤주 속에 있는 오곡 백곡은 제 양식이나 다름없고, 함씨의 집 장 속 반닫이 속에 있는 *능라금수는 제 의복이나 다름없으며, 그 *지차에는 노파·삼랑 등이 너나 할 것 없이 모두 살판이 났는데, 최씨 부인 앞에서는 질고 갠 날 없이 양반의 일 하느라고 죽을 힘을 다 들이는 체하여 특별 *행하가 물 퍼붓듯 나오도록 낚아 내고, 금방울에게는 우리가 아니면 네 일이 아니 되리라고 생색과 공치사를 연해 하여 열에 두셋씩은 으레 떼어먹어 행랑방 구석으로 돌아다니던 것들이 뒷구멍으로 집과 세간을 제각기 떡 벌어지게 장만했더라.

　*말 많은 집안의 장맛이 쓰다고, 구기 몹시 하고 무당 좋아하는 집안은 *우환질고가 으레 떠나지 아니하는 이치라. 함진해 내외가 번차례로 앓아, 하루 빤한 날이 별로 없어 푸닥거리 *성주받이를 아무리 펄쩍 하여도 아무 효험이 없으니, 최씨도 넋이 풀리고 금방울도 무안하여, 다시 무슨 일을 시킬 염치가 없으니, 그렇다고 그만두고 보면 함씨의 재물을 다시 구경도 못 해볼 터이라, 한 가지 새 의견을 내어 나머지까지 마저 훑어내는 바람에 함씨의 조상 뼈다귀가 낱낱이 놀아나더라.

　사람마다 한 가지 흉은 없기가 어려우되, 전라도 *낙안 사는 임지관이라 하는 사람은 제반악증을 모두 겸하여, 세상없는 사람이라도 그자에게 들어 속아 넘어가지 않는 이가 없으므로, 제 것이 한 푼 없어도 호의호식하고 경향으로 출몰하며 남 속이는 재주를 한두 가지만 품은 것이 아니라. 의술 좋아하는 사람을 만나면 의원 행세도 하고, 음양술수를 좋아하는 사람을 만나면 *이인 자처도 하고, *산리에 *고혹하는 사람을 만나면 *지관 노릇도 하여, 어리석고 무식한 무리를 쫓아다니며 후려 넘기는데 외양도 번번하고 글자도 무식지 않고, 구변도 썩 좋은지라, 대저 *마름쇠로 상하 삼판에 어디를 가든지 곁자리가 비지 아니하는 유명한 자이라.

서울 와 주인을 정하되, *장안만호 하고많은 집에 장과 국이 맞느라고 금방울의 이웃집에다 정하고 있으니, 유유상종으로 자연 친숙하여 남매지의를 맺어, 누이님, 오빠 하며 정의가 매우 두터운 터이라. 못 할 말, 할 말 분간할 것 없이 속에 있는 회포를 의논할 만치 되었는데, 하루는 임지관을 청하여 한나절을 무어라 쑥덕공론을 하더니, 임지관이 그날로 *행장을 차려 주인을 떠나가더라.

함진해가 여러 날 최씨의 병구완을 하다가 자기도 성치 못한 몸에 자연 피곤하여 사랑에 나와 정신없이 누웠더니, 노파가 창 밖에 와서 근심이 뚝뚝 듣는 말소리로,

"영감마님, 주무십니까?"

함진해가 깜짝 놀라며,

(함) "왜 그러나, 마님 병이 더하신가?"

(노) "아니올시다. 놀라지 마십시오. 제가 아니 할 생각이 없어서 국수당 만신을 청해 조상대를 내려 보니까 이상스러운 말이 나서 영감께 여쭙니다."

(함) "무슨 이상한 말이 있더란 말인가? 무당의 소리도 인제는 듣기 싫어."

(노) "댁에 위로할 귀신은 위로도 하고, 퇴송할 귀신은 퇴송도 하였으니 우환 걱정이 다시는 없을 터인데, 한 가지 조상의 산소가 잘못 들으셔서 *화패가 자주 있다고, 고명한 지관을 찾아 하루바삐 면례를 하면 곧 효험을 보겠다 하여요."

(함) "이 사람, 쓸데없는 말 고만두게. 고명한 지관이 어디 있다던가? 내가 몇십 년 *구산에 *금정 하나 바로 놓는 자를 만나보지도 못했네."

(노) "만신에게 한 번 더 속아 보실 작정 하시고 들어오셔서 물어보십시오. 정성이 간곡하면 천하 *명풍을 만나리라고 공수를 줍디다."

(함) "정성 정성, 내가 무당의 말 듣기 전에 명풍을 만나려고 정성도 적지않이 들여보았네마는 다 쓸데없데. 그러나 허허실수로 한번 물어나 보세."

하고 귀밑에 *옥관자를 붙이고 *제왈 점잖다 하는 위인이 남부끄러운 줄도 그다지 모르던지 노파의 궁둥이를 줄줄 따라 들어와 금방울 앞에 가 *납신 앉으며,

"그래, 우리 집 우환이 *산화로 그러해? 그 말이 어지간하기는 한걸.

세상에 똑똑한 지관을 만날 수 없어 *선대감 내외분 산소부터 내 마음에 일상 미흡하건마는 그대로 뫼셔두었는걸. 어떻게 하면 *도선이·*무학이 같은 명풍을 만날꼬? 시키는 대로 정성은 내가 드리지.”

금방울이 백지로 한허리를 질끈 맨 청솔가지를 바른손으로 잡고 쌀모판에다 한참 딱딱 *그루박으며 엮어대는 듯이 무어라고 주워섬기더니 상큼하게 쪼그리고 앉으며 두 손 끝을 싹싹 비비고,

(금) “에그, 이상도 해라. 영감께서 이런 말을 들으시면 제가 지어내는 줄 아시겠네.”

(함) “무엇이 그리 이상해? 대관절 어떻게 하면 만나겠나, 그것이나 물어보라니까.”

(금) “글쎄 그 말씀이올시다. 알 수는 없지마는 신의 말씀이 하도 정녕하게 집어낸 듯이 일러주시니 시험하여보십시오. 내일 정오 십이 시에 *무학재 고개를 넘어가면 산 *겨드락 소나무 밑에서 어떠한 사람이 돌을 베고 잠을 잘 것이니, 그 사람에게 정성을 잘 들여보시라고 공수를 주셨습니다. 하도 이상하니까 제 입으로 말을 하면서도 지내보지 않고 장담할 수 없습니다. 아무렇든지요, 밤만 지내면 즉 내일이니, 잠시 떠나시기 어려우셔도 영감께서 손수 가보시든지 정겨를이 없으면 *친신한 사람을 보내어보십시오.”

(함) “그 시에 가면 정녕 그런 사람이 있을까? 명산을 얻어 쓰려면서 다른 사람을 보내서 될 수가 있나? 내가 친히 가 정성을 들여야 할 것이지.”

하더니 탈것 두 채를 마침 준비하였다가 그 시간을 맞추어 무학재로 향하는데, *새문 밖에를 나서 이전 경기 감영 모퉁이를 돌아서더니 함진해가 눈을 연해 씻으며 독립문을 향하고 맞은편 산 근처 푸르스름한 나무 밑이라고는 하나 내어놓지 아니하고 이리저리 아무리 살펴보며 가도 사람이라고는 나무꾼 하나 볼 수 없는지라, 속중으로,

'허허, 또 속았구. 번연히 무당이란 것이 헷것인 줄 짐작하면서 집 안에서 하도 떠들기에 고집을 못 할 뿐 아니라, 어떤 말은 여합부절로 맞기도 하니까 *전수이 아니 믿을 수 없어 오늘도 여기를 나오는 길인데.'

하며 무학재를 막 넘어서니까 남산 한 허리에서 연기가 물씬 나며 *오포 놓는 소리가 귀가 딱 맞치게 탕 한번 나는데, 길 위 산비탈 아래 소나무 한 주가 우뚝 섰고 그 밑에 어떤 사람이 갓을 벗어 나뭇가지에 걸고, 겉옷자락으로 얼굴을 덮고 모로 누워 잠이 곤히 들었는지라. 함진해가 반색을 하여 인력거에서 내려 곁에 가 가만히 앉아 행여나 잠을 놀라 깨울세라 기침도 크게 못 하고 있는데, *한식경은 되어 잠을 깨는 모양같이 기지개 한 번을 켜더니, 다시 돌아누워 잠이 또 드는지라, 아무 말도 못 하고 석양이 다시 되도록 그대로 기다리고 있다가, 그자가 부시시 일어나 두 손으로 눈을 썩썩 부비고 입맛을 쩍쩍 다시며 *거듭떠보지도 아니하는 것을 보고, 함진해가 공손히 앞에 가 꿇어앉으며 구상전이나 만난 듯이 자기 몸을 훨쩍 쳐뜨려 수작을 붙인다.

"이왕 일차도 뵈온 적이 없습니다. 기운이 안녕하십니까?"

그자는 못 들은 체하고 눈을 내리깔고, 그리할수록 함진해는 말소리를 나직이 하여가며,

"문안 다동 사는 함일덕이올시다."

그자는 여전히 못 들은 체하고 이같이 한 시 동안은 있더니 그자가 눈살을 잔뜩 찡그리고,

"응, 괴상한고! 응, 누가 긴치 않게 일러주었노?"

그 말을 들으니 함진해 생각에 제갈량이나 만난 듯이,

'옳다, 인제야 내 소원을 성취하겠다. 천행으로 이 사람을 만나기는 했지마는 조금이라도 내 성의가 부족하면 아니 될 터이니까.'
하고서 다시 일어나 절을 코가 깨어지게 하며,

"제가 여러 십 년을 두고 한번 뵈옵기를 주야 *옹축하였습니다마는, 종시 정성이 부족하여 오늘이야 뵈옵니다. 타실 것을 미리 등대하였으니 누추하시나마 제 집으로 행차하시기를 바랍니다."

그자가 함진해를 물끄러미 보다가 허허 웃으며,

"할 일 없소 벌써 이 지경이 된 터에 박절히 대접할 수 있소? 그러나 댁 소원이 집안 *잘고나 없고 슬하에 귀자나 낳을 명당 한 곳을 얻으려 하지 않소?"

함진해의 혀가 절로 내둘리며 유공불급하게,

(함) "네, 다른 소원은 아무것도 없고, 그 두 가지 뿐이올시다. 선친의 묘소를 흉지에다 뫼셔 화패가 비상합니다. 자식 되어 제 화패는

고사하고 부모 백골이 불안하시니 일시가 민망하오이다.”

(그자) “내 역시 아무것도 아는 것이 없으니까 별도리가 있소? 그나저나 오늘은 피곤하여 잠도 더 자야 하겠고, 볼일도 있어 못 가겠으니 내일 이맘때 동대문 밖 *관왕묘 앞으로 나오되, 아무도 데리지 말고 댁 혼자 오시오. 나는 누워 자겠소. 어서 들어가시오.”

하며 돌을 다시 베고 드러눕더니 코를 드르렁드르렁 고는지라. 함진해가 다시 말 한마디 붙여보지 못하고 집으로 들어와, 이튿날 오정이 될락말락하여 단장 하나만 짚고 홀로 동관왕묘를 나아가느라니 자연 십여 분 동안이 늦었는지라, 그자가 벌써 와 앉았다가 함진해를 보고 정색하여 말하되,

“점잖은 사람과 *상약을 하였으면 시간을 어기지 않는 일이 당연하거늘 어찌하여 인제 오느뇨?”

(함) “시간을 대어 오느라는 것이 조금 늦어서 오래 기다리셨을 듯하오니 죄송만만하도소이다.”

(그자) “오늘은 늦었으니 내일 다시 오정에 삼각산 백운대 밑으로 오라.”

하고 뒤도 아니 돌아보고 왕십리를 향하고 가거늘, 함씨가 더욱 *조민하여 집으로 들어오는 길로 금방울을 청하여 *소경사를 이르고, 어떻게 하면 좋겠느냐 문의를 한즉, 금방울이 손으로 왼편 턱을 고이고 눈만 깜짝깜짝하고 있다가,

“에그, 영감마님, 일이 그렇지 않습니다. 그런 명풍의 손을 비시려

면서 예단 한 가지 없이 그대로 가보시니까 정성이 부족하다 하여 *허
의를 얼른 하지 아니하는 것인가 보오이다. 내일은 다만 백지 한 권
이라도 정성껏 폐백을 하시고 청해보십시오.”

(함) “옳지, 그 말이 근리하군. 내가 까맣게 잊고서 빈손으로 연일
다녔으니 그 양반이 오죽 *미거히 여겼을라구. 폐백을 아니하면 모르
거니와, 백지 한 권이 다 무엇이야? 그도 형세가 *헐수할 수 없으면
용혹무괴어니와 내 처지에야 그럴 수가 있나? *하불실 일이백 원 가
량은 폐백을 하여야지.”

(금) “에고, 영감, 잘 생각하셨습니다. 산소를 잘 모시어 댁내에 우
환이 없으시고 겸하여 만금 귀동자 아기를 낳으시면 그까짓 일이백
원이 무엇이오니니까? 일이천 원도 아까우실 것 없지.”

제삼일 되던 날은 함진해가 지폐 이백 원을 정한 백지에 싸고 싸
서 조끼에 집어넣고 *개동군령에 집에서 떠나 창의문을 나서서 인력
거는 돌려보내고, 메투리에 *들메를 단단히 하여 천리만리나 갈 듯
이 차림이 대단하더니, *조지서 언덕을 채 못 가서 숨이 턱에 닿아서
헐떡헐떡하며 펄쩍 해만 치어다보고 오정이 지날까 봐 겁을 더럭더
럭 내어 발이 부르터 터지도록 비지땀을 흘리며 골몰히 북한을 바라
보고 올라가는데, 문수암으로 들어가는 어귀를 채 못 미쳐서 어떤 자
가 앞을 막아 썩 나서며 전후좌우를 휘휘 둘러보고 소매 속에서 *육
혈포를 내어 들더니, 함진해 턱밑에다 바싹 대고,

“이놈, 목숨을 아끼거든 지체 말고 위아래 의복을 썩 벗어라!”

함진해가 수족을 사시나무 떨듯 하며,

"네, 벗겠습니다. 벗을 때 벗더라도 제 말 한마디만 들으십시오. 제 집 *내환이 위중하여 약을 구하러 급히 가는 길이오니 특별히 용서해 주시면 적지 않은 적선이올시다. 이 의복은 입던 추한 것이올시다. 내일 이곳으로 다시 오시면 입으실 만한 의복을 몇 벌이든지 말씀하시는 대로 갖다 드리오리다."

그자가 눈을 부라리며,

"이놈아 잔소리가 무슨 잔소리야! 진작 벗지 못하고?"

하며 당장 육혈포 방아쇠를 잡아당길 모양이니 의복 말고 더한 것이라도 다 내어놓을 판이라. 다시는 말 한마디 앙탈도 못 하고 웃옷부터 차례로 벗어주니, 그자가 저 입었던 옷을 앞에다 턱 던지며,

"너는 이것이나 입고 가거라."

하고서 함진해 의복을 제 것같이 척척 입으며 조끼 속에 손을 썩 집어넣어보더니 아무 말도 아니하고 *산곡으로 들어가는지라.

함진해가 기가 막혀 그놈의 의복을 집어 입으니 당장에 드러난 살은 감추겠으나 한 가지 큰 걱정이 지폐 잃어버린 것이라. 가도 오도 못 하고 그 자리에 끌로 판 듯이 서서 입맛을 쩍쩍 다시며 혼잣말로,

"이 노릇을 어찌하면 좋은가? 집으로 돌아갔다 오는 수도 없고, 빈손 들고 그대로 가자기도 딱하지. 가기로 그가 오지 말라고 할 리는 없지마는, 여북 무심한 사람으로 여길라고. 해는 점점 오정이 되어오고 여기까지 왔던 일이 원통하니, 아무려나 *신지에를 가보는 일

이 옳지. 가보고 소경력 사정이나 이야기를 하여 내 정성이나 알도록
하여보겠다.”

하고 꿩 *튀기러 다니는 사냥꾼 모양으로 *단상투 바람, *동저고리
바람으로 어슬렁어슬렁 올라가며, 행세하는 터에 아는 사람을 만나
면 어찌하리 싶어 얼굴이 절로 화끈거려 발등만 굽어보고 걸음을 걷
다가, 목이 어찌 마른지 물을 좀 먹으려고 샘물 나는 곳을 찾아 바른
편 산골짜기 안 바위 밑으로 내려가더니 별안간에 주춤 서며 두 손
길을 마주잡고 공손한 목소리로,

(함) “여기 앉아 계십니까? 오늘도 시간이 늦어 아마 오래 기다리
셨지요?”

(그자) “……”

(함) “아무쪼록 일찍 오자고 새벽밥을 먹고 떠났더니, 정성이 부족
함이런지, 거진 다 와서 도적을 만나 변변치 아니한 정을 표하고자
돈 백 원이나 가지고 오던 것과 *관망 의복까지 몰수이 빼앗겼으나,
점잖은 양반과 상약을 한 터에 *실신할 도리는 없고 분주히 오느라
는 것이 이렇게 늦었습니다.”

(그자) “가엾은 일이오. *횡래지액도 *산화소치가 아니라 할 수 없
습니다. 그러나 오늘도 늦었으니 내일 오정에는 좀 가까이 *세검정
연무대 앞으로 오시오. 나는 총총하여 가겠소.”

하더니 행행히 가는지라. 함진해가 억지로 만류할 수 없어, 문수암을
찾아 들어가서 *세보교를 얻어 타고 집으로 돌아와 노름꾼의 *등단

것 같이 돈 이백 원을 다시 변통하여 가지고, 이튿날 열시가 채 못
되어 연무대 앞에 와 그자 오기를 고대하더니, 오정이 막 되었는데
그자가 *한북문 통한 길로 올라오며 허허 웃고,

　(그자) "오늘은 매우 일찍 오셨소구려."

　(함) "여러 번 *실기를 하여 대단히 불안하오이다."

하며 말끝에 조끼에서 무엇을 꺼내어 두 손으로 받들어 주며,

　"이것이 변변치 아니하나 *주용에나 보태서 쓰시옵소서."

　그자가 펴 보지도 아니하고 집어넣으며,

　"그것은 무엇을 가져 오셨소? 아니 받으면 섭섭히 여기실 터이니
까 받기는 받소. 나는 번거하여 이목이 수다한 데는 재미없으니 댁으
로 같이 들어갈 것 없이 댁 근처 조용히 있을 *주인 한 곳을 정해 주
시오."

　함진해가 유공불급하여,

　(함) "네, 그는 어렵지 않습니다. 내 집도 과히 번거하지 아니하지
마는 아주 절간같이 조용한 집이 있으니 그리로 가 계시게 하지요."

　*사주인을 하고많은 집에 하필 안잠 마누라 집에다 정하고, 삼
시·사시로 만반진수를 차려 먹이며 아침저녁으로 대령을 하여 정성
을 무진 들이며 지관의 입만 쳐다보는데, 임지관은 어찌하면 그렇게
묵중한지, 열 마디 묻는 말에 한마디를 썩 시원하게 대답을 아니하
니, 그 속이 천 길인지 만 길인지, 어여뻐하는지 미워하는지, 알고 그
러는지 모르고 그러는지 도무지 아는 수 없으니, 그리할수록 함진해

는 목이 밭아 애를 더럭더럭 쓰며 감히 구산하러 가자는 말을 못 하고 자기 집 사정이 일시 민망한 이야기만 시시로 하더니 하루는,

　(임) "여보 주인장, 산 구경하러 아니 가보시려오? 신산도 잡으려니와 구산부터 가보십시다. *선장 산소가 어디 계시오?"

　(함) "네, *친산이 멀지 아니합니다. 양주 송산인데 불과 오십 리라 넉넉히 되다녀라도 오시지요."

하며 그 말을 얻어들은 김에 분주히 치행을 차릴새, *장독교 두 채에 건장한 *교군 *두 패를 지르고, 마른찬합, 진찬합과 약주병·소주병을 짐에 지워 뒤딸리고 *동소문 밖으로 썩 나서니, 앞에는 함진해요, 뒤에는 임지관이라. 함진해 마음에는,

　'이번 길에 *천하대지를 정녕 얻어 자기 친산을 면례할 터이니 우환걱정은 다시 염려할 것 없이 *만당자손도 게 있고 부귀공명도 게 있고 게 있으려니.'

하여 한없이 기꺼워 혼자 앉았든지 누구를 보든지 웃음이 절로 나와 빙글빙글하고, 임지관 마음에는,

　'어떻게 말을 잘하면, 내 말을 꼭 곧이듣고 조약돌밭을 가리켜도 다시없는 명당으로 알아 *불일내로 면례를 시킬꼬? 제 아비 이상으로 몇 대 무덤을 차례로 면례를 시켜놓았으면 부지중에 내 평생 먹고살 거리는 넉넉히 생기리라.'

하여 금방울과 안잠 마누라의 전하던 함씨 집 전후 내력을 곰곰 생각하더라. 얼마를 왔던지 장독교를 내려놓으며, 함진해가 먼저 나오

더니 임지관더러,

　(함) "인제 나의 친산이 멀지 아니합니다. 찬찬히 걸어가시면 어떠하실는지요?"

　(임) "그리해봅시다."

하며 염낭을 부시럭부시럭 끄르고 *지남철을 꺼내더니 손바닥 위에 반듯이 놓고 사면으로 돌아보며 입속에 말을 넣고 중얼중얼하더니,

　"영감, *주룡으로 먼저 올라가십시다. 산세는 매우 해롭지 아니하여 뵈오마는."

하면서 이리도 가서 보고 저리도 가서 보다가 눈살을 연해 찡그리고 *분상 앞으로 오더니, 펄썩 앉으며 잔디를 꾹꾹 눌러 평편하게 한 후에 지남철을 내려놓고 자오를 바로 맞추더니,

　(임) "영감, 이 산소 쓴 지 몇 해나 되었소? 이 산소 모시고 화패가 비상하였겠소."

　(함) "산소 모신 지 지금 열두 해에 화패는 이루 측량하여 말할 수 없습니다."

　(임) "가만히 계시오. 내 소견껏 말을 할 것이니 과히 착오나 없나 들어보시오."

하더니 얼음에 배 밀듯 내려 섬기는데, 함진해는 입에 침이 없이 칭찬을 한다.

　(임) "산지라 하는 것은 '복 있는 사람이 길지를 만난다(福人逢吉地)' 하였지마는, 산리를 알지 못하고 보면 번번이 이런 자리에다 쓰

기 쉽것다. *태조봉이 음양취기(陰陽聚氣)를 하여야 *손세가 *장원하지, 그렇지 않고 *독양(獨陽)이나 독음(獨陰)이 되어 사람의 부부 교합지 못한 것 같으면 자손을 둘 수 없는데, 이 산소가 독양·독음으로 *행룡을 하였고, *안산에 *식루사(拭淚砂)가 있으니 참척을 *빈빈히 보셨을 것이요, *과협(過峽)은 잘되지 못하였으나 좌우에 창고봉(倉庫峯)이 저러하니 가세는 풍부하시겠소마는 *과두수(裹頭水)가 있으니 얼마 아니 되어 손해가 적지 아니할 것이요, 황천수(黃泉水)가 비쳤으니 변상이 *답지하겠소.”

(함) “과연 이 산소 모시고 자식놈 여럿을 참척 보고, 상처를 두 번이나 하고, 재산으로 말해도 부지중에 손해가 적지 않았어요.”

(임) “허허, 그러하시리다. 이 산소는 더 볼 것 없거니와 선왕장 산소는 어디 계신가요?”

(함) “예서 멀지 아니합니다. 이리 오십시오.”

하며 임지관을 인도하여 두어 고동이를 넘어가더니 손을 들어 가리키며,

(함) “저기 보이는 산소가 나의 조부모 *합폄으로 모신 곳이올시다.”

(임) “네, 그러하시오니이까?”

하고서 쇠를 또 내어 들고 자세 살펴보더니,

(임) 이 산소도 매우 합당치 못한걸. 용이라 하는 것이 *역수를 하여야 생룡이라 하거늘 *순수도국에 골육수(骨肉水)가 *과당하고 또

*주엽산 큰 맥이 졸지에 뚝 떨어져 앞에 *공읍사(拱揖砂)가 없고, 장단이 부제하여 여기도 쓸 만하고 저기도 쓸 만하니, 이는 허화(虛花)라. 모르는 사람 보기에는 좋을 듯하나 *용진호퇴(龍進虎退)하여야 할 터인데, 용호가 저같이 상충(相衝)하니 대소가가 불목할 것이요, 청룡이 많을 다 자로 되었으니 자손은 번성하겠소마는 *제일절이 *저함하였으니 종손은 얼마 아니 가서 *절대가 되는 장손 과격이오. 영감 댁 작은댁이 어디 사는지 영감 댁은 자손이 없어도 그 댁에는 자손들이 선선하겠소”

(함) “그 말씀이 꼭 옳으십니다. 나는 자식을 낳으면 죽어도, 내 사촌은 아들을 사형제나 두었는데 모두 감기 한번 아니 앓고 잘 자랍니다.”

(임) “그러하리다. *대원한 산소는 모르겠소마는 이 두 분상 산소는 시각이 바쁘게 면례를 하여야 하겠소”

함진해가 임지관의 말에 어떻게 혹하던지 팥으로 메주를 쑨대도 꼭 곧이들을 만치 되어, 그 다음부터 임지관더러 말을 하자면, 선생님 선생님 하여 *극공극경하기를 한층 더 심하더라.

(함) “선생님, 선생님께서 이같이 박복한 위인을 아시기가 불찰이시올시다. 아무쪼록 불쌍히 보셔서 화패나 다시 없을 자리를 지시하여 주옵소서.”

(임) “글쎄요, 무엇을 아나요? 어떻든지 차차 봅시다.”

(함) “이 *도국 안이 과히 좁지는 아니한데 혹 쓸 만한 자리가 없

을까요? 좀 살펴보시면 어떨는지요."

(임) "이 도국에 산지가 무엇이오? 벌써 다 보았소. 영감이 산리를 모르니까 그 말 하기도 쉬우나, 말을 들어 보면 짐작이 나서리다. 대지는 용종요리락(大地龍從腰裡落)하여 여기횡전작성곽(餘氣橫纏作城郭)이라 하니, 큰 자리는 용이 *장산 허리에서 뚝 떨어져서 나머지 기운이 가로 둘러 성곽 모양이 된다 하였거늘, 이 산 *내맥을 볼작시면 *뇌두에 성신(星辰)이 없고 *본신에 향응(向應)이 없어 늘어진 덩굴도 같고, *족은 *지룡도 같으니, 이는 곧 천룡(賤龍)·직룡(直龍)이라, 아무리 *속안에는 쓸 만한 듯하여도 기실은 한 곳도 된 데가 없으니 그대 생각은 하지도 마시오."

(함) "그러면 우리 *국내가 진위 땅에도 있습니다. 그리로나 가보실까요?"

(임) "여기니 저기니 할 것 없소. 영감의 정성이 저러하시니 말이 오마는, 내가 이왕에 한 자리 보아 둔 곳이 있는데, 웬만하면 아니 내어 놓자 하였더니……."

하며 그 다음 말은 아니하고 우물우물 흥증을 부리니, 남 보기에는 가장 천하명당을 보아두고 내어놓기를 아까워 주저하는 것 같은지라, 함씨가 궁금증이 나서,

(함) "너무나 감격무지하오이다. 그 자리가 어디오니까?"

(임) "차차 아시지요. 급하실 것 있소."

함씨가 임지관을 데리고 자기 집으로 돌아와 묏자리 일러주기만

바라고 날마다 정성을 들이는데 임지관은 쿨쿨 낮잠만 자고 그대 수작이 일절 없더라.

이때 노파는 무슨 통신을 하는지, 하루 몇 번씩 금방울의 집에 북 나들듯 하고, 금방울은 무슨 계교를 꾸미는지 고양 땅에를 삼사 차 오르내리더라. 하루는,

(임) "영감, 산구경 가십시다."

(함) "어디로 가시렵니까?"

(임) "어디든지 나 가자는 대로만 가십시다."

하며 곁의 사람 듣기 알맞을 만하게 혼자말로,

"가보아야 좋기는 좋지마는 좀체 성력에 그런 자리를 써 볼까?"

함진해는 그 말을 넌짓 듣고 가장 못 들은 체하며 자기 속으로 독장수 셈치듯,

'임지관이 칭찬을 저렇게 할 제는 대지가 분명한데 아마 산주가 있어, *투장 외에는 할 수가 없는 것이거나 논둑, 밭둑 같은 데 *대혈이 맺혀 범상한 눈에 대수롭지 않게 보이어서 성력이 조금 부족하면 쓰지 못하리라 하는 말인 듯하나, 내가 그만 성력은 있으니 성력 모자라 못 써 볼라구? *유주산이거든 돈을 주고 사보고, 정 아니 팔면 투장인들 못 할 것 있으며, 논밭 두렁말고 물구덩이에다 장사를 지내라 해도 손톱만치도 서슴지 않고 써볼 터이야.'

하며 임지관의 시키는 대로 *죽장망혜에 가자는 대로 고양 땅을 다 다르니, *여겨보면 매부의 밥그릇이 높다고, 대지 명당이 이 근처에

있으려니 여겨보니 산세도 별로 *탈태하여 뵈고 수세도 별로 명랑하여 임지관의 눈치만 살피는데, 임지관이 높직한 산상으로 올라가 펄쩍 주저앉으며,

"영감, 다리 아프지 아니하시오? 인제는 다 왔소 이리 와 앉아 저것 좀 보시오."

함진해가 그 곁으로 다가앉으며,

"무엇을 보라고 하십니까?"

임지관이 오른 손가락을 꼿꼿이 펴들고 가리키며,

(임) "저기 연기 나는 데 뵈지 않습니까?"

(함) "네, 저 축동나무가 시퍼렇게 들어선 데 말씀이오니까?"

(임) "옳소, 그 동리 이름은 덕은리라 하는 대촌인데, 또 이편으로 보이는 산은 마둔리 뒷봉이오."

(함) "선생님께서 고양 지명을 어찌 그렇게 역력히 아십니까?"

(임) "우리나라 *십삼도 중에 용세나 좋은 곳이면 내 발길 아니 들여놓은 데가 없었소. 그러나 정혈에를 내려가 보았으면 좋겠소마는, 산주에게 의심을 받을뿐더러, 대단한 강척이라 당장 *모다깃매를 당하고 쫓겨갈 터이니 멀찍이서 보기나 하시오."

하며 이리저리 가리키며 입에 침이 없이 포장을 하는데, 그 자리에 면례 곧 하고 보면 *당대발복에 자손이 만당하여 금관자·옥관자가 삼태로 퍼부을 듯하더라.

(임) "이 산 *형국은 *옥녀탄금형(玉女彈琴形)이니 *당국은 옥녀체

요, 안산은 거문고체라. 저기 보이는 봉은 장고사(長鼓砂)요, 여기 우뚝한 봉은 단소사(短簫砂)요, 전후좌우는 *금장격(錦帳格)이며, 자좌오향에 *신득진파(申得辰破)이니 *신자진삼합격이요, 혈은 *횡접와(橫接窩)체에 *포전이 매우 좋으니 자손이 대단히 번성할 터이오. 자, 더 보실 것 없이 이 자리에 선장 산소를 모셔볼 경륜을 해보시오.”

(함) “어떻게 하면 그 자리를 얻어 쓰겠습니까? 선생님 지휘대로 하겠습니다.”

(임) “영감이 하실 탓이지, 나는 별수가 있소? 그러나 내가 연전에 이 산판을 보고 하도 욕심이 나서 산 임자가 누구인지는 탐문하여보았소.”

(함) “산주가 어디 사는 누구인가요?”

(임) “마두리 윗동리 사는 최생원 집이라는데, 대소가 수십 집이 모두 *연장접옥하여 *자작일촌으로 산다 하옵디다. 그런데 그 여러 집 사람들이 모두 *불초초하여, 남이 *홀만히 볼 수 없으나 형세는 한 집도 조석 분명히 먹는 자가 없다 합디다.”

(함) “가세가 그렇게 *간구하면 산지를 팔라면 말을 들을까요?”

(임) “그 역시 나더러 물을 것 아니라, 오늘은 도로 가셨다가 내일 모레간 몸소 내려와 산주를 찾아보시고 간곡히 말씀을 해보시오. 그 자리 하나만 사면 그 국내에 또 *비봉귀소형(飛鳳歸巢形) 한 자리가 있으니, 그것도 마저 사서 *왕장 산소를 면례해 보십시다.”

그 산 안에 명당이 한 곳뿐 아니요, 또 한 곳이 있단 말을 듣고 함진해가 불같은 욕심이 어떻게 치미는지, 산주가 팔기곤 하면 자기 든 집째 세간재 먼 곳에 있는 *외장까지 모두 주고 벌건 몸뚱이가 한데로 나앉더라도 기어이 사서 써볼 생각이라.

평생에 오 리 밖을 걸어다녀 보지 못한 터에 평지도 아니고 등산까지 하여 가며 사오십 리를 *왕환하였으니 다리도 아플 것이요, 피곤도 할 것인데, 그 이튿날 밝기를 기다려 시골서 귀물로 알 만한 *물종을 각가지로 장만해서 두어 바리 실리고 고양 길을 *발행하는데, 임지관이 무엇이라고 두어 마디 이르니까 함진해가 고개를 끄덕끄덕하며,

"옳소, 선생님 말씀이 옳소. 그렇게 해보지요. 위선하여 하는 일에 무엇이 어려울 것 있소?"
하더니 하인을 시키어 *공석 한 닢을 둘둘 말아 장독교 뒷채 위에 매달아 가지고 떠나가더라.

세상 사람 사는 것이 천태만상이라. 열 집이면 열 집이 다 다르고, 백 집이면 백 집이 다 달라서 잘살기로 말하여도 여러 백천 층이요, 못살기로 말해도 여러 백천 층이라. 그런고로 사람마다 *부정모혈을 받아 나올 적에 각기 사주와 팔자이로되, 잘사는 부자로 첫째 되기도 극난하지마는, 못사는 빈호로 첫째 되기도 역시 드문 터인데, 고양 사는 옥여 최생원은 고양 안에는 고사 물론하고 대한 십삼도 안에 둘째 가라면 원통하다 할 만한 간난이라. 그 중에 누대 상전하여오는 *선영은 있어 해마다 솔 포기가 푸르스름하면 모조리 싹싹 깎아 팔아먹

더니, 산이라 하는 것은 큰 나무가 들어서서 뿌리가 얽히지 아니하면 *사태가 나며 *토피가 으레 벗는 법이라. 다음부터는 *풋나뭇 짐씩 뜯어 생활하던 길도 없어지고 다만 돈백이라도 주고 뫼 한 장 쓰겠다면 유공불급하여 쉰네 쉰네 하여가며 팔아먹는 터이나, 그런 일이 어찌 날마다 있고 달마다 있으리오. *두수없이 꼭 굶어 죽게 되어 이웃집 도끼를 빌려 가지고 깎아 먹던 솔 그루 썩은 *고자등걸을 캐어 지고 서울로 갔다 팔기로 생애를 하느라고 금방울의 집에다 단골을 정하고 하루 걸러큼 다녀 매우 *숙친한 까닭으로 저의 집 지내는 사정을 낱낱이 말하고 나뭇값 외에 쌀되·*돈관을 얻어다도 먹고 지내매, 금방울의 분부라면 거역지 못하는 법이, 칙령이라면 너무 과도하고 황송한 말이지마는, 본 고을 원의 지령만은 착실하더라. 하루는 나뭇짐을 지고 들어오니까, *요지 선녀같이 쳐다보고 지내던 금방울이가 반색을 하여 반기며 안으로 잡담 제하고 들어오라 하더니,

（금）"에그, 당신은 양반이시고 나는 여염 사람이지마는, 여러 해 친하여 승허물 없는 터에 관계있습니까? 우리 인제는 의남매를 정하십시다. 오빠, 전에는 체통을 보시느라고 *설면히 굴으셨지마는, 어서 신발을 끄르고 방으로 들어오시오. 추우시기는 좀 하시겠소? 구시월 막새바람에 홑것을 그저 입고. 여보게 부엌어멈, 밥 숭늉 좀 덥게 데우고, 새로 해 넣은 *섞박지 좀 놓아 가져오게. 오빠, 편히 앉으셔서 *어한 좀 하시오."

이 모양으로 예 없던 정이 물 퍼붓듯 쏟아지니, 최생원이 웬 영문

인지 알지를 못하고 쭈뼛쭈뼛하다가 간신히 입을 벌려,

(최) "나 같은 시골사람더러 남매를 정하시자는 것도 황송한데 무엇을 이렇게 차려 주십니까?"

금방울이 깔깔 웃으며,

(금) "에그, 오빠도 망령셔라. 손아래 누이더러 황송이 다 무엇이고, 존대가 다 무엇이야요? 인저는 *허소를 하십시오."

(최) "허소는 차차 하면 못 합니까? 누이님이 이처럼 하시니 내 마음은 어떻다 할 길 없소."

(금) "생애에 바쁘신데 어서 내려가시오. 내일쯤 오빠 사시는 구경도 할 겸, 언니 *상회례도 할 겸 내가 내려가겠습니다."

(최) "누이님께서 오실 수가 있습니까? 우리 마누라를 데리고 올라오지요."

(금) "아우 되어 내가 먼저 가뵈어야 도리 상에 당연하지요. 걱정 말고 내려가시오."

하며 나뭇값 외에 돈 몇백 냥을 집어 주며,

"이것 변변치 않으나, 신발이나 한 켤레 사다가 우리 언니 드리시오."

최생원이 재삼 사양하다가 마지못하여 받아 가지고 나오다가 *선혜청 장에 들어가, 쌀도 좀 팔고 반찬거리도 약간 장만하여 가지고 자기 집으로 내려와, 일변 집안을 정히 쓸고 기직 닢 방석 닢을 이웃집에 가 얻어다 깔고, 자기 아낙더러, 새둥우리 같은 머리도 가리어 쓰다듬고 *보병것이나마 부유스름하게 새것을 갈아입으라 한 후, 계란 낱·닭 마리를 삶고 끓여놓고 눈이 감도록 고대하더니, 거무하에 유사 사인교 한 채가 떠들어오며 금방울이 나오더니 최생원과 인사를 한 후 최생원의 마누라를 가리키며,

　(금) "오빠, 이 어른이 우리 언니시오? 처음 뵈오니까 누구신지 몰라 뵈었습니다."

하고 날아갈 듯이 절을 하며 교군꾼을 부르더니 피륙 낱·담배 근을 주엄주엄 내어다가 앞에다 놓으며,

　"모처럼 오며 빈손 들고 오기가 섭섭해서 변변치 아니하나마 정이나 표하고자 가져왔습니다, 언니……."

　최생원의 아낙은 본래 촌 생장으로 금방울을 보니 요지에서 선녀가 내려온 듯싶어 정신이 휘둥그런 중 *석새베 입던 몸에 고운 필목을 보고 *순뜯이 먹던 입에 지네발 같은 *서초를 보니 입이 저절로 벌어져서, 자기 딴은 인사 대답을 썩 도저히 한다는 것이 귀동대동 구석이 어울리지 아니하게 지껄이건마는 금방울은 모두 쓸어 덮고 없는 정이 있는 듯이 *수문수답을 하다가 최생원을 돌아보며,

　(금) "오빠, 시골 구경을 별로 못 했더니 서울처럼 갑갑하지 아니하고 시원해서 좋소. 동산에나 올라가 구경 좀 합시다."

　(최) "봄과 달라 꽃 한 가지 없고 구경하실 것이 무엇 있나요? 아무려나 찬찬히 가보십시다. 그렇지만 누이님같이 가만히 들어앉으셨던 터에 다리가 아프셔서 단기시겠습니까?"

(금) “가보아서 다리가 아프면 도로 내려오지. 누가 삯 받고 가는 길이오?”

하며 최생원은 앞을 서고, 마누라와 금방울이 뒤에 따라 뒷동산으로 올라가는데 최생원 내외의 생각에는,

‘서울서 꼭 갇혀 들어앉았다가 여북 갑갑하여 저리할라구? 경치는 별로 없지마는 바람이나 시원히 쏘이게 김판서 댁 묘소로, 이과장 집 산소로 골고루 구경을 시키리라.’

하고, 금방울의 생각에는,

‘최가의 국내가 얼마나 되노? 이놈을 잘 삶아 함진해에게 팔게 하였으면 저도 돈 천이나 착실히 얻어먹고 우리도 전만이나 톡톡히 갖다 쓰겠다.’

하며 이 고동이 저 고동이 구경하다가,

(금) “오빠, 댁 국내는 어디요? 아마 매우 넓지, 해마다 나무 베어다 파시는 것을 짐작하건대.”

(최) “얼마 되지 못합니다. 우리집 뒤에서부터 저기 보이는 사태가 허연 고동이까지올시다.”

(금) “에그, 산이나마 넉넉히 있어 나무장사라도 하시는 줄 여겼구려. 얼마 되지도 못하고 그나마 토피가 모두 벗어 나무인들 어디 있소? 그까짓 것 두시면 무엇을 하오? 뉘게 돈 천이나 받고 팔아 *말바리나 사매고 삯이나 팔아먹지.”

(최) “뫼장 쓸 만한 곳은 이왕 다 팔아먹고 지금 나머지는 *애총

하나 묻을 만한 곳이 없으니 누가 사야 하지요.”

(금) “그 걱정은 말고 내려갑시다. 내 좋은 획책을 하여볼 것이니.”

(최) “아무려나, 누이님 덕택만 바랍니다.”

금방울이 최생원 집으로 내려와 무엇이라고 쥐도 못 듣게 수군대더니 그 길로 떠나 올라간 뒤로, 최생원이 *축일 금방울의 집에를 드나들고, 금방울도 수삼차를 최생원의 집에 다녀가더니, 최생원이 자기 마누라도 모르게 *정밤중이면 뒷동산에를 슬며시 다녀 내려오더라.

하루는 동리집 개들이 법석으로 짖으며 최생원 집에 이상스러운 일이 났으니, *향곡 풍속에 말 탄 사람 하나만 지나가도 남녀노소가 너나없이 나서서 구경을 하는 법인데, 하물며 이 집에는 난데없는 행차 하나가 기구 있게 들어오더니, 사립문 앞에다 공석을 깔고 *금옥탕창한 점잖은 양반이 엎드려 대죄를 하니, 보는 사람마다 곡절을 모르고 눈들이 둥그레서 쑥덕공론이 분분한데, 최생원이 먼지가 케케 앉은 관을 툭툭 털어 쓰고 나오며,

(최) “이거, 웬 양반이 남의 집 문 앞에 와서 이 모양을 하시오? 이 양반 뉘 집을 찾아왔소?”

그 사람이 머리를 땅에 조으며,

“네, 댁에를 왔습니다. 이놈은 천지간에 죄가 많은 놈이라, 하해 같은 덕을 입어 그 죄를 면하고자 이처럼 *석고대죄를 합니다.”

최생원이 허 웃으며,

(최) “이 양반아, 댁 죄는 무슨 죄며 내 덕은 무슨 덕이란 말이오?

암만해도 댁에서 *병풍상성을 하였나 보오. 대관절 댁이 누구시오?”

(함) “네, 서울 다동 사는 함일덕이올시다.”

(최) “네, 그러하시오? 나는 성은 최가고, 자는 옥여요. 무슨 일로 찾아계십더니이까?”

(함) “네, 다름이 아니라, 친산을 잘못 쓰고 화패가 비상하와서 *장풍향양하여 백골이나 평안한 곳을 얻어 쓸까 합니다.”

(최) “댁이 댁 산소 면례하기를 생면부지 모르는 나를 보고 이리할 일이 무엇이오? 그 아니 이상한가?”

(함) “이렇게 댁에 와서 대죄하는 것은 당신 말씀 한마디만 듣기를 바랍니다.”

(최) “내게 들을 말이 무슨 말이오? 나를 도선이나 무학이 같은 지관으로 아시오? 여보, 나는 본래 낫 놓고 기역자도 모르는 무식쟁이라 *「답산가」 한 구절 외우지 못하오. 여보, 댁이 잘못 찾아 계신가 보오.”

(함) “아무리 미거하기로 잘못 찾아뵈옵고 말씀할 리가 있습니까? 다름이 아니라 댁 선영 국내 안에……”

그 다음 말이 다 나오기 전에 최생원이 눈이 실룩하여지고 콧방울이 벌룽벌룽하며 부썩 도실러 앉더니,

(최) “그래서요, 어서 말하시오.”

(함) “*일석지지만 빌려 주시면 친산을 면례하고 *동산소하여 지내겠습니다.”

최생원이 벌떡 일어서며 주먹을 도실러 쥐고 꿩 채려는 보라매 눈같이 함진해를 노려보며,

"허, 이놈, 별놈 났다! 내가 이 모양으로 구차히 사니까 얼만큼 넘보고 와서, 무엇이 어쩌고 어찌해? 묏자리를 빌려 동산소를 해? 이따위 놈은 당장에 두 다리를 몽창 분질러놓아야 이까짓 행위를 못 하지."

하더니 *울짱 한 가지를 보기 좋게 뚝딱 꺾어 들고 서슬 있게 달려드니, 함진해의 하인들이 당장 보기에 저희 상전에게 *화색이 박두한지라, 제각기 대들어 최생원의 매 든 팔을 붙들다가 다갱이도 터지고, 함진해를 가려서다가 엉덩이도 쥐어질리니 분한 생각대로 하면 *동나뭇단 같은 최생원 하나야 발길 몇 번이면 저승 구경을 당장에 시키겠지마는, 상전의 낯을 보아 차마 못 하고,

"생원님 생원님, 너무 진노하지 마십시오. 산소 자리를 아니 드리면 고만이지, 이처럼 하실 것 있습니까?"

최생원이 하인의 말 대답은 하지도 아니하고 함진해만 벼른다.

"오 이놈, 기구도 좋은 놈이니까, 하인놈들을 *성군작당하여 데리고 와서, 나같이 *잔약한 사람을 업수이 여기는구나. 이놈, 너 한 놈 때려죽이고 나 죽었으면 고만이다."

하고 울장 가지를 함부로 내두르는 바람에 사인교는 진가루가 되고, 말리러 덤비던 하인들은 *오강 편싸움에 태곰보 들어온 모양으로 분주히 쫓겨 도망을 하는데, 부지중에 함진해도 당장 화색이 박두하여

쫓겨나왔더라. 매맞은 하인들이 분함을 서로 이기지 못하여 구석구석 욕설이 나온다.

"제밀할 거, 팔자가 사나우니까 별 작자의 매를 다 맞아보았구. 그 자가 명색이 무엇이야? 다갱이에 넉가래집 같은 관을 뒤집어쓰고, 형조사령이 지나갔나? 매질을 함부로 하게. 우리 댁 영감 낯을 보니까 참고 참아 쫓겨왔지그려. 그까짓 위인을 내 발길로 보기 좋게 한 번만 복장을 질렀으면 개구리 새끼 나가자빠지듯 할 것이, 가만히 내버려두니까 제 세상만 여겨서 눈에 뵈는 게 없나 보데."

"여보게, 가만 내버려두게. 아래위를 훑어보니까, 그자가 꼴 보니 나무장사로 *생애하는 위인인데, 이번에는 영감을 뫼셨으니까 하릴없이 참고 들어가지마는, 아무 때든지 문안서 한 번만 우리 눈에 걸리라게. 당장에 할아버지를 부르게 주릿대를 메워놓을 것이니."

한참 이 모양으로 지저귀는 것을 함진해가 듣고 그중에도 행여나 최생원을 건드려 자기 경륜을 와해되게 할까 겁이 나서 하인을 꾸짖기도 하고 달래기도 한다.

"이놈들, 그것이 무슨 소리니? 너희들이 그 양반을 함부로 대접하고 보면 내 손에 죽고 남지 못하리라. 그 양반이 시골 살아 촌스러워 보이니까 너희들이 넘보고 그리나 보구나. 이놈들아, 그 양반 대접하는 것이 곧 나를 대접하는 일체인데, 무엇을 어찌고 어찌해? 상놈이 양반의 매 좀 맞은 것이 그리 원통하냐? 그 매는 너희를 때린 매가 아니요, 즉 나를 때린 것인데, 나는 아무 말도 못 하는 것을 번연히 보며 함부로 떠드느냐? 다시 이놈들 무엇이라고 했다가는 한 매에 죽으리라!"

이 모양으로 천둥같이 을러 데리고 서울로 올라와 임지관더러 소경력 풍파를 일일이 이야기한 후 주사야탁으로 성화하더니, 며칠 아니 되어 어떠한 *의표도 선명하고 위인도 진걸한 듯한 사람 하나가 찾아 들어와 함진해를 보고 인사를 통한다.

"주인장이 누구시오니이까?"

함진해가 아무리 살펴보아도 한 번도 본 적이 없는 사람이라.

(함) "네, 내가 주인이오. 웬 양반이신데 무슨 사로 찾아 계시오?"

(그 사람) "네, 나는 고양 읍내 사는 강서방이올시다. 다름 아니라 댁에 임생원이라 하시는 양반이 오셔서 유하십니까?"

(함) "네, 그 양반이 계시지요. 어찌하여 찾으시오? 그 양반을 본래 친하시던가요?"

(강) "매우 *친좁게 지냅니다."

(함) "그러면 거기 좀 앉아 기다리시오."

하고 한달음에 안잠 마누라 집으로 가서 임지관더러 그 말을 전하니, 임씨가 입맛을 쩍쩍 다시며 괴탄을 무수히 한다.

"응, 긴치 아니한 사람, 또 무엇 하러 여기까지 찾아왔노? 내 행색을 일껏 감추려 하여도 필경은 소문이 또 났으니 여기도 오래 있지 못하겠구."

함진해를 건너다보며,

(임) "영감 댁 일은 잘될 듯하오. 지금 온 그 사람이 고양 일읍에서는 *권도가 매우 좋아서 그만 주선을 할 만합니다. 기왕 온 사람을 어쩔 수 있소? 이리로 부르시오."

(함) "네, 그리하오리다. 선생님이 말씀을 하시니 말이지, 나는 친산 면례할 일로 어찌 속이 타는지 밤이면 잠을 잘 못 잡니다. 그 사람이 기위 권도가 매우 있다 하오니, 이 말씀 아니기로 어련하실 바는 아니시나, 아무쪼록 되도록 부탁을 하여주십시오. 산지값은 얼마를 주든지 다과를 *교계치 아니합니다."

(임) "어데 봅시다. 그러나 이런 일을 데면데면히 하다가는 또 이번에 영감이 다녀오신 모양같이 될 것이니 단단히 하시오."

(함) "내가 아무리 단단히 하고 싶으나 될 수가 있습니까? 선생님께서 하실 탓이지."

(임) "내야 영감 일에 범연하겠소마는 내 부탁 다르고 영감의 간청 다르지 아니하오? 그 사람도 내 손에 친산을 얻어 쓰고 우연히 없던 아들을 낳은 후로 자기 딴은 감사히 여겨 저 모양으로 찾아오는 터이니까 영감의 사정 말을 부탁곧 하게 되면 자기 힘 자라는 대로는 하겠으나, 매양 그런 일을 하자면 빈손 들고는 도저히 아니 될 것이니, 그 사람이 가세가 매우 간구하여 일 주선하기가 역시 곤란하리다. 어떻든지 나는 힘껏 할 것이니, 영감이 그 다음 일은 알아서 처치하시오."

(함) "그는 염려 마십시오. 제 일 제가 하려면 무엇을 아끼겠습니

까?”

하며 나아가더니 강씨를 인도하여 데리고 오는데, 처음에는 그렇게 설만히 수작을 하더니, 별안간 한없이 *공근하고 *관곡한지라, 강씨가 뒤를 따라오며 혼자말로,

‘옳지, 인저는 네가 착실히 낚시에 걸렸다. 농익은 *연감 모양같이 홀쭉하도록 빨려 보아라. 대체 우리 아주머니 *모계는 초한 때 *진평이만은 착실한 걸. 국과 장이 맞느라고 임지관은 어디서 그리 마침 생겼던고!’

하고 그대 *사색을 싹도 보이지 아니하고 천연스럽게 따라 들어오더니 임지관 앞에 가 절을 코가 깨어지게 한 번 하고 곁으로 비켜서 공손히 꿇어앉으며,

(강) “그동안 기체 어떠합시오니까?”

(임) “허, 자네인가? 예를 어찌 알고 찾아왔노? 그래, 댁내가 평안하시고 자제도 잘 자라나? 아마 컸을걸.”

(강) “올해 다섯 살이올시다. 그놈이 기질도 튼튼하고 외양도 똑똑하여 남의 열 자식 부럽지 아니합니다. 그놈을 볼 때마다 임생원장 덕택은 머리를 베어 신을 삼아도 못다 갚겠다고 저희 내외가 말씀을 합니다.”

(임) “실없은 사람이로세. 자네 댁 *복력으로 그런 자손을 두었지, 내 덕이 다 무엇인가? 설혹 자네 말같이 면례를 잘하고 자손을 낳았다 한대도 역시 자네 댁 복력으로 내 말을 곧이들었지, 내 아무리 가

르치기로 자네가 믿지 아니하면 되겠나, 허허허……. 여보게, 지나간 일은 쓸데없이 말할 것 없네. 그러지 아니하여도 내가 자네를 좀 보면 하였더니 다행하게 마침 잘 왔네."

강씨가 생시치미를 뚝 떼고,

(강) "왜 무슨 부탁하실 말씀이 계십니까? 세상없는 일이기로 임생원장께서 하시는 말씀이야 봉행치 아니하겠습니까?"

(임) "자네 덕은리 근처 사는 최서방들과 친분이 있나?"

(강) "네, 그 근처에 최씨들이 여러 집인데 한 고을에 사는 고로 모두 *면분은 있지마는, 그 최씨의 종손 되는 옥여 최서방과는 못 할 말을 다 할 만치 친숙히 지냅니다."

(임) "옳지, 내가 말하는 사람이 즉 옥여 최서방일세. 여보게, 이 주인장이 형세도 남부럽지 아니하고, 공명도 할 만치 하였건마는, 자네 댁일과 같이 흉지에 친산을 쓰고 독한 참척을 여러 번 보아 슬하에 자제가 없을뿐더러, 우환이 개일 날이 없어, 아무것도 모르는 나를 이같이 조르시네그려. 차마 괄시할 수 없어 큰 화패는 없을 듯한 자리 한 곳을 보아드렸는데, 즉 최옥여의 국내 안일세. 자네도 동병상련이 아니라 할 수 없으니 주인장 말씀을 들어보아 힘을 다하여 주선 좀 해드리게."

(함) "내 일이 되고 아니 되기는 노형 주선에 달렸습니다."

(강) "천만의 말씀이오, 일의 *성불성은 모르겠습니다마는 저 어른 부탁도 계시고 어련하겠습니까? 그러나 그 사람의 성미가 너무 끌끌

하고 고집이 있어 섣불리 *개구(開口)를 했다가는 뺨이나 실컷 맞고 돌아설 터이니 웬만하시거든 *파의를 하시고 다른 곳을 구해 보시는 것이 좋을 듯하오이다.”

(함) “그 사람 성미는 나도 대강 짐작합니다마는 *불고염치하고 이처럼 말씀을 하오니 아무리 어려우셔도 힘써주시오. 산값은 얼마를 달라 하든지 교계할 것 없소. 여북하여 선영을 파는데, 후한 편으로 하는 것이 옳지 않소? 노형만 하셔도 예서 고양 가는 길에 아무리 철로는 있지마는 가깝지 아니한 터에 여러 번 오르내리실 터이요, 그러느라면 하루 이틀 아니 될 터인데 댁 가사도 낭패가 적지않이 되실지라, 우선 돈 천이나 드릴 것이니 내왕 노자도 하시고 쌀섬이나 팔아 댁에 두시고 내 일을 전심하여 좀 보아주시오.”

함진해가 그같이 말하면서 지폐 한 뭉치를 내어주니 강씨가 재삼 사양하며,

(강) “별말씀을 다 하십니다. 돈이 다 무엇이야요? 아직 될는지는 모릅니다마는, 그만 일을 보아드리기가 무엇이 힘이 든다고 이처럼 말씀하십니까?”

하며 받지를 아니하니, 임지관이 가장 사리대로 말하는 체하고,

(임) “여보게, 고집 말고 받아 넣게. 주인장이 정으로 주시는 것을 아니 받아 쓰겠나? 어서 받아 가지고 내려가 일 주선이나 잘해 보게.”

강씨가 말에 못 이기는 체하고 집어넣더니 그 길로 떠나갔다가 수삼 일 후에 다시 오더니, ‘바람에 돌 붙여 보도 못 할러라, *삶은 호

박에 이도 아니 들러라.’ 하여 함씨의 마음을 불 단 가마에 엿 졸이 듯 바작바작 졸인 후에 몇 차례를 왔다갔다하며 애를 쓰는 모양을 보이더니, 한번은 올라와서 태산이나 져다 주는 듯이 *덕색을 더럭 내며,

"에구, 어렵기도 어렵다. 이렇게 힘들 줄이야 누가 알아? 영감, 어서 면례하실 택일이나 하시오. 이번에야 최서방의 허락을 받았소. 허락은 받았지만 한 가지가 내 소료보다는 *대상부동한 걸이오.”

(함) "불안하오, 내 일로 해서 너무 고생을 하셔서. 그런데 산주의 응락을 받으셨다며 무엇이 소료에 틀린다 하시오?”

(강) "다른 것이 아니라 산값을 엄청나게 달라 하니, 나는 기가 막혀 선뜻 대답을 못 하고 왔습니다.”

(함) "얼마나 달라길래 그리하시오?”

(강) "그 사람 말이 ‘그 자리가 자래로 유명하여 팔라 조르는 사람이 *비일비재인데 십오만 냥까지 주마 하는 것을 팔지 아니하였거니와, 자네가 괄시할 수 없는 터에 이처럼 한즉 그 값이면 팔겠다’ 하니, 나도 아다시피 다른 사람이 주마는 값을 감하여 말할 수 없고, 영감 의향을 알지 못하여 말씀을 듣자고 왔습니다.”

(함) "걱정 마시오. 내 형세가 전만은 못하지마는, 십오만 냥쯤이야 주선 못 하겠소? 어서 그대로 약조를 하시고 이 다음 *파수에 돈을 치르게 하시오.”

하고 십오만 냥 어음을 써서 주니, 강씨가 받아 척척 접어 염낭에 넣

고 가더니 그 이튿날 산주의 약조서를 받아 왔더라.

함진해가 면례 택일을 임지관더러 보아달라 하여 일변으로 구산을 돋우며 일변으로 신산을 *작광하는데, 역꾼들이 별안간에 괭이, 가래를 집어던지고 쫙 돌아서서, 이상하니, 야릇하니, 처음 보았느니, 알 수 없는 것이니, 뒤떠들더니 *광중 속에서 난데없는 돌함 하나를 얻어 내었는데, 함진해가 정구한 처소에서 조상식을 지내다가 그 소문을 듣고 상식상을 물릴 여부 없이 한달음에 올라가 돌함을 구경한즉 크기가 *단천 담배 *설합만 한데 *뚜에를 무쇠물로 끓여 부어 단단히 봉하였는지라, 강철 끌 몇 채를 가져오라 하여 *이에를 조아 내고 열어보니 홍공단 한 조각에 금으로 글씨를 썼으되 전면에는, '옥녀탄금형 십대장상에 백자천손지지 함씨 입장.' 후면에는, '모년 모월 모일 *옥룡자소점(玉龍子所點).' 이라 하였거늘 그날 *회장하러 온 사람과 구경하러 온 사람들과 역꾼과 집안 하인 병하여 근 백 명이 한마디씩이라도 다 떠들며 참 대지니, 과연 명당이니 하는데, 함진해는 어떻게 좋던지 돌합을 품에 품고 임지관 앞에 가서 백 번 천 번 절을 하며,

(함) "선생님 덕택에 과연 명혈을 얻었습니다. 선생님은 참 *신안이올시다. 이 *비기 좀 보십시오."

임지관이 비기를 받아 우두커니 보다가 픽 웃으며,

(임) "그것이 그다지 희한하시오? 나는 별로 아는 것도 없이 *맹자직문으로 *우중한 일이지만, 영감 댁 복력이 거룩하여 몇백 년 전에

옥룡자가 벌써 비결까지 묻었으니, 나 아니기로 댁에서 쓰지 못할 리가 있소? 아무려나, 영감 댁 복력이 대단하시오. 이왕 명혈을 쓰신 끝에 선왕장 산소를 마저 면례하시오.”

(함) “그다뿐이오니이까? 향일에 말씀하시던 비봉귀소형을 마저 가르쳐 주시기를 바랍니다.”

이와 같이 정성을 들여가며 간곡히 물어, 강씨를 사이에 또 놓고 몇십만 냥을 주고 샀던지, 급급히 택일을 하여 면례 한 장을 마저 한 뒤에, 임지관이 종적 노출이 되어 오래 *유련하지 못하겠다 하고 굳이 말려도 듣지 아니하고 떠나가는지라. *수로금 몇만 금을 *경보로 내어 놓으니 임지관이 가장 청렴한 체하고 무수히 퇴각하다가 마지못하여 받는 모양으로 짐에 넣더니, *배행하러 보내는 하인을 도로 쫓고 정처와 거주를 물어도 대답이 없이 표연히 가더라.

함진해가 그 후로는 부인의 병세도 차차 낫고, 귀동자를 올 아니면 내년에는 낳을 줄로 태산같이 믿고 기다리더니, 공든 탑이 무너지고, *믿는 나무에 곰이 핀다고, 부인의 병은 더욱 *별증이 생겨, 한 다리 한 팔 못 쓰는 반신불수가 되어 말하는 송장이 되었고, 그 고생을 다 하노라니 함진해는 나이 *융로한 터는 아니나 근력 범절이 칠십 노인이나 다름없이 되었는데, 저 강도와 아귀보다 더한 요악 간휼한 금방울이 그 모양으로 속여 먹고도 오히려 부족하던지 한 가지 흉계를 또 부려서 근력 없는 함진해가 수각이 황망한 지경을 당하였더라.

하루는 어떠한 자가 *불문곡직하고 주인을 찾으며 들어오더니 시

비를 내어놓으니, 이는 다른 사단이 아니라, 그자가 고양 최씨의 도
종손이라 자칭하고 *산송을 일으키려는 것이라, 최가의 위인도 똑똑
하고 구변도 썩 좋아 함진해는 한마디쯤 말을 하면, 최가는 열 마디
씩 쥐어박아 말을 한다.

　(최) "여보, 댁에서는 세력도 좋고, 형세도 부자니까 잔핍한 사람을
업수이 여기고 남의 누대 분묘 *내룡견갑(來龍肩甲) *좌립구견지지
(坐立俱見之地)에 호기 있게 뫼를 썼나 보오마는 그 지경을 당한 사
람도 오장육부가 다 있소."

　(함) "여보, 댁이 누구시오? 나도 천금같은 돈을 주고 산주에게 사
서 썼소."

　(최) "산주, 산주, 산주가 누구란 말이오?"

　(함) "네, 고양 최씨의 종손 되는 옥여 최서방에게 샀소 댁이 무슨
상관으로 이리하시오?"

　(최) "우리 최가에 옥여라고는 당초에 없을 뿐 아니라, 산하에 사
는 일가들은 모두 우리집 *지파요, 수십 대 *봉사하는 종손은 나의
집인데 십여 년 전에 *호중으로 낙향하였다가 금년에야 비로소 성묘
를 온 터이오. 댁에서 사지 말고 세상없는 일을 했더라도 당장 파내
고야 배기리다. 댁에서 아니 파면 내 손으로라도 파 굴리고 말 터이
니 알아 하시오."

하고 최씨 집 내력과 *파계를 역력히 말하며 독서슬같이 으르는 바람
에 함진해가 겁이 더럭 나서 좋은 말로 어루만지며 뒷손으로 사람을

급히 보내어 옥여를 찾으니, 벌써 *솔가도주하여 영향도 없는지라. *법은 멀고 주먹은 가깝다고, *정소를 하든지 재판을 하기는 이 다음 일이요, 당장 친산에 *사굴을 당할 터이니까 생각다 못하여 하릴없이 산값을 *재징으로 물어주더라.

상말로, 파리한 개 무엇 베고 무엇 베니 남는 것이 아무것도 없는 일체로, 패해가는 세간을 이리 빼앗기고 저리 빼앗기고 나니, 남는 것이라고는 *새앙쥐 볼가심할 것도 없게 되어, 그렇지 아니하게 먹고 입고 지내던 함진해가 *삼순구식을 못 면하고 누대 제사에 *궐향을 번번이 하니, 타성들이 듣고 보아도 그 집안 그 지경 된 것을 가엾으니, 그래 싸니, 다만 한마디씩이라도 흉볼 겸, 걱정할 겸 하거든, 하물며 원근족 함씨의 *종중에서야 수십 대 종가가 결딴이 났으니 어찌 남의 일 보듯 하고 있으리오. 팔도 함씨 대종회를 열고 *관자 수대로 모여드는데, 이때 함일청이는 그 사촌의 집에를 일절 발을 끊어 다시 현영을 아니하고 다만 *치산을 알뜰히 하여 형세도 점점 나아지고, 아들 삼 형제를 열심으로 가르쳐 남 부러워 아니하고 지내는 터이나, 다만 마음에 *계련되어 잊히지 못하는 바는 경성 큰집 일이라, 자기는 아니 갈 법해도 서울 인편 곧 있으면 종종 소식을 탐지한즉 듣는 말이 다 한심하고 기막힌 일뿐이러니, 하루는 *종회하는 *통문이 서울에서 내려왔는지라, 곰곰 생각한즉,

'아무리 사촌이라도 타인보다도 더 미워 다시 대면을 말자 작정을 하였지마는, 팔도 일가가 모두 총회를 하는데 내 도리에 아니 가 볼

수 없다.'

하고 그 길로 떠나, 성중을 들어서서 다방골 모퉁이를 돌아드니 *해포 그리던 사촌을 만날 터인즉 얼마쯤 반가운 마음이 날 터인데 반갑기는 고사하고 눈물만 절로 나니, 그 사정을 모르는 사람 보기에는 심상히 여기겠으나 이 사람의 중심에는 여러 가지 철천지한이 가득하더라.

'저기 보이는 집이 우리 사촌의 집이 아닌가? 어쩌면 저 모양으로 *동퇴서락이 되었노? 우리 큰아버지 당년이 엊그제 같은데, 그때는 저 집이 분벽사창이 영롱하던 다동 바닥에 제일 *갑제러니! 집이 저 지경이 되었을 제야 그 집안 범절이야 더구나 오죽할까? 에그, 우리 조부께서 머나먼 북경을 문턱 드나들 듯하시며 알뜰살뜰 모으신 세간을 그 형님이 장가 한번을 잘못 들더니 걷잡을 새 없이 저 모양으로 망하였지, 집안에 가까이 다니던 정직한 사람은 모두 거절을 하고, 천하의 *교악 망측한 연놈들만 집에다 붙이어 억지로 결딴이 나도록 심장을 두었으니 무슨 별수로 저 모양이 아니 될꼬 안잠 하인년이 그저 있는지, 제일 그년 보기 싫어 어찌 들어가노? 에라, 이탓저탓 해 무엇하리! 대관절 우리 형님이 글러 그렇게 되었지.'

하며 손수건을 내어 눈물 흔적을 씻고 대문을 들어서니 문 위에 엄나무 가시와 좌우 주초 앞에 황토가 여전히 있는지라, 그같이 비창하던 마음이 졸지에 변하여 눈에서 쌍심지가 올라오며 가슴에서 불덩어리가 벌컥벌컥 올라온다.

‘이왕 결딴난 집안을 어찌할 수는 없지만 이 모양으로 *흥와조산을 하는 연놈을 깡그리 *대매에 때려죽여 분풀이나 실컷 하겠다. 오, 어떤 연놈이든지 걸려만 들어보아라. 내 손에 못 배기리라.’

하며 사랑 앞에를 썩 들어서니, *대부·*족장·형제·조카·*손항 되는 여러 일가 사람들이 가득 모여 앉았다가 분분히 인사를 하는데, 정작 자기 사촌은 볼 수가 없는지라, 마음에 당황하여 좌우를 돌아보고,

“여보, 우리 형님은 어데 가셨길래 아니 계시오?”

그중 항렬 높은 자가 일청을 불러 앞에 세우고 *준절히 꾸짖는다.

“네가 그 말 하기가 부끄럽지 아니하냐? 네 사촌이 아무리 지각없이 집안을 결딴내기로 너는 그만 지각이 있는 사람이 종형제 간에 *절적을 하고, 조상의 제사 참사까지 몇 해를 아니하다가, 우리가 이 모양으로 종회를 하니까 그제야 올라와서 무엇이 어찌고 어찌해? 우리 형님이 어디로 가셨어? *주축이 일반이다. 집안이 그 모양으로 불목하고 무슨 일이 되겠느냐?”

그 곁에 앉았던 노인 하나가 분연히 나앉으며,

“여보 형님, 그 말씀 마시오. 그 사람이 무슨 잘못한 일이 있다고 그리하시오? 이것저것이 모두 진해의 잘못이지, 저 사람은 저 할 도리를 다했습니다.”

먼저 말하던 노인이 징을 내며,

“자네는 무엇을 가지고 저 사람의 과실이 없다 하노?”

(곁에 앉았던 노인) “형님, 그렇게 말씀하시기도 용혹무괴오마는,

내 말씀을 자세 듣고 무정지책을 너무 말으시오."

하며 소년 일가 하나를 부르더니, 편지 한 뭉치를 가져다가 조좌 중
에 내어놓고 *축조하여 설명을 하는데 그 편지는 별사람의 편지가
아니라 함일청이 그 종씨의 하는 일마다 소문을 듣고 깨닫도록 인편
곧 있으면 변명을 하여 간곡히 한 편지라. 그 어리석고 미련한 함진
해는 그럴수록 자기 사촌을 *돈목히 여기지 아니하고 그 편지 올 적
마다 큰집이 아니 되도록 훼방을 하거니 여겨 *원수치부를 한층 더
하던 것이라. 그 편지의 연월을 맞춰 차례차례 보아 내려가는데 자자
마다 간절하고 구구마다 *곡진하여 목석이라도 감동할 만하니 최초
에 한 편지 사연에 하였으되,

    '무릇 나라의 진보가 되지 못함은 풍속이 미혹함에 생기나니, 슬프
다! 우리 황인종의 지혜도 백인종만 못지아니하거늘, 어쩌다 오늘날
이같이 *조잔 멸망 지경에 이르렀나뇨? 반드시 연고가 있을지니다.
우리 동양으로 말하면 *당우 이래로 하늘을 공경하며 귀신에게 제
지냄은 불과 일시에 백성의 뜻을 단속하기 위함이러니, *오괴한 선
비들이 오행의 의론을 창설하여 길흉화복을 스스로 부른다 하므로,
재앙과 *상서의 허탄한 말이 *대치하여 점점 심할수록 요악한 말을
*주작한지라. 일로 좇아 천지 귀신이 주고 빼앗으며, 죽고 사는 권리
를 실상으로 조종하여 순히 하면 길하고, 거스르면 흉한 줄로 미혹하
여 이에 밝음을 버리고 어두움을 구하며, 사람을 내어 놓고 귀신을
위하여 무녀와 판수가 능히 재앙을 사라지게 하고 복을 맞아 오는

줄 여겨, 한 사람, 두 사람으로부터 *거세가 본받아, 적게 한 집만 멸망할 뿐 아니라, 크게 나라까지 쇠약게 하나니, 이는 곧 억만 명 황인종의 금일 참혹한 형상을 당한 소이연이니다. 엎드려 바라건대, *형장은 무식한 자의 미혹하는 상태를 거울하사, 간악 요괴한 무리를 일절 물리치시고, 서양 사람의 실지를 밟아 일절 귀신 등의 요괴한 말을 한 비에 쓸어버려, 하늘도 가히 측량하며, 바다도 가히 건너며, 산도 가히 뚫으며, 만물도 가히 알며, 백사도 가히 지을 마음을 두시면, 비단 형장의 한 댁만 부지하실 뿐 아니라, 나라도 가히 강케 하며, 동포도 가히 보존하리이다.'

그 다음에 보낸 편지에 또 하였으되,

'슬프다, 형장이시어! 형장의 처지를 생각하시옵소서. 형장은 우리 일문 중 십여 대 종손이시니 큰집의 *동량이나 일반이라. 그 동량이 썩어지면 큰집이 무너짐은 면치 못할 사세라. 형장의 미혹하심은 전일에 올린 바 글에 누누이 말씀하였으니 다시 논란할 바 없거니와, 날로 들리는 소식이 더욱 놀랍고 원통하와 이같이 다시 말씀하나이다. 착한 사람을 가까이하며, 악한 무리를 멀리함은 성인의 훈계요, 공을 상 주고 죄를 벌함은 *가법의 정당함이어늘, 이제 형장은 이와 같이 아니하여 *무육하던 유모의 공을 저버려 그 착함을 모르시고, 간휼한 할미의 죄를 깨닫지 못하여 그 악함을 친신하시니 어찌 가도가 *쇠색함을 면하오며, 또 산지라 하는 것은 조상의 백골로 하여금 풍우에 *폭로치 아니하고 땅 속에 깊이 편안히 계시게 함이 도리에 온당함이어늘, 풍수의 *무거한 말을 곧이듣고 자기의 *영귀와 자손의 *복록을 희망하여 안장한 백골을 파가지고 대지 명당을 찾아다니니, 대지 명당이 어데 있으며, 조상의 백골이 어찌 자손의 영귀와 복록을 얻어주리오? 만일 그와 같은 이치가 있을진대, 아무 데나 매장지를 한 곳에 정하고 백골을 *단취하는 서양 사람은 모두 멸종, 빈한하겠거늘, 오늘날 그 번식·부강함이 산지로 종사하는 우리나라에 비할 바 아님은 어쩐 연고이며, 만일 지관이라 하는 자가 대지 명당을 능히 알아, 남에게 가르칠 재주가 있고 보면 어찌하여 저의 할아비를 묻지 아니하고 그같이 빈곤히 지냄을 면치 못하여 타인만 가르쳐 주리오? 이는 허탄한 말을 주작하여 남의 재물을 도적함이어늘, 어찌 이같이 고혹하사 산소를 차례로 면례코자 하시나니까? 종제의 위인이 불초하므로 말을 버리지 마시고 급히 깨달으사, 유모를 도로 부르시고 할미를 축출하며 지관을 거절하사 면례를 파의하압소서.

그 끝에 열 가지 *잠언을 기록하였으되,

'일, 쓸데 있는 글을 많이 읽고 무익한 일을 짓지 말으소서.

이, 사람 구원하기는 의원만한 이 없고, 세상을 혹케 하기는 무녀 같은 것이 없나이다.

삼, 사람을 사귀매 *양증 있는 자를 취하고 *음증 있는 자를 취치 마옵소서.

사, 광명한 세계에는 다만 실상만 있고 허황한 지경은 없사외다.

오, 세계에 신선이 있으면 진시황과 한무제가 가히 죽지 아니하였으리이다.

육, 사람을 능히 섬기지 못하거든 어찌 능히 귀신을 섬기며, 산 사람도 모르며, 어찌 능히 죽은 자를 알리오? 귀신과 죽음은 성인의 말씀치 아니한 바니, 성인이 아니하신 말을 내가 지어내면 성인을 배반함이니다.

칠, 굿하고 경 읽음을, 자기는 당연한 놀이마당으로 여겨도, 지식 있는 사람 보기에는 *혼암세계로 아나이다.

구, 산을 뚫고 길 내기를 풍수에 구애가 될지면, 외국은 철도가 *낙역하고 광산이 허다하건만, 어찌하여 국세가 저같이 흥왕하뇨? 풍수가 어찌 동양에는 행하고 서양에는 행치 아니하오리까?

십, 사람의 품은 마음을 가히 측량키 어려워 얼굴과는 관계가 없거늘, 상을 보고 마음을 안다 하니, 진실로 *술사의 사람 속이는 말이니다.'

보기를 다하매 그 많은 일가들이 칭찬하지 않는 자가 없는데, 그 중에 그 편지 가져오라던 노인 함만호는 진해 집 이웃에 있어, 그 집의 국이 끓고 장이 끓는지 하는 것을 모를 것이 없이 다 아는 터인데, 진해의 하는 일이 마음에 해괴하건마는, 아무리 일가 간이기로 *소불간친(疎不間親)으로 내외간사를 말하기 어려워서, 다만 대체로 한두 번 권고한 후 다시는 개구도 아니하고 이따금 가서, 진해의 망측한 거동만 구경하더니, 어리석은 진해는 일문 대소가들이 다 절적을 하는데, 이 노인은 가장 자기를 친절히 여겨 종종 찾아오거니 하여,

"만호 아저씨, 만호 아저씨."

하며 일청의 편지 올 적마다 펴보이며,

"이놈이, 소위 형은 *갱참에 집어넣어 그른 사람으로 돌리고, 저는 지식이 고명코 정대한 사람인 체하여 이따위 편지를 하느니마느니."

하고 찢어 내버리는 것을, 함만호는 뜻이 깊은 사람이라 속마음으로,

'종형제 간에 어쩌면 저같이 청탁이 *현수한고? *대순(大舜)과 *상(象)이도 있고, 도척(盜拓)이와 *유하혜(柳下惠)도 있다 하지마는, 저 사람이야말로 상이와 도척이보다 못지아니하도다. 내가 저 편지를 간수하여두었다, 이 다음에 일청의 발명거리를 삼으리라.'

하고 슬며시 주섬주섬 집어 모아, 이리저리 이에를 맞추어, 튼튼한 종이로 *배접을 하여 두었던 것이라. 이번 종회를 발기하기도 함만호가 문장을 일부러 여러 번 가보고 통문을 놓은 것인데, 그 종회한 주지는 큰 조목 세 가지가 있으니, 제일은, 진해의 양자를 일청의 아들로 정하여 누대 *종통을 잇고자 함이요, 제이는, 진해의 그르고 일청의 바름을 종중에 공포하여 선악의 사실을 *포폄코자 함이요, 제삼은, 형제의 불목함을 없게 하여 문내에 화기가 다시 생기게 하고자 함이라.

그날 함진해는 자기 일로 종회한다는 말을 듣고 여러 일가 보기에 얼굴이 뜨뜻하여 내환으로 의원을 보러 간다 청탁하고 안잠 할미의 집을 치우고 들어앉아 연해 소식만 탐지하더니, 처음에 자기 사촌이 들어오는 것을 보고 문장이 호령하더란 말을 듣고, 무슨 원수가 그다

지 깊던지 마음에 시원 상쾌하다가, 만호가 편지 뭉치를 내어 놓고 일장 설명하더니, 만좌가 모두 칭찬하더라는 기별을 듣고서는 분함을 견디지 못하여 잔부끄럼은 간다 보아라 하고, 그 길로 바로 자기 사랑으로 들어오며, 문장 이하로 여러 일가에게만 인사를 하고, 마주 나오며 절하는 일청은 본 체도 아니 하며 등을 지고 돌아앉으니, 일청이가 기가 막혀 더운 눈물이 더벅더벅 떨어지며 아무 말 없이 섰으니, 이는 자기 종형을 오래간만에 만나 반가운 눈물도 아니요, 자기 종형의 눈에 나서 원통하여 나오는 눈물도 아니라. 옛말에 '오십에 사십구 년의 그름을 안다(五十에 知四十九年之非)' 하였거늘, 자기 종형은 오십이 다 되도록 회개를 그저 못 하였으니 집안일을 다시 바랄 여지가 없겠다 싶은 생각이 불현듯이 나서 우는 일이러라.

(문장) "여보게 진해, 내 말 듣게. 사람의 집안이 화목한 연후에 만사가 성취되는 법이어늘, 자네 연기가 노성한 터에 제가를 그같이 불목히 하고 가사가 *일패도지치 아니하겠나? 옛 성인의 말씀에, '독한 약이 입에 괴로우나 병에는 이하고, 충성된 말이 귀에는 거스르나 행실에는 *이롭다' 하였거늘, 자네는 어찌하여 충성된 말로 간하는 것을 청종치 아니할 뿐외라, 간하는 사촌을 *구수같이 여기니 실로 한심한 일이로세."

(진해) "집안의 불목한 것이 저놈의 죄이지, 나는 아무 잘못한 일이 없습니다. 저놈이 내 집에 절족한 지 우금 몇 해에 우리 아버지, 할아버지 산소를 차례로 면례를 하여도 제 집에 자빠져 현영도 아니

하고, 집안에 우환이 그렇게 심하여도 어떠냐 말 한마디 물어 본 적 없고, 아니꼽게 편지 자로 수죄 비스름하게 논란을 하여 보냈으니, 저 하는 대로 하면 어느 지경까지든지 분풀이를 못 할 바 아니나, 남의 청문을 위하여 참고 참는 나더러 꾸지람을 하시니 너무 원통하오이다."

(문) "허허, 이 사람, 가위 고집불통일세. 저 사람이 자네를 미워서 간하는 말과 편지를 하였겠나? 아무쪼록 자네가 잡류배 꼬임에 빠지지 말고 가도를 바르게 하도록 함이어늘, 자네는 그 뜻을 알지 못하고 도리어 *구축하며 미워하였으니, 자네가 잘못이지 무엇인고?"

함진해가 다시 개구할 겨를이 없이, 당초에 그 삼촌 돌아가서 삼년이 지나도록 영연일곡도 아니한 일로부터, 일청 온 것을 부정하다고 구축하여 쫓던 일과 일청의 일반 *병작도 못 해먹게 전답 팔아 가던 일과, 무육함 유모를 일청이 밥 먹었다고 박대하며, 요사한 무당년을 소개하여 제반악증을 다하던 노파를 신임한 일까지, 임가의 허황한 말에 속고 조상의 백골을 천동한 일까지, 조목조목 수죄를 한 후, 일청의 편지를 내어놓고 구절마다 들어 타이르고, 설명을 어찌 감동할 만치 하였던지, 진해가 처음에는 일일이 자기가 잘못한 것이 없다고 반대하던 위인이라서, 고개를 푹 숙이고 아무 말 없이 듣다가 자취 없는 눈물이 옷깃을 적시며 한숨만 자주 쉬더라.

문장이 종회의 처리할 사건을 차례로 가부표를 받아 *종다수취결하는데,

"우리 문중 제일 소중한 바는 종통인데, 지금 진해의 연기는 오십지년이 되었으며 종부의 연기는 아직 단산지경은 아니나 그러나 다년 중병에 반신불수가 되어 다시 생산할 여망이 없은즉, 불가불 *입후를 하여야 누대 향화를 그치지 아니할 터인데, 당내에 항렬 닿는 아이가 없으면 원근족을 불계하고 *지취동성으로 아무 일가의 자식이고 *소목만 맞으면 데려오겠지만, 진해의 사촌, 일청의 맏아들 종표가 비단 당내만 될 뿐 아니라 위인이 준수하니, *폐일언하고 그 아이로 정하는 것이 어떠한고?"

여러 일가가 일시에 한마디 말로,

"가하오이다."

문장이 또 한 문제를 제출하되,

"지금 진해의 연기는 과히 늙지는 아니하였으나, *다년포병으로 가위 정신 상실자라 할 만한즉, 도저히 가사를 처리할 수 없고, 데려올 종표는 아직 미성년한 아이인즉, 불가불 뒤보아주는 사람(後見人)이 있어야, 패한 가세를 회복키는 이 다음 일이어니와, 목전의 봉제사·접빈객을 할 터인즉, 그 자격에 합당한 사람 하나를 천거하시오."

이때에 함만호가 썩 나앉으며,

"그 사람은 별로 구할 것 없이, 내 생각에는 일청이 외에는 그 소임을 맡길 사람이 다시없을 듯 하오이다."

문장이 여러 사람에게 가부를 물으니 또한 일구동성(一口同聲)으로 만호의 말을 찬성하는지라, 문장이 진해를 돌아보며,

"자네는 어제 잘못한 것을 깨달아 이제는 옳게 함을 생각할 뿐더러 매사를 자네 사촌에게 위임하고 불목히 지내지 말아야 가정을 보존할 것이니 아무쪼록 종중 *공의를 위반치 말기를 믿으며, 만일 일향 회개치 아니하고 악인을 가까이하여, 오늘 회의 결정한 일이 헛일이 되면, 그제는 *종벌을 크게 당하리니 조심하소."

또 일청을 부르더니,

"자네의 종가 위하는 직심은 이미 듣고 보아 아는 일이어니와, 여러 해 절적한 일은 잘못함이 아니라 할 수 없으니, 자네 사촌만 야속타 말고 지금 회의 가결된 일과 같이 내일 내로 즉시 종표를 데려다 종가에 바치고, 자네도 *반이하여 올라와, 한집에 있어 대소사의 치산을 전담 극력하여 누대 향화를 잘 받들도록 하소."

함진해가 전일 같으면 반대를 해도 여간이 아닐 것이요, 고집을 세워도 어지간치 아니할 터이로되, 본래 천성은 과히 악한 사람이 아니요, 무식한 부인과 간특한 *하속에게 미혹한 바 되어 *인사정신을 못 차렸더니 문중 공론을 듣고 자기 신세를 생각한즉, 지난 일은 잘했든지 못했든지 말 못 되어 가는 가세에, 우환질고는 그칠 날이 없는데, 수하에 자질 간 대신 수고하여줄 사람이라고는 그림자 하나 없은즉, 양자는 *불역지전하여야 할 것이요, 양자를 하자면 집안 아이 내어놓고 원촌에 가 데려올 수도 없으며, 데려온대도 내 집이 전 세월 같지 않아, 한없는 *구덥을 치르고 배겨 있을 자식이 없을 것이니, 종중회의에 못 이기는 체하고 종표를 양자하여 제 아비 시켜 뒷

배를 보아주게 하면, 줄어든 가사가 더 줄어질 여지는 없을 것이요,
제 부자가 아무 짓을 하기로 우리 내외 죽기 전 병구완과 먹도록 입
도록이야 아니 하여 줄 수 없으니, 핑계 김에 잘되었다 하고 외양으
로 천연스럽게 대답을 한다.

(진해) "종중 처결이 그러하시니, 무엇이라도 거역할 가망이 있습
니까? 오늘부터라도 가사를 다 쓸어 맡기겠습니다."

(문장) "그렇지, 고마운 말일세. *『주역(周易)』에 '*불원복(不遠復)'
이라 하였으니, 자네를 두고 한 말일세. 사람이 누가 허물이 없겠나
마는, 자네같이 오래지 아니하여 회복하는 자가 어데 또 있겠나? 허
허, 인제는 우리 종갓집을 위하여 하례할 만한 일일세."
하며 일청더러,

"자네 종씨 말은 저러하니 자네 말도 좀 들어 보세."

(일청) "종의도 이 같으시고, 종형의 뜻도 저러시니, 어찌 군말씀을
하오리까마는, 저 같은 위인이 열이기로 어찌 종형 하나를 따르겠습
니까? 그러나 만일 형이 시키는 말곧 있으면 정성껏 거행하겠습니다."

(문장) "자, 그러고 보면 장황히 더 의논할 것 없이 이 길로 자네가
떠나 내려가 종표를 데리고 올라오소. 아무리 급해도 그 아이 의복이
라도 빨아 입혀야 할 터인즉, 자연 수일 지체는 될 것이니 오늘 내일
모레, 오늘까지 닷새 동안이면 하루 가고, 하루 오고 넉넉히 되겠네.
그날은 우리가 또 한번 다시 모여야 하겠네."
하며 일변 일청을 재촉하여 발행케 하고, 일변 진해를 다시 당부한

후 이 다음 다시 모이기로 문장 이하가 각각 헤어져 가더라.

여러 함씨들이 종표의 올라올 승시하여 일제히 모여 예를 행케 하고 *내당에 들여보내어, 최씨 부인에게 모자지례로 뵈옵는데, 이때 최씨는 병은 아무리 깊었더라도 그 병이 부집 죄듯 왜깍지깍 세상 모르고 앓는 증세가 아니라, *시난고난 앓는 중, 중풍이 되어 반신불수로 똥오줌을 받아내되, 정신은 참기름송이 같아, 귀로 듣고 눈으로 보고 입으로 말까지는 하는 터이라, 일청이가 그 아들을 데리고 들어오는 양을 본즉, *눈꼬리가 창알 고패 되듯 하며, 앞니가 보도독 갈리건마는, 일문 대종중이 모여 하는 일이요, 또 자기가 그 처신이 되었으니, 무엇이라고 말 한마디 할 수 없어, 다만 어금니 빠진 표범과 발톱 부러진 매와 같이, 할퀴며 물지는 못하고 속으로만 노리며 으르렁대어, 종표가 '어머니 어머니' 하며, 앞에 와 어리대는 것을 대답 한마디 없이 거들떠도 아니 보니 속담에, '병든 나무에 좀 나기가 쉽다'고 자기의 소생도 아니요, 양자로 데려온 아이를 그 모양으로 냉대하니, 의리 모르는 노파 등속이 종회 이후에는 어엿이 *나덤벙이지는 못해도 여전히 최부인에게는 왕래 통신이 은근하여, 종표의 험담을 빗발치듯 담아 부으니 최씨는 더구나 미워하여 날로 구박이 자심하건마는, 종표는 일정한 정성을 변치 아니하고 똥오줌을 손수 *받내며 조금도 어려운 기색이 없어, 밤낮 옷끈을 끄르지 아니하고 단잠을 잘 줄 모르며, 진해에게 *혼정신성과 최씨에게 *시탕 범절이 목석이라도 감동할 만하더라.

　본래 사람의 *염량후박은 병중에 알기 쉬운 고로 말 한마디에 야속한 마음도 잘 나고, 고마운 생각도 잘 나는 법이라. 최씨가 종표 부자를 구수같이 미워하던 그 마음이 차차 감해지고 감사하고 기특한 생각이 차차 더해지니, 이는 자기 일신이 괴롭고 아픈 중 맑은 정신이 들 적마다 오장에서 절로 솟아나오는 생각이라.

　'에구 다리야, 에구 팔이야, 일신을 마음대로 놀리지 못하니 똥오줌을 마음대로 눌 수가 있나! 세상에 모를 것은 사람의 마음이다. 내게 단것 쓴것 다 얻어먹던 것들은 웃느라고 문병 한번 없지. 그것들은 오히려 예사지만, 안잠 할미로 말하면 제 죽기 전에는 나를 배반치 못할 터이어늘, 똥 한번 오줌 한번을 치우려면 군말이 한두 마디가 아니요, 그나마 목이 터지도록 열스무 번 불러야 겨우 눈살을 잡고 마지못하여 오니, *살지무석(殺之無惜)하고 의리부동한 것도 있다. 에구구 팔다리야, 종표는 기특도 하지. 제가 내게 무슨 정이 들었다고 어린것이 더럽고 괴로운 줄도 모르고 단잠을 아니 자고 잠시를 떠나지 아니하니 그 아니 신통한가! 에그, 집안이 어쩌면 그렇게 되었던지 돈냥 될 것은 모두 전당을 잡혀먹고, 약 한 첩 지어 먹자 해도 일푼 도리 없더니, 시사촌께서 와 계신 후로는 그 걱정 저 걱정 도무지 모르고 지내지. 내가 내 일을 생각해도 벌역을 받아 병신 되어 싸지 않은가! 남의 말만 곧이듣고 내 집안 양반을 괄시하였으니.' 하루 이틀 지나갈수록 세상 짓이 다 헛일을 한 듯하고, 사랑하는 마음이 더욱 깊어가더라.

최씨 부인의 병이 *감세가 있을 때가 되었든지, 약을 바로 쓰고 *조섭을 잘해 그렇든지, 기거 동작을 도무지 못 하던 몸이라서 능히 일어나서 능히 앉으며, 지팡이를 짚고 방문 밖에도 나서 보니, 자기 생각에도 희한하고 다행하여, 이것이 다 시사촌의 구원과 종표의 정성으로 효험을 보았거니 싶어 없던 인정이 물 퍼붓듯 하는데,

(부인) "종표야, 날이 선선하다. *핫옷을 갈아입어라. 내 병으로 해서 잠도 못 자며 고생을 하더니, 네 얼굴이 처음 올 때보다 반쪽이 되었구나. 시장하겠다. 점심 먹어라. 병구완도 하려니와 성한 사람도 기운을 차려야지. 삼랑아, 이리 와서 도련님 진지 차려드려라."

(종) "저는 배고프지 아니합니다. 약 잡수신 지 한참 되어 다 내리셨겠으니 진지 끓인 것을 좀 잡수셔야지, 속이 너무 비셔서 못 씁니다."

(부) "너 먹는 것을 보아야 내가 먹지, 너 아니 먹으면 나도 아니 먹겠다."

하며 자애가 오장에서 우러나오니, 세상에 남의 집에 출가하여 그 집을 *장도감 만드는 부인이 하고많은데, 열에 아홉은 소견이 편협지 아니하면 심술이 대단하여, 한번 고집을 내어놓으면 관머리에서 *은정 소리가 땅땅 나기 전에는 다시 변통을 못 하건마는, 최부인은 고집을 내면 암소 *곤다름으로 고삐 잡아당길 새 없이 하고 싶은 일을 실컷 하고야 말면서도, 전후 사리는 멀쩡하여 잘잘못을 짐작 못 하던 터가 아니라, 한번 마음이 바로잡히기 시작하더니, 본래 무던하던 부

인보다 오히려 못지아니하여 처사에 유지함이 상등사회에 *참례할 만하다.

 하루는 자기 남편과 시사촌과 사촌 동서와 종표까지 한자리에 모여앉은 좌상에서 최씨 부인의 발론으로 종표를 중학교에 입학케 하여, 사오 년 만에 졸업한 후에 다시 법률전문학교에 보내어 공부를 시키는데, *생양정 부모의 정성도 도저하지마는, 종표의 열심이 어찌 대단하던지 시험마다 만점을 얻어 최우등으로 졸업을 하니, 함종표의 명예가 사회상에 훤자하여 만장공천으로 평리원 판사를 하였는데, 그때 마침 우리나라 정치를 쇄신하여, 음양 술객과 *무복 잡류배를 *일병 포박하여 차례로 신문하는 중에 하루는 부녀 일명을 잡아들여 오거늘 종표의 내심으로,

 '저 계집도 사람은 일반인데, 무슨 노릇을 못 해서 *혹세무민(惑世誣民)하는 무녀 노릇을 하다가 이 지경을 당하노? 우리 집에서도 아마 이따위 년에게 속고 패가를 했을 것이니 아무 때든지 그년만 붙들고 보면 대매에 쳐죽여 첫째로 우리집 설분도 하고, 둘째로 세상 사람에 후일 경계를 하리라.'
하는데 잡혀 들어오던 무녀가 신문장에를 당도하더니, 그 똘똘하고 살기가 다락다락하던 위인이 별안간에 얼굴빛이 *사상이 되어 목소리를 벌벌 떨며 *자초 행위를 *개개승복하되,

 "*의신을 장하에 죽이신대도 어디 가 *한가하오리까마는 죽을 때 죽사와도 한마디 아뢰올 말씀이 있습니다. 의신의 무녀 노릇 하옵기

는 다름이 아니라, 생애가 어려워 마지못해 하는 일인데, 한때 얻어 먹고 살라고 우중으로 말마디가 신통히 맞사와 사면서 이 소문을 듣고 부르오니, 속담에 '굿 들은 무당'이라고, 부르는 곳마다 가서 정성껏 큰 굿도 하여 주고, *푸념도 하여 준 죄밖에 다른 죄는 없습니다."

종표의 말소리가 본래 *기걸하여 예사로 하는 말도 천장이 드르렁 드르렁 울리는 터이라, 그 무녀의 말이 막 그치자 가래침 한번을 칵 배앝고,

(판사) "네 말 듣거라. 세상에 무슨 생애를 못 해먹어 요사한 말을 주작하여 사람을 속여 전곡을 도적하고 패가망신까지 시키노?"

(무녀) "의신이 무녀 된 이후로 남북촌에 단골댁이 허구 많으셔도 불행히 다동 함진해 댁에서 그 댁 운수로 패가를 하셨지, 그 외에는 한 댁도 형세가 늘면 늘었지 줄으신 댁은 없사온대, 이처럼 분부를 하시니 하정에 억울하오이다."

함판사가 함진해 댁이라는 말을 들으니,

'옳다, 이년이 우리집 결딴내던 년이로구나. 불문곡직하고 당장 그 대로 엎어놓고 난장으로 죽이고 싶지마는, 법률 배운 사람이 미개한 시대에 행하던 *남형을 행할 수 없고 *중률이나 쓰자면 그년의 전후 죄상을 명백히 *공초케 하여야 옳것다.'

하고 한 손 *능치며,

(판) "네 말 같으면 남북촌 여러 단골집이 모두 네 공효로 형세를 부지한 모양 같고나. 그러면 네 단골 되기는 일반인데, 함진해 댁에

서는 어찌하여 독이 패가를 하셨어?"

(무) "네, 아뢰기 *죄만하오나, 그 댁은 그러하실밖에 수가 없으시지요. 그 댁 마님께서 귀신이라면 사족을 못 쓰시는데 좌우에서 거행하는 하인이라고는 깡그리 불한당 년이올시다. 의신은 *구복이 원수라, 그 댁 하인의 시키는 대로 할 따름이지, 한 가지 의신의 계교로 속인 일은 없습니다."

(판) "네 몸에 형벌을 아니 당하려거든, 그년들이 네게 와 시키던 말도 낱낱이 고하려니와, 너의 간교로 그 댁 속이던 일을 내가 이미 알고 있으니 잔말 말고 고하렷다."

(무) "그 댁 하인의 다른 것들은 다만 심부름만 하였지요마는 그 댁에서 안잠자는 노파가 그 댁 일을 무이어 *자주장하다시피 하는데, 하루는 의신의 집에를 와서 그 댁 아기 죽은데 진배송을 내어달라 하며, 그 댁 세세한 일을 모두 가르쳐 의신더러 알아맞히는 모양을 하여 별비가 얼마가 나든지 반분하자 하옵기, 말씀이야 바로 하옵지, 무녀 되어서 그런 자리를 내어놓고 무엇을 먹고 사옵니까? 그러하오나 마침 의신이 신병이 있사와 부득이하여 저의 동무를 천거하였삽더니 그럴 줄이야 누가 알았습니까? 그년이 천하에 간특하고 의리부동한 년이라, 의신의 그 댁 단골까지 빼앗아 제가 차지하고 흥와조산을 못 할 것이 없이 하였습니다. 당초에 그 댁 영감께서 베전 병문에서 회오리바람을 만나시는 것을 마침 지나다 제 눈으로 보고 앙큼한 마음으로 아무 때든지 그 댁 일을 한 번만 맡아 보면 귀신이 집어댄

듯이 말을 하여 깜짝 반하게 하리라 한 것은 아무도 몰랐더니, 그년이 그 방법을 행할 뿐 아니라, 안잠 할미를 *부동하여 세소한 일까지 미리 알고 가장 영한 체하여, 그 댁 재물을 빼앗아먹다 못하여 나중에는 임가라 하는 놈과 흉계를 내어, 그놈을 지관 행세를 시켜 비기를 써다 미리 고양 땅에 묻고, 그 영감을 감쪽같이 속여 넘겨 누만금을 도적하여 먹으면서도 의신에게는 이렇다 말 한마디 없었사오니, 하늘이 내려다보시지, 의신은 그 댁 일에 일호도 죄가 없습니다."

(판) "그러면 너는 어디 살고, 그년은 어디 있으며, 명칭은 무엇이라 하고 그년의 비밀한 계교를 어찌 알았뇨?"

(무) "의신은 묘동 사압기로 묘동집이라고 남들이 부르압고, 국수당 무당은 성이 김가라고 그렇게 별호를 지었는지, 금방울이 금방울이 하고 모르는 사람이 없사오며, 그 비밀한 일은 그 댁에 가까이 다니는 하인들이 그년의 소위가 괘씸하여 의신 곧 보면 이야기를 하옵기로 들었습니다."

함판사가 듣기를 다하고 사령을 명하여 금방울과 임지관을 성화같이 잡아들이라 분부하니, 묘동이 다시 고하되,

"동류의 일을 아무쪼록 덮어 가는 것이 서로 친하던 본의오나, 그년이 의신의 생애를 앗아 가지고 그 댁을 못살게 하온 일이 너무 분하고 가엾어 이 말씀이지, 그년이 바람 높은 기색을 미리 알아채고 동대문 안 양사골 제 아지미 집 건넌방 속에 임가와 같이 *된장독에 풋고추 백히듯 꼭 들이백혀 있습니다. 그년을 잡으시랴 하면 제 집에

는 보내 보실 것도 없이, 이 길로 양사골로 사령을 보내셔야 잡으십니다. 그년의 *벗바리가 어찌 좋은지 사면에 *버레줄같이 늘어서 있어, 몇 시간만 지체가 되면 이 소문을 다 듣고 달아날 터이올시다.”

판사가 사령에게 엄밀히 분부하여 양사동으로 보냈더니, 거무하에 연놈을 항쇄족쇄하여 잡아들였는데, 신문 한 번도 하기 전에 예서제서 *청촉이 빗발같이 쏟아져 들어오는지라, 판사가 한편 귀로 듣는 족족 한편 귀로 흘리며 속마음으로,

'아따, 이년의 세력이 어지간치 않다. 이왕으로 말하면, *북묘 *진령군만은 하고, 근일로 말하면 삼청동 *수련이만은 착실한걸. 네 아무리 *청질을 해도 내가 이왕 법관 모양으로 *협잡하는 터이 아니니, 무엇이 고기되어 법을 굽혀가며 호락호락히 청들을 내냐! 이년, 정신 없는 년, 내가 누구인 줄 알고 이따위 버르장이를 하느냐? 매 한 개라도 더 맞아보아라!'

하고 서리같이 호령을 하여 족불리지로 잡아들여, 형구를 갖추어놓고 천둥같이 으르며 일장 신문을 하는데, 금방울같이 *안차고 다라지고 겁없는 인물도 불이 어찌 되든지 말끝마다,

“죽을 혼이 들어서 그리했으니 *상덕을 입어 살아지이다!”

소리를 연해 하여가며 전후 *정절을 개개 승복하니, 임가 역시 *발명무지라, 다만 고개를 푹 숙이고 살기만 발원하더라. 판사가 일변 고양군에 *발훈하여 최옥여를 마저 압상하여 일장 문초한 후 세 죄인을 모두 *한기신징역으로 선고하고 자기 집에 돌아와 생양정부모

께 그 사실을 고하고서, 당장 노파와 삼랑들을 불러 세우더니,

"너희들의 죄상은 열 번 죽어도 남을 터이나 십분 용서하는 것이니, 댁 문하에 다시 *발그림자도 하지 말고 이 길로 나아가되, 다른 집에 가서라도 그런 행실을 하여 내게 *입렴 곧 되고 보면 그때 가서는 죽어도 한가 말렷다."

이 모양으로 호령을 하여 두 년을 축출하니, 최씨 부인이 그 아들 보기도 얼굴이 뜨뜻하여, 그 사지 어금니같이 아끼던 *수하친병이 이 지경이 되어도 말 한마디 두호하여주지 못하고, 오직 아들의 뜻대로만 백사·만사를 좇는데, 벽장 다락 구석에 위해 앉혔던 *제석·삼신·호구·*구눙·*말명·여귀 등 각색 명목과 터주·*성주 등물을 모두 쓸어내다 마당 가운데에 쌓아놓고 성냥 한 가지를 드윽 그어 불을 질러 태워버리고, 다시 구기라고는 손톱 반 머리만치도 아니 보는데, 그 뒤로는 그같이 *번할 날이 없이 우환이 잦던 집안 식구가 돌림감기 한번을 아니 앓고, 아이들이 나면 *젖주럽도 없이 숙성하게 잘 자라니.

최찬식 작품선

추월색秋月色

시름없이 오던 가을비가 그치고 슬슬 부는 서풍이 쌓인 구름을 쓸어 보내더니, 오리알 빛 같은 하늘에 티끌 한 점 없어지고 *교교한 추월색이 천지에 가득하니, 이 때는 사람사람마다 공기 신선한 곳에 한번 산보할 생각이 도저히 나겠더라.

밝고 밝은 그 달빛에 동경 *상야공원이 *일폭 월세계(月世界)를 이루었으니, 높고 낮은 누대는 금벽이 찬란하며, 꽃 그림자 대 그늘은 서로 얽혀 바다 같고, 풀 끝에 찬 이슬은 낱낱이 반짝거려 아름다운 야경이 그림같이 영롱한데, 쾌락하게 노래 부르고 오락가락하는 사람들은 모두 달구경하는 사람이더니, 밤은 어느 때나 되었는지 그 많던 사람들이 하나씩 둘씩 다 *헤져 가고 적적한 공원에 월색만 *교결한데, 그 월색 안고 *불인지 관월교 석난간에 의지하여 오뚝 섰는 사람은 일개 청년 여학생이더라.

그 여학생은 나이 십팔구 세쯤 된 듯하며, 신선한 조화로 머리를 장식하고, 자줏빛 *하카마를 단정하게 입었는데. 그 온아한 태도가 어느 모로 뜯어보든지 천생 귀인의 집 규중에서 고이 기른 작은아씨더라.

그 여학생의 심중에는 무슨 생각이 그리 첩첩한지 힘없이 서서 달빛만 바라보는데, 그 달 정신을 뽑아다가 그 여학생의 자색을 자랑시키려고 한 듯이 희고 흰 얼굴에 밝고 밝은 광선이 비춰어 그 어여쁜 용모를 이루 형용해 말하기 어려우니 누구든지 한 번 보고 또 한 번 다시 보지 아니치 못하겠더라.

그 공원 속에 남아 있는 사람은 이 여학생 한 사람뿐인 듯하더니, 어떤 *하이칼라적 소년이 술이 반쯤 취하여 노래를 부르고 불인지 옆으로 내려오는데, *파나마 모자를 폭 숙여 쓰고 금테 안경은 코허리에 걸고, 양복 앞섶 떡 갈라붙인 속으로 축 늘어진 시곗줄은 월광에 태워 반짝반짝하며, 바른손에는 반쯤 탄 *여송연을 손가락에 감아쥐고, 왼손으로 *단장을 들어 향하는 길을 *지점하고 회똑회똑 내려오는 모양이, *애먼 부형의 재산도 꽤 없애보고, 남의 집 새악시도 무던히 버려 주었겠더라.

그 소년이 이 모양으로 내려오다가 관월교 가에 홀로 섰는 여학생을 보더니 모자를 벗어 들고 반갑게 인사한다.

(소년) "아, 오랜간만에 뵙습니다. 그 사이 귀체 건강하시오니까?"

(여학생) "예, 기운 어떗시오?"

(소년) "요사이는 어찌 그리 한 번도 만나 뵐 수 없습니까?"

(여학생) "근일에 몸이 좀 불편해서 아무 데도 못 갔습니다."

(소년) "……아, 어쩐지 일요 강습회에도 한 번 아니 오시기에 무슨 사고가 계신가 하고 매우 궁금히 여기던 차이올시다. 그래, 지금은 쾌차하시오니까?"

(여학생) "조금 낫습니다."

(소년) "나도 근일에 몸이 대단히 곤하여 오늘도 종일 누웠다가 하도 울적하기에 신선한 공기나 좀 쐬어볼까 하고 나왔더니, 비 끝에 달빛이야 참 좋습니다. 그러나 추월색은 영인초창이라더니, 그야말로 사람의 마음을 정히 상합니다그려…… 허…… 허…… 허."

(여학생) "……."

(소년) "그러나 산본 노파 언제 만나보셨습니까?"

(여학생) "산본 노파가 누구오니까?"

(소년) "아따, 우리 주인 노파 말씀이오."

(여학생) "글쎄요, 언제 만나보았던지요?"

여학생의 대답이 그치자, 소년이 무슨 말을 할듯할듯하다가 아니하고, 또 무슨 말을 하려고 입을 벙긋벙긋하다가 못하더니 여학생의 얼굴을 다시 한 번 건너다보면서,

(소년) "그 노파에게 무슨 말씀 들어 계시지요?"

여학생은 그 말을 들었는지 못 들었는지 아무 말 없이 불쑥 돌아서며 이슬에 젖은 국화 가지를 잡고 맑은 향기를 두어 번 맡을 뿐인데, 구름 같은 살쩍과 옥 같은 반 뺨이 모두 소년의 눈동자 속으로 들어간다. 그 소년은 그렇게 하기 어려운 말을 한마디 간신히 하였건마는 여학생의 대답은 없으매 물끄러미 한참 보다가 말 한마디를 또 꺼내더라.

(소년) "그 노파에게도 응당 자세히 들어 계시겠지마는, 한번 조용히 만나면 할 말씀이 무한히 많던 차올시다."

그 소년은 여학생을 만나 인사하고 수작 붙이는 모양이 매우 숙친도 한 듯이 무슨 *긴절한 의논도 있는 듯이 노파를 얹어가며 말하는데, 그 말 속에 무슨 은근한 말이 또 들었는지 여학생은 그 말대답 또 아니하고 먼 산을 한 번 바라보더니,

"아마 *야심한 듯하니 집으로 돌아가겠습니다. 용서하십시오."
하고 천천히 걸어 내려간다.

그 소년의 마음에는 어떠한 욕망이 있는지 여학생의 대답하는 양을 들어보려고 그 말끝을 꺼낸 듯한데, 여학생은 *냉연히 사절하는 모양이니, 소년도 그 눈치를 알았을 듯하건마는 무슨 생각으로 내려가는 여학생을 굳이 따라가며 이 말 저 말 또다시 한다.

(소년) "괴로운 비가 개이더니 달빛이야 참 좋습니다. 공원이란 곳은 원래 풍경이 좋은 곳이지마는, 저 달빛이 몇 배이나 공원의 생색

을 더 냅니다그려. 인간의 이별하고 만나는 인연은 실로 *부평 같은 일이지마는, 지금 우리가 이렇게 좋은 때와 이렇게 좋은 곳에서 기약 없이 만나기는 참 뜻밖에 기회요그려……. 여보시오, 조금도 부끄러우실 것 없소. 서양 사람들은 신랑 신부가 직접으로 결혼한답니다. 우리도 소개니 중매니 할 것 없이 직접으로 의논함이 좋지 않겠습니까?"

(여학생) "다따가 그게 무슨 말씀이오?"

(소년) "이렇게 생시치미 뗄 것 있소? 아까도 말씀하였거니와 왜, 노파를 소개하여 의논하던 터가 아니오니까?"

(여학생) "기다랗게 말씀하실 것 없습니다. 노파든지 누구든지 나는 이왕 결심한 바 있다고 말한 이상에 당신은 번거히 다시 말씀하실 필요가 없습니다. 다른 일로나 교제하실 것이요, 그 말씀은 영구히 단념하시오."

그 여학생과 소년의 수작이 이왕도 많이 언론 되던 일인 듯한데, 여학생은 이처럼 거절하니 소년이 사람스러운 터 같으면 이렇게 거절당할 듯한 말을 당초에 내지 아니하였을 터이요, 또 거절을 당하였으면 무안하여도 저는 저대로 가서 달리나 운동하여 볼 것이언마는, 또 무슨 생각이 그렇게 민첩하게 새로 생겼던지, 가장 정다운 체하고 여학생의 옆으로 바싹바싹 다가서더니,

(소년) "당신의 결심한 바는 내가 알려고 할 것 없거니와 저기 저것 좀 보시오. 어제 같이 *작작하던 *도화가 어느 겨를에 다 날아가

고, 벌써 가을 바람에 단풍이 들었소그려. 여보, 우리 인생도 저와 같
이 오늘 청춘이 내일 백발을 정한 일이 아니오? 이처럼 무정한 세월
이 살 같이 빠른 가운데 손 같이 잠깐 다녀가는 우리는 이 한 세상을
이렇게도 지내고 저렇게도 지내봅시다그려. 허…… 허…… 허……
허…….”

소년이 그렇게 공경하던 *예모가 다 어디로 가고 말 그치자 선웃
음 치며 여학생의 옥 같은 손목을 턱 잡으니, 여학생은 기가 막혀서,
　(여학생) “이것이 무슨 무례한 짓이오! 점잖은 이가 남녀의 *예우
를 생각지 아니하고 이런 야만의 행위를 누구에게 하시오?”
하고 손목을 뿌리치는데,
　(소년) “이렇게 큰 변 될 것이 무엇 있소? 야만이 커진 문명국 사
람은 악수례만 잘들 하데……. 이렇게 *접문례도 잘들 하고……. 하
…… 하…….”
하면서 한층 더해서 접문례를 하려고 달려드니, 여학생은 호젓한 곳
에서 불의의 변괴를 당하매 분한 마음이 탱중하나 소년의 *패행이
이 지경에 이르렀으니, 아무리 생각하여도 방비할 계책과 능력은 하
나도 없고 다만 준절한 말로 달랜다.
　(여학생) “여보시오, 해외에 유학도 하고 신사상도 있다는 이가, 이
런 금수의 행실을 행코자 하면 어찌하자는 말씀이오? 당신은 *섬부
한 학문과 우월한 재화가 국가도 빛내고 천하도 경영하실 터이거늘,
지금 일개 여자에게 악행위를 더하고자 하심은 실소 비소망어평일이

로구려. 어서 빨리 돌아가 회개하시고, 다시 법률에 저촉치 않기를
부디 주의하시오.”

  (소년) “법률이나 도덕이니 그까짓 말은 다 해 쓸 데 있나? 꽃 같
은 남녀가 이런 좋은 곳에서 만났다가 어찌 무료히 그저 헤어져 갈
수 있나……. 하…… 하…… 하…… 하…….”

  소년은 삼천 장 *무명업화가 *남아미리가주 딘보라소 활화산 화염
치밀듯 하여, 예절이니 염치니 다 *불고하고 음흉 난잡한 말을 함부
로 내던지며 여학생의 가늘고 약한 허리를 덥석 안고 나무 수풀 깊
고 깊은 곳, *육모정 속 어두컴컴한 구석으로 들어가니, 이 때 형세
가 솔개가 병아리를 찬 모양이라. 여학생은 호소할 곳도 없이 기가
막히는 경우를 만나매 악이 바짝 나서 *모만사하고 젖 먹던 힘을 다
써서 항거하노라니, 두 몸이 한데 뒤틀어져서 이리로 몰리고 저리로
몰리며 죽을 둥 살 둥 모르고 서로 *상지한다. 어떤 사람이든지 제
욕망을 채우지 못하면 화증이 나는 법이라 소년은 불 같은 욕식을
이기지 못하는 중, 여학생이 죽기를 한하고 *방색하는 양에 화증이
왈칵 나며 화증 끝에 악심이 생겨서 왼손으로는 여학생의 젖가슴을
잔뜩 움켜잡고, 오른손으로는 양복 허리에서 단도를 빼어 들더니,

  (소년) “요년아, 너 요렇게 *악지부리는 이유가 무엇이냐? 소위 너
의 결심하였다는 것이 무슨 그리 장한 결심이냐? 너 이년, 너의 꽃다
운 혼이 당장 이 칼끝에 날아갈지라도 너는 네 고집대로 부리고 장
부의 가슴에 무한한 한을 맺을 터이냐?”

(여학생) "오냐, 죽고 죽고 또 죽고 만 번 죽을지라도 너같이 개 같은 놈에게 *실절은 아니하겠다!"

그 말에 소년의 악심이 더욱 심하여 말이 막 그치자 번쩍 들었던 칼을 그대로 푹 찌르는데, 별안간 한 모퉁이에서 어떤 사람이,

"이놈아, 이놈아!" 소리를 지르며 급히 쫓아오는 바람에 소년은 깜짝 놀라 여학생 찌르던 칼도 미처 뽑을 새 없이 삼십육계의 줄행랑을 하고 여학생은,

"에그머니!" 한마디 소리에 기절하고 땅에 넘어지니 소슬한 한풍은 나무 사이에 움직이고 참담한 월색은 서천에 기울어졌더라.

소리 지르고 오는 사람은 *중산모자 쓰고 *후록고투 입은 청년신사인데, 마침 예비해 두었던 것 같이 달려들며 여학생의 몸에 박힌 칼을 빼어들더니, 가만히 무슨 생각을 한참 하는 판에 *행순하던 순사가 두어 마디 이상한 소리를 듣고 차츰차츰 오다가 이곳에 다다르매 꽃봉오리 같은 여학생은 몸에 피를 흘리고 땅에 누웠고, 그 옆에는 어떤 청년이 손에 단도를 들고 섰으니 그 청년은 갈 데 없는 살인범이라. 순사가 그 청년을 잡고 *박승을 꺼내더니 다짜고짜로 청년의 손목을 척척 얽어놓고 호각을 '호루룩 호루룩' 부니, 군도 소리가 여기서도 제걱제걱 하고 저기서도 제걱제걱 하며 경관이 네다섯 모여들어 여학생은 급히 병원으로 호송하고 그 청년은 즉시 경찰서로 압거하니, 이때 *적요한 빈 공원엔 달 흔적만 남았더라.

그 여학생은 조선 사람이요, 이름은 이정임(李貞姫)인데, *이시종

○○의 딸이라. 자식 사랑하는 마음이야 누가 없으리오마는, 이정임의 부모 이시종 내외는 늦게 정임을 낳으매 슬하 혈육이 다만 일개 여자뿐인 고로 그 애지중지함이 남에서 특별히 귀하게 여기는 터인데, 그 이시종의 옆집에 사는 김승지 ○○는 이시종의 죽마고우일 뿐 아니라 서로 *지기하는 친구인데, 그 김승지도 역시 늙도록 아들이 없어 슬퍼하다가 정임이 낳던 해에 *관옥 같은 남자를 낳으니, 우없이 기뻐하여 이름을 영창(永昌)이라 하고, 더할 것 없이 귀하게 기르는 터이라. 이시종은 김승지를 만나면,

"자네는 저러한 아들을 두었으니 마음에 오죽 좋겠나. 나는 일개 여아나마 남달리 사랑하네."
하며 이야기하고 서로 친자식 같이 귀애하니, 그 두 집 가정에서일지라도 서로 사랑하기를 남의 자손같이 여기지 아니하더라.

그 두 아이가 두 살 되고 세 살 되어 걸음도 배우고 말도 옮기매, 놀기도 함께 놀고 장난도 서로 하여 친형제도 같이 정다우며 쌍둥이도 같이 자라는데, 자라갈수록 더욱 심지가 *상합하여 글도 같이 읽고, 좋은 음식을 보아도 나눠 먹으며, 영창이가 아니 가면 정임이가 가고, 정임이가 아니 오면 영창이가 와서 잠시도 서로 떠나지 아니하여 그 정분이 점점 깊어가더라.

그 두 아이가 나이도 동갑이요, 얼굴도 비슷하고 정의도 한뜻 같으나, 다만 같지 아니한 것은 계집아이와 사내아이인 고로 정임의 부모는 영창이를 보면 대단히 부러워하고, 영창의 부모는 정임이를 보

면 매우 탐을 내는 터인데, 정임이 일곱 살 먹던 해 정월 대보름날 저녁에 이시종이 술이 얼근히 취하여 마누라를 부르고 좋은 낯으로 들어오는지라, 부인은 마루로 마주나가며,

　(부인) “어디서 저렇게 약주가 취하셨소?”

　(이시종) “오늘이 *명일이 아니오? 김승지하고 술을 잔뜩 먹었소 *노래에 정붙일 것은 술밖에 없소그려……. 허…… 허…….”

하면서 앞서거니 뒤서거니 방으로 들어오더니,

　(이) “마누라, 오늘 정임이 혼사를 확정하였소……. 저희끼리 정답게 노는 영창이하고…….”

　(부) “그까짓 바지 안에 똥 묻은 것들을 정혼이 다 무엇이오니까, 하…… 하…….”

　(이) “누가 오늘 신방을 차려주나……. 그래 두었다가 아무 때나 *저희들 나 차거든 *초례시키지……. 마누라는 일상 영창이 같은 아들 하나 두었으면 좋겠나고 한탄하지 아니했소? 사위는 왜 아들만 못한 가요……. 이애 정임아, 오늘은 영창이가 어째 아니 왔느냐?”

하는 말끝이 떨어지기 전에 영창이가 문을 열고 들어오며,

　(영창) “정임아 정임아, 우리 아버지는 *부럼 많이 사오셨단다. 부럼 깨먹으로 우리 집으로 가자……. 어서…… 어서…….”

　(이) “허…… 허…… 허, 우리 사위 오시나, 어서 들어오게. 자네 집만 부럼 사 왔다던가? 우리 집에도 이렇게 많이 사 왔다네.”

하고 벽장문을 열고 호두, 잣을 내어 주며 귀한 마음을 이기지 못하

여 *농지거리를 붙이며 이런 말 저런 말 하다가 사랑으로 나가고, 정임이와 영창이는 부럼을 까먹으며 속살거리고 이야기하는데,

(영창) "이애 정임아, 나는 너한테로 장가가고, 너는 나한테로 시집온다더라."

(정임) "장가는 무엇 하는 것이요, 시집은 무엇 하는 것이냐?"

(영) "장가는 내가 너하고 절하는 것이요, 시집은 네가 우리 집에 와서 사는 것이라더라."

(정) "이애, 누가 그러더냐?"

(영) "우리 어머니가 말씀하시는데 너의 아버지하고 우리 아버지하고 그렇게 이야기하셨다더라."

(정) "이애, 나는 너의 집에 가서 살기 싫다. 네가 우리 집으로 시집오너라."

두 아이는 밤이 깊도록 이렇게 놀다가 헤져 갔는데, 그 후부터는 정임의 집에서도 영창이를 자기 사위로 알고 영창의 집에서도 정임이를 자기 며느리로 인정하여 두 집 관계가 더욱 친밀해지고, 그 두 아이들도 혼인이 무엇인지 부부가 무엇인지 의미는 알지 못하나, 영창은 정임에게로 장가갈 줄로 생각하고, 정임은 영창에게로 시집갈 줄 알더라.

정임과 영창이가 이처럼 정답게 지내더니, 영창이 열 살 되던 해 삼월에 김승지가 *초산 군수로 *서임 되니 가족을 데리고 즉시 *군아에 부임할 터인데, 정임과 영창이가 서로 떠나기를 애석히 여기는

고로 이시종 집에서는 *가권을 *솔거하는 것이 불가하다고 권고하나, 김승지는 가계가 원래 유족치 못한 터이라, 군수의 박봉을 가지고 식비와 교제비를 제하면 본가에 보낼 것이 남지 아니하겠으니 가족을 데리고 가는 것이 필요가 될 뿐 아니라, 설령 가사는 이시종에게 전혀 부탁하여도 무방하겠지마는, 김승지는 자기 아들 영창을 잠시라도 보지 못하면 애정을 이기지 못하여 *침식이 달지 아니한 터인 고로, 부득이하여 부인과 영창을 데리고 초산으로 떠나가는데, 가는 *노정은 인천으로 가서 기선을 타고 수로로 갈 작정으로 상오 구시 남대문발 인천행 열차로 *발정할 새 정임이는 남문역에 나아가서 방금 떠나는 영창의 손을 잡고 서로 친절히 *전별한다.

(정) "영창아, 너하고 나하고 잠시를 떠나지 못하다가 네가 저렇게 멀리 가면 나는 놀기는 누구하고 같이 놀고, 글은 누구하고 같이 읽으며, 너를 보고 싶은 생각을 어떻게 참는단 말이냐?"

(영) "나도 너를 두고 멀리 가기는 대단히 섭섭하다마는 우리 아버지, 어머니가 나를 보고 싶어하실 생각을 하면 떨어져 있을 수 없구나. 오냐, 잘 있거라. 내 쉽사리 올라오마."

정임은 품에서 사진 한 장을 꺼내더니 그 뒷등에 '경성 중부 교동 339'라고 써서 영창이를 주며,

(정) "이것 보아라. 이것은 내 사진이요, 이 뒷등에 쓴 것은 우리 집 통호수다. 만일 이 사진을 잃든지 통호수를 잊어버리거든 삼삼구만 생각하여라."

영창이는 사진을 받아들고 그 말대답도 미처 못 해서 기적소리가 '뿡뿡' 나며 차가 떠나고자 하니, 정임은 급히 차에서 내려서 스르르 나가는 유리창을 향하여, "부디…… 잘 가거라." 하며 옷깃에 방울방울 떨어지는 눈물을 씻는데, 기관차 연통에서 검은 연기가 물큰물큰 올라가며 차는 살 닫듯 하여 어느 겨를에 간 곳도 없고, 다만 용산강 언덕 위에 멀리 *의의한 버들 빛만 머물렀더라.

정임이는 영창이를 전송하고 *초창한 마음을 이기지 못하여 집까지 울고 들어오니, 이시종의 부인도 섭섭한 마음을 이기지 못하던 차에 자기 귀한 딸이 울고 들어오는 것을 보고 눈물을 흘리다가, 좋은 말로 영창이는 속히 다녀온다고 그 딸을 위로하고 달래었는데, 정임이는 어린아이라 어찌 *부처될 사람의 인정을 알아 그러하리오마는, 같이 자라던 *정리로 영창의 생각을 한시도 잊지 못하여 제 눈에 좋은 것만 보면 영창이에게 보내준다고 꼭꼭 싸두었다가 인편 있을 적마다 보내기도 하고, 영창의 편지를 어제 보았어도 오늘 또 오기를 기다리며, 꽃 피고 새 울 때와 달 밝고 눈 흴 적마다 시름없이 서천을 바라고 눈썹을 찡그리더라.

정임이가 영창이 생각하기를 이렇듯 괴롭게 그해 일 년을 십 년같이 다 지내고, 그 이듬해 봄이 차차 되어오매 영창이 오기를 기다리는 마음이 자연 생겨서,

'떠날 때에 쉽사리 온다더니 일 년이 지내도록 어찌 아니 오노?' 하고 문밖에서 자취 소리만 나도 아마 영창이가 오나 보다, 아침에

까치만 짖어도 아마 영창이가 오나 보다 하여 하루도 몇 번씩 문 밖을 내다보더니, 하루는 안마당에서 바삭바삭하는 소리에 창문을 열고 보니 사람은 아무도 없고 *회리바람이 뺑뺑 돌다가 그치는데 일기가 어찌 화창한지 희고 흰 *면회담에 아지랑이가 아물아물하며 멀리 들리는 버들피리 소리가 사람의 회포를 은근히 돋우는지라, 어린 마음에도 별안간 울적한 생각이 나서 *후정을 돌아가 거닐다가 보니 도화가 웃는 듯이 피었거늘, 가늘고 가는 손으로 한 가지를 똑 꺾어 가지고 들어오며,

(정) "어머니 어머니, 도화가 이렇게 피었으니 작년에 영창이 떠나던 때가 벌써 되었습니다그려."

(부인) "참 세월이 쉽기도 하다. 어제 같던 일이 벌써 돌이로구나."

(정) "영창이는 올 때가 되었는데 왜 아니 옵니까? 요사이는 편지도 보름이 지내도록 아니 오니 웬일인지 궁금합니다."

(부인) "아마 쉬 올 때가 되니까 편지도 아니 오나 보다."

(정임) "아니, 그러면 올라올 때에 입고 오게 겹옷이나 보내 줍시다, 아버지가 들어오시거든 소포 부칠 돈을 달래야지요."

하며 장문을 열고 새로 지어 차곡차곡 넣어 두었던 명주 겹바지저고리와 분홍 *삼팔 두루마기를 내어 백지로 두어 번 싸고, 그 거죽에 *유지로 또 한번 싸서 노끈으로 열 십 자 우물 정 자로 이리저리 얽을 즈음에, 이시종이 이마에 내 천 자를 쓰고 얼굴에 외꽃이 *피어서 들어오더니,

(이) "원…… 이런 변괴가 있나……. 응…… 응……."

(부) "변괴가 무슨 변괴오니까?"

(이) "응응……, 응응……."

(부) "갑갑하니 어서 말씀 좀 하시오."

(이) "초산서 *민요가 났대야."

(부) "민요가 났으면 어떻게 되었단 말씀이오?"

(이) "어떻게 되고 말고, 기가 막혀 말할 수 없어. 이 *내부에 온 보고 좀 보아."

하고 평북 관찰사의 보고 베낀 *초를 내어 부인의 앞으로 던지는데, 그 집은 원래 *문한가인 고로 그 부인의 학문도 신문 한 장은 무난히 보는 터이라. 부인이 그 보고초를 접어 들고 보니,

(보고서) '관하 초산군에서 거 이월 이십팔일 하오 삼 시경에 난민 천여 명이 불의에 *취집하여 관아에 *충화하고 *작석을 *난투하여 관사와 민가 수백 호가 연소하옵고, *이민 간 사상 이십여 인에 달하여 *야료, 난폭하므로 *강계 *진위대에서 병졸 일 소대를 급파하여 익일 상오 십 시에 초히 진압되었사온데, *해 군수와 급기 가족은 행위 불명하옵기 방금 조사 중이오나 종내 종적을 부지하겠사오며, 민요 *주창자는 엄밀히 수색한 결과로 *장두 오 인을 포박하여 본부에 *엄수하옵고 *자에 보고함.'

부인이 보고초를 보다가 깜짝 놀라며,

(부인) "이게 웬일이오! 세 식구가 다 죽었나 보구려."

하는 말에 정임이는 정신이 아득하여 얼굴빛이 하얘지며 아무 말 못하고 그 모친을 한참 보다가, 싸던 옷보를 스르르 놓더니 눈에서 구슬 같은 눈물이 쑥쑥 쏟아지며 목을 놓고 우니 부인도 여린 마음에 정임이 우는 것을 보고 따라 우는데, 이시종은 영창이 생각도 둘째가 되고, 평생에 지기하던 친구 김승지를 생각하고 비참한 마음을 억제치 못하여 정신없이 앉았다가, 다시 마음을 정돈하고 우는 정임이를 위로한다.

(이) "어찌된 *사기를 자세히 알지도 못하고 울기는 왜들 울어? 정임아, 어서 그쳐라. 내일은 내가 초산을 내려가서 자세히 알아보겠다. 설마 죽기야 하였겠느냐. 참 이상도 하다. 김승지는 민요 만날 사람이 아닌데 그게 웬일이란 말이냐? 그러나 인자는 *무적이라는데, 김승지같이 어진 사람이 죽을 리는 없으리라…… . 김승지가 마음은 군자요 글은 문장이로되, 일에 당하여서는 짝없이 흐리것다.……."

이런 말로 정임의 울음을 만류하고 가방과 양탄자를 내어 내일 초산 떠날 행장을 차려 놓고 세 사람이 *수색이 *만면하여 묵묵히 앉았더니, 하인이 저녁상을 들여다놓고 부인을 대하여 위로하는 말이,

"놀라운 말씀이야 어찌 다 하오리까마는 설마 어떠하오리까? 너무 걱정 마시고 진지 어서 잡수십시오"

하고 나가는데, 정임이는 밥 먹을 생각도 아니하고 치마끈만 비비 틀며 쪼그리고 앉았고, 이시종과 부인은 상을 다가놓고 막 두어 술쯤 뜨는 때에 어디서, "불이야! 불이야!" 하는 소리가 들리며 안방 서창

에 연기 그림자가 뭉글뭉글 비치고, 마루 뒷문 밖에는 *화광이 *충천하니, 밥 먹던 이시종은 수저를 든 채로 급히 나가보니, 자기 집 굴뚝에서 불이 일어나서 한 끝은 서로 돌아 부엌 뒤까지 돌고, 한 끝은 동으로 뻗쳐 건넌방 머리까지 나갔는데, 솔솔 부는 서북풍에 비비 틀려 돌아가는 불길이 눈 깜짝할 사이에 온 집안에 핑 도니 이시종 집 사람들은 발을 동동 구르나 어찌할 수 없으며 여간 순검, 헌병 깨나 와서 우뚝우뚝 섰으나 다 쓸데없고, 변변치 못하나마 소방대도 미처 오기 전에 봄볕에 바싹 마른 집이 전체가 다 타 버리고, 그뿐 아니라 *화불단행이라고 그 옆으로 한데 붙은 김승지 집까지 일시에 소존성이 되었더라.

행장을 싸 놓고 내일 아침 일찍이 초산 떠나려고 하던 이시종은 뜻밖에 *낙미지액을 당하여 가족이 모두 *노숙하게 된 경위에 있으니 어찌 먼 길을 떠날 수 있으리오. 민망한 마음을 억지로 참고 급히 빈집을 구하여 북부 자하동 일백팔 통 십 호 삼십 구간 *와가를 사서 겨우 *안돈하고 나매 벌써 일 주일이 지났으니, 초산 소식은 종시 *묘묘하니 자기와 김승지의 관계가 정리로 하든지 의리로 하든지 생사 간에 한 번 아니 가 보지 못할 터이라, 삼 주일 *수유를 얻어 가지고 즉시 떠나 초산을 내려가 보니 읍내는 자기 집 모양으로 빈 터에 찬 재 뿐이요, 촌가는 강계대 병정이 와서 *폭민 수색하는 통에 다 달아나고 개미 새끼 하나 볼 수 없으니 군수의 거취를 물어볼 곳도 없는지라, 그 인근 읍으로 다니며 아무리 탐지하여도 종내 김승지의 소식은 알 수 없고, 단지 들리는 말은 초산 군수가 글만 좋아하고 술만 먹는 고로 정사는 모두 *간활한 아전의 소매 속에서 놀다가 마침내 민요를 만났다는 말뿐이라. 하릴없이 근 이십 일 만에 집으로 돌아오니, 그 부친이 다녀오면 영창의 소식을 알까 하고 눈이 빠지도록 기다리던 정임이는 낙심천만하여 한없이 비창히 여기는 모양은 눈으로 차마 볼 수 없더라.

이시종이 초산서 집에 돌아온 지 제 삼 일 되던 날 관보에 '시종원 시종 이 ○○ 의원 면 본관'이라 게재되었으니, 이 때는 *갑오개혁 정책이 실패된 이후로 점점 간영이 *금달에 출입하여 뜻있는 사람은 일병 배척하는 시대인 고로, 어떤 혐의자가 이시종 초산 간 사이를 엿보고 *성총에 모함한 바이라. 이시종은 시종 *체임된 후로 다시 세상에 *나번득일 생각이 없어 손을 사절하고 문을 닫으니 꽃다운 풀은 뜰에 가득하고, 문전에 거마가 드물어 동네 사람이라도 그 집이 누구의 집인지 알지 못할 만치 되었더라.

이시종은 이로부터 티끌 인연을 끊어버리고 꽃과 새로 벗을 삼아 만년을 한가히 보내고, 정임이는 그 부친에게 소학을 배워 공부하고 깊고 깊은 규중에서 적적히 지내는데, 영창이 생각은 때때로 *암암하여 영창이와 같이 가지고 놀던 유희 *제구만 눈에 띄어도 *초창한 빛이 눈썹 사이에 가득하며, 혹 꿈에 영창이를 만나 재미있게 놀다가 섭섭히 깨어 볼 때도 있을 뿐 아니라, 한 해 두 해 지나 철이 차차 나 갈수록 비감한 마음이 더욱 *결연하여, 여편을 읽을 적마다 소리

없는 눈물도 많이 흘리는 터이건마는, 이시종 내외는 정임의 나이 먹는 것을 민망히 여겨 마주 앉기만 하면 항상 아름다운 새 사위 구하기를 근심하고 김승지 집 이야기는 입 밖에 내지도 아니하더라.

*임염한 세월이 흐르는 듯하여 정임의 나이 어언간 십오 세가 되니, 그해 칠월 열이렛날은 이시종의 회갑이라. 그날 *수연 잔치 끝에 손은 다 헤져 가고 넘어가는 해가 서산에 걸렸는데, 이시종 내외는 저녁 하늘 저문 놀빛과 푸른 나무 늦은 매미 소리 손 마루 북창 앞에 나란히 앉아서 늙은 회포를 서로 이야기한다.

(이) "*포말풍등이 감자련이라더니 사람의 일생이야 참 가련한 것이야. 어제 같던 우리 청춘이 어느 겨를에 벌써 회갑일세. 지나간 날이 이렇듯 쉬 갔으니 죽을 날도 이렇게 쉬 오겠지. 평생에 사업 하나 못하고 죽을 날이 가까우니 한심한 일이오그려."

(부) "그렇기에 말씀이오, 죽을 날은 가까우나 쓸 만한 자식도 하나 못 두었으니, 우리는 세상에 난 본의가 없소그려. 정임이 하나 시집가고 보면 이 만년 신세를 누구에게 의탁한단 말씀이오?"

(이) "그렇지마는 나는 *양자할 마음은 조금도 없어. 얌전한 사위나 얻어서 아들같이 데리고 있지."

(부) "그러한들 사위가 자식만 하겠습니까만, 하기는 우리 죽기 전에 사위나마 얻어야 하겠습니다……. 사위 고르기는 며느리 얻기보다 어렵다는데 요새 세상 청년들 눈여겨보면 그 경박한 모양이 모두 제 집 결딴내고 나라 망할 자식들 같습디다. 사위 재목도 조심해 구

할 것이어요.”

　(이) “그야 무슨 다 그럴라구. 그런 집 자식이 그렇지.”

　이렇게 수작하는 때에 어떤 사람이 사랑 중문간에서, “정임아, 정임아.” 부르며, “*안손님 아니 계시냐?”
하고 묻더니 큰기침 두어 번 하고 들어오면서,

　(어떤 사람) “누님, 저는 가겠습니다.”

　(부인) “그렇게 속히 가면 무엇 하나? 저녁이나 먹고 이야기나 하다가 달뜨거든 천천히 가게그려. 어서 올라와……”

　부인은 그 사람을 이처럼 만류하여 하인을 불러서,

　“술상을 차려 오너라, 진지를 지어서 가져오너라.”
하는데 그 사람은 정임의 외삼촌이라. 수연 치하하고 집으로 돌아갈 터인데, 그 누님의 만류하는 정의를 떼치지 못하여 마루로 올라와 앉더니, 건넌방 문 앞에 섰는 정임이를 한참 보다가,

　(외삼촌) “정임이는 금년으로 몰라보게 자랐습니다그려. 오래지 아니하여 *서랑 보시게 되었는데요.”

　(이) “그까짓 년 키만 *엄부렁하면 무엇 하나? 배운 것이 있어야 시집을 가지.”

　(부) “그러지 아니하여도 우리가 지금 그 걱정일세, 혼처나 좋은 데 한 곳 중매하게그려……”

　(외삼촌) “중매 잘못하면 뺨이 세 번이라는데 잘못하다가 뺨이나 얻어맞게요……. 하…… 하……”

(부) “생질 사위 잘못 얻는 것은 걱정 없고 뺨 맞는 것만 염려되나? 하……하…….”

(이) “허…… 허…… 허…… 허…….”

(외삼촌) “혼처는 저기 좋은 곳 있습니다. 옥동 박 과장의 셋째 아들인데, 나이는 열일곱 살이요, 공부는 재작년에 사범속소학교에서 졸업하고 즉시 관립중학교에 입학하여 올해 삼 학년이 되었답니다. 그 아이는 저의 팔촌 처남의 아들인데 그 집 문벌도 훌륭하고 가세도 *불빈할 뿐 아니라 제일 낭자의 얼굴도 *결곡하고 재주도 초월하여 내 마음에는 매우 합당합디다마는 매부 의향에 어떠신지요?”

이시종의 귀에 그 말이 번쩍 띄어,

“응, 그리해? 합당하면 하다마다. 자네 마음에 합당하면 내 의향에도 좋지 별수 있나? 나는 양반도 취치 않고, 부자도 취치 않고, 다만 당자 하나만 고르네.”

하면서 매우 기뻐하고, 정임이 외삼촌은 이런 이야기를 밤이 되도록 하다가 갔는데, 그 후로는 신랑의 선을 본다는 둥 사주를 받는다는 둥 하더니, 하루는 이시종이 붉은 *간지 내어 ‘팔월 십사일 *전안 *납채 동일선행’이라 써서 다홍실로 허리를 매어놓고 부인과 의논해가며 신랑의 *의양단자를 적는다. 정임이는 영창이 생각을 잊을 만하다가도 시집이니 장가니 혼인이니 사위니 하는 말을 들으면 새로이 생각이 문득문득 나는 터이라. 외삼촌이 혼처 의논할 때에도 영창이 생각이 뼈에 사무쳐서 건넌방으로 들어가 눈물을 몰래 씻으며 속마

음으로,

'부모가 나를 이왕 영창에게 허락하셨으니, 나는 죽어 백골이 되어도 영창의 아내이라. 비록 영창이는 불행하였을지라도 나는 결코 두 사람의 처는 되지 아니할 터이요, 저 아저씨는 아무리 중매한다 하여도 입에선 바람만 들일걸.'

하는 생각이 뇌수에 맺혔으니 여자의 부끄러운 마음으로 그 부모에게는 아무 말도 못하고 지내던 터이더니, 택일단자 보내는 것을 보매 가슴이 선뜩하고 심기가 좋지 못하여 몸을 비비 틀며 참다가 못하여 그 모친의 귀에 대고 응석처럼 가만히 하는 말이라.

(정임) "나는 시집가기 싫어."

(부인) "이년, 계집아이년이 시집가기 싫은 것은 무엇이고, 좋은 것은 무엇이냐?"

(이시종) "그년이 무엇이래, 나중에는 별 망측한 말을 다 듣겠네."

(정) "아버지 어머니 보고 싶어 시집가기 싫어요."

(부) "아비 어미 보고 싶다고 평생 시집 아니 갈까. 이 못생긴 년아."

부인의 말은 철모르는 말로 돌리는 말이라. 정임이는 정색하고 꿇어앉으며,

(정) "그런 것이 아니올시다. 아버지께서는 열녀는 *불경이부라는 글 가르쳐주셨지요. 나를 이왕 영창이와 결혼하시고, 지금 또 시집보낸다 하시니, 부모가 한 자식을 두 사람에게 허락하시는 법이 있습니까? 아무리 영창이 종적은 알지 못하나 다른 곳으로 시집가기는 죽

어도 아니하겠습니다."

이시종이 그 말을 듣더니 벌떡 일어서며 정임의 머리채를 휘어잡고 평생에 손찌검 한번 아니하던 그 딸을 여기저기 함부로 쥐어박으며,

(이) "요년, 요 못된 년, 그게 무슨 방정맞는 말이냐! 요년, 혓줄기를 끊어놓을라. 네가 영창이 예단을 받았단 말이냐, 네가 영창이와 초례를 지냈단 말이냐? 네가 간 데 없는 영창이 생각하고 시집 못 갈 의리가 무엇이란 말이냐, 아무리 어린 년인들."

하며 죽일 년 *잡쥐듯 하니, 부인은 겁이 나서,

(부) "고만두시오, 그년이 어린 마음에 부모를 떨어지기 싫어서 철모르고 하는 말이지요. 어서 고만 참으시오."

(이) "요년이 어디 철몰라서 하는 말이오? 제 일생을 큰일 내고 부모의 가슴에 못 박을 년이지……. 우리가 저 하나를 길러서 죽기 전에 서방이나 얻어 맡겨 근심을 잊을까 하는 터에……, 요년이……."

하며 또 한참 때려 주니, 부인은 놀랍고 가엾은 마음에 살이 떨리고 가슴이 저려서 달겨들며 이시종의 손목을 잡고 정임이 머리를 뜯어놓아 간신히 말렸더라.

이시종은 원래 구습을 개혁할 사상이 있는 터인 고로, 설령 그 딸이 과부가 되었을지라도 개가라도 시킬 것이요, 정혼하였던 것을 거리껴서 딸의 일평생을 그릇하지 아니할 사람이라. 정임의 가슴 속에 철석같이 굳은 마음은 알지 못하고 다만 자기 속마음으로,

'정임이 말도 옳지 아니한 바는 아니로되, 내 생각을 하든지 정임이 생각을 하든지 소소한 일로 전정에 대불행을 취함이 불가하다.' 생각하여, 정임이를 압제 수단으로 그런 말은 다시 못하게 하여놓고, 그날부터 *침모를 부른다, *숙수를 앉힌다 하여 바삐바삐 혼례를 준비하는데, 받아놓은 날이라 눈 깜짝할 사이에 벌써 열사흘 날 저녁이 되었으니, 그 이튿날 백마 탄 새 신랑이 올 날이라. 정절이 옥 같은 정임의 마음이야 과연 어떠하다 하리오. 건넌방에 혼자 누웠으니, 이 생각 저 생각 별생각이 다 난다. 부모의 뜻을 순종하자 하니 인륜의 죄인이 되어 지하에 가서 영창을 볼 낯이 없을 뿐 아니라, 이는 부모의 뜻을 순종함이 아니요, 곧 부모를 옳지 못한 사람을 만드는 것이요, 부모의 뜻을 좇지 아니하자 하니 그 계책은 죽는 수밖에 없는데, 늙은 부모를 두고 참혹히 죽으면 그 죄를 차라리 시집가는 것이 오히려 *경할지라. 아무리 생각하여도 어찌할 줄 모르다가 한 생각이 문득 나며 혼잣말로,

'시집이란 것이 다 무엇 말라죽은 것이야! 서양 사람은 색시 부인도 많다더라.'

하고 벌떡 일어서서 안방으로 들어가 보니, 그 부모는 잔치 *분별하기에 종일 *근로하다가 막 첫잠이 곤히 든 모양이라. 문갑 서랍에 열쇠 패를 꺼내 가지고 골방으로 들어가 금고를 열고 십 원권, 오 원권을 있는 대로 집어내어 손가방에 넣어서 들고 나오니, 시계는 아홉 점을 댕댕 치는데, 안팎으로 들락날락하며 와글와글하던 사람들은

하나도 없이 괴괴하고, 오동나무 그림자는 뜰에 가득하며 벽 틈에 여치 소리가 짤깍짤깍할 뿐이라. 다시 건넌방으로 들어가 종이를 내어 편지 써서 자리 위에 펴놓고 나와서, 그 길로 대문을 나서며 한 번 돌아보니, 부모의 생각이 마음을 찌르나, 억지로 참고 두어 걸음에 한 번씩 돌아보며 효자문 네거리 와서 인력거를 불러 타로 남대문 밖을 나서니, 이 때 가을 하늘에 얇은 구름은 고기비늘 같이 조각조각 연하고, 그 사이로 한 바퀴 둥근 달이 밝은 광채를 잠깐 자랑하고 잠깐 숨기는데, 연약한 마음이 자연 상하여 흐르는 눈물을 씻고 또 씻는 사이에 벌써 인력거 채를 덜컥 놓는데 남대문 정거장에서 요령 소리가 덜렁덜렁 나며 붉은 모자 쓴 사람이,

　"후상, 후상, 후상 *오이데마셍까?"

하고 외치는 소리가 장마 속 논가에 맹꽁이 끓듯 하니, 이때는 하오 십 시 십오 분 부산 급행차 떠나는 때라. 인력거에서 급히 내려 동경까지 가는 연락차표를 사 가지고 이등 열차로 오르니 호각소리가 '호르륵' 나며 기관차에서 '파 푸 파 푸' 하고 남대문이 점점 멀어지니, 앞길에 *운산은 창창하고 차 뒤에 연하는 막막하더라.

　그 빠른 차가 밤새도록 가다가 그 이튿날 아침에 부산에 도착하니, 안방에서 대문 밖도 자세히 모르고 지내던 정임이는 처음 이렇게 멀리 온 터이라. 집에 있을 때에 동경을 가자면 남문역에서 연락차표를 사 가지고 부산 가서 연락선 타고 하관까지 가고, 하관서 동경 가는 차를 다시 타고 신교역에서 내린다는 말을 듣기는 들었지마는, 남문

역에서 부산까지는 왔으나 연락선 정박한 부두 가는 길을 알지 못하여 정거장 머리에서 주저주저하다가,

"화륜선 타는 선창을 어디로 가오?"

하고 물으매 이 사람도 물끄러미 보고, 저 사람도 물끄러미 보니 정임이가 집 떠날 때에 머리는 전반같이 땋은 채로 옷은 분홍 *춘사 적삼, 옥색모시 다린 치마 입었던 채로 그대로 쑥 나온 그 모양이라. 누가 이상히 보지 아니하리오, 그 많은 내외국 사람이 모두 여겨보더니, 그 중에 어떤 사람이 아래위를 한참 훑어보다가,

"여보 작은아씨, 이리 와. 내가 부두까지 가는 길을 가르쳐줄 터이니"

하고 앞서서 가는데, 말쑥이 비치는 *통량갓 속으로 반드르르한 상투는 외로 똑 떨어지고 후줄근한 *왜사 두르마기는 기름때가 조르르 흘렀더라.

정임이가 약기는 *참새 굴레 씰만하지마는 세상 구경은 처음 같은 터이라. 다른 염려 없이 그 사람을 따라 부두로 나가는데, 부두로 갈 것 같으면 사람 많이 다니는 탄탄대로로 갈 것이언마는 이 사람은 정임이를 끌고 꼬불꼬불하고 좁디좁은 골목으로 이리 뺑뺑 돌고 저리 뺑뺑 돌아가다가, 어떤 오막살이 높은 등 달린 집으로 들어가며,

(그 사람) "나는 이 집에서 볼일 좀 보고 곧 가르쳐 줄 것이니 이리 잠깐 들어와."

정임이는 배 탈 시간이 늦어 가는가 하고 근심될 뿐 아니라 여자

의 몸이 낯선 곳에 혼자 와서 사나이 놈 따라 남의 집에 들어갈 까닭
이 없는 터이라.

(정임) "길 모르는 사람을 이처럼 가르쳐 주고자 하시니 대단히 고
맙습니다. 나는 여기서 잠깐 기다릴 터이니 어서 볼일 보십시오."
하고 섰더니, 그 사람이 그 집으로 들어간 지 한참 만에 어떤 계집
두 년이 머리에는 *왜밀 뒤범벅을 해 붙이고 중문간에서 기웃기웃
내다보며,

"아이그, 그 처녀 얌전도 하다. 아마 서울사람이지." 하고 나오더니,

"여보, 잠깐 들어오구려. 같이 오신 손님은 지금 담배 한 대 잡숫
는데요. 우리 집에는 아무도 없소. 여편네가 여편네들만 있는 집에
들어오는 것이 무슨 관계 있소? 어서 잠깐 들어왔다 가시오." 하며
한 년은 손목을 잡아당기고 한 년은 등을 미는데, 어찌할 수 없이 안
마당으로 들어섰다. 길 가르쳐 주마던 사람은 마루 끝에 걸터앉아 담
배를 먹다가 정임이를 보더니,

(그 사람) "선창을 물으면 배 타고 어디를 가는 길이야?"

(정임) "동경까지 갑니다."

(그 사람) "집은 어디인고?"

(정임) "서울이야요."

(그 사람) "동경은 무엇 하러 가?"

(정임) "유학하러요."

(그 사람) "유학이고 무엇이고 저렇게 큰 처녀가 길도 모르고 어찌

혼자 나섰어?”

　(정임) “지금 같이 밝은 세상에 처녀 말고 아무라도 혼자 나온들 무슨 관계 있습니까?”

　(그 사람) “이름은 무엇이고 나이는 몇 살이냐?”

이렇게 자세히 묻는 바람에 정임이는 의심이 나며, 서울 뉘 집 아들도 일본으로 도망해 가다가 그 집에서 부산경찰서로 *전보하여 붙잡아 갔다더니, 아마 우리 아버지께서 전보한 까닭으로 경찰서에서 별순검을 보내 조사하나 보다 하는 생각이 나서,

　(정임) “배 탈 시간이 늦어가는데 길도 아니 가르쳐주고 남의 이름과 나이는 알아 무엇 하려오?”

하고 돌아서서 나오는데 그 사람이 달려들며 잡담 제하고 끌어다가 뒷방에 넣고 방문을 밖으로 걸더라.

　그 사람은 색주가 서방인데, 서울 사람과 상약하고 어떤 집 계집아이를 *색주가 감으로 꾀어내는 판이라. 서울 사람은 그 계집아이를 유인하여 어느 날 몇 시 차로 보낼 것이니 아무쪼록 놓치지 말고 잘 단속하라는 약조가 있는 터에, 그 계집아이는 아니 오고 애매한 정임이가 걸렸으니 아무리 소리를 지른들 무엇하며, 야단을 친들 무슨 수가 있으리오만, 하도 무리한 경우를 당하여 기가 막히는 중에,

　‘이렇게 법률을 무시하는 놈을 여러 사람에게 알리면 도리가 있으리라.’ 생각하고 한 번 악을 쓰고 소리를 질렀더니, 그 놈이 *감언이설로 달래다 못하여 회초리 찜질을 대는 판에 전신이 피뭉치가 되고

과연 견딜 수 없을 뿐 아니라, 죽고자 하여도 죽을 수도 없으니 이런 일은 평생에 듣지도 보지도 못하다가 꿈결같이 이 지경을 당하매 분한 마음이 이를 것 없으나 어찌할 수 없이 갇혀 있더니, 사흘 되던 날 밤에 문틈으로 풍뎅이 한 마리가 들어와서 쇠잔한 등불을 쳐서 끄는데 갑갑하고 무서운 생각이 나서 불이나 켜 놓고 밤을 새우리라 하고, 들창 문지방을 더듬더듬하며 성냥을 찾으니, 성냥은 없고 다 부러진 *대까칼이 틈에 끼어 있는지라, 그 칼을 집어 들고 이리 할까 저리 할까 한참 생각하다가 마침내 문창살을 오린다. 칼도 어찌 잘 들고 힘도 어찌 세던지 밤새도록 겨우 창살 한 개를 오리고 나니, 닭은 세 홰를 울고 먼 촌에 개 짖는 소리가 나는데 그 창살 오려낸 틈으로 밖에 걸린 고리를 벗기고 가만히 나오니 죽었다가 살아난 듯이 상쾌한지라, 차차 큰길을 찾아가며 생각하니,

'이번에 이 고생한 것도 도시 의복을 잘못 차린 까닭이요, 또 동경을 가더라고 조선 의복 입은 사람은 하등 대우를 한다는데, 이 모양으로는 아무 데도 가지 못하겠다.' 하고 어느 모퉁이에 서서 날 밝기를 기다려 가지고 곧 *오복점을 찾아가서 일본 옷 한 벌을 사서 입고, 그 오복점 주인 여편네에게 간청하여 머리를 끌어올려 일본 쪽을 찌고, 또 그 여편네에게 선창 가는 길을 물어서 찾아가니, 이 때 마침 연락선 일기환이 떠나는지라, 즉시 그 배를 타고 망망한 바다 빛이 하늘에 닿은 곳으로 가더라.

이 같은 곤란을 지내고 동경을 향하여 가는 정임이가 삼 일 만에

목적지 신교역에 내리니, 그 시가의 화려하고 번창함이 참 처음 보는 구경이나, 여관을 어디로 가는지 모르고 한참 방황하다가 덮어놓고 인력거에 올라앉으니, 별안간 말하는 벙어리, 소리 듣는 귀머거리가 되어 인력거꾼의 묻는 말은 대답하지 못하고, 다만 손을 들어 되는 대로 가리키니 인력거는 가리키는 대로 가고, 정임이는 묻는 대로 가리켜서 이리저리 한없이 가다가 어느 곳에 다다르니, '상야관'이라 현판 붙인 집 앞에서 오고 가는 사람에게 광고를 돌리는데, 그 광고 한 장을 받아보니 무슨 말인지 의미는 알 수 없으나, 단지 숙박료 일 등에 얼마, 이등에 얼마라고 늘어 쓴 것을 보매 그 집이 여관인 줄 알고 인력거를 내려 들어가니, 벌써 여종과 *반또들이 나와 맞으며 들어가는 길을 인도하는지라. 인하여 그 집에 여관을 정하고 우선 여 관 주인에게 일본말을 배우니, 원래 총명이 과인하고 학문도 중학교 졸업은 되는 터이라, 일곱 달 만에 못할 말 없이 능통할 뿐 아니요, 문법도 막힐 곳 없이 무는 서적이든지 능히 보게 되매, 그해 봄에 '*소 석천구' 일본 여자대학에 입학하였는데, 그 심중에는 항상 부모의 생 각, 영창이 생각, 자기 신세 생각이 한데 뒤뭉쳐서 주야로 간절한 터 이라. 그러한 *뇌심 중에 공부도 잘 되지 아니하련마는 시험 볼 적마 다 그 성적이 평균점 일공공(100)에 떨어지지 아니하여 해마다 최우 등으로 진급되니, 동경 여학생계에 이정임의 이름을 모를 사람이 없 어 명예가 굉장하더라.

하루는 학교에서 *하학하고 여관으로 돌아오니, 어떤 여학도가 무슨 청첩을 가지고 와서 아무쪼록 오시기를 바란다고 간곡히 말하고 가는데, 그 청첩은 '여학생 일요강습회 창립총회' 청첩이요, 그 취지는 여학생이 일요일마다 모여서 학문을 강습하자는 뜻이라. 정임이는 근심이 첩첩하여 만사가 무심한 터이지마는, 그 취지서를 본즉 매우 아름다운 일인 고로 그날 모인다는 곳으로 갔더니, 여학생 수십 명이 와서 개회하고 임원을 선정하는데, 회장은 이정임이요, 서기는 산본영자라. 정임이는 억지로 사양치 못하고 회장석에 출석하여 문제를 내어 걸고 차례로 강연한 후에 장차 폐회할 터인데, 이때에 어떤 소년이 서기 산본영자의 소개를 얻어 회석에 들어오더니, 자기는 조선 유학생 강한영이라 하며, 강습회 조직하는 것을 무한히 칭찬하고, 이 회에 쓰는 재정은 자기가 *찬성적으로 어디까지든지 전담하겠노라 하고 설명하며, 우선 금화 백 원을 기부하는 서슬에 서기의 특청으로 강소년이 그 회의 *재무촉탁이 되었는데, 이때부터 강소년은 일요일마다 정임을 만나면 지극히 반가워하고 대단히 정답게 굴어서 아무쪼록 친근히 사귀려고 하며, 혹 어떤 때는 공원으로 놀러 가자기도 하고, *야시 구경도 같이 가자기도 하나, 정임의 정중한 태도는 비록 여자끼리라도 특별히 *친압하지 아니하거늘, 하물며 남자와 한가지 구경 다닐 리가 있으리오. 그런 말 들을 적마다 정숙한 말로 대답하매 다시는 그런 말을 못하는 터이요, 산본영자도 종종 여관으로 찾아오는데, 하루는 어떤 노파가 와서 자기는 산본영자의 모친이라 하며 자기 딸과 친절히 지내니 감사하다고 치하하고 가더니, 그 후로는 자주자주 다니며 혹 과자도 갖다주며, 혹 화장품도 사다주어 없던 정분을 갑자기 사고자 하며, 가끔 가다가 던지는 말로 여자의 평생 신세는 남편을 잘 만나고 못 만나기에 있다고 이야기하더라.

정임이 동경 온 지가 어언간 다섯 해가 되어 그해 하기 시험에 졸업하고, 증서 수여식 날 졸업장과 다수한 상품을 타매, 그 마당에 모인 고등 *관인과 내외국 신사들의 칭송이 빗발치듯 하니 그런 영광을 비할 곳이 없을 뿐 아니요, 그 졸업장 한 장이 금 주고 바꾸지 아니할 만치 귀한 것이라 그 마음에 오죽 기쁘리오마는, 정임이는 찬양도 귀에 심상히 들리고 좋은 마음도 별로 없어 즉시 여관으로 돌아와 삼층 *장자를 열고 난간에 의지하여 먼 하늘에 기이한 구름 피어오르는 것을 바라보며, 내두의 거취를 어떻게 할까 생각하고 앉았는데 산본 노파가 오더니 졸업한 것을 치하한다.

(노파) "이번에 우등으로 졸업하였다니 대단히 감축한 일이오그려. 듣기에 어찌 반가운지 내가 치하하러 왔지요."

(정임) "감축이랄 것 무엇 있습니까?"

(노파) "저렇게 연소한 터에 벌써 대학교 졸업을 하였으니 참 고마운 일이야. 내 마음에 이처럼 반가울 적에 당신이야 오죽 기쁘며, 부모가 들으시면 얼마나 좋아하시겠소."

(정임) "나는 좋은 것도 없습니다. 학교 교사 여러분의 덕택으로 졸업은 하였으나 아무 것도 아는 것은 없으니 무엇이 좋습니까?"

(노파) "그런 겸사는 다 고만두시오. 내가 모른다구요?…… 그러나

우리 딸 영자야말로 인제 겨우 고등과 이 년 급이니 언제나 대학교 졸업을 할는지요? 당신을 쳐다보자면 *고소대 꼭대기 같지.”

(정임) “별말씀을 다 하십니다. 영자의 재주로 잠깐이지요, 근심하실 것 무엇 있습니까.”

(노파) “당신은 얼굴도 어여쁘고 마음도 얌전하거니와 재주는 어찌 저렇게 비상하며, 학문은 어찌 저렇게 좋소? 나는 볼 적마다 부러워.”

(정임) “천만의 말씀이오.”

(노파) “당신은 시집을 가더라도 얼굴이 저와 같이 곱고 학문도 대학교 졸업한 신랑을 얻어야 하겠소.”

(정임) “…….”

(노파) “이 세상에는 저와 같은 짝이 없을걸.”

(정임) “…….”

(노파) “남녀 물론하고 혼인은 부모가 정하는 것이지마는, 이 이십 세기 시대에야 부모가 혼인 정해 주기를 기다리는 사람이 누가 있나? 혼인이란 것은 제 눈에 들고 제 마음에 맞는 사람과 할 것인걸.”

(정임) “…….”

(노파) “왜 아무 이야기도 아니하고 얼굴에 근심하는 빛이 있으니 웬일이오? 내가 혼인 이야기를 하니까 아마 시집갈 일이 근심되나 보구려. 혼인은 일평생에 큰 관계가 달린 일인데, 어찌 근심이 되지 아니하리까? 그렇지마는 근심할 것 없소. 내가 좋은 혼처 천거하리다. 이 말이 실없는 말 아니오. 자세히 들어보시오. 내가 남의 중대한

일에 잘못 소개할 리도 없고, 또 서양 사람이나 아미리가 사람에게
천거하는 것이 아니라, 같은 나라 사람이자 또 자격이 당신과 똑같은
터이니, 두고두고 평생을 구한들 어찌 그런 합당한 곳을 고를 수 있
으리까? 다른 사람이 아니라 일요강습회에 다니는 강한영씨 말씀이
오. 당신도 많이 만나 보셨겠지마는 얼굴인들 좀 얌전하며, 재조인들
여간 좋습더니까. 그 양반이 내 집에 주인을 정하고 삼 년을 나와 같
이 지내는데, 그 양반이 내 집에 주인을 정하고 삼 년을 나와 같이
지내는데, 그 옥 같은 마음은 오던 날이나 오늘이나 마찬가지요, 학
문으로 말하더라도 이번에 대학교 법률과 졸업을 하였으니 당신만
못하지 아니하고 재산으로 말하더라도 조선에 몇 째 아니 가는 부자
랍디다. 내가 조선 사람의 부자이고 아닌 것을 어찌 알겠소마는, 이
곳에 와서 돈 쓰는 것만 보면 알겠습디다. 그 양반이 돈을 써도 공익
적으로나 쓰지, *외입 한 번 하는 것도 못 보았어요. 만일 내 말이
못 믿거든 본가로 편지라도 해서 알아보고, 망설이지 말고 혼인 정하
시오. 그 집은 대구인데 이번에 나가면 서울로 이사한답니다. 암만
골라도 이러한 곳은 다시 구경도 못할 터이니 놓쳐 버리고 후회 할
것 없이 두말 말고 정하시오. 당신도 그 양반을 모르는 터이 아니거
니와 이 늙은 사람이 설마 남 못할 노릇 시키려고 거짓말할 리 있소?
다시 생각할 것 없이 내 말대로 하시오.”

그 노파는 졸업 치하가 변하여 혼인 소개가 되더니 잔말을 기다랗
게 늘어놓는데 정임이는 조금도 듣기가 귀찮은 터이라,

(정임) “그러하겠습니다. 여자가 되어 시집가는 것도 변될 일이 아니요, 당신이 혼인 중매하시는 것도 괴이치 아니한 터이나, 그러나 나는 집 떠날 때로부터 마음에 정한 바가 있어 다시는 변통 못할 사정이올시다. 그 사정은 말할 필요가 없거니와 만일 내가 시집을 갈 것 같으면 그런 좋은 곳을 버리고 어떤 곳을 다시 구하리까마는, 내가 시집 아니 가기로 결심한 이상에야 다시 할 말 있습니까? ‘혼인’ *이자에 대하여서는 두 말씀 마시기를 바랍니다.”

이처럼 싹도 없이 끊어 말하매 노파는 다시 말 못하고 *무연히 돌아갔는데, 그 후로부터 일요강습회에도 다시 가지 아니하고 있더니, 집 생각이 간절하여 집에 돌아가 늙은 부모나 봉양하고 여학교나 설립하여 청년 여자들이나 가르치며 오는 세월을 보내리라 하고 귀국할 행장을 차리는 중이데, 하루는 궂은비가 종일 와서 심기가 대단히 울적하던 차에, 비 개이고 달 돋아오는 경이 하도 좋기에 옷을 갈아입고 상야공원에 가서 달구경하고 오다가 불인지 가를 지나며 보니, *패한 *연엽에는 비 흔적을 머무르고, 맑고 맑은 물결에는 위에도 관월교요, 밑에도 관월교라. 그 운치를 사랑하여 돌아갈 줄을 잊어버리고 섰더니, 그 악소년을 만나 칼침을 맞고 병원으로 갔는데, 병원에서 의사가 상처를 진찰하니 *창흔은 *후문을 비키고 빗나갔고, *창구는 *이분이며 *심은 일촌에 지나지 못하여 생명은 아무 관계없고 놀라서 잠시 기색한 모양이라. 의사는 응급수술로 *민속히 치료하였으나 정임이는 그러한 광경을 생후에 처음 당하여 어찌 혹독히 놀랐던지 종시 *혼도하였다가 간신히 정신을 차려 눈을 떠 보니, 동편 유리창에 볕이 쨍쨍히 비치고, 자기는 높은 *와상에 흰 홑이불을 덮고 누웠는지라 어찌된 곡절을 몰라 속생각으로,

'여기가 어디인가? 우리 여관에는 저렇게 볕들어본 적도 없고 이러한 와상도 없는데, 내가 뉘 집에 와서 이렇게 누웠나? 애고, 이상도 하다. 내가 아마 꿈을 이렇게 꾸나 보다.' 하고 정신을 수습하는 때에, 의사가 간호부를 데리고 들어오는 뒤에 순사가 따라오는 것을 보고 그제야 전신에 소름이 쪽 끼치며, 어젯밤 공원 생각이 나는데 의사가 창구를 씻고 약을 갈아붙이더니, 순사가 앞으로 다가서며 자세자세 묻는다.

(순사) "당신의 성명은 누구라 하오?"

(정임) "이정임이올시다."

(순) "연령은 얼마요?"

(정) "십구 세올시다."

(순) "당신의 집은 어디요"

(정) "조선 경성 북부 자하동 일백팔 통 십 호올시다."

(순) "당신의 부친은 누구요?"

(정) "이○○올시다."

(순) "부친의 직업은 무엇이오?"

(정) "우리 부친은 관인이더니 지금은 벼슬 없고, 전직은 시종원 시종이올시다."

(순) “형제는 몇 분이오?”

(정) “이 사람 하나뿐이올시다.”

(순) “당신이 무슨 일로 동경에 왔소?”

(정) “유학하기 위하여 왔습니다.”

(순) “그러시오? 그러면 여관은 어디며, 어느 학교 몇 년 급에 다니오?”

(정) “여관은 하곡구 거판정 십일 번지 상야관이요, 학교는 일본 여자대학에 다니더니 *거 칠월 십일에 졸업하였습니다.”

(순) “매우 고마운 일이오마는……. 어젯밤에 *행흉하던 놈은 아는 놈이오, 모르는 놈이오?”

(정) “안면은 두어 번 있었지요.”

(순) “안면이 있으면 그놈의 성명을 알며, 어디서 보았소?”

(정) “성명은 강한영이요, 만나보기는 여학생 일요강습회에서 만나보았습니다.”

(순) “성명을 들으니 그놈도 조선 사람이오그려……. 그 놈의 원적지와 유숙하는 여관은 어디인지 아시오?”

(정) “본국 사람이로되 거주도 모르고, 여관도 어디인지 알 수 없으나 그 주인은 산본이랍니다.”

(순) “그러면 무슨 이유로 저 일을 당하였소?”

(정) “이유는 아무 이유도 없습니다……. 여자가 되어 세상에 난 죄악이지요.”

정임이는 그 말 그치며 두 눈에 눈물이 핑 도는데, 순사가 낱낱이 조사하여 수첩에 기록해 가지고 매우 가엾다고 위로하며 의사를 향하여 아무쪼록 잘 보호하고 속히 치료해 주라고 부탁하고 나가더라.

정임이가 이러한 죽을 욕을 보고 병원에 누웠으매 처량하기도 이를 것이 없고 별생각이 다 나는데,

'내가 집을 버리고 멀리 떠나서 늙은 부모의 걱정을 시키니, 이런 죄악을 왜 아니 당할 리 있나. 그렇지마는 내가 부모를 저버린 것이 아니요, 중대한 의리를 지킨 일이니, 아무리 어떠한 죄를 당할지라도 조금도 *신명에 부끄러울 것은 없어. 내가 어려서 부모에게 귀함 받고 영창이와 같이 자랄 때에 신세가 이 지경 될 줄 누가 알았던가? 그러나 나는 무슨 고생을 하든지 이 세상에 살아 있거니와, 백골이 어느 곳에 헤어진지 알지 못하는 영창의 외로운 혼이 불쌍치 아니한가! 내가 바삐 지하에 돌아가 영창이를 만나서 어서 이런 말을 좀 하였으면 좋겠구만, 부모 생각에 할 수 없지……, 허…… 나의 한 몸이 천지의 *이기를 타고 부모의 혈육을 받아 이 세상에 한 번 나온 것이 *전만고후만고에 다시 얻기 어려운 일인데, 이렇게 아까운 일생을 낙을 모르고 지내다가 죽는단 말인가. 참 팔자도 기박도 하다. 생각을 하면 간이 녹아 신문이나 보고 잊어버리겠다.' 하고 간호부를 불러 신문 한 장을 가져오래서 *잠심하여 보는데 제삼 면 *잡보란에,

'김영창(연 십구)이라 하는 사람이 어떤 여학생과 무슨 감정이 있던지 재작일 하오 십일 시경에 상야공원 불인지 가에서 칼로 찌르다

가 하곡구 경찰서로 잡혀갔는데, 그 사람은 본디 조선 사람으로 영국 문과대학에서 졸업한 자이라더라.' 게재하였는지라. 이 잡보를 보다가 하도 이상하여 한 번 다시 보고 또 한 번더 훑어보아도 갈 데 없이 자기의 사실인데, 행패하던 놈의 성명이 다르매 더욱 이상하여 혼잣말로,

'아이고, 이상도 하다. 이 말이 정녕 내 말인데, 그놈이 강가 아니요, 김영창이란 말은 웬 말이며, 영국 문과대학 졸업이란 말은 웬 말인고? 아마 신문에 잘못 게재하였나보다. 내가 영창이 생각을 잊어버리자고 신문을 보더니……' 하고 신문을 땅에 던지다가 다시 집어들고,

"김영창……, 김영창……, 문과대학 졸업?"
하며 무슨 생각을 새로 하는 때에 누가 어떤 엽서 한 장을 주고 나가는데 그 엽서는 재판소 호출장이라. 그 엽서를 받아두고 병 낫기를 기다리더니, 병원에 온 지 일주일이 되매 상처도 완전히 치료되고 재판소에서 부르는 일자가 되었는지라, 병원에서 퇴원하여 여관으로 돌아가는 길에 곧 재판소로 가더라.

정임의 마음에 이렇듯이 새기고 새겨둔 영창이는 정임을 이별하고 부모를 따라 초산으로 온 후에 날이 가고 해가 갈수록 역시 정임이가 영창이 생각함이나 *진배없이 정임을 생각하며 가고 또 오는 날을 괴로이 지내더니, 하루는 정임에게서 편지가 와서 반갑게 떼어 본다.

(편지) "이별할 때에 푸르던 버들이 다시 푸르르니 하늘가를 바라

보매 눈이 뚫어지고자 하나 바다는 막막하고 소식은 없으니, 난간에 의지하여 공연히 창자가 끊어질 뿐이요, 해는 가까우나 초산은 멀며, 바람은 가벼우나 이 몸은 무거워서 날아다니는 *술업은 얻지 못하고 다만 *봄꿈으로 하여금 괴롭게 하니, 생각을 하면 마음이 상하고 말을 하자니 이가 시구나.”

이러한 *만지장서를 채 다 보지 못하고 막 시작하여 여기까지 보는데 삼문 밖에서 별안간 우지끈 뚝딱하며,

“아 우!” 하는 소리가 나더니 *봉두난발도 한 놈, 수건도 쓴 놈들이 혹 몽둥이도 들고, 혹 돌고 들고 우 몰려 들어오면서 우선 *이방, *형방, 순로, *사령을 미친 개 때리듯 하며, 한 떼는 대청으로 올라와서 군수를 잡아 내리고, 한 떼는 *내아에 들어가서 부인을 끌어내어 한 끈에다가 *비웃 *두름 엮듯이 동여 앉히고 여러 놈이 둘러서서 한 놈은,

“물을 끓여라!”

한 놈은,

“장작더미에 올려 앉혀라!”

한 놈은,

“석유를 끼얹어라!”

한 놈은,

“구덩이를 파라!”

또 한 놈은,

“이 애들, 아서라. *학정은 모두 아전 놈의 짓이지 그 못생긴 원 놈이야 술이나 좋아하고 글이나 잘 짓지 무엇을 안다더냐? 그럴 것 없이 *짚등우리나 태워서 *지경이나 넘겨라.”

하는데, 그 중 한 놈이 쑥 나서며,

“그럴 것 없이 좋은 수 있다. 두 연놈을 큰 뒤주 속에 한데 넣어서 강물에 띄워 버리자.”

하더니 그 여러 놈들이,

“이애, 그 말 좋다……, 자…….”

하며 뒤주를 갖다가 군수 내외를 집어넣고 자물쇠를 채우고 *진상 가는 꿀 병 동이듯 이리 층층 얽고 저리 층층 얽어서 여러 놈이 떠메고 압록강으로 나가는데, 정임이 편지 보던 영창이는 *창졸간에 하늘이 무너지고 땅이 꺼지는 듯한 난리를 만나매 어찌할 줄 모르고 몸부림을 하며 아버지, 어머니를 부르고 울다가, 메고 나가는 뒤주를 쫓아가니 어떤 놈은 귀퉁이도 쥐어박고, 어떤 놈은 발길로 차기도 하며, 어떤 놈은,

“이애, 요놈은 작은 도적놈이다. 요런 놈 씨 받아서는 못쓰겠다. 요놈도 마저 뒤주 속에 넣어라.”

하더니, 또 어떤 놈이 와서,

“아서라, 그까짓 어린 자식놈이야 무슨 죄가 있느냐? 그렇지마는 요놈이 이렇게 잘 입은 비단옷도 모두 초산 백성의 피 긁은 것이니 이것이나마 입혀 보낼 것 없다.”

하고 달려들며 입은 옷을 다 벗기고, 지나가는 거지 아이의 옷 해진 틈틈이 *서캐, 이가 *터진 방앗공이에 보리알 끼듯 한 것을 바꿔 입혀서 땅에 발이 붙지 않도록 들어 내쫓는다. 그 지경 당하는 영창의 마음에는, 자기는 죽인대도 겁날 것 없으되, 무죄한 부모가 참혹히 죽는 것이 비할 데 없이 *통애한 생각에,

'나도 압록강에나 가서 기어코 우리 부모 들어앉아 계신 뒤주라도 붙들고 죽으리라.'

하고 굴청, 언덕을 헤아리지 아니하고 엎드러지며 자빠지며 압록강을 향하고 가는데, 읍내서 압록강이 몇 리나 되던지 밤새도록 가다가 어느 곳에 다다르니 위도 하늘 같고 아래도 하늘 같은 물빛이 보이는데, 사면은 적적하고 넓고 넓은 *망경창파에 총총한 별빛만 반짝반짝하며 *오열한 여울소리가 슬피 *조상하는 듯할 뿐이요, 자기 부모는 어디로 떠나갔는지 알 수 없는지라, 하릴없이 언덕 위에 서서 창자가 끊어지는 듯이 울며 몇 번이나 강물로 떨어지려고 하다가 다시 생각하고,

'죽더라도 떠나가는 뒤주라도 보고 죽으리라.' 하여 물결을 따라 한없이 내려간다. 며칠이나 가고 어디까지나 왔던지 한 곳에 이르러서는 발도 붓고 다리도 아플 뿐 아니라, 여러 날 굶어서 기운이 *시진하여 정신 잃고 *사장에 넘어졌으니 그 *동탕한 얼굴이야 어디 갈 것 아니지마는, 그 넘어진 모양이 하릴없이 *쭉정이 송장이라. 강변 까마귀는 이리로 날며 '깍깍', 저리로 날며 '깍깍' 하고, 개떼는 와서

여기도 '꿋꿋' 맡아보고 저기도 '꿋꿋' 맡아보나 이것저것 다 모르고 누웠더니, 누가 허리를 꾹꾹 찌르고 또 꾹꾹 찌르는 섬에 간신히 눈을 들어 보니 어리어리하게 보이는 중에 키는 장승같고 옷은 시커멓고 코는 주먹덩이만 하고 눈은 여산 칠십 리는 들어간 *듯하여 도깨비 중에도 상도깨비 같은 사람이 옆에 서서 무슨 말을 하는데, 귀도 먹먹하지마는 무슨 말인지 *어훈도 알 수 없고 말할 기운도 없거니와 대답할 줄도 모르고 눈만 멀거니 쳐다볼 뿐이라. 그 사람이 달려들어 일으켜 앉혀놓고 *빨병을 내어 물을 먹이더니, 손목을 끌고 인가를 찾아가니 그곳은 신의주 나루터이요, 그 사람은 영국 문학박사 스미트라 하는 사람인데 자선가로 영국서 유명한 사람이라. 그 사람이 동양을 유람코자 하여 일본 다녀 조선으로 와서 부산, 대구, 경성, 개성, 평양, 의주를 다 구경하고 장차 청국 북경으로 가는 길에 이곳에서 영창이 넘어진 것을 보고, 얼굴이 비범한 아이가 그 모양으로 누운 것을 매우 측은히 여겨, 즉시 끌고 신의주 개시장 일본 사람의 여관으로 들어가서 급히 약을 먹인다, 우유를 먹인다 하여 정신을 차린 후에 목욕을 시키고 새 옷을 사서 입히니, 그 준수한 용모가 *관옥 같은 호남자이라. 곧 데리고 압록강을 건너가니 다 죽었던 영창이는 은인을 만나 목숨이 살아나매 그 때는 아무 생각 없고 다만,

'아무쪼록 생명을 보존하여 기회를 얻어 원수를 갚고 우리 부모의 *사속을 전하리라.' 하는 마음뿐이라. 그 사람과 말이나 통할 것 같으면 사실 이야기나 자세히 하고 서울 이시종 집으로나 보내 달라고

간청해볼 터이언마는 말은 서로 알아듣지 못하고, 하릴없이 그 사람 끌고 가는 대로 따라가는데, 서로 소 닭 보듯 하며 먹을 때 되면 먹고, 잘 때 되면 자고, 마차를 타고 막막한 광야로도 가고, 기차를 타고 화려 장대한 시가도 지나가고, 화륜선을 타고 망망한 바다로도 가서 어디로 가는지도 모르고 가다가, 어느 곳에서 기차를 내리매 땅에는 철로가 빈틈없이 놓이고, 하늘에는 전선이 거미줄같이 얽혔으며, 넓고 넓은 길에 마차, 자동차. 자전거는 여기서도 쓰르르 저기서도 *뜰뜰하고, 십여 층 벽돌집은 좌우에 *쟁영하며 각색 공장의 연기 굴뚝은 밀짚 들어서듯 총총하여 그 굉장한 풍물이 영창의 눈을 놀래니 그곳은 영국 서울 런던이요, 스미트의 집이 곧 그곳이라. 스미트는 영창을 데리고 집으로 들어가서 세계에 없는 보화를 얻어 온 듯이 귀히 여기니, 그 부인도 역시 자기 자식같이 사랑하며 날마다 말 가르치기로 일삼는데, 영창의 재조에 한 번 들은 말과 한 번 본 글자를 다시 잊지 아니하고 몇 날 못 되어 가정에서 날마다 쓰는 말은 능히 옮기매 부인의 마음에 신통히 여기고 차차 지지, 산술, 이과 등의 소학교 과정을 가르치기에 재미를 붙이고 영창이도 스미트 내외에게 친부모같이 정답게 굴며 근심 빛을 외면에 드러내지 아니하더라.

정임이는 영창이 종적을 모르고 근심이 가슴에 맺혀서 옷끈이 자연 늦어지는 터이언마는 영창이는 부모가 그 지경 된 것이 지극히 불쌍하여 *백해가 녹는 듯이 슬픈 마음에 정임이 생각은 도시 잊었더니, 하루는 산술을 공부하는데 삼삼을 자승(33×33)하는 문제를 놓

으며,

'삼삼구…… 삼삼구……, 또 삼삼구…… 삼삼구.' 하다가 문득 한 생각이 나며,

'옳지! 정임이가 남문역에서 작별할 때에 편지나 자주 하라고 부탁하며 통호수를 잊거든 삼삼구를 생각하라더라. 편지나 부쳐서 소식이나 서로 알고 있으리라.'

하고 초산서 *봉변하던 말과 스미트를 따라 런던 와서 공부하고 있는 말로 즉시 편지를 써서 우편으로 보내고, 다시 생각하고 편지 또 한 장을 써서 시종원으로 부쳤더니, 사오 개월이 지난 후에 그 편지 두 장이 한꺼번에 돌아왔는데, 쪽지가 너덧 장 붙고 '영수인이 무하여 반환함'이라 썼으니 우편이 발달된 지금 같으면 성 안에 있는 이 시종 집을 어떻게 못 찾아 전하리오마는, 그 때는 우체 배달이 유치한 전 한국 통신원 시대라, *체전부가 그 편지를 가지고 교동 삼십삼 통 구 호를 찾아가매 불이 타서 빈터뿐이요, 시종원으로 찾아가매 이 시종이 갈려 버린 고로 전하지 못하고 도로 보낸 것이라. 편지를 두 곳으로 부치고 답장 오기를 고대하던 영창이는 어찌된 사실을 몰라 마음에 더욱 불평히 지내는데, 차차 지각이 날수록 남의 나라의 문명 부강한 경황을 보고 내 나라의 야매, 조잔한 이유를 생각하매 다른 근심은 다 어디로 가고 다만 학업에 힘쓸 생각뿐이라. 즉시 학교에 입학하여 열심히 공부하니 그 *과공이 일취월장하여 열여섯 살에 중학교 졸업하고, 열아홉 살에 문과대학 졸업하니 그 학문이 훌륭한 청

년 문학가가 되었는지라, 스미트 내외도 지극히 기뻐할 뿐 아니라 영
국 문부성 관리들이 극구 찬송 아니하는 자가 없더니, 문부성 학무국
장이 스미트를 방문하고 자기 딸을 영창에게 *통혼하는지라. 영창이
생각에,

 '아무리 정임이와 서로 생사를 알지 못하나 내가 정임이 거취를
자세히 알기 전에는 다른 배필을 구하지 않으리라.'
하고 그제야 자기 사실과 정임의 관계를 낱낱이 스미트에게 이야기
하고 학무국장의 *의혼을 거절하였는데, 그 해 유월에 스미트가 대
일본 *횡빈 *주차 영사가 되어 일본으로 나오매 영창이도 스미트를
따라 횡빈 와서 있더니, 어느 때는 동경으로 구경 갔다가 지리한 가
을 장마에 구경도 못하고 적적한 여관에서 파초 잎에 떨어지는 빗소
리를 들으며 소설을 저술하는데, 고국 생각이 새로 간절한 중 정임의
소식을 하루바삐 알고자 하는 회포가 마음을 흔들어서,

 '아마 정임이는 그사이 시집을 갔을걸.'
하고 생각하며 하늘가에 돌아가는 구름을 유연히 바라보더니 헤어져
가는 구름 너머로 쑥 솟아오르는 한 조각 달이 수정 같은 광휘를 두
루 날리는지라. 곧 상야공원에 가서 산보하다가, 불인지 연못가에서
마침 어떤 사람이 칼로 여학생 찌르는 것을 보고, *자닝한 생각이 왈
칵 나서 소리를 지르고 급히 쫓아가니 여학생의 목에 칼이 박혔는지
라, 그 칼을 얼른 빼어 들고 생각하매,

 '그놈은 벌써 달아났으니 경찰서에 고발하기도 혐의쩍고, 그대로

가자 하니 이것이 사나이 일이 아니라.'

사기가 대단히 *망단하여 어찌할 줄 모르고 한창 생각할 때에 행순하던 순사에게 잡혀가니, 신문하는 마당에 무엇이라고 발명할 증거는 없으나 사실대로 말하니, 그 말은 아무 효력 없고 애매한 살인 미수범이 되어 즉시 재판소로 넘어가서 감옥소에 갇혀 있더라.

이 때 정임이가 호출장을 가지고 재판소로 들어가니, 검사가 그날 저녁에 당하던 사실을 자세히 조사하더니 어떤 죄인을 대면시키고,

(검사) "저 사람이 공원에서 칼로 찌르던 사람 아니냐?"

하고 묻는데 정임이는 그 사람의 얼굴을 자세히 보고 병원에서 신문 보던 일을 생각하니 얼굴 전형도 흡사한 영창이 어렸을 때 모습이요 눈, 귀, 콧부리도 모두 영창이라, 은근히 반가운 마음이 염통 밑을 쑤시나, 한편으로 그 사람이 정녕 영창인지 아닌지 의심도 없지 아니할 뿐 아니라 경솔히 반색할 일도 못 되고 또 *관정에서 *사삿말도 할 수 없는 터이라, 검사의 말대답 할 겨를도 없이 그 죄인을 물끄러미 보다가 한참 만에 대답을 한다.

(정임) "저이는 그 사람이 아니올시다. 그러나 저 사람에게 한마디 물어볼 말씀이 있사오니 잠깐 허가하심을 바랍니다."

(검사) "무슨 말을?"

(정임) "이 사건에 대한 일은 아니오나 사사로이 물어볼 만한 일이 있습니다."

(검사) "무슨 말인지 잠깐 물어보아"

정임은 검사의 허락을 얻어 가지고 그 대인을 대하여 조선말로 묻
는다.

(정임) "당신은 어찌된 사기로 이곳에 오셨소?"

(죄인) "다른 까닭 아니라 공원 구경 갔다가 어떤 놈이 젊은 부인
을 *모해코자 함을 보고 마음에 대단히 *송연하여 급히 쫓아갔더니
그놈은 달아나고 내가 발명할 수 없이 잡혀 왔습니다. 그 부인이 아
마 당신이신 게요 그려. 그 때는 매우 위험하더니 천만에 저만하신
것이 대단히 감축합니다."

(정임) "그러하시오니까. 나는 그 때 정신 잃고 아무 것도 몰랐습
니다그려. 위태함을 무릅쓰고 이만 사람을 구하여주시니 대단히 고
맙습니다마는, 애매히 여러 날 고생을 하여 계시니 가엾은 말씀을 어
찌 다 하오리까. 그러나 존함은 누구신지요?"

(죄인) "이 사람은 김영창이올시다."

(정임) "여러 번 묻기는 너무 불안합니다마는, 내게 은인이 되시는
터에 자세히 알아야 하겠습니다. 황송한 말씀으로 춘부장은 누구시
오니까?"

(죄인) "은인이라 하심은 천만에 말씀이올시다. 우리 선친은 ○○
올시다."

(정임) "그러면 관직은 무슨 벼슬을 지내셨습니까?"

(죄인) *"비저승 지내시고 초산 군수로 돌아가셨습니다."
하면서 눈살을 찡그리는데 정임이는 그 말 들으매 다시 물을 것 없

이 뇌수에 맺혀 있는 그 영창이라. 죽은 줄 알던 영창이를 뜻밖에 만나니 정신이 아득아득하며 기쁜 마음이 *진하여 슬픈 생각이 생겨서 아무 말 못하고 눈물이 비 오듯 하는데, 영창이는 감옥소에 갇혀서 발명하기를 근심하다가 여학생 대면시키는 것이 대단히 상쾌하여 이제는 발명되겠다고 생각하더니, 그 여학생은 일본말로 검사와 수작하매 무슨 말인지 몰라 궁금하던 차에, 여학생이 조선말로 자세히 묻는 것이 하도 이상하여 그 얼굴을 살펴보니, 남문역에서 한 번 이별한 후로 십 년을 못 보던 정임의 용모가 여전하나 역시 의아하여 다른 말은 할 수 없고 다만 묻는 말만 대답하더니, 마침내 *낙루하는 것을 보매 의심이 더욱 나서 한번 물어본다.

(영창) "여보시오, 자세히 물으시기는 웬일이며, 또 낙루하시기는 어찌한 곡절이오니까?"

(정임) "나를 생각지 못하시오? 나는 이시종의 딸 정임이오."
하며 흑흑 느끼니 철석같은 장부의 창자도 이 경우를 당하여서는 어찌할 수 없이 눈물을 보내 수건을 적시더라. 신문하던 검사는 어찌된 까닭을 모르고 정임을 불러 묻는지라, 정임이가 영창이와 같이 자라던 일로부터 부모가 혼인 정하던 말과, 초산 민요 후에 서로 생사를 모르던 말과, 동경 와서 유학하는 원인과, 오늘 의외로 만난 말을 낱낱이 이야기 하니 검사가 그 말을 들으매, 김영창은 백백 애매할 뿐 아니라 그 사실이 매우 신기한지라, 검사도 정임의 절개를 무한히 칭찬하며 한 가지 내보내고, 강소년을 잡으려고 각 경찰소로 전화도 하고 조선 유학생도 일변 조사하니 각 신문에 '*불행위행'이라 제목하고 정임의 사실의 *수미를 게재하여 극히 찬양하였으매 동경 있는 조선 유학생이 그 사실을 모를 사람이 없더라.

정임이와 영창이가 재판소에서 나와서 같이 여관으로 돌아와 마주 앉으니 *몽몽한 꿈속에 보는 것도 같고, 죽어 혼백이 만난 듯도 하여 그 마음을 이루 측량할 수 없는지라, 서로 울기도 하고 웃기도 하며 그사이 풍파 겪고 고생하던 이야기를 *작약히 하다가, 횡빈 영국 영사관으로 내려가서 정임이는 스미트를 보고 영창이 구제함을 감사히 치하하고, 영창이는 공교히 정임이 만난 말을 하며 본국으로 나가서 혼례 지낼 이야기를 하니, 스미트도 대단히 신기히 여기고 혼례 준비금 삼천 원을 주는지라, 정임이는 곧 장문 전보를 본가로 보내고 영창이와 한 가지 *발정하여 서울 남문 정거장을 가까이 오니, 한강은 *용용하고 남산은 *의의하여 *의구한 고국산천이 환영하는 뜻을 머금었더라.

정임이 동경으로 가던 그 이튿날 아침에 이시종 집에서는 혼인잔치 차리느라고 온 집안이 물 끓듯 하며 *봉채 시루를 찐다, 신랑 마중을 보낸다 법석을 하는데, 신부는 방문을 척척 닫고 *일고삼장하도록 일어나지 아니하매 이시종 부인이 심히 이상히 여기고,

"이애 정임아, 오늘 같은 날 무슨 잠을 이리 늦게 자느냐? 어서 일어나서 머리도 빗고 세수도 하여라. 벌써 수모가 왔다."

하며 방문을 열어보니, 정임이는 간 곳 없고 웬 편지 한 장이 자리

위에 펴있는데,

(편지) "불효의 딸 정임은 부모를 떠나 멀리 가는 길을 임하여 죽기를 무릅쓰고 두어 마디 황송한 말씀을 아버님, 어머님께 올리나이다.

대저 사람이 세상에 처하여 *윤강을 지키지 못하면 가히 사람이랄 것 없이 금수와 다르지 아니함은 정한 일이 아니오니까? 그러하온데 부모께옵서 기왕 이 몸을 영창이게 *허혼하였사오니 비록 성례는 아니하였을지라도 영창의 집사람이 아니라고 할 수 없는 터이라 어찌 영창이 있고 없는 것을 헤아리오리까. 지금 사세로 말씀하오면 위에 늙은 부모가 계시고 아래에 사내아이 동생이 없으매 그 *정형이 대단히 절박하오나 그 사람을 알지 못하는 바는 아니오라. 지금 만일 부모의 두 번 명령하심을 복종하와 다른 곳으로 또 시집가오면 이는 부모로 하여금 그른 곳에 빠지게 하여 오륜의 첫째를 위반함이요, 이 몸으로써 절개를 잃어 삼강의 으뜸을 문란케 함이오니, 정임이가 비록 *같지 못한 계집아이오나 어찌 조그마한 사정을 의지하여 윤강을 어기고 금수에 가까운 일을 차마 행하오리까. 그러하므로 죽사와도 내일 일은 감히 이행치 못하옵고 곧 *만리붕정의 먼 길을 향하오니, 부모의 슬하를 떠나 걱정을 시키는 일은 실로 불효막심하오나 백 번 생각하고 마지못하여 행하옵나이다. 그러하오나 멸학매식한 *천질로 해외에 놀아 문명 공기를 마시고 좋은 학문을 배워 돌아오면 이 어찌 영화가 되지 아니하오리까. 머지 아니하여 돌아오겠사오니 과도히 근심 마옵시기를 천만 바라오며, 급히 두어 자로 갖추지 못하오니 아버님, 어머님은 만수무강하옵소서."

　부인이 이 편지를 집어 들고 깜짝 놀라며 자세히 보지도 않고 사랑에 있는 이시종을 청하여 그 편지를 주며 덜덜 떠는 말로,

　(부인) "이거 변괴요그려, 요런 방정맞은 년 보아."

　(이) "왜 그리야, 이게 무엇이야……, 응?"

하고 그 편지를 받아보는데 부인의 마음에는 그 딸이 죽어서 나간 듯이 서운 섭섭하여 비죽비죽 울며 목멘 소리로,

　(부인) "고년이 평일에 동경 유학을 원하더니 아마 일본을 갔나 보오. 고년이 자식이 아니라 애물이야. 고 어린 년 어디 가서 고생인들 오죽할라구. 고년이 요런 생각을 둔 줄 알았더면 아이 년으로 늙어 죽더라도 고만두었지. 그러나저러나 아무 데를 가더라도 죽지나 말았으면."

하며 무당 넋두리하듯 하는데 이시종이 그 편지를 다 보더니,

　(이) "여보, 요란스럽소. 떠들지나 마오."

하고 전보지를 내어 정임이 *압류하여달라고 부산경찰서로 보내는 전보를 써 가지고 전보 부칠 돈을 꺼내려고 철궤를 열어보니, 귀 떨어진 엽전 한 푼 아니 남기고 죄다 닥닥 긁어내었는지라, 하릴없이 제 은행 *소절수에 도장을 찍어 지갑에 넣더니,

　(이) "여보 마누라, 나는 전보를 부치고 바로 부산까지 다녀올 터이니 집안일은 마누라가 *휘갑을 잘 하오."

하고 나갔는데, 부인은 정신없이 허둥지둥할 사이에 잔치 손님이 꾸

역꾸역 모여들고, 마침 중매아비 정임의 외삼촌이 오는지라, 부인이 그 동생을 붙들고 정임이 이야기를 한창 하는 판에 새 신랑이 사모관대 하고 *안부를 말머리에 앞세우고 우적우적 달려드니, 부인 남매는 신부가 밤사이에 도망하였다는 말을 어찌 하며 또 갑자기 죽었다고 핑계도 할 수 없는 터이라 어찌 할 줄 모르고 *창황망조하다가, *동에 닿지도 않는 말로 신부가 지나간 밤에 급히 병이 나서 병원에 가 있다고 우선 말하니 그 눈치야 누가 모르리오. 안손, 바깥손, 내 하인, 남의 하인 할 것 없이 모두 이 구석에도 몰려서서 수군수군, 저 구석에도 몰려서서 수군수군하는데, 신부 없는 혼인을 어찌 지낼 수 있으리오. 닭 쫓던 개는 지붕이나 쳐다보지마는 장가들러 왔던 신랑은 신부를 잃고 뒤통수 치고 돌아서고, 정임의 외삼촌은 즉시 신랑의 부친 박과장을 가서 보고 정임의 써 놓고 간 편지를 내보이며, 사실의 수미를 자세히 이야기하고 무수히 사과하였으나, 그 창피한 모양은 이루 말할 수 없으며, 이시종은 그 길로 즉시 부산을 내려가서 연락선 타는 선창 목을 지키나, 그 때 색주가 서방에게 잡혀가 갇혀 있는 정임이를 어찌 그림자나 구경할 수 있으리오. 하릴없이 그 이튿날 도로 올라오는 길에 경찰서에 가서 *간권히 다시 부탁하고 왔으나 정임이는 일본 옷 입고 일본사람 틈에 끼어 갔으매 경찰서에서도 알지 못하고 놓쳐 보낸 것이더라.

이시종 내외는 *생세지락을 그 외딸 정임에게만 붙이고 늙어 가는 터이라, 응석도 재미로 받고, *독살도 귀엽게 보며, 근심이 있다가도 정임이 얼굴만 보면 없어지고 화증이 나다가도 정임이 말만 들으면 풀어지며, 어디를 갔다 오다가도 대문간에서 정임이부터 찾으며 들어오는 터이더니, 정임이가 흔적 없이 한번 간 후로 정임의 거동은 눈에 암암하고, 정임이 목소리는 귀에 쟁쟁하여 정임이 생각에 곤한 잠이 번쩍번쩍 깨어 미칠 것같이 지내는데, 어느 날 아침에는 하인이 어떤 편지 한 장을 가지고 들어오며,

"이 편지가 댁에 오는 편지오니까? 우체사령이 두고 갔습니다."

하는데 피봉 전면에는 '경성 북부 자하동 108, 10 이시종○○ 각하'라고 쓰고, 후면에는 '동경시 하곡구 기판정 십일 번지 상야관 이정임'이라 하였는지라, 이시종이 받아 보매 눈이 번쩍 띄어,

(이) "마누라, 마누라! 정임이 편지가 왔소그려."

(부) "아에그! 고년이 어디 가서 있단 말씀이오?"

하며 반가운 마음을 이기지 못하여 비죽비죽 우는데 이시종이 그 편지를 떼어 보니,

(편지) "미거한 여식이 오괴한 마음으로 불효됨을 생각지 못하옵고, 홀연히 한번 집 떠난 후에 *성사를 오래 *궐하오니 지극히 황송하옵고 또한 *문후할 길이 없사와 *민울한 마음이 측량할 길 없사오며 그 사이 추풍은 불어 다하고 쌓인 눈이 심히 춥사온데 *기체후 일향 *만안하옵시고, 어머님께옵서도 안녕하시오니까? *복모구구 불리옵지 못하오며, 여식은 그때 곧 동경으로 와서 공부하고 잘 있사오나, 아버님·어머님 뵈옵고 싶은 마음과, 부모께옵서 이 불효의 자식

을 과히 근심하실 생각에 잠이 달지 아니하며 먹어도 맛을 알지 못하고 항상 민망히 지내옵나이다. 그러하오나 집에 있을 때에 지어주는 옷이나 입고 다 해놓은 밥이나 먹으며 사나이가 눈에 띄면 큰 변으로 알아 대문 밖을 구경치 못하옵다가, 이곳에 와서 처음으로 문명국의 *성황을 관찰하오매 시가의 화려함은 좁은 안목에 모두 장관이옵고, 풍속의 *우미함은 어둔 지식에 배울 것이 많사와 날마다 풍속 시찰하기에 *착심하고 있사오니, 본국 여자는 모두 집안에 *칩복하여 능히 사람된 직책을 이행치 못하고 그 영향이 국가에까지 미치게 함이 마음에 극히 한심하옵기, 속히 학교에 입학하여 신학문을 많이 공부하여 가지고 귀국하와 일반 여자계를 개량코자 하옵나이다. 이 자식은 자식으로 생각지 마옵시고 너무 걱정 마시기를 천만 바라오며 내내 기운 안녕하옵시기 엎디어 비옵고 더할 말씀 없사와 이만 아뢰옵나이다.

년 월 일 여식 정임 상서”

그 편지를 내외분이 둘려가며 보다가,

(부인) “아이그 고년이야, 어린 년이 동경을 어찌 갔나! 고년, 조꼬만 년이 맹랑도 하지. 영감은 그때 부산서 무엇을 보고 오셨소? 경관도 변변치 못하지……. 그러고저러고 아무 데든지 잘 가 있다는 소식을 알았으니 시원하오마는, 우리가 늙어 오늘 죽을지 내일 죽을지 모르는 처지에 그 딸자식 하나를 오래 그리고는 못살겠소 기다랗게 할 것 없이 영감이 가서 데리고 오시오. 시집만 보내지 아니하면 고만이

지요. 제가 마다하고 아니 가는 시집을 부모인들 어찌 하겠소.”

(이) “그렇지마는 사기가 이렇게 된 이상에 그것을 데려오면 어떻게 한단 말이오? 점점 모양만 더 창피하니 나중에 어찌하든지 아직 저하는 대로 내버려두고 *왁자히 소문 내지 마시오.”

부인은 단지 그 딸을 간 곳도 모르고 그리던 끝에 보고 싶은 생각이 더욱 바빠서 한 말인데, 그 남편의 대답이 이렇게 나가매 *조조한 마음을 참고 있으나, 원래 부인의 성정이라 딸 보고 싶은 생각만 나면 그만 데려오라고 은근히 그 남편을 조르는 터이지마는 이시종은 그렇지 아니한 이유를 그 부인에게 간곡히 설명하고, 다달이 학자금 오십 원씩 보내주며, 언제든지 제 마음 내키는 대로 돌아오기만 기다리고 두 내외가 비둘기같이 의지하여 한 해 두 해 지내는데, 늙어 갈수록 정임의 생각이 간절하여 몸이 좀 아프기만 하면 마음이 더욱 처연한 터이라. 하루는 부인이 몸이 곤하여 안석에 의지하였는데 홀연히 마음이 좋지 못하여,

‘몸이 이렇게 은근히 아프니 아마 정임이를 다시 못 보고 황천에 가려나 보다.’

하며 생각하고 누웠더니 서창으로 솔솔 불어오는 맑은 바람에 낮잠이 혼곤히 오는데, 전에 살던 교동 집에서 옥동 박 신랑과 정임이 혼인을 지낸다고 수선하는 중에 난데없는 영창이가 칼을 들고 별안간 달려들며 내 계집을 또 시집보내는 놈이 누구냐고 소리를 벽력같이 지르고 이시종을 칼로 찍으니 이시종이 마루에 넘어져서 발을 버둥

버둥하며,

"어…… 어!" 하는 소리에 잠을 번쩍 깨니 대문간에서 어떤 사람이 문을 두드리며,

"전보 들여가오, 전보 들여가오."

하는 소리가 귀에 그렇게 들리는지라, 그 때 하인은 다 어디로 갔던지 부인이 급히 나가 전보를 받아보니 정임에게서 온 전보이라. 꿈 생각하고 정임이 정보를 받으매 가슴이 선뜩하여 급히 떼어보니 전보지는 대여섯 장 겹치고 전문은 모두 꾸불꾸불한 일본국문이라, 볼 줄은 알지 못하고 갑갑하고 궁금하여,

"이게 무슨 말인고? 이사이 꿈자리가 어지럽더니 근심스러운 일이 또 생겼나 보다. 제가 나올 때도 되었지마는 나온다는 말 같으면 이렇게 길지 아니할 터인데, 아마 병이 들어 죽게 되었다는 말인 게지." 하며 중얼중얼하는 때에 이시종이 들어오는지라. 부인이 전보를 내어 놓으며 꿈 이야기를 하는데 이시종도 역시 *소경단청이라. 서로 답답한 말만 하다가 일본어학 하는 사람에게 번역해다가 보니 다른 말 아니요, 상야공원에서 봉변하던 말과 의외에 영창이 만난 말과 영창이와 방금 발정하여 어느날 몇 시에 서울 도착한다는 말이라. 일변 놀랍기도 하고 일변 반갑기도 하여, 이시종은 감투를 둘러쓰고 돌아다니며 작은사랑을 수리해라, 건넌방에 도배를 해라 분주히 날치고, 부인은 안방으로 들어갔다 마루로 나섰다 정신없이 수선하며 내외가 밥 먹을 줄도 모르고 잠잘 줄도 모르고 칙사나 오는 듯이 야단을 치

더니, 정임이 *입성한다는 날이 되매 남대문역으로 정임이 마중을 나가는데 정임이 타고 오는 기차가 도착하니, 그 때 정거장 한 모퉁이에는 서로 붙들고 눈물 흘리는 빛이더라.

정임이는 좋은 학문도 많이 배우고 가슴에 못이 되던 영창이를 만나서 다섯 해 만에 집에 돌아와 그 부모를 뵈니 이같이 기쁜 일이 다시없이 여기고 왕사는 다 잊어버린 터이지마는, 이시종이 좋은 마음이야 오죽할 것이나 정임이를 박과장 집으로 시집보내려고 하던 생각을 하매 정임이 볼 낯도 없을 뿐더러, 더구나 영창이 보기가 *면난하여 좋은 마음은 속에 품어 두고 정임이나 영창이를 대할 적마다 부끄러운 기색이 표면에 나타내더니, 그 일은 이왕 지나간 일이라 그런 생각은 다 접어놓고, 일변 택일을 하고 일변 잔치를 차리며 일변은 친척, *고우에게 청첩을 보내서 신혼 예식을 거행하는데, 예식을 습관으로 할 것 같으면 전안도 하고 초례도 하겠지마는 이시종도 신식을 좋아하거니와 신랑 신부가 모두 신공기를 쏘인 사람이라 구습은 일변 폐지하고 신식을 모방하여 신혼식을 거행한다. 신랑은 문관 대례복에 신부는 부인 예복을 입고 청결한 예식장에 단정히 마주 선 후에 신부의 부친 이시종 매개로 악수례를 행하니, 그 많이 모인 잔치 손님들은 그런 혼인을 처음 보는 터이라, 혹 입을 막고 웃는 사람도 있고, 혹 돌아서서 흉보는 사람도 있으며, 그 중에도 습관을 개혁코자 하는 사람은 무수히 찬성하는데, 한편 부인석에서 나이 한 사십 된 부인이 나서더니,

"이 사람이 아무 지식은 없사오나 오늘 혼례에 대하여 할 줄 모르는 말 서너 마디 할 터이오니 여러분은 용서하십시오." 하고 연설을 시작한다.

(연설) "대저 신혼 예식이라 하는 것은 한 남자와 한 여자가 비로소 부부가 된다고 처음으로 *맹약하는 예식이 아니오니까? 그런 고로 그 예식이 대단히 소중한 예식이올시다. 어째 소중하냐 하면 한 번 이 예식을 지낸 후에는 백 년의 고락을 같이 하며 만대의 *혈속을 전할 뿐 아니요, 남편 되는 사람은 또 장가들지 못하고 더군다나 아내 되는 사람은 다른 남자를 공경하는 일이 절대적 없는 법이니, 이렇게 소중한 예식이 어디 또 있습니까? 그러하나 그 내용상으로 말하면 이같이 중대하지마는 그 표면적으로 말하면 한 형식에 지나지 못하는 일이라고 하겠습니다. 왜 그러하냐 하면, 이 예식을 지내고라도 남편이 아내를 버린다든지, 아내가 행실이 부정할 것 같으면 소위 예식이라 하는 것은 한 희롱 되고 말 것이오. 만일 예식은 아니 지내고라도 부부가 되어 혼례식 지낸 사람보다 의리를 잘 지키면 오히려 예식 지내고 시종이 여일치 못하니보다 낫지 아니하겠습니까. 그러하니 그 의리라 하는 것은 이왕 말씀한 바와 같이 남편은 또 장가들지 못하고 아내는 다른 남자를 공경치 못하는 것이올시다. 그러나 그 중에 아내 되는 사람의 책임이 더욱 중하니 서양 풍속 같으면 남녀가 동등 권리를 보유하여 남편이나 아내나 일반이지마는, 원래 동양 습관에는 남편은 어떠한 외입을 하든지 *유처취처하여 몇 번

장가를 들든지 아무 관계없으나 여자가 만일 한 번 *실절하면 세상에 다시 용납지 못할 사람이 되니, 남녀가 동등되지 못하고 남편의 자유를 *묵허함은 실로 불미한 풍속이지마는, 그는 여자가 권리를 스스로 잃는 것이라 말할 필요가 없거니와, 아내가 절개를 지키는 것은 원리적으로 여자의 직분이 아니오니까? 그러하지마는 *음분난행은 많이 여자에게서 먼저 생기는 고로 옛적 성인도 '열녀는 불경이부'라 하여 여자를 더욱 경계하셨으니, 남의 아내 된 사람의 책임이 얼마나 더 중합니까? 그러하나 그 의리와 직책을 잘 지키기 장히 어려운 고로 열녀가 나면 그 *영명을 천고에 칭송하는 바가 아니오니까? 그러한데 오늘 신혼식 지낸 신부 이정임이는 가히 열녀의 *반열에 참례하겠다 합니다. 그 이유를 말하고자 하면, 정임이 강보에 있을 때에 그 부모가 김영창 씨와 혼인을 정하여 서로 내외 될 사람으로 인정하고 같이 자라났으니, 그 관계로 말하든지 그 정리로 말하든지 그 형식에 지나가지 못하는 혼례식 아니 지냈다고 어찌 부부의 의리가 없다 하리까. 그러나 중도에 영창 씨의 종적을 알지 못하니 만일 열녀가 아니면 다른 곳으로 시집갔으련마는 그 의리를 지키고 결코 김영창 씨를 저버리지 아니하여 *천곤백난을 지내고 기어코 김영창 씨를 다시 만나 오늘 예식을 거행하니 그 *숙덕이 가히 열녀가 되겠습니까, 못되겠습니까? 여러분, 생각하여보시오.(내빈이 모두 박수한다) 또 신혼 예식 절차로 말씀하면 상고시대에 나무 열매 먹고 풀로 옷 지어 입을 때에야 어찌 혼인이니 예식이니 하는 여부가 어디 있으리까. *생생지리는 자연한 이치인 고로 금수와 같이 남녀가 난잡히 *상교하매 저간에 무한한 경쟁이 있더니, 사람의 지혜가 조금 발달되어 비로소 검은 말가죽으로 폐백하고 일부일부가 *작배함으로부터 차차 혼례라 하는 것이 발명되었는데, 그 예금은 고금이 다르고 나라마다 다를 뿐 아니라, 아까 말씀한 것과 같이 한 형식에 지나가지 못하는 것이 올시다. 그러하니 그 형식에 지나가지 못하는 예식의 절차는 아무쪼록 간단하고 편리한 것을 취하는 것이 좋지 아니하겠습니까? 그러한데 조선 풍속에는 혼인을 지내려면 그날 신랑은 호강하지마는, 신부는 큰 고생하는 날이올시다. 얼굴에 *회박을 씌워서 연지곤지를 찍고, 눈은 왜밀로 철격 붙여 소경을 만들어 앉히고, 엉덩이가 저려도 종일 꼼짝 못하게 하니 혼인하는 날같이 좋은 날 그게 무슨 못할 일이오니까? 여기 계신 여러 부인도 아마 그런 경우 한 번씩은 다 당해 보셨겠습니다마는 그렇게 괴악한 습관이 어디 있겠습니까? 저 신부 좀 보시오. 좀 화려하며 좀 간편합니까? 이 중에 혹 '저것도 예식이라고 하나?' 하는 분도 계실 듯하지마는 그렇지 않습니다. 좋지 못한 구습을 먼저 개혁하는 사람이 없으면 어떠한 일이든지 도저히 개량하여 볼 날이 없습니다. 오늘 지낸 예식이 가히 조선에 모범이 될 만하오니 여러분도 자녀 간 혼인을 지내시거든 오늘 예식을 모방하십시오. 나는 정임의 외삼촌 숙모가 되는 사람이나 조금도 사정 둔 말씀이 아니오니 여러분은 깊이 헤아리시기를 바라오며, 변변치 못한 말씀을 오래 하오면 들으시기에 너무 지리하고 괴로

우실 듯하와 고만두겠습니다.”

연설을 마치매 남녀간 손님이 모두 박수갈채하고 헤어져 갔는데, 그날 밤 *동방화촉에 *원앙금침을 정답게 펴놓으니 *만실춘풍에 화기가 *융융하고 이시종은 희색이 만면하여 사랑에서 친구와 술 먹으며 그 딸의 사실 일장을 이야기하더라.

상야공원에서 정임이를 칼로 찌르던 강소년은 대구 부자의 아들인데, 열네 살에 그 부친이 죽으매 열다섯 살부터 외입에 반하여 경향으로 다니며 *양첩도 장가들고 기생도 떼어 팔선녀를 *꾸며서 여기저기 큰집을 다 각각 배치하고 화려한 문방구는 잡화상을 벌이며, 각종의 음악기는 연극장을 설립하여놓고, 이 집 저 집 돌아다니며 무궁한 행락을 하다가 못하여 그것도 오히려 부족히 여기고, *주사청루는 거르는 날이 없으며 *산사강정에 아니 노는 곳이 없어 그 방탕함이 끝이 없으매, 저에 *잔 십여 만 원 재산이 몇 해 아니 가서 다 없어지고 *종조리 판에는 토지 가옥까지 *몰수이 강제 집행을 당하니, 그 많던 계집들도 물 흐르고 구름 가듯 하나 둘씩 뿔뿔이 다 달아나고 제 몸 하나만 *올연히 남았다. 대저 음탕 무도하던 놈이 이 지경이 되면 *개과천선할 줄은 모르고 도적질할 생각이 생기는 것은 하등 인류의 자연한 이치라. 그 소년도 제 신세 결딴나고 제 집 망한 것은 조금도 후회 없고, 단지 흔히 쓰던 돈 못 쓰고 잘하던 외입 못하는 것이 지극히 민망하여 곧 육촌의 전답 문권을 위조하여 만 원에 팔아 가지고 또 한참 흥청거리다가, 그 일이 발각되어 육촌이 *정

장하였으므로 관가에서 잡으려고 하매 즉시 동경으로 달아나, 산본
이라 하는 노파의 집에 주인을 잡고 있는데, 아무 *소관사 없이 오래
*두류하는 것을 모두 이상히 여길 뿐 아니요, 경찰서 조사에 대답하
기가 곤란하여 유학생인 체하고 어느 학교에 입학하였다. 조금만 생
각이 있는 놈 같으면 별 풍상 다 겪고 내 재물 남의 재물 그만치 없
앴으니 동경같이 좋은 곳에 와서 남의 경황을 구경하였으면 제 마음
도 좀 회개할 듯하건마는, 개 꼬리를 땅에 삼 년 묻어두어도 황모가
되지 아니한다고, 학교에 입학은 하였으나 공부에는 정신없고 길원
같은 화류장에나 종사하며 얼굴 반반한 여학생이나 쫓아다니는 터인
데, 정임이 학교에 가는 길이 강소년 학교에 오는 길이라. 정임이는
몰랐으나 강소년은 정임이를 학교에 갈 적 만나고 올 적 만나매 음
흉한 욕심이 가슴에 탱중하여 정임이 다니는 학교에까지 따라가 보
기도 하고 정임이 있는 여관 앞까지 쫓아와 보기도 하였으나, 정임이
가 대문 안으로 쏙 들어가기만 하면 한 겹 대문 안이 태평양을 격한
것같이 적막하고 다시 소식 없어 마음에 점점 감질만 나게 되매 항
상,

　‘그 여학생을 어찌하면 한번 만나볼꼬?’
생각하더니 어떻게 알아보았던지 그 여학생이 조선 사람인 줄도 알
고 이름이 이정임인 줄도 알았으나, 어떻게 놀려댈 수단이 없어 주인
의 딸 산본영자를 시켜 여학생 일요강습회를 조직하고, 이정임을 유
인하여 회장을 만들어놓고 자기는 재무촉탁이 되어 정임이와 관계나

가까이 되고 면분이나 두터워지거든 어떻게 꼬여 볼까 한 일인데, *사맥은 *여의히 되었으나 정임의 정숙한 태도에 *압기가 되어 말도 못 붙여보고 또 산본 노파를 소개하여 정당히 통혼도 하여보다가 그 역시 실패하매 이를 것 없이 분히 여기던 차에, 공교히 호젓한 불인지 가에서 만나 달빛에 비치는 자색을 다시 보매 불 같은 욕심이 바짝 나서 어찌 되었든지 한번 쏘아보리라 하다가 종내 그렇게 행패하고 그 길로 도망하여 조선으로 나왔으나 죄지은 일이 한두 가지 아니매 집으로는 가지 못하고 바로 서울 와서 *변성명하고 돌아다니더니, 하루는 북장동 네거리에서 동경 있을 때에 짝패가 되어 계집의 집에 같이 다니던 유학생 친구를 만나니, 그야말로 유유상종이라고 그 친구도 역시 강소년과 한 바리에 실을 사람이라. *장비는 만나면 싸움이라더니 이 두 사람이 서로 만나면 아무것도 할 일 없고, 요리가 아니면 계집의 집으로 가는 일밖에 없는 터이라. 이 때에 또 만나서,

"이애, 오래간만에 만났으니 술이나 한 잔씩 먹자."

"무슨 맛에 술만 먹는단 말이냐. 술을 먹으려거든 *은군자 집으로 가자."

하며 두서너 마디 수작이 되더니 *으늑하고 조용한 곳으로 찾아가노라 가는 것이 잣골 이시종 집 옆에 있는 '진주집'이라 하는 밀매음녀 집에 가서 술을 먹는데, 그 친구는 동경서 '불행위행'이란 신문 잡보도 보고 경찰서에서 유학생 조사하는 통에 강소년이 그런 짓 하고 도망한 줄 알고 조선을 나왔으나, 강소년을 만나매 남의 단처를 아는

체할 필요가 없어 그 일 아는 사색도 아니하고, 계집 데리고 술 먹으며 정답고 재미있게 밤이 밤이 깊도록 노는 터이더니, 원래 *탕자 *잡류의 경박한 행동은 정다운 친구 술 먹으러 가재 놓고도 수틀리면 때리고 욕하기는 항용 하는 일이라. 두 사람이 술이 잔뜩 취하여 횡설수설 주정을 하던 끝에 주인 계집 까닭으로 시비가 되어 옥신각신 다투다가, 술상도 치고 세간도 부수더니, 점점 *쇠어 큰 싸움이 되며 뺨도 때리고 옷도 찢으며 일장풍파가 일어나는 내가 옳으니 네가 옳으니, 재판을 가자 호소를 가자 하며 멱살을 서로 잡고 이시종 집 대문 앞에서 싸우는 소리가,

(친구) “이놈, 네가 명색이 무엇이냐? 네까짓 놈이 뉘 앞에서 요따위 버르장이를 하여! 네가 요놈, 동경서 여학생 이정임이를 죽이고 도망해 나온 강가 놈이지. 너 같은 놈은 내가 경무청에 고발만 하면 네 죄는 경하여야 종신 징역이다. 요놈, 죽일 놈 같으니!”

하며 닭 싸우듯 하는 소리가 벽력같이 이시종 집 사랑에까지 들리더라. 이때는 곧 정임이 신혼식 지내던 날 저녁이라. 이시종이 사랑에서 친구와 술먹으며 정임이 이야기를 하는데, 상야공원에서 강소년이 행패하던 말을 막 하는 판에 모든 사람이 매우 *통분히 여기는 때에 별안간 문 밖에서 왁자하는 소리가 나는지라, 여러 사람이 모두 귀를 기울이고 듣더니, 그 좌석에 북부경찰서 *총순 다니는 사람이 앉았다가 그 싸움 소리를 듣고 즉시 쫓아나가 그 소년을 잡으니 갈데 없는 강소년이라. 온 집안이 들썩들썩하며,

"아이그, 고놈 용하게도 잡혔다."

"고놈 상판대기가 어떻게 생겼나 좀 구경하자."

"요놈이 살인 미수범이니까 몇 해 징역이나 될꼬?"

하며 어른 아이가 모두 재미있어하다가 그 소년은 곧 북부경찰서로 잡아가니 온 집안이 고요하고 종려나무 그림자 밑에 학의 잠이 깊었는데, 정임이 신방에서 *낭랑옥어가 재미있게 나더라.

조선 습관으로 말하면 혼인 갓 한 신랑 신부는 서로 말도 잘 아니하고 마주앉지도 못하여 가장 *스스러운 체하는 법이요, 더구나 신부는 혼인한지 삼 일만 되면 부엌에 내려가 밥이나 짓고 반찬이나 만들기를 시작하여 바깥은 구경도 못하는 터이라 내외가 한 가지 출입하는 일이 어디 있으리오마는, 영창이 내외는 혼인 지내던 제삼 일에 *만주봉천(滿洲俸天)으로 신혼여행(新婚旅行)을 떠난다. 내외가 나란히 서서 정답게 이야기하며 정거장으로 나가는 모양이 영창이는 후록고투에 *고모를 쓰고, 한 손으로 정임이 분홍 양복 땅에 끌리는 치맛자락을 치켜들었으며, 정임이는 옥색 우산을 어깨 위에 높이 들어 영창이와 반씩 얼러 받았는데, 그 *요조한 태도는 가을 물결 맑은 호수에 원앙이 쌍으로 나는 것도 같으며, 아침볕 성긴 울에 조안화가 일시에 웃는 듯도 하더라.

신혼여행은 서양 풍속에 새로 혼인한 신랑 신부가 서로 *심지도 흘려보고 학식도 시험하며 처음으로 정분도 들이고자 하여 외국이나 혹 명승지로 여행하는 것인데, 만일 서로 *지기가 상합치 못하면 그 길에 이혼도 하는 일이 있지마는, 영창이 내외야 무슨 심지를 더 흘려보고 어떤 정분을 또 들이며 어찌 이혼 여부가 있으리오마는, 유람도 할 겸 운동도 할 겸 서양 풍속을 모방하여 떠나는 여행이라, 남대문 정거장에서 의주 북행 차 타고 가며 곳곳이 구경하는데, 개성에 내려 황량한 *만월대와 *처창한 *선죽교의 고려 고적을 구경하고, 평양 가서 *연광정에 오르니, 그 *한유한 *안계는 대동강 비단 같은 물결에 백구는 쌍으로 날고 한가한 돛대는 멀리 돌아가는 경개가 가히 *시인소객이 술 한 잔 먹을 만한 곳이라. 행장에 포도주를 내어 서로 권하여 전일 평양감사 시대에 백성의 피 빨아 가지고 이곳에서 기생 데리고 풍류하며 극호강들 하던 것을 탄식하다가, 곧 *부벽루, *모란봉, *영명사, *기린굴 등을 낱낱이 구경하고, 그 길로 안주 *백상루, 용천 청유당 다 지나서 의주 *통군정에 올라 난간에 의지하여 압록강상에 *풍범사도와 *연운죽주를 바라보더니 영창이 얼굴에 초창한 빛을 띠고 손을 들어 사장을 가리키며,

(영창) "저곳이 내가 스미트 박사 만나던 곳이오. 저곳을 다시 보니 *감구지회를 이기지 못하겠소 이 *완악한 목숨은 살아 이곳에 다시 왔으나, 우리 부모는 저 강물에 장사 지내고 다시 뵙지 못하겠으니 천추에 잊지 못할 한을 향하여 호소할 데가 없소그려."

하고 바람을 임하여 한숨을 길게 쉬며 흐르는 눈물을 금치 못하니, 정임이도 그 말 듣고 그 모양 보매 자연 비감한 생각이 나서 역시 눈물을 씻으며,

(정임) "그 *감창한 말씀이야 어찌 다 하오리까? 오늘날 부모가 살아 계시면 우리를 오죽 귀해하시겠소. 그 부모가 우리를 그렇게 귀히 길러 재미를 못 보시고 중도에 불행히 돌아가셨으니, 지하에 가서 차마 눈을 감지 못하실 터이요, 우리도 그 부모를 봉양코자 하나 어찌할 수 없으니 그야말로 *자욕효이친부재요구려. 그러나 과도히 슬퍼 마시고 아무쪼록 귀중한 몸을 보전하시오."

이렇게 서로 탄식도 하며 위로도 하다가, 즉시 압록강을 건너 구련성을 구경하고 계관역에 내려 멀리 계관산과 송수산을 지점하며,

(영창) "이곳은 일로 *전역 당시에 일본군이 대승리하던 곳이오그려. 내가 이곳을 지나가 본 지 몇 해가 못 되는데 벌써 황량한 고전장이 되었네."

(정임) "아…… 가련도 하지. 저 청산에 헤어진 용맹한 장사와 충성된 병사의 백골은 모두 *도장 속 젊은 부녀의 꿈 속 사람들이겠소그려."

(영창) "응, 그렇지마는 동양 행복의 기초는 이곳 *승첩에 완전히 굳고 저렇게 철도를 부설하며 시가를 개척하여 점점 번화지가 되어 가니 이는 우리 황색 인종도 차차 진흥되는 조짐이지요."

이렇게 수작하며 가을빛을 따라 늦은 경을 사랑하며 천천히 행보하여 언덕도 넘고 다리도 건너며 단풍 가지를 꺾어 모자에 꽂기도 하고, 잔잔한 *청계수를 움켜 손도 씻더니 어언간에 저문 해는 서산을 넘고 *저녁연기는 먼 수풀에 얽혔는지라,

　(영창) "해가 저물었으니 고만 정거장 근처로 돌아갑니다. 오늘 밤은 이곳에서 자고 내일 일찍 떠나가며 또 구경하지."

　(정임) "내일은 어디 어디 구경할까요? 요양 *백탑과 *화표주는 어디쯤 있으며, 여기서 심양 봉천부는 몇 리나 남았소? 아마 봉황성은 가깝지? 그러나 계문연수가 구경할 만하다는데 그 구경도 할 겸 이 길에 북경까지 갈까?"

하며 막 돌아서서 정거장을 향하고 오는데, 한 편 산모퉁이에서 난데없는 청인 한 떼가 혹 말도 타고, 혹 노새도 타고 우 달려들며 두말없이 영창이를 잔뜩 결박하여 나무 수풀에 제쳐 매어 놓고 일변 *수대도 빼앗고, 시계도 떼고, 안경도 벗겨 모두 주섬주섬하여 가지고, 정임이를 번쩍 들어 말게 치켜 앉혀놓고 꼼짝도 못하게 층층 동여매더니 채찍을 쳐서 급히 몰아가는지라. 정임이는 여러 번 놀라본 터에 또 꿈결같이 이 변을 당하매 가슴이 덜컥 내려앉고 간이 콩잎만 해지고 자기 잡혀가는 것은 고사하고 그 남편이 어찌 된 지 몰라 눈이 캄캄하고 정신이 아득아득하여 그 마음을 지향할 수 없으나 그 형세가 *불가항력이라 속절없이 잡혀가는데, 어디로 가는지 한없이 가다가 한 곳에 다다라 궁궐같이 큰 집 속으로 들어가더니, 정임이를 대청에 올려 앉히고 그 여러 놈이 좌우로 늘어서서 똥 본 오리처럼 무엇이라고 지껄이매 그 *상좌에 기골이 장대하고 용모가 준수한 청인이 흰 수염을 쓰다듬고 앉아서 기쁜 빛이 얼굴에 가득하여 빙글빙글 웃으며 정임이를 향하고 무슨 말을 묻는 것 같으나, 정임이는 말도

알아듣지 못할뿐더러, 그 때는 놀란 마음 무서운 생각 다 없어지고 단지 악만 바짝 나는 판이라,

　(정임) "나 도무지 개 같은 오랑캐 소리 몰라."

하고 쇠 끊는 소리를 지르니, 그 청인의 옆에 앉았던 한 노인이 반가운 안색으로,

　(노인) "여보, 그대가 조선 사람이오그려. 조선말 소리를 들으니 반갑기는 하구면…… 응…… 집이 어디인데 어찌 되어 저 지경을 당하였단 말이오?"

하는 말이 조선말을 듣고 대단히 반갑게 여기는 모양이니, 정임이도 역시 위험한 경우를 당한 중에 본국 사람을 만나니 마음이 적이 위로되어,

　(정임) "집은 서울인데 만주로 구경 왔다가 불의에 이 변을 만났습니다."

하고 대답하며 그 노인을 자세히 보니, 의복은 청인의 복색을 입었으되 그 얼굴이든지 목소리가 일호도 틀리지 않고 흡사한 자기 시아버지 김승지 같으나, 김승지는 태평양으로 떠나갔는지 인도양으로 떠나갔는지 모르는 터에 이곳에 있을 리는 만무한데, 암만 다시 보아도 *정녕한 김승지요. 어려서 볼 때와 조금 다른 것은 *살쩍이 허옇게 셀 뿐이라. 심히 의아한 중에 약은 생각이 나서, 내가 저 노인의 거동을 좀 보고 만일 우리 시아버지는 아닐지라도 보기에 그 노인이 아마 주인과 정다운 듯하니 이 곤란한 중에 *언턱거리나 좀 하여 보

리라 하고 혼잣말로,

　(정임) "아이그, 세상에 같은 얼굴도 있지! 그 노인이 영락없이 우리 시아버님 같애."

하며 별안간 좍좍 우니, 그 노인이 정임이 우는 것을 한참 바라보고 무슨 생각을 하다가,

　(노인) "여보, 그게 웬 말이오? 내가 누구와 같단 말이오? 그대는 누구의 따님이 되며, 그대의 시아버님은 누구신가오?"

　(정임) "나는 이시종 ○○의 딸이요, 우리 시아버님은 김승지 ○○신데, 시아버님께서 십여 년 전에 초산 군수로 참혹히 돌아가신 후에 다시 뵙지 못하더니, 지금 노인의 용모를 뵈오니 이렇게 죽을 경우를 당한 중에도 감창한 생각이 나서 그리합니다."

　(노인) "응, 그리야? 그러면 네가 정임이지?"

하고 묻는데 정임이가 그 말 들으니 죽은 줄 알던 시아버지를 의외에 찾았는지라. 반가운 마음에 정신이 번쩍 나서,

　(정임) "이게 웬일이오니까! 신명이 도와 아버님을 뜻밖에 만나 뵈오니 이제는 죽어도 한이 없겠습니다."

하고 일어나 절하며 생각하니, 그제야 정작 설움이 나서 느껴 가며 우는데 김승지는 눈물을 흘리며,

　(김승지) "네가 이게 웬일이냐! 이게 웬일이냐! 네가 이곳을 오다니? 그러나 영창이 소식을 너는 알겠구나. 대관절 영창이가 초산 봉변할 때에 죽지나 아니하였더냐?"

　(정임) "장황한 말씀은 미처 할 수 없삽고 영창이도 이 길에 같이 오다가 이 변을 당하여 그곳에 결박하여 놓는 것을 보고 잡혀 왔는데, 그간 어찌 되었는지 궁금하기 이를 길 없습니다."

　김승지가 그 말 듣더니 벌떡 일어나서 안을 향하고,

　(김) "마누라, 마누라! 정임이가 왔소그려. 영창이도 같이 오다가 중로에서 봉변을 했다는걸."

하는 말에 김승지 부인이 신을 거꾸로 끌고 허둥지둥 나오며,

　(부인) "그게 웬 말이오? 그게 웬 말이오, 정임이가 오다니! 영창이는 어떻게 되었어?"

하고 달려들어 정임이 손목을 잡고 뼈가 녹는 듯이 울며 목멘 소리가 잘 알아들을 수도 없는 말로,

　(부인) "너는 어찌된 일로 이곳에 왔으며, 영창이는 어디쯤서 욕을 본단 말이냐?"

하고 느끼며 묻는 모양은 누가 보든지 눈물 아니 날 사람 없겠더라.

　그 상좌에 앉았던 청인은 정임이 *화용월태를 보고 기쁜 마음을 이기지 못하는 모양이더니, 김승지 내외가 서로 붙들고 울매 그 거동이 보기에 이상하고 궁금하던지 김승지를 청하여 무슨 말을 묻는데, 김승지는 그 말 대답은 아니하고 정임이를 불러 하는 말이,

　(김) "저 *주공에게 인사하여라. 내가 저 주공의 구원으로 살아나서 저간에 은혜를 많이 받은 터이다."

하며 인사를 시키는지라, 정임이는 일어나서 머리를 굽혀 인사하고,

김승지는 그제야 말대답을 하더니 그 대답이 그치매 청인이 무릎을 치며 정임을 향하여 무슨 말을 하는데 그 *통변은 김승지가 한다.

(청인) "당신이 저 김공의 며느님이 되신다지요? 나는 왕자인이라 하는 사람인데, 당신의 시아버님과는 형제같이 지내는 터이오. 그러나 아마 대단히 놀랐지요? 아무 염려 말고 부디 안심하시오. 잠시 놀란 것이야 어떠하리까? 오래 그리던 부모를 만나 뵈니 좀 다행한 일이 되었소?"

(정임) *"각하께오서 돌아가실 부모를 *구호하시와 그처럼 친절히 지내신다 하오니 각하의 은혜는 실로 *백골난망이오며 이 사람은 부모를 오래 그릴 뿐 아니라 부모가 각하의 덕택으로 생존해 계신 줄은 모르고 망극한 마음을 죽어 잊지 못하겠삽더니, 오늘 의외에 만나 뵈오매 이제는 아무 한이 없사오니 어찌 잠깐 놀란 것을 *고계하오리까?"

정임이는 그 왕씨를 대하여 백배사례하는데 왕씨는 일변 정임이 잡아 오던 도당을 불러 그 때 정형을 자세히 조사하더니 곧 영창이를 급히 데려오라 하는지라. 그 때 정임이 마음에는,

'우리 내외가 두수 없이 죽음 판에 천우신조하여 부모를 만나고 화색을 모면하니 이같이 신기할 데는 없으나 영창이는 그간 오죽 애를 쓰리!' 하는 생각이 나서,

'잠시라도 마음놓게 하리라.' 하고 명함 한 장을 내어 김승지를 주며,

(정) "아버님, 영창이를 데리러 여러 사람이 몰려가면 필경 또 놀랄 듯하오니 이 명함을 보내는 것이 어떠합니까?"

김승지가 그 말 들으매 그럴 듯하여 왕씨와 의논하고 곧 그 명함을 주어 보내고, 정임이는 자기 내외의 소경사를 대강 이야기하니, 김승지 내외는 눈물 씻기를 마지아니하고, 왕씨도 역시 무한히 *칭탄하더라.

영창이는 삽시간에 *혹화를 당하며 정임이를 잃고 나무에 동여맨 채로 꼼짝 못하고 앉았으매 이 산에서는 여우도 짖고, 저 산에서는 올빼미도 울며, 번쩍번쩍하는 인광(燐光: 도깨비불)은 여기서도 일어나고 저기서도 일어나서, 남한산성 *줄불 놓듯 발부리로 식식 지나가니 평시 같으면 무서운 생각도 있으련마는 그것저것 조금도 두렵지 않고, 단지 바작바작 타는 속이 차라리 죽느니만 같이 못하게 그 밤을 지내더니, 하룻밤이 *삼추같이 지나가고 동방에 새벽빛이 나며 먼 수풀에 새소리가 지껄이는데, 언덕 밑으로 어떤 청인 농부가 한 사람이 지나가다가 그 광경을 보고 웅얼웅얼 탄식하며 동여맨 것을 끌러주고 가는지라, 그 농부를 향하여 무수히 사례하고 다시 앉아 생각하니, 정임이는 결코 욕보고 살지 아니할 터이요, 두말없이 죽은 사람이라. 그 연유를 관원에게 호소하자 하니, 그 호소가 대단히 밝은 호소가 될 터이요, 그대로 돌아가자 하니 정임이는 죽었는데 나는 살아가는 것이 사람의 의리가 아닐 뿐 아니요, 설령 혼자 돌아간다 한들 정임이 부모 볼 낯도 없고 장래 신세도 다시 희망할 바가 없는

지라 혼잣말로,

　"허……, 저간에 우리 두 사람이 그러한 천신만고를 지내고 간신히 다시 만난 것이 모두 허사가 되었구나!"

하고 목을 매어 죽으려고 양복 질빵을 끌러 막 나뭇가지 가에 치켜거는 판에 별안간 어떤 청인 십여 명이 어젯밤 모양으로 또 달려들어 죽 *둘러서는지라. 속마음으로,

　'저놈들이 또 왔구나. 오냐, 암만 또 와도 이제는 기탄없다. 어젯밤에 재물 빼앗기고 계집까지 잃었으니, 지금에는 죽이기밖에 더하겠느냐. 이왕 죽을 사람이 죽인대도 두려울 것은 없다마는 너의 손에 우리 내외가 죽는 것이 지극히 통한하다.'

하고 생각할 즈음에, 그 중 한 사람이 *고두 경례하고 명함 한 장을 내어주며 *금안 *준마를 앞에 세우고 말에 오르기를 재촉하는데, 그 명함은 정임이 명함이요, 명함 뒤에 연필로 두어 자 기록한 말은,

　"천만 의외에 부모가 이곳에 계시니 기쁜 마음은 꿈인지 생시인지 깨닫지 못하겠사오며, 나도 역시 무사하오니 아무 염려 말고 급히 오시오."

하였는지라. 그 명함을 받아보매 반가운 마음에 기가 막혀서,

　"응……. 부모가 계셔?"

하는 소리가 하는 줄 모르게 절로 나가나, 마음을 진정하여 그 사리를 다시 생각하니 한편으로 의심이 나서,

　'그러할 이치가 만무한 일인데 이게 웬 말인고? 만일 이 말이 사실

같으면 희한한 별일이다.'

하고 이리저리 연구하여보니 다른 염려는 별로 없고, 그 글씨가 정임이 필적이라. 반가운 마음이 다시 나서 곧 그 말 타고 귀에 바람이 나도록 달려가더라.

김승지 내외와 정임이는 영창이를 데리러 보내고 오기를 고대하더니 문밖에서 말굽소리가 나고 영창이가 지도자를 따라 들어오는지라, 김승지 내외는 정신없이 내려가서 영창이 목을 안고 얼굴을 한데 대며,

"네가 영창이로구나!" 하고 대성통곡하는데, 영창이는 명함을 보고 오면서도 반신반의하다가 참 부모가 그곳에 있는지라, 평생에 *철천지원이 되던 부모를 만나니 *비감한 마음이 자연 나서 역시 부모를 붙들고 우니, 정임이도 따라 울어 울음 한 판이 또 벌어졌더라.

이 때 주인 왕씨는 즉시 크게 연회를 *배설하고 김승지의 가족 일동을 위로하는데, 왕씨가 영창이 손을 잡고 술을 들어 김승지를 권하며,

(왕) "김공은 이러한 아들과 저러한 며느리를 두었으니 장래에 무궁한 *청복을 받으시겠소"

하는지라, 김승지는 그 말 교대에 대답하는 말이,

(김) "*여년이 몇 해 아니 남은 터에 복을 받으면 얼마나 받겠습니까마는, 내가 주공의 덕택으로 살아나서 천행으로 저것들을 다시 보니 그것이 신기한 일이지요. 그러나 주공께 잠깐 여쭐 말씀은 내가

주공을 모시고 있은지 십 년에 이 은혜는 태산이 오히려 가벼우니 능히 갚을 길이 없사오며, 그간 깊이 든 정분은 차마 주공을 이별할 수 없습니다마는, 서로 죽은 줄 알던 저것들을 만나니 다시 헤어질 마음이 없을 뿐 아니라, 내가 늙어 죽을 날을 알지 못하는 터이오니 이번에 저것들과 한 가지 돌아가서 몇 날이 되든지 부자가 서로 의지하고 살다가 백골을 고국 청산에 묻고자 하오니, *존의에 어떠하시오니까?"

하며 눈물을 흘리매 왕씨가 그 말 듣고 한참 *침음하더니

　(왕) "사정이 그러하시겠소."

하고 곧 행장을 차려 김승지와 그 가족을 전송하는데 친히 십 리 장정에 나와 김승지 손을 잡고,

　(왕) "김공은 다행히 자제를 만나서 오래간만에 고국을 돌아가시니 실로 감축한 일이올시다마는, 나는 십 년 친구를 일조에 이별하니 이같이 감창한 일은 다시 없소그려."

하며 *수대를 열고 금화 일만 원을 내어주며,

　(왕) "이것이 비록 약소하나 내가 정의를 표하고자 하여 드리는 것이올시다. '*행자는 필유신'이라니 가지고 가다가 노자나 하시오."

　(김) "공은 정의로 주신다니 나도 정의로 받아 가지고 가서 노래에 쇠한 몸을 잘 *자양하겠습니다마는, 우리가 모두 늙은 터에 한번 이별하면 다시 만나기를 기약할 수 없으니 그것이 지극히 비창한 일이올시다그려."

하며 서로 붙들고 울어 차마 놓지 못하다가 김승지 가족 일동은 모두 왕씨를 향하여 백배사례하고 떠나니, 왕씨는 섭섭한 마음을 이기지 못하며 보호자를 보내 정거장까지 호송하더라.

영창이 내외는 천만 의외에 그 부모를 찾으매 구경도 더 할 생각 없고, 여행도 다시 할 필요가 없어, 즉시 부모 모시고 만주 남행차 타고 서울로 돌아오며, 차 속에서 영창이는 영창이 소경력을 이야기하고, 정임이는 정임이 지내던 일을 자세히 말하니, 김승지는 자기 역사를 이야기한다.

(김) "내가 초산서 그 봉변을 당하고, 뒤주 속에 들어앉았으니 늙은이들이 그 지경을 당하여 무슨 정신이 있겠느냐? 그놈들이 떠메고 나가는지, 강물로 떠나가는지, 누가 건져 가는지 도무지 몰랐더니, 아마 그 뒤주가 강물로 떠내려가는데, 그 때 마침 *상마적이 물 건너와서 노략질해 가지고 가다가 그 뒤주를 만나매 그 사람들 눈에는 무엇이든지 모두 재물로 보이는 터이라 뒤주 속에 무슨 큰 재물이나 있는 줄 알았던지 죽을 힘을 써서 건져 메고 갔나 보더라. 어느 때나 되었던지 간신히 정신을 차려 보니 평생에 보지 못하던 큰 집 대청에 우리 내외가 같이 누웠고, 낯모르는 청인들이 쫙 둘러섰는데 어리어리하는 생각에 '우리가 죽어서 벌써 *염라부에 들어왔나 보다.' 하였더니, 그 중 어떤 사람이 *지필을 가지고 와서 필담을 하자고 하니, 눈은 침침하여 잘 보이지는 아니하고 손은 떨려 글씨도 쓸 수 없으나 간신히 정신을 수습하여 통정을 하는데, 그 사람이 곧 주인 왕

씨더라. 그 왕씨는 상마적 괴수인데 비록 도적질은 하나 사람인즉 글이 문장이요 뜻이 호화하여 훌륭한 풍류남자요, 또 천성이 지극히 인자한 사람이더라. 그런데 그 사람이 나를 어떻게 보았던지 그때로부터 극진히 보호하여 의복 음식과 거처 범백을 모두 자기와 *호리가 틀리지 아니하게 대접하며, 글도 같이 짓고 술도 같이 먹고, 바둑도 같이 두고, 어디를 가도 같이 가니, 자연 지기가 상합하여 하루 이틀 지내는데, 너희들이 어찌 된지 몰라 애가 타서 한시를 견딜 수 없으나 통신은 자유로 못하게 하는 고로 이시종에게 편지도 한 번 못하고 있다가 어느 때인지 기회를 얻어 우체로 편지를 한 번 부쳤더니, 다시는 소식이 없기에 너희들이 모두 죽은 줄 알고 그 후로는 주인도 놓지 않지마는, 나도 돌아갈 생각이 적어 그럭저럭 지내니 그 상하는 마음이야 어떠하겠느냐! 그러나 모진 목숨이 억지로 죽지 못하고 두 늙은이가 항상 울고 오늘날까지 부지하더니, 천만 몽상 밖에 정임이가 그곳을 왔더구나. 정임이 그곳에 온 것이 실로 다행하게 된 일이나, 정임이가 그곳에 잡혀 오단 말이 되는 말이냐!"

이렇게 이야기할 사이에 탄환같이 빠른 차가 어느 겨를에 벌써 압록강을 건너니 *총울한 강산이 모두 보이는 대로 새롭더라.

이시종 내외는 정임이 부부 신혼여행을 보내매 그 길이 아무 염려는 없는 길이지마는 두 사람은 천역적 풍파를 많이 만나는 사람들이라. 하도 여러 번 위험한 경우를 지내본 터인 고로 어린아이 물가에 보낸 것같이 근심하다가 *회정해 온다는 날이 되어 잠시가 궁금하여

평양까지 내려가서 기다리더니, 그때 정임이 내외가 화기가 만면하
여 오다가 이시종 내외를 보고 차에 내려 인사하는지라. 이시종은 그
두 사람이 잘 다녀오는 것을 대단히 기뻐할 때에 옆에서 어떤 사람
이 별안간 손목을 잡으며,

　"허……, 자네 오래간만에 만나겠네그려."

하는데 돌아다보니 생각도 아니하였던 김승지가 왔는지라. 마음에
깜짝 놀라서,

　(이) "아! 자네, 이게 웬일인가……. 응?…… 대관절 어찌된 일인
가!"

　(김) "우리가 다시 못 만날 줄 알았더니 서로 죽지 않고 오늘 만난
것이 다행한 일이오. 이 못생긴 목숨이 살아 돌아오는 것은 이게 내
복이 아니라 우리 며느리 덕일세."

하며 반가운 이야기를 하고, 한편에는 이시종 부인과 김승지 부인이
서로 붙들고 울더니, 이시종과 김승지는 가족들 데리고 그 길로 곧
부벽루에 올라가서 그사이 지내던 역사와 서로 생각하던 정회를 말
하며 술잔을 들고 *토진간담하는데, 이때에 *아아한 청산과 *양양한
유수가 모두 그 술잔 가운데 비취었더라.

(회동회관, 1912. 3. 13)

가간家間. 온 집안.

가래다 맞서서 옳고 그름을 따지다.

가법家法. 한 집안의 법도나 규율. 가헌(家憲).

가부취결可否取決. 회의에서 회칙에 따라 의안의 가부를 결정함.

가빈친로家貧親老. 집안이 가난하고 늙으신 부모를 모시고 있음.

가속家屬. '아내'의 낮춤말.

가입加入. 이미 있는 것에 새로 더 넣음.

가통(可痛)**하다** 통탄할 만하다.

각승角勝. 승부를 겨루는 것.

각항各項. 갖가지.

간구(艱苟)**하다** 가난하고 구차하다.

간기증肝氣症. 지랄병.

간능(幹能)**스럽다** 재간 있게 능청스러운 데가 있다.

간련干連. 남의 범죄에 연관됨.

간수 소금이 습기를 빨아들여 녹아 나오는 쓰고 짠 물. 두부를 만들 때 씀.

간정되다 소란하던 것이 가라앉아 조용해지다.

간좌곤향艮坐坤向. 풍수지리에서, 묏자리나 집터 따위가 간방(艮方)을 등지고 곤방(坤方)을
　　향한 좌향.

간특(姦慝)**하다** 간사하고 악독하다.

간혼間婚. 남의 혼인을 이간질 하여 방해하는 것.

감세減勢. 권세, 병세 따위의 세력이 줄거나 약해짐.

감영監營. 감사가 직무를 보던 관아.

감장勘葬. 장사(葬事)를 치르는 일.

감중련(을)**하다** '감괘의 가운데 획이 이어져 틈이 막혔다'는 뜻으로, 입을 다물고 말을 하지

감영

않음을 뜻함. '감중련(坎中連)'은 8괘(八卦)의 하나인 감괘(坎卦)의 상형.

갑제甲第. 크고 넓게 아주 잘 지은 집.

강남해康南海. 캉유웨이(康南海, 1858~1927). 중국의 학자. 1898년의 개혁운동 지도자로
활동했다.

강목綱目. 중국 송대의 사서(史書)로서 『자치통감강목(資治通鑑綱目)』 또는 『통감강목』이라
도 한다. 사마광(司馬光)의 『자치통감』을 토대로 그 이전의 기사(記事)를 보충해서,
중요한 사항을 강(綱)으로 삼고 부수적인 세부 항목을 목(目)으로 삼아 만든 편년사
(編年史)이다.

강열強烈. 괜히 몹시 오르는 열.

강작(強作)하다 억지로 꾸미어 만들다.

개개승복個個承服. 죄를 낱낱이 인정하고 자백함.

개구開口. 입을 열어 말하는 것.

개동군령開東軍令. '이른 새벽에 내리는 군사 행동 명령'이란 뜻으로, 새벽 일찍부터 일을
시작함을 비유적으로 이르는 말.

개문(開門)하다 문을 열다.

갱참坑塹. 깊고 길게 파 놓은 구덩이.

거듭떠보다 '거들떠보다'의 잘못.

거리책지據理責之. 사리를 따져 잘못을 꾸짖음.

거무하居無何. 있은 지 얼마 안 되어.

거미구(居未久)에 오래지 않아.

거번去番. 지난번.

거벽巨擘. 어떤 전문적인 분야에서 남달리 뛰어난 사람.

거부장자巨富長子. 큰 부자를 점잖게 이르는 말.

거세擧世. 온 세상. 또는 세상 사람 전체.

거조擧措. 무엇을 처리하거나 꾸미기 위한 조치.

건몰(乾沒)하다 관가에서 법에 어긋난 물건을 빼앗다.

걸음발타다 아이가 처음으로 걸음을 익히기 시작하다.

검불 마른풀이나 가랑잎, 지푸라기 따위의 총칭.

겁박(劫迫)하다 으르고 협박하다.

겉묻다 남이 무슨 일을 하는 운김에 덩달아 따르다.

겨드락 '겨드랑'의 방언.

격란사돈 글래드스턴(William Ewart Gladstone, 1809~1898). 영국의 정치가. 1868년 이후로 네 차례에 걸쳐 영국 총리를 지냈다. 재직 중 아일랜드자치법 통과에 노력하고 제1차 선거법 개정에 공헌한 자유주의자.

격양가擊壤歌. 풍년이 들어 농부가 태평한 세월을 즐기는 노래.

견문발검見蚊拔劍. '모기를 보고 칼을 뺀다'는 뜻으로, 사소한 일에 크게 성내어 덤빔을 이르는 말.

견확(堅確)**하다** 견고하고 확실하다.

결전結錢. 조선 후기에 균역법의 실시에 따른 나라 재정의 부족을 메우기 위하여 전결(田結)에 덧붙여 거두어들이던 돈.

겸사(兼事)**하다** 한 가지 일을 하면서 다른 일을 아울러 하다.

경각頃刻. 아주 짧은 시간, 또는 눈 깜박할 동안.

경대(敬待)**하다** 공경하여 접대하다.

경보輕寶. 가볍고 값 많이 나가는 재물.

경상景狀. 좋지 못한 몰골.

경선(經線)**히** 경솔하게.

경세지재經世之才. 세상을 다스릴 만한 재주를 가진 사람.

경앙(敬仰)**하다** 존경하여 우러러보다.

경야竟夜. 밤을 새우는 것.

경위涇渭. 중국의 경수(涇水)는 탁하고 위수(渭成)는 맑아서 뚜렷이 구별된다는 데에서 유래한 말로, 사리에 대한 판단이나 분별.

경장更張. 묵은 제도를 개혁하여 새롭게 함. 여기서는 '갑오경장(1894)'을 가리킨다.

경편(輕便)**하다** 가볍고 간단하여 사용하기에 편리하다.

경풍(驚風)**하다** 어린아이가 경련을 일으키다.

계련係戀. 사랑에 끌려 잊지 못함.

계분契分. 친한 벗 사이의 정분.

계적繼蹟. 조상의 훌륭한 행실과 업적을 본받아 잇는 것.

계주季主. 무당이 단골집의 안주인을 부를 때 쓰는 호칭.

계통문契通文. 계약서와 통지문.

고급告急. 급함을 알리는 것.

고기顧忌. 뒷일을 염려하고 꺼리는 것.

고담준론高談峻論. 아무 거리낌 없이 잘난 체하며 과장하여 떠드는 말.

고대광실高臺廣室. 굉장히 크고 좋은 집.

고루거각高樓巨閣. 높고 큰 다락집.

고리짝 고리나 대오리로 엮어 옷을 넣도록 만든 상자. 고리.

고명(高明)하다 식견이 높고 사물의 이치에 밝다.

고모高帽. 예전에, 귀족들이 예복 차림을 할 때에 쓰던 높은 모자.

고부姑婦. 시어머니와 며느리.

고삐가 길면 디딘다 꼬리가 길면 밟힌다.

고성대독高聲大讀. 크고 높은 목소리로 글을 읽음.

고시레 야외에서 음식을 먹거나 무당이 굿을 할 때, 귀신에게 먼저 바친다는 뜻으로 음식
　　　을 조금 떼어 허공에 던지며 하는 소리, 또는 그렇게 하는 짓, 고수레.

고자등걸 줄기를 잘라낸 나무의 썩은 밑동.

고직庫直. 관아의 창고를 보살피고 지키던 사람. 고치기.

고혹(蠱惑)하다 남의 마음을 호려 자제심을 잃게 하다.

곡진(曲盡)하다 정성을 다하다.

곧다름 변통성이 없고 고집만 피우는 태도.

골모 '골무'의 옛말.

골몰무가汨沒無價. 한 가지 일에 몰두하여 틈이 조금도 없음.

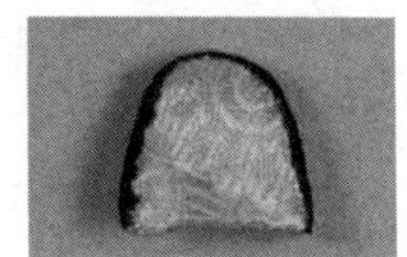

골무

공근(恭勤)하다 공손하여 삼가다.

공도公盜. 자신의 작위를 이용하여 사사로운 이익을 꾀하는 관리.

공명한 사사로움이나 한쪽으로 치우침이 없이 공정하고 명백하다.

공물公物. 국가 기관이나 공공 단체에 속한 물건.

공부工部. 대한제국기의 토목, 건축 등의 국가 사업을 관장하던 중앙 행정 부서.

공부자孔夫子. 공자의 높임말.

공석空石. 벼를 담지 않은 빈 섬.

공수 무당이 원한을 품고 죽은 사람의 넋을 풀 때, 죽은 사람의 뜻이라고 전하는 말.

공순(恭順)히 공손히 온순하게.

공영사公領事. 공사와 영사를 아울러 이르는 말.

공읍사拱揖砂. 두 손을 마주 모아 잡고 인사하는 모양의 모래.

공의公儀. 여러 사람의 의견.

공적公敵. 국가나 사회, 또는 공중의 적.

공전公錢. 공금(公金).

공직(公直)하다 사사롭거나 한쪽으로 치우침없이 정직하다.

공초(供招)하다 죄인이 범죄 사실을 진술하다 공사(供辭)하다.

공효功效. 공을 들인 보람이나 효과.

과당(過當)하다 정도가 지나치다.

과두수裹頭水. 염할 때 시체의 머리를 싸는 베 모양의 시내.

과협過峽. 울멍줄멍 내려오던 산줄기가 주산을 만들어 다시 일어나려 할 때에 안장처럼 잘
　　록하게 된 부분.

관격關格. 먹은 음식이 갑작스럽게 체하여, 가슴이 꽉 막히고 정신을 잃는 위급한 병.

관곡(款曲)하다 매우 정답고 친절하다.

관곽棺槨. 시체를 넣는 속널과 겉널을 아울러 이르는 말.

관기모자觀其眸子 인언수재人焉搜哉 그 눈동자를 보면 사람이 어찌 숨길 수 있으리오.

관령官令. 관청의 명령.

관망冠網. 갓과 망건.

관왕묘關王廟. 중국 촉한(觸寒)의 장수 관우(關羽)의 영을 모신 사당.

관자冠者. 관례를 치른 남자.

관정발악官庭發惡. 예전에, 관가에서 심문이나 취조할 때 심문을 받는 사람이 관원들에게
　　반항하던 일.

관찰觀察. 관찰사.

광수의廣袖衣. 직령(直領), 도포(道袍), 단령(團領) 등 양반들이 입던 폭이 넓은 소배가 달
　　린 옷.

광언망설狂言妄說. 이치에 맞지 않고 도에 어긋나는 말.

광중壙中. 주로 시체를 묻는 구덩이 속. 광내(壙內).

괴다 특별히 귀여워하고 사랑하다.

괴불 '괴불주머니'의 준말. 어린아이가 차는 노리개의 하나. 네모난 색헝겊을 귀나게 접어
　　서 속에 솜을 넣고 수를 놓아 색끈을 단 것.

괴악(怪惡)하다 (말이나 행동이) 괴이하고 흉악하다.

괴탄怪歎. 의심스럽게 여기어 탄식함.

교계(較計)하다 서로 견주어 살피다.

교군轎軍. '교군꾼'의 준말. 가마를 메는 사람.

교궁校宮. 각 마을의 향교(鄕校)에 있는 문묘(文廟).

교마轎馬. 가마와 말.

교악狡惡. 교활하고 간사함.

구기拘忌. 꺼리는 것. 금기(禁忌).

구눙 '군웅'의 변한말. 무당의 열두 거리 굿 가운데 열째 거리. 무당이 붉은색의 철릭을 입
　　고 갓을 쓴다.

구덥 구차한 생활이나 처지

구몰(俱沒)하다 부모가 모두 별세하다.

구변口辯. 말을 잘하는 재주나 솜씨. 언변(言辯).

구복口腹. 입과 배.

구사求仕. 벼슬을 구하는 것.

구산求山. 묏자리를 구하는 것.

구소九霄. 높은 하늘.

구수仇讐. 원수.

국수당

구양수歐陽修. 중국 북송(北宋) 때의 시인, 사학자, 정치가(1007~1072). 자는 영숙(永叔).

구정닻줄 상여를 운반하는 데에 쓰는 장강틀 가로장의 양쪽에 건 넓은 줄.

구종驅從. 벼슬아치를 모시고 따라다니는 하인.

구처(區處)하다 구별하여 처리한다.

구천九泉. 땅속 깊은 밑바닥이란 뜻으로, 죽은 뒤에 넋이 돌아가는 곳을 이르는 말.

구축(驅逐)하다 몰아서 쫓아내다.

국내局內. 묘지(墓地)가 있는 지역.

국수당 국사당(國師堂). 조선 시대에, 태조가 한양에 도읍을 정하고 한양의 수호신사(守護
　　神詞)로 북악신사(北岳神祠)와 함께 남산 꼭대기에 두었던 목멱신사(木覓神祠)의 사
　　당.

국참정國參政. 구한국 때 의정부의 벼슬. 내부대신을 겸임하였다.

군제軍制. 군을 유지, 관리, 운용하는 데에 필요한 제도.

굴총(掘塚)하다 남의 무덤을 파내다.

굼기 '구멍'의 옛말.

굽도 젖도 할 수 없다 '한쪽으로 굽히지도 뒤로 젖히지도 못한다'는 뜻으로, 형편이 막다른 데 처하여 어찌해 볼 방도가 없음을 이르는 말.

궁구(窮究)하다 속속들이 파고들어 깊게 연구하다.

궁흉극악窮凶極惡. 몹시 흉측하고 악독하다.

권도權道. 목적 달성을 위하여 때에 따라 임기응변으로 일을 처리하는 방도.

궐향闕享. 제사를 거르는 것. 궐사(闕祀).

귀넘어듣다 주의하지 않고 흘리며 듣다. 여기서는 '귀넘어듣지 말랬다오'의 잘못.

귀영자 벼슬아치의 갓에 갓끈을 다는 데 쓰는 S자 모양의 고리.

귀정歸正. 그릇되었던 일이 바른 길로 돌아옴.

그루박다 물건을 들어 바닥에 거꾸로 탁 놓다.

극공극경極恭極敬. 지극히 공손하게 받들어 모심.

근리(近理)하다 이치에 거의 맞다.

근신(勤愼)하다 힘써 삼가다.

근인根因. 근본적인 원인.

금부禁府. '의금부(義禁府)'의 준말. 조선 시대에, 왕명을 받들어 죄인을 추국(推鞫)하는 일을 맡아 하던 사법 기관.

금슬지락琴瑟之樂. 부부 사이의 화목한 즐거움.

금옥탕창金玉宕氅. 금관자, 옥관자, 탕건, 창의라는 뜻으로, 높은 벼슬이나 귀인의 복식을 이르는 말.

금의옥식錦衣玉食. '비단옷과 흰 쌀밥'이란 뜻으로, 호화스럽고 사치스러운 생활을 이르는 말.

금장격錦帳格. 비단 휘장의 모양새.

금정金井. 무덤을 팔 때, 구덩이의 길이와 너비를 정하는 데 쓰는 나무틀.

기걸(奇傑)하다 모습이나 행동이 매우 뛰어나다.

기구器具. 예법에 필요한 것이 골고루 갖추어져 있는 형세.

기망欺罔. 남을 속임.

기명器皿. 살림살이에 쓰는 온갖 그릇.

기박(奇薄)하다 팔자, 운수 따위가 사납고 복이 없다.

기부妓夫. 기생이나 창녀(娼女)를 데리고 살면서 이들에게 술장사, 매음 등을 시키고 놀고 먹는 사내.

기색氣塞. 놀라서 호흡이 잠시 멎는 병.

기안起案. 관아에서 기생의 이름을 기록하여 두는 책.

기예技藝. 갈고 닦은 기술과 재주.

기위旣爲. 이미.

기이다 남의 눈을 피하다.

기정欺情. 겉으로만 꾸미고 속마음을 드러내지 않는 것.

기직 왕골 껍질이나 부들잎으로 짚을 싸서 엮은 돗자리.

기진(氣盡)하다 기운이 다하다.

기초騎哨. 말을 타고 보초를 서는 병사.

기탄忌憚. 거리낌.

길청廳. 군아(郡衙)에서 아전이 일을 보는 곳.

깃옷 졸곡(卒哭) 때까지 상제가 입는 생무명 옷.

깨진 독 서슬 같다 사람이 모질고 독살스러워 가까이 할 수 없다.

꽁 꿩의 방언.

끈 떨어진 뒤웅이 모양 의지할 데가 없어져 외롭고 불안하게 된 처지를 비유적으로 이르는
    말. '뒤웅이'는 박을 쪼개지 않고 꼭지 근처에 구멍만 뚫어 속을 파낸 바가지를 말한
    다.

나덤벙이다 까불며 덤벙이다.

나무 공이 등 맞춘 것 같다 나무로 만든 공이의 등을 맞춘 것처럼 서로 잘 맞지 아니하고
    대립되는 경우를 비유적으로 이르는 말.

나중사 나중의 일.

낙락난합落落難合. 여기저기 흩어져 모이기 어려움.

낙안樂安. 지금의 전남 벌교 근처.

낙역(絡繹)하다 왕래가 끊임이 없다.

낙역부절絡繹不絶. 가볍고 간단하여 사용하기에 편리하다.

난가亂家. 화목하지 못하고 어수선한 집안.

난만(爛漫)하다 꽃이 활짝 많이 피어 화려하다.

난봉鸞鳳. '난조[鸞鳥, 중국 전설에 나오는 서조(瑞鳥)로 꼽는 상상의 새]와 봉황'이란 뜻으
    로, 여기서는 사이 좋은 부부를 비유적으로 이르는 말.

난장亂杖. 조선 시대 고문(拷問)의 하나. 신체의 부위를 가리지 않고 마구 치는 매.

난적亂賊. 세상을 어지럽히는 도둑의 무리.

날뜨기 아직 기생 교습을 받지 아니한 기녀.

남형濫刑. 함부로 형벌을 가하는 것.

납뢰納賂. 뇌물을 바치는 것.

납신 윗몸을 가볍고 빠르게 구부리는 모양.

낭기마郎騎馬. 전충 혼례에서 신랑이 신부 집에 타고 가는 말.

낭탁囊橐. '주머니와 전대'란 뜻으로, 물건을 제 차지로 만드는 것을 이르는 말.

낯하다 대면하다.

내간內艱. 어머니의 상사(喪事), 또는 아버지가 없을 때의 할머니의 상사.

내당內堂. 안방, 내실(內室).

내두來頭. 지금으로부터 닥치는 앞.

내룡견갑來龍肩甲. 내룡의 어깨뼈에 해당하는 자리.

내맥來脈. 명당에 이르기 전 흘러내린 산맥.

내부인內部印. 내무부 직인.

내종병內腫病. 내장에 종기가 나는 병.

내환內患. 아내의 병.

냅뜨다 말을 큰 소리로 불쑥 하다.

냉락冷落. 서로의 사리가 멀어져 정답지 않고 쌀쌀함.

노구老軀. 할멈.

노구메 산천의 신령에게 제사하기 위하여 노구솥에 지은 메밥.

노돌 노들. 지금의 노량진.

노랑목 높이 떠는 소리.

노래기 회도 먹겠다 염치도 체면도 없이 비위 좋게 행동하는 사람을 이르는 말.

노류장화路柳墻花. 누구든지 꺾을 수 있는 '길가의 버들과 담 밑의 꽃'이라는 뜻으로, 창녀
    를 비유적으로 이르는 말.

노문路文. 관원이 공무로 지방에 여행할 때, 관리가 이를 곳에 일정표와 규모 등을 미리 알
    리는 문서. '노문(을) 놓다'라는 말은 '노문을 보내다'란 의미.

노색怒色. 성난 얼굴빛.

노약老弱. 늙은 사람과 약한 사람.

논배미 논의 한 구역.

농막農幕. 농사에 편리하도록 논밭 근처에 임시 거처로 간단히 지은 집.

뇌두磊頭. 주산.

뇌수(牢囚)하다 죄수를 단단히 가두다.

뇌약(牢約)하다 굳게 약속하다.

누거만累巨萬. '여러 거만'이라는 뜻으로, 매우 많음을 나타내는 말.

누대봉사屢代奉祀. 여러 대의 조상의 제사를 받드는 일.

눈꼬리가 창알 고패 되듯 마음이나 심정 따위가 격하여 세차게 굽이치는 모양을 비유적으로 이르는 말. '창알'은 사람이나 동물의 창자를 낮잡아 이르는 말이고, '고패'는 열을 주어 구부린 나무를 가리키는 말이다.

눙치다 좋은 말로 풀어서 마음이 누그러지게 하다.

능라금수綾羅錦繡. 명주실로 짠 피륙.

다갱이 '머리'의 속어.

다과多寡. 수량이 많고 적음.

다년포병多年抱病. 여러 해 몸에 병을 늘 지니는 것.

다락다락 얼굴에 어떠한 특성이 드러나 있거나 맺혀 있는 모양.

다방골 현재 광교 근처의 다동.

다심(多心)하다 지나치게 걱정하고 생각하는 것이 많다.

닦달 물건을 손질하고 매만짐.

단골 굿할 때 늘 부르는 무당.

단련鍛鍊. 귀찮고 어려운 일에 시달림.

단상투 갓 쓰지 않은 맨 상투.

단처短處. 모자란 점.

단천端川. 함경남도의 지명.

단취(團聚)하다 집안 식구나 친한 사람들끼리 화목하게 한데 모이다.

답산가踏山歌. 여기서는 도선대사의 도선답산가(道詵踏山歌)를 가리킨다. '답산'은 묏자리를 잡으려고 산을 돌아보는 것을 말함.

답지(遝至)하다 한군데로 몰려들거나 몰려오다.

당국 봉분이 있는 평평한 부위.

당내堂內. 팔촌 이내의 일가.

당년當年. 일이 있던 바로 그 해.

당대발복當代發福. 부모를 명당에 장사 지낸 덕으로 당대에 부귀를 누리게 됨.

당삭(當朔)하다 아이 낳을 달을 맞다.

당상堂上. 대청 위.

당우唐虞. 중국의 도당씨(陶唐氏)와 유우씨(有虞氏), 곧 요순(堯舜) 시대를 일컬음.

당혼(當婚)하다 혼인할 나이가 되다.

대갈 말굽에 편자를 신기는 데 박는 징.

대경소괴大驚小怪. 크게 놀라서 좀 이상하게 여김.

대경실색大驚失色. 몹시 놀라 얼굴빛이 변함.

대기(大忌)하다 크게 금하다.

대동大洞. 한 동네의 전부.

대매 단 한 번 때리는 매.

대묘골 지금의 종묘 근처.

대범大凡. 무릇.

대부大父. 할아버지와 항렬이 같은 유복친(有服親) 외의 남자 친척.

대상부동大相不同. 크게 다름.

대성전大成殿. 문묘(文廟) 안에 공자의 위폐(僞幣)를 모신 전각(殿閣).

대소가大小家. 큰마누라의 집과 작은마누라의 집, 또는 큰마누라와 작은마누라.

대소댁내大小宅內. 남의 집안의 큰집과 작은 집안을 아울러 이르는 말.

대순大舜. 중국 신화에 나오는 전설상의 성왕.

대욕소관大慾所關. 큰 욕망에 관계되는 바.

대원(代遠)하다 세대의 수가 멀다.

대은전쾌 은돈 꿰미.

대인수접對人酬接. 손님을 맞이하며 접대함.

대자현판大字懸板. 글씨를 크게 새겨 문 위에 다는 널조각.

대축大祝. 종묘나 문묘 제향(祭享)에서 축문을 읽는 사람.

대치(大熾)하다 기세가 아주 성하다.

대혈大穴. 혈 중의 혈. '혈'은 용맥의 정기가 모인 자리를 말한다.

덕색德色. 남에게 은혜를 베푼 것을 자랑하는 말이나 태도.

덧들이다 남을 건드려서 언짢게 하다.

도고(道高)하다 도덕적인 수양이 높다.

도국都局. 산으로 둘러싸여 있는 땅의 형국.

도당徒黨. 사람들의 무리. 주로 불순한 무리를 이르는 말임.

도래멍석 새끼 날을 짚으로 싸서 둥글게 엮은 큰 자리.

도선道詵. 신라말의 승려로, 풍수지리설의 대가(827~898).

도스르다 무슨 일을 하려고 마음을 다잡아 가지다.

도저(到底)**하다** 행동이나 몸가짐이 흐트러짐이 없이 바르다.

도척盜拓. 현인 유하혜(柳下惠)의 아우로 춘추 시대의 대도적.

도탕부화蹈湯赴火. '끓는 물을 밟고 타는 불 속에 들어간다'는 뜻으로, 어렵고 위험한 것을
　　　피하지 않고 맞받아 나가는 것을 이르는 말.

도태 도도한 태도.

도통道統. 도학(道學)을 전하는 계통.

도학군자道學君子. 도학을 닦아 덕이 높은 사람.

독선기신獨善其身. 남을 돌보지 아니하고 자기 한 몸의 처신만을 온전하게 함.

독양獨陽. 음의 기운은 없고 양의 기운만 있음.

독일무이獨一無二. 유일무이(唯一無二).

독척毒慽. 자손이 부모나 조부모보다 먼저 죽는 일.

돈관 몇 관으로 헤아릴 만한 얼마간의 돈.

돈목(敦睦)**하다** 정이 두텁고 화목하다.

돌올(突兀)**하다** 높이 우뚝 솟다.

동나뭇단 단으로 묶어 땔나무로 파는 잎나무.

동량棟梁. 기둥과 들보.

동산소同山所. 두 집안에서 무덤을 한 땅에 같이 씀.

동소문東小門. 혜화문(惠化門)의 속칭.

동저고리 '동옷'을 속되게 이르는 말로, 남자가 입는 저고리를 말함.

동퇴서락東頹西落. 허술한 집이 이리저리 쏠림.

된장(독)**에 풋고추 박히듯** 어떤 곳에 가서 꼭 틀어박혀 자리를 떠나지 않고 있음을 이르는
　　　말.

두 패 지르다 예전에 급한 일이 있을때 가마꾼을 두 배로 늘려 번갈아 메면서 급히 달려가
　　　던 일.

두렷이 아주 분명하게.

두멍 물을 길어 붓고 쓰는 큰 가마나 큰 독.

두목지杜牧之. 두목(杜牧, 803~853). 중국 당대(當代)의 시인.

두세 패 지르다 급한 일이 있을 때 가마꾼을 두 배, 세 배로 늘려 번갈아 메면서 급히 달려 가다.

두수 이렇게도 하고 저렇게도 할 수 있는 두 가지 방도.

두억시니 모질고 악한 귀신의 하나. 야차(野次).

두호(斗護)하다 남을 두둔하여 감싸다.

뒤미처 그 뒤에 곧 잇따라.

뒷방마누라 첩에게 권리를 빼앗기고 뒷방으로 쫓겨나 지내는 본처.

드난 임시로 남의 집 행랑에 부쳐지내며 그 집의 부엌일을 도와주는 고용살이.

득승(得勝)하다 경쟁이나 싸움에서 승리를 거두다.

득정得情 죄를 저지른 실정을 알아 내는 것.

들메 신이 벗어지지 않도록 끈으로 발에 동여매는 일.

들이뜨리다 안을 향하여 집어던지다. 들이트리다.

들피 굶주려서 몸이 쇠약해지는 일.

등내等內. 벼슬아치가 벼슬을 살고 있는 동안.

등대燈臺. 미리 준비하고 기다림.

등출(謄出)하다 원본에서 옮겨 베끼다. 등초(謄抄)하다.

등화燈火. 등에 켠 불.

딸깍샌님 '딸깍발이'의 방언. 신이 없어 맑은 날에도 나막신을 신는 가난한 선비를 이르는 말

뚜에 뚜껑.

뜬쇠 무른 쇠.

마량馬糧. 말먹이.

마름쇠 끝이 송곳처럼 뾰족한 서너 개의 발을 가진 쇠못. 도둑이나 적을 막기 위하여 땅에 흩어 두었다.

마부馬夫. 역신(疫神)을 전송하는 의식의 등장인물로, 배송(拜送)을 낼 때에는 역신이 탄 것으로 간주되는 싸리말을 모는 사람.

마장 오 리나 십 리가 못 되는 거리를 이르는 말.

마혁馬革. 말 안장 양쪽에 꾸밈새로 늘어뜨리는 고삐.

막마침 '마지막'의 잘못.

만고문장萬古文章. 세상에 비길 데가 없는 훌륭한 문장가.

만권萬卷. 매우 많은 책을 이르는 말.

만단萬端. 여러 가지, 온갖.

만단개유萬端改諭. 여러 가지로 타이름.

만당滿堂. 사람이 방이나 마루에 가득 차는 것.

만당자손滿堂子孫. 자손이 집에 가득함.

만월대

만리전정萬里前程. 젊은이의 희망이 가득한 앞길을 비유적으로 이르는 말.

만만불가萬萬不可. 전혀 옳지 아니함. 천만불가(千萬不可).

만반진수滿盤珍羞. 상에 가득히 차린 귀하고 맛있는 음식.

만불근리萬不近理. 이치와는 전연 비슷하지 않음.

만세불망萬世不忘. 영원히 은덕을 이지 아니함.

만손 비록.

만신 야자 무당을 높여 이르는 말.

만월대滿月臺. 개성시 송악산(松嶽山) 남쪽 기슭에 있는 고려의 왕궁 터. 궁전은 고려 말기
　　　에 불타서 없어졌다.

만장공도萬丈公道. 조금도 사사로움이 없이 매우 공평한 일.

만좌(滿座**)하다** 여러 사람들이 모여 앉다.

만행(萬幸**)하다** 아주 다행하다.

만호萬戶. 고려 시대와 조선 시대의 무관직.

말 많은 집은 장맛도 쓰다 집안에 잔말이 많으면 살림이 잘 안 된다는 말.

말명 무당의 열두 거리 굿 가운데 열한째 거리를 이르는 말. 무당이 노란 몽두리를 입고
　　　부채와 방울을 든다.

말바리 '마바리'의 북한어. 짐을 실은 말. 또는 그 짐.

말살스럽다 인정이 없이 모질고 쌀쌀하다.

망석중이 남이 부추기는 대로 따라 움직이는 사람을 비유적으로 이르는 말.

매아지 '망아지'의 잘못.

매암 제 자리에서 뺑뺑 도는 행위. 맴.

매인열지每人悅之. 모든 사람의 마음을 기쁘게 함.

매창賣唱. 다른 사람 앞에서 노래를 부름.

맹모의 삼천하시던 교육 '맹모삼천지교(孟母三遷之敎)'를
풀어 쓴 말. 맹자가 어렸을 때 묘지 가까이 살았
더니 장사 지내는 흉내를 내기에, 맹자 어머니가
집을 시장 근처로 옮겼더니 이번에는 물건 파는
흉내를 내므로, 다시 글방이 있는 곳으로 옮겨
공부를 시켰다는 것으로, 맹자의 어머니가 아들
을 가르치기 위하여 세 번이나 이사를 하였음을 이르는 말.

명륜당

맹자직문盲者直門. '소경이 문을 찾아간다'는 뜻으로, 어리석은 사람이 어쩌다 이치에 맞는
일을 하는 것을 이르는 말. 맹자정문(盲者正門).

맺고 끊은 듯하다 어떤 일이나 행동이 사리가 분명하고 빈틈이 없다.

먹장 갈아 끼얹은 듯하다 (비유적으로) 빛이 매우 시커멓고 짙다.

면례緬禮. 무덤을 옮겨 장사를 다시 지냄. 면봉(緬奉).

면분面分. 얼굴이나 알 정도의 사귐.

명륜당明倫堂. 조선 시대에, 성균관 안에서 유학을 가르치던 곳.

명약관화明若觀火. 불을 보는 것처럼 명백하거나 분명함.

명찰(明察)**하다** 똑똑히 살피다.

명풍名風. 풍수지리에서, 묏자리나 집터 등을 잘 가리기로 이름이 난 사람.

명현明賢. 밝고 현명함, 또는 그런 사람.

모계謨計. 계교를 꾸미는 것.

모꼬지 놀이나 잔치 등의 일로 여러 사람이 모이는 일.

모다깃매 뭇 사람이 한꺼번에 마구 때리는 매. 뭇매.

모란봉 평양 북쪽에 있는 작은 산. 꼭대기에 모란대(牡丹
臺), 최승대(最勝臺), 을밀대 따위의 누각이 있고, 동
쪽은 절벽을 이루어 대동강을 굽어보고 있어서 경치
가 빼어나다. 높이는 96미터.

모란봉

모사재인謀事在人. '일을 꾸미는 일은 사람에게 달렸다'는
뜻으로, 결과는 하늘에 맡기고 일을 힘써 꾀하여야 함을 이르는 말.

모야무지暮夜無知. 이슥한 밤에 하는 일이라서 보고 듣는 사람이 없음.

목불식정目不識丁. 낫 놓고 기역자도 모름.

목자目子. '눈깔' 또는 '눈알'을 점잖게 이르는 말.

몽사夢事. 꿈에 나타난 일.

묘당廟堂. 조선 시대의 최고 행정 기관.

묘리妙理. 오묘한 이치.

묘맥苗脈. 일의 실마리.

무거(無據)하다 근거가 없다.

무꾸리 무당이나 점쟁이 등에게 길흉을 점치는 일.

무류(無類)하다 유례가 없다.

무복巫卜. 무당과 점쟁이.

무사타첩無事妥帖. 아무 사고 없이 무사히 잘 끝남.

무시복無時服. 때를 정하지 않고 수시로 복약함.

무애(無礙)히 막히거나 거치는 것이 없이.

무여지(無餘地)하다 다시 더할 나위 없다.

무육(撫育)하다 어루만지듯이 잘 돌보아 기르다. 무양(撫養)하다.

무정지책無情之責. 아무 까닭 없이 하는 책망. 비정지책(非情之責).

무진(無盡)히 다함이 없을 만큼. 매우.

무학無學. 고려말 조선초의 승려(1327~1405).

무학재 서울 서대문구 현저동과 홍제동 사이에 있는 고개. 조선 태조 3년(1394)에 태조가
        도읍터를 물색하기 위하여 몸소 무학 대사를 데리고 와서 조사하였다 하여 '무학재
        (無學-)'라고도 한다. 예로부터 한양으로 들어오는 교통의 요충지였다.

문견聞見. 듣고 보아 얻은 지식.

문부文部. 대한제국기에 교육을 담당하던 중앙 행정 부서.

문인門人. 문하에서 배우는 제자. 문하생(門下生).

문장門長. 한 문중(門中)에서 항렬과 나이가 제일 위인 사람.

물보낌 여러 사람을 모조리 매질하는 것.

물색物色. 경치.

물종物終. 물건의 종류.

미거(未擧)하다 철이 나지 않아 사리에 어둡다.

미구未久. 앞으로 오래지 않음.

미나리 메나리. 경상도, 전라도, 충청도 지방에 전해 오는 농부가의 하나. 노랫말은 지방마
        다 조금씩 다르나 슬프고 처량한 음조를 띤다.

미상불未嘗不. '아닌 게 아니라'를 한문 투로 이르는 말.

미타(未妥)히 온당하지 않게.

민정감고民情甘苦. 백성의 사전과 생활의 괴로움과 즐거움.

믿는 나무에 곰이 핀다 잘되리라고 믿고 있던 일에 생각지 못한 변화가 생김을 비유적으로
　　이르는 말.

바깥두령頭領. 예전에, 남자 두령을 이르던 말.

바리 마소에 잔뜩 실은 짐을 세는 단위.

박부득이迫不得已. 일이 매우 급박하여 어찌할 수 없음.

반공중半空中. 그다지 높지 않은 공중.

반닫이 앞의 위쪽 절반이 문짝으로 되어 아래로 젖혀 여닫게 만든 궤 모양의 가구.

반이(搬移)하다 짐을 날라 이사하다.

반자가 얕다 하고 펄펄 뛰다 몹시 성나서 반자에 닿을 정도로 펄펄 뛴다는 말. '반자'는 지
　　붕 밑이나 위층 바닥 밑을 편평하게 치장한 각 방의 천장을 말한다.

반절反切. '훈민정음'을 달리 이르는 말. 훈민정음이 초성, 중성, 종성을 합하여 한 글자를
　　이룬다는 사실에 서 유래한다.

반주그레하다 생김새가 매우 반반하고 아름답다.

반첩여班婕妤. 반여(班妤). 한나라의 여류시인.

받내다 몸을 움직이지 못하는 사람의 대소변 따위를 받아 처리하다.

발그림자 찾아가거나 찾아오는 일을 비유적으로 이르는 말.

발락(發落)하다 결정하여 끝내다.

발명發明. 죄나 잘못이 없음을 변명하여 밝히는 것.

발명무지發明無地. 변명할 길이 없어 몸 둘 곳이 없음

발반發斑. 천연두와 홍역을 앓을 때, 피부에 발긋발긋한 부스럼이 내돋는 일.

발산發散. 땀을 내서 병의 원인이 된 것을 몸 밖으로 빠져나가게 하는 치료법.

발원發願. 무엇을 바라고 원하는 생각을 냄, 또는 소원을 빎. 기원(冀願).

발음發蔭. 조상의 덕으로 후손의 운수가 열림.

발행(發行)하다 길을 떠나가다.

발훈(發訓)하다 훈령을 내리다.

방립方笠. 예전에 상제(喪制)가 밖에 나갈 때에 쓰던, 가는 대로 만든 삿갓 모양의 큰 갓
　　방갓.

방매(放賣)**하다** 물건을 내놓아 팔다.

방문方文. '약방문'의 준말.

방성대곡放聲大哭. 큰 소리로 몹시 슬프게 곡을 함.

방송(放送)**하다** 죄인을 감옥에서 풀어 주다.

방장方將. 방금, 이제 곧.

방축防築. '방죽'의 원말. 논밭 근처에 물이 고여 있도록 둑으로 둘러막은 못. 저수지보다 크기가 작다.

배반杯盤. 기생들이 수련한 노래를 시험하기 위하여 크게 잔치를 베풀고, 사회의 유지들을 초청하여 심사하는 제도.

배산임류背山臨流. 산을 등지고 물을 면한 길지(吉地).

배송拜送. 천연두를 앓은 뒤 13일 만에 두신(痘神)을 전송하는 일.

배약背約. 약속을 저버리다.

배접褙接. 종이나 헝겊 따위를 겹쳐 붙임.

배포排布. 살림을 차림.

배행(陪行)**하다** 윗사람을 모시고 따라가다.

백방(白放)**하다** 죄가 없음이 드러나서 놓아 주다.

백비탕白沸湯. 아무것도 넣지 않고 끓인 물.

백사百事. 여러 가지 일. 만사(萬事).

백상루百祥樓. 평안남도 안주군 안주읍 북쪽 교외의 청천강 기슭에 있는 누각. 관서 팔경의 하나로 경치가 아름답다.

백씨伯氏. 남의 맏형을 높여 일컫는말

백옥무하白玉無瑕. '백옥에 아무런 티가 없다'는 뜻으로, 조금도 결점이 없는 사람을 비유하여 이르는 말.

백척간두福善禍淫. '백 자나 되는 높은 장대 위에 올라섰다'는 뜻으로, 몹시 어렵고 위태로운 지경을 이르는 말.

백해무리百害無利. 해로운 것은 많고 득이 되는 것은 없음. 백해무일리(百害無一利).

버레줄 '벌이줄'의 잘못. 물건을 버티어서 이리저리 얽어매는 줄.

번거하다 조용하지 못하고 자리가 어수선하다.

번차례番次例. 돌려가며 번갈아 드는 차례.

벋놓다 잠을 자야 할 때에 자지 아니하고 그대로 지나가다.

범백凡百. 갖가지의 모든 것.

범백거행凡百擧行. 여러 가지 의식을 치름.

범백사凡百事. 온갖 일.

범백처사凡百處事. 여러 가지 일을 처리함.

범연(泛然)**스럽다** 차근차근한 맛이 없이 데면데면하다.

범접犯接. 어떤 대상에 가까이 다가가 함부로 건드리거나 감히 접하는 것.

범포(犯逋)**하다** 국고에 바칠 전곡(錢穀)을 써 버리다.

법국法國. 프랑스.

법소法所. 법을 집행하는 기관.

법은 멀고 주먹은 가깝다 사리를 따져 가며 법식대로 해결하는 것보다 완력이 먼저 힘을
　　쓴다는 말.

법제(法製)**하다** 약재를 약방문(藥方文)대로 가공하다.

벗바리 뒷배를 보아 주는 사람.

베개위공사 잠자리에서 아내가 남편에게 바라는 바를 속살거리며 청하는 일. 베갯밑송사.

베전 육의전(六矣廛)의 하나. 조선 시대에, 서울에서 베를 팔던 시전(市廛).

벽파(劈破)**하다** 쪼개서 깨뜨리다.

변 암호.

변상變喪. 자손이 부모나 조부모보다 먼저 죽는 일.

별비別備. 굿할 때 목돈 외에 무당에게 행하(行下)로 따로 주는 돈.

별성행차別星行次. 호구별성(戶口別星)의 행차.

별순검別巡檢. 구한말 때 제복을 안 입고 비밀 정탐에 종사하던 순경.

별제別提. 조선 기대 정6품・종6품직 관원.

별증別症. 어떤 병에 딸려 생기는 다른 증세.

병문屛門. 골목 어귀의 길가.

병작竝作. 지주가 소작인에게 소작료를 수확량의 절반으로 매기는 일. 반타작.

병창竝唱. 가야금, 거문고 등의 악기를 타면서 자신이 거기에 맞추어 노래를 부르는 것.

병탈(病頉)**하다** 병을 핑계로 삼다.

병풍상성病風喪性. 병으로 본성(本性)을 잃어버림.

보병것 보병목(步兵木)으로 지은 옷.

보복지리報復之理. 서로 대갚음하는 자연의 이치.

보비위補脾胃. 남의 비위를 잘 맞추어 주는 것.

보성학교普成學校. 1906년 이용익이 서울에 설립한 사립 학교. 지금의 보성중·고등학교의
　　　전신(前身)이다.

보쌈 양반집 딸이 둘 이상의 남편을 섬겨야 될 팔자인 경우, 팔자땜을 하기 위하여 외간남
　　　자를 몰래 보에 싸서 잡아다가 딸과 재운 다음에 죽이던 일, 또는 남정네들이 혼인
　　　하려고 과부를 보에 싸서 데려오던 풍습.

보짱 마음속에 품은 꿋꿋한 생각이나 요량.

복력福力. 복을 누리는 힘.

복록福祿. 복과 녹.

복발(復發)**하다** 근심, 설음, 병 등이 다시 일어나다.

복보수復報讎. 앙갚음.

복선화음福善禍淫. 착한 사람에게는 복이 오고 악한 사
　　　람에게는 재앙이 온다는 말.

보성학교

복성(福星)**스럽다** 얼굴이 도톰하게 살이 올라 보기에 복스럽다.

본신本身. 본디의 신체나 모습.

봉고封庫. 어사나 감사가 못된 짓을 많이 한 고을의 원을 파면하고 관가의 창고를 봉하여
　　　잠그던 일.

봉사(封祀)**하다** 조상의 제사를 받들어 모시다.

봉안(奉安)**하다** 신주(神主)나 화상(畵像)을 받들어 모시다.

봉행(奉行)**하다** 웃어른이 시키는 대로 받들어 행하다.

봉향奉享. 헌관(獻官)이 분향할 때 오른편 옆에서 집사관(執事官)이 향합과 향로를 받들던
　　　일.

부동(符同)**하다** 어울려 한통속이 되다.

부랑패류浮浪悖類. 일정하게 사는 곳과 하는 일 없이 떠돌아다니며 못된 짓이나 하는 무리.

부룻되다 일이 잘되어 피어나다.

부벽루浮碧樓. 평안남도 평양시 모란대(牡丹臺) 밑 청류벽(淸流壁) 위에 있는 누각. 1,000
　　　여 년 전에 세워진 것으로, 대동강에 면하여 있어 마치 물 위에 떠 있는 듯한 느낌
　　　을 주는 아름다운 누각이다.

부벽주련付壁柱聯. 기둥이나 벽에 장식으로 그림이나 글씨를 써넣어 걸치는 물건.

부비浮費. 일을 하는 데 써서 없어지는 돈.

부자夫子. 남의 존경을 받을 만한 사람을 일컫는 말. 스승.

부정모혈父情母血. '아버지의 정수(精髓)와 어머니의 피'란 뜻으로, 자식은 부모의 뼈와 피
　　를 물려받음을 이르는 말.

부조유업父祖遺業. 조상이 남긴 사업.

부지거처不知去處. 간 곳을 모름.

부집 부지깽이.

북 나들듯 매우 자주 드나드는 모양으로 비유적으로 이르는 말. '북'은 베틀에 딸린 부속품
　　의 하나로, 날실의 틈으로 왔다갔다하며 씨실을 풀어 준다.

북묘 서울 동소문 안에 있던 관왕묘(關王廟).

북새 북풍.

분격(憤激)하다 몹시 분하고 노여운 감정이 북받쳐 오르다.

분대分隊. 본대(本隊)에서 나뉘어 나온 무리.

분벽사창粉壁紗窓. '하얗게 꾸민 벽과 깁으로 바른 창'이라는 뜻으로, 아름다운 여자가 거
　　처하는 방.

분분(忿憤)히 뒤숭숭하고 수선스럽게.

분상墳上. 무덤의 봉긋한 부분.

분운(紛紜)하다 여러 사람의 의견이 일치하지 않아 이러니저러니 떠들썩하다.

분원(忿怨)하다 몹시 분하고 원망하다.

분정지두憤精之頭. 분한 마음이 왈칵 일어난 바람.

분호分戶. 분가(分家).

불고염치不顧廉恥. 염치를 돌아보지 않음.

불공지수不共之讐. '함께 하지 못하는 원수'라는 뜻으로, 이 세상에서 같이 살 수 없을 만큼
　　큰 원한을 가진 것을 비유하여 이르는 말.

불과시不過是. 기껏해서 이 정도로.

불목(不睦)하다 사이가 서로 좋지 않다.

불문곡직不問曲直. 옳고 그른 것을 묻지도 않고 함부로 마구 함.

불선불후不先不後. 공교롭게도 좋지 않은 때를 당함.

불소(不少)하다 적지 않다.

불시이사不是異事. 이상할 것이 없는 일.

불심상원不甚相遠. 그다지 틀리지 않음.

불역지전不易之典. '언제까지나 고쳐지지 아니할 규정'이란 뜻으로. 하지 않을 수 없는 일을 이르는 말.

불연한 갑자기 성내는 듯하다.

불울(怫鬱)하다 일이 뜻대로 되지 않아 화가 치밀고 답답하다.

불원(不遠)하다 멀지 않다.

불원복不遠復. 『주역(周易)』64괘 중 음(陰)에서 양(陽)이 처음으로 돌아오는 복(復)괘에서 나오는 말로, '머지 않아 양기가 회복된다'는 뜻.

불원천리不遠千里. 천 리를 멀다고 여기지 않음.

불의지변不意之變. 뜻밖에 당한 변고.

불일(不一)하다 한결같이 고르지 아니하다.

불일내不日內. 며칠 안. 불일간.

불차탁용不次擢用. 관계(官階)의 차례를 밟지 않고 벼슬에 특별히 올려서 씀.

불초초(不肖肖)하다 사람 됨됨이가 관대하지 않다.

불치不治. 나라가 잘 다스려지지 않는 것.

불치불검不侈不儉. 사치하지도 검소하지도 아니하고 수수함.

불필타구不必他求. '남에게서 구할 필요가 없다'는 뜻으로, 자기 것으로 넉넉함을 이르는 말.

붉은 문 충신, 효자, 열녀 등을 표창하기 위해 그 집 앞에 세우던 문. 정문(旌門).

비기秘記. 길흉화복을 예언하여 적은 기록.

비도匪徒. 떼를 지어 다니며 살인과 약탈을 일삼는 도둑의 무리.

비봉귀소형飛鳳歸巢形. 봉황(鳳凰)이 날아 둥지로 돌아가는 형국.

비사맥比絲麥. 비스마르크. 프로이센의 정치가, 독일 제국의 건설자.

비상 국으로 여긴다 한사코 기피함을 비유적으로 이르는 말. '비상(砒霜)'은 비석(砒石)에 열을 주어 승화시켜서 얻은 독약.

비소誹笑. 비웃음.

비일비재非一非再. 한둘이 아니고 많음.

비진備盡. 마음과 힘을 합하여 최선을 다하는 것.

비창(悲愴)하다 마음이 몹시 상하고 슬프다.

빈빈(頻頻)히 몹시 자주.

빈한하다 살림이 가난하여 집안이 쓸쓸하다.

비스마르크

빙거(憑據)**하다** 어떤 사실을 증명할 만한 근거를 대다.

빙자(憑藉)**하다** 핑계 삼다.

빚받이 빚으로 준 돈을 받아들이는 일.

사굴私掘. 남의 무덤을 사사로이 파내는 것.

사략史略. 중국의 18사를 초학자용으로 편찬한 책.

사력事力. 일의 형세와 재력(財力).

사마자장司馬子長. 사마천(司馬遷). 사마천은 중국의 천문관이자 역관(曆官)이며 위대한 역
　　사가로서 『사기(史記)』를 저술했다.

사문(査問)**하다** 조사하여 신문하다.

사불범정邪不犯正. 바르지 못하고 요사스러운 것이 바른 것을 건드리지 못함.

사상死相. 죽은 사람의 얼굴.

사색辭色. 말과 얼굴빛. 사기(辭氣).

사세社勢. 일이 되어 가는 형세.

사세부득이事勢不得己. 일의 형세가 그렇게 하지 않을 수 없이.

사습私習. 혼자 스스로 배워 익히는 것.

사시巳時. 12시의 여섯째 시로, 오전 9시부터 11까지의 사이.

사인교四人轎. 앞뒤에 각각 두 사람씩 모두 네 사람이 메는 가마.

사정私情. 일정한 주관 없이 남을 덩달아 좇는 것.

사주인私主人. 벼슬아치가 객지에서 묵는 사삿집.

사지오관四肢五官. 두 팔과 두 다리의 사지와 눈, 귀, 코, 혀, 피부의 다섯 가지 감각기관
　　을 아울러 이르는 말.

사직辭職. 맡은 직무를 내놓고 물러남.

사태沙汰. 높은 언덕이나 산비탈 또는 눈 따위가 무너져 내려앉는 일.

사퇴蛇退. 뱀의 허물. 어린이의 경풍(驚風)과 여러 가지 외과 질환 치료에 쓴다. 사탈피.

사파달 스파르타(Sparta). 그리스 펠로폰네소스반도 남동부 라코니아 지방에 있던 고대
　　도시국가이다.

사환仕宦. 벼슬살이를 함.

산곡山谷. 산골짜기.

산리山理. 묏자리의 내룡(來龍), 방향, 위치에 따라 재앙과 복이 달라진다는 이치.

산림山林. 학식과 도덕이 높으나 벼슬을 하지 않고 숨어 지내는 선비를 이르는 말.

산송山訟. 묘지에 관한 송사(訟事).

산역山役. 시체를 묻거나 이장(移葬)하는 일.

산화山禍. 묏자리가 좋지 못하여 받는다는 재앙.

산화소치山禍所致. 묏자리가 좋지 못한 탓으로 자손이 받는 재앙으로 생긴 일.

살 벌의 꽁무니나 쐐기의 몸에 있는 힘.

살지무석殺之無惜. 죽여도 애석하지 않을 정도로 죄가 무거움을 이르는 말.

삶은 호박[무]에 이(도) 안 들 소리 '삶아 놓아서 물렁물렁한 호박[무]에 이빨이 안들어 갈
　　리가 없다'는 뜻으로, 전혀 사리에 맞지 않는 말을 함을 비유적으로 이르는 말.

삼대 삼의 줄기.

삼문三門. 대궐이나 관청, 사단 등의 건물 앞에 세운 세 문, 곧 정문(正門), 동협문(東夾
　　門), 서협문(西夾門)을 가리킴.

삼순구식三旬九食. 30일 동안 아홉 끼니밖에 못 먹는 다는 뜻으로, 끼니를 잇기 어려울 만
　　큼 몹시 가난한 상태를 이르는 말.

삼종씨三從氏. 남의 삼종형제를 높이어 이르는 말. '삼종'은 팔촌(八寸)이 되는 관계를 말한
　　다.

삼촌三寸. 세 치.

삼취三娶. 세 번째 장가들어 맞은 아내.

삼태 '삼태기'의 방언.

삼한갑족三韓甲族. 우리나라에서 대대로 문벌이 높은 집안.

삼해주三亥酒. 정월에 담그는 술의 한 가지.

삼현육각三絃六角. 거문고, 가야금, 당비파, 북, 장구, 해금,
　　피리, 태평소 한 쌍.

상두꾼

상象. 순임금의 이복동생으로 그 아비와 짜고 순을 죽이려
　　고 한 패악한 인물.

상관(相關)하다 남녀가 육체 관계를 맺다.

상덕上德. 웃어른에게서 받은 은덕.

상두꾼 상여꾼.

상량문上樑文. 집을 지을 때 기둥에 보를 얹고 그 위에 마룻대를 올리는 일을 축복하는 글.

상말 점잖지 못하고 상스러운 말.

상문喪門. 몹시 흉한 방위(方位), 또는 사람이 죽은 방위.

상변喪變. 초상이 난 일. 상사(喪事).

상서祥瑞. 복되고 좋은 일이 일어날 조짐. 경서(慶瑞).

상약相約. 서로 약속하는 것, 또는 그 약속

상없다 행동이 보통의 도리에서 벗어나 막되다.

상의上意. 웃어른이나 지배자의 마음. 임금의 마음.

상적(相適)하다 서로 걸맞다.

상전(相傳)하다 대대로 이어 전하다.

상전벽해桑田碧海. '뽕나무 밭이 변하여 푸른 바다가 된다'는 뜻으로, 세상일의 변천이 심함을 비유.

상전의 빨래에 종의 발뒤축이 희다 상전의 빨래를 하여 주면 제 발뒤축이 깨끗하게 된다는 뜻으로, 하기 싫어 마지못해 하는 남의 일이라도 해 주고 나면 얼마간의 이득은 있음을 비유적으로 이르는 말.

상직(常直)하다 당직이나 숙직을 계속하다.

상청喪廳. '궤연(几筵)'을 속되게 이르는 말. 죽은 사람의 영궤(靈几)와 그에 딸린 모든 것을 차려 놓은 곳.

상한常漢. 상놈.

상행喪行. 상여를 따르는 행렬.

상회례相會禮. 서로 처음으로 만날 때 하는 인사.

새문 지금의 서대문.

색장色掌. 성균관, 향교, 사학(四學) 등에 기거하는 유생의 한 임원.

색태色態. 빛깔의 맵시

생남자生男子. 아들을 낳는 것.

생때같다 몸이 튼튼하고 병이 없다.

생량(生凉)하다 가을이 되어 서늘한 기운이 생기다.

생매 길들이지 않은 매.

생맥 힘차게 뛰는 맥.

생면부지生面不知. 서로 만나 본 일이 없어 도무지 알지 못함, 또는 그러한 사람.

생심生心. 어떤 일을 하려는 마음.

생애生涯. 생계(生計).

생양정부모生養定父母. 낳아준 부모와 양자로 맺어진 부모.

생이지지生而之知. 배우지 않아도 스스로 깨달아 앎. 생지(生知).

생쥐 볼가심할 것도 없게 되다 '조그마한 생쥐가 입가심할 정도의 것도 없다'는 뜻으로, 먹을 것이 라고는 아무것도 없고 몹시 가난하게 됨을 비유적으로 이르는 말.

생지生知. 삼지(三知)의 하나. 나면서부터 도(道)를 앎. 생이지지(生而知之).

서고청徐孤靑. 서기(徐起, 1523~1591). 조선 중기의 학자.

서독暑毒. 더위의 독기(毒氣).

서립(序立)하다 서서히 세우다.

서시西施. 중국 춘추 시대 월(越)나라의 미녀.

서실閪失. 물건을 흐지부지 잃어버림.

서어(齟齬·鉏鋙)하다 익숙하지 아니하여 서름서름하다.

서윤庶尹. 조선 시대에, 한성부와 평양부에 두었던 종4품 벼슬.

서초西草. 평안도에서 나는 질 좋은 담배.

서판書板. 글씨를 쓸 때에 종이 밑에 바치는 나뭇조각.

석고대죄席藁待罪. 거적을 깔고 엎드려 처벌을 기다림.

석새베 '석새삼베'의 준말. 240올의 날실로 짠 삼베라는 뜻으로, 성글고 굵은 베를 이르는 말.

석장錫杖. 중이 짚는 지팡이.

섞박지 김치의 한 가지로, 절인 무와 배추를 썬 다음 여러 가지 고명에 젓국을 조금 쳐서 익힌 것.

선대감先大監. 돌아가신 대감.

선부善否. 좋음과 좋지 못함.

선부형先父兄. 돌아가신 아버지와 형.

선성先聲. 전부터 알려져 있는 명성.

선영先塋. 선산(先山).

선왕장先王丈. 돌아가신 남의 할아버지를 높여 이르는 말.

선장先丈. '선고장(先考丈)'의 준말. 돌아가신 남의 아버지를 높여 이르는 말.

선죽교

선죽교善竹橋. 경기도 개성에 있는 돌다리. 고려 말기의 충신 정몽주가 이방원이 보낸 조영규 등에게 철퇴를 맞고 죽은 곳으로 유명하다.

선참후계先斬後啓. 군율(軍律)을 어긴 자를 먼저 처형한 뒤에 임금에게 아뢰던 일.

선천품부先天稟賦. 선천적으로 타고나는 것.

선치자善治者. 백성을 잘 다스리는 관리.

선퇴蟬退. 매미가 탈바꿈할 때 벗은 허물. 성질이 차서 두드러기. 경풍(驚風) 따위에 쓴다.

선현先賢. 옛날의 어질고 사리에 밝은 사람. 선철(先哲).

선혜청宣惠廳. 조선 후기 대동미(大同米), 대동포(大同布), 대동전(大同錢)의 수납을 위하여 설치한 관청.

설만(褻慢)**히** 무례하고 단정치 못하게.

설면하다 친하지 않다.

설분雪憤. 분풀이.

설시(設施)**하다** 베풀어 설비하다.

설원(雪冤)**하다** 원통한 사정을 풀어 없애다.

설유說諭. 말로 타이르는 것.

설주 문설주.

설파(說破)**하다** 어떤 내용을 듣는 사람이 납득하도록 분명하게 드러내어 말하다.

설합舌盒. ‘서랍’의 원말.

섬섬옥수纖纖玉手. 가냘프고 고운 여자의 손을 이르는 말.

성경誠敬. 정성을 다하여 공경함.

성경현전聖經賢傳. 성인이 지은 경과 현인이 지은 전.

성군작당成群作黨. 여러 사람이 모여 떼를 지음.

성기成器. 사람의 됨됨이와 재주가 한 틀을 이루는 것.

성묘聖廟. 공자를 모신 사당. 문묘(文廟).

성복成服. 초상이 났을 때 처음으로 상복을 입는 일.

성불성成不成. 일의 되고 안 되는 것.

성비盛備. 잔치를 성대하게 베푸는 것. 성설(性說).

성상聖上. 살아 있는 자기 나라의 임금을 높여 이르는 말. 주상(主上).

성식聲息. 소문(所聞).

성주받이 집의 수호신으로 성주를 새로 모시는 굿. 집을 새로 짓거나 이사한 뒤 또는 남자 주인이 대주(大主)의 나이가 17세, 27세, 37세와 같이 7자가 되는 해의 10월에 날을 가려 한다.

세검정洗劍亭. 서울 종로구 신영동(新營洞)에 있는 정자.

세백목필細白木疋. 올이 가는 무명 필.

세보교貰步轎. 셋돈을 내고 빌려서 타는 가마의 하나. 정자 지붕 모양으로 가운데를 솟게
　　　하고 사면을 장막으로 둘러쳤다.

세세성문細細成文. 꼼꼼히 글을 만듦.

세책貰冊. 세를 받고 빌려 주는 책. 대본(貸本).

세청細聽. 주로, 서울, 경기 지방 전통 음악의 여창(女唱)에 쓰는 창법의 하나. 비단실을
　　　뽑아내는 듯한 가느다란 목소리를 이른다.

셋줄 세도 있는 사람들의 힘에 기댈 수 있는 연줄. 뒷줄.

소거백마素車白馬. 흰 포장을 두른 수레와 흰 말. 적에게 항복할 때나 장례할 때 쓴다.

소경력小莖歷. 겪어 지내 온 일.

소경사所經事. 겪어 온 일.

소들하다 분량이 생각하는 것보다 적어서 흡족하지 않다.

소료所料. 생각하여 헤아린 바.

소매평생素昧平生. 견문이 좁고 세상 형편에 어두운 채 지내는 한평생.

소목昭穆. 종묘나 사당에 신주를 모시는 차례, 왼쪽을 소(昭), 오른쪽을 목(穆)이라 하여 1
　　　세를 가운데에 2·4·6세를 소에, 3·5·7세를 목에 모심.

소무기탄小無忌憚. 어렵게 여겨 꺼리는 것이 없음.

소민小民. 조선 중엽 이후 평민을 일컫는 말. 상사람. 상민(常民).

소불간친疏不間親. 친분이 먼 사람이 친분이 가까운 사람들을 이간하지 못함.

소상분명昭詳分明. 밝고 상세하여 분명함.

소세梳洗. 머리를 빗고 낯을 씻음.

소소(昭昭)하다 사리가 뚜렷이 드러나서 밝다.

소소매 중국 북송 시대의 문장가였던 소동파(蘇東坡)의 누이동생.

소양배양 나이가 어려 함부로 날뛰기만 하고 분수나 철이 없음.

소영사所營事. 업으로 경영하는 일.

소위所爲. 해 놓은 일이나 것.

소이연所以然. 그렇게 된 까닭.

소조所遭. 치욕이나 고난을 당함.

소지燒紙. 부정을 없애고 소원을 빌기 위해 태우는 종이.

소진장의蘇秦張儀. 중국 전국 시대의 변설가인 소진(蘇秦)과 장의(張儀)를 빗대어, 구변이

좋은 사람을 이르는 말.

소취所趣. 뜻하는 일.

소학小學. 8세 전후의 어린아이들이 배우던 수신서(修身書). 중국 송나라의 주희(朱熹)가 엮은 것이라고 쓰여 있으나, 사실을 그의 제자 유자징(劉子澄)이 주희의 지시에 따라 여러 경전에서 동몽(童蒙)들을 교화(敎化)시킬 수 있는 일상생활의 자잘한 범절과 수양을 위한 격언과 충신·효자의 사적 등을 모아 편찬한 것이다.

소합원蘇合元. 소합향을 내는 끈끈한 기름.

속안俗眼. 어떤 사물에 대한 일반 사람들의 안목.

속종 마음속에 품은 의견.

속폭 봉투 속에 들어 있는 물건.

속현續絃. '금슬의 끊어진 줄을 다시 잇는다'는 뜻으로, 아내를 여읜 뒤 다시 장가를 드는 일.

손세孫世. 자손의 늘어 가는 정도.

손항孫行. 손자뻘 되는 항렬.

솔가도주率家逃走. 온 집안 식구를 데리고 도망감.

솔양(率養)**하다** 양자로 데려오다.

송구영신送舊迎新. 묵은해를 보내고 새해를 맞음.

송귀봉宋龜峰. 송익필(宋翼弼, 1534~1599). 조선 전기의 학자.

송산松山. 대동여지도에는 지명이 양주, 고양, 영종, 세 군데 보이는데, 여기에서는 양주 송산을 가리킨다.

쇠 '혀'의 방언.

쇠 웅두리 우리듯 두고두고 마냥 우려먹는 모양을 비유적으로 이르는 말. '쇠 웅두리'는 소의 웅두리뼈를 말한다.

쇠색(衰塞)**하다** 약해지고 막히다.

수각황망手脚慌忙. 급작스러운 일에 당황해서 어찌할 바를 모름.

수란(愁亂)**하다** 근심이 많아 마음이 산란하다.

수련壽蓮. 명성왕후의 혼이 내렸다고 자칭하여 고종의 총애를 받은 요무.

수로금酬勞金. 수고나 공로에 대하여 보수하는 돈.

수문수답隨問隨答. 묻는 대로 거침없이 대답함.

수번首番. 상두꾼의 우두머리.

수살水殺. 시골 동네 어귀에 서 있는 돌이나 나무. 동네를 지키는 신성한 것으로 믿어 전염
　　병이 돌 때는 새끼줄을 쳐서 모시고, 개인이 병이 났을 때는 환자의 옷을 걸어 놓기
　　도 한다.

수숙嫂叔. 형제의 아내와 남편의 형제, 곧 제수나 형수, 시아주버님.

수신제가修身齊家. 몸과 마음을 닦아 수영하고 집안을 다스림.

수욕獸慾. 짐승과 같은 욕심, 또는 음란한 욕망.

수원수구誰怨誰咎. '누구를 원망하고 누구를 탓하랴'라는 뜻으로, 남을 원망하거나 탓할 것
　　이 없음을 이르는 말.

수의사또繡衣使道. '어사또'를 달리 이르는 말.

수접酬接. 손님을 맞이하여 접대함.

수종(水腫)**다리** 병으로 퉁퉁 부은 다리.

수죄數罪. 범죄 행위를 들추어 열거하는 것.

수참(羞慚)**하다** 매우 부끄럽다.

수토불복水土不服. 풍토나 물이 몸에 맞지 않아 위장이 나빠짐.

수팔련水波蓮. 잔치 때 장식으로 쓰는 종이로 만든 연꽃.

수하친병手下親兵. 자기의 수족처럼 마음대로 부리는 사람.

숙부인淑夫人. 조선 시대 정3품 당상관(堂上官) 아내의 봉작(封爵).

숙친(熟親)**하다** 오래 사귀어 친분이 두텁다.

순뜯이 담배 순을 따서 말린 담배.

순무사巡撫使. 고려 시대의 임시관직. 『고려사』 백관지에 의하면, 지방에 민란과 같은 변란
　　이 있을 때 왕명을 받고 파견되어 백성을 안집(集安)하는 안무사(安撫使)가 충렬왕 2
　　년(1276)에 순무사로 개칭되었다고 한다.

순상巡相. 순찰사.

순수도국順水都局. 지류의 방향이 원 줄기와 동일한 곳.

순순(諄諄)**히** (타이르는 태도가) 다정하고 친절하게.

순실(淳實)**하다** 순박하고 참되다.

순양純陽. 순연(純然)한 양기(陽氣).

순전純全. 순수한 마음.

술사術士. 술책에 능한 사람.

승문고升聞鼓. 신문고(申聞鼓). 조선 시대에, 백성들이 절차를 거쳐서도 해결하지 못한 원

통하고 억울한 일이 있으면 왕에게 직접 알릴 수 있도록 대궐에 설치한 북.

승시(乘時)**하다** 좋은 때를 타다.

승평무사昇平無事. 나라가 태평하고 아무 탈 없이 편안함.

시골고라리 어리석고 고집이 센 시골 사람을 놀림조로 이르는 말.

시난고난 병이 심하지는 않으면서 오래 앓는 모양.

시두時痘. 천연두.

시량柴糧. 땔나무와 먹을 양식.

시러베아들 실없는 사람을 낮잡아 이르는 말. 시러베자식.

시부표책詩賦表策. 시와 부와 표의 책.

시사時仕. 이속(吏屬)이나 기생이 매인 관아에서 맡은 일을 치르던 일.

시시(時時)**로** 때때로.

시앗 남편의 첩.

시역(始役)**하다** 공사를 시작하다.

시우쇠 무쇠를 불려서 만든 쇠붙이의 하나.

시위 비가 많이 와서 강물이 넘쳐흘러 육지 위로 침범하는 일.

시전詩傳. 『시경(詩經)』의 내용을 알기 쉽게 풀이한 책.

시탕侍湯. 부모의 병에 약시중을 드는 일.

시환時患. 때에 따라 유행하는 상한병(傷寒病)이나 전염성 질환. 시령(時令). 시병(時病).

식경食頃. ‘밥을 먹을 동안’이라는 뜻으로 잠깐 동안을 이르는 말.

식루사式淚砂. 눈물을 씻는 형국의 사[혈(穴) 주위의 혈세.]

식사飾辭. 듣기 좋게 꾸며 하는 말.

식지食紙. 밥상과 음식을 덮는 데 쓰는 기름종이.

신고辛苦. 어려운 일을 당하여 몹시 애쓰는 것.

신골 망태 쏟아 놓은 것 같다 ‘발의 크기에 따라 여러 층의 신골을 담아 둔 망태를 쏟아 놓
은 것 같다’는 뜻으로, 작은 것부터 큰 것에 이르기까지의 여러 개가 차례로 늘어져
있는 모양을 비유적으로 이르는 말. ‘신골’은 신 만드는 데 쓰는 골을 말한다.

신교바탕 바탕만 있고 뚜껑이나 휘장이 없는 가마. ‘신교’는 ‘승교(乘轎)’의 방언.

신득진파申得辰破. 명당에서 보아 물이 시작되는 방향을 ‘득’, 물이 나가는 방향을 ‘파’라고
이르니, 이는 신방(申方)에서 물이 들어와 진방(辰方)으로 물이 빠진다는 뜻.

신민臣民. 군주국의 신하와 백성.

신발차 심부름하는 값으로 주는 돈.

신산新山. 새로 쓴 산소(山所).

신안神眼. 풍수지리설이나 관상술 등에 아주 통달한 눈.

신자진삼합격申子辰三合格. 신방, 자방, 진방 셋이 격이 맞음.

신지信地. 목적지.

신지무의信之無疑. 조금도 의심하지 아니하고 믿음.

신체 시신(屍身).

신칙(申飭)하다 단단히 타일러 경계하다.

실기失機. 좋은 기회를 놓치는 것.

실범實犯. 실제로 죄를 저지름.

실신(失信)하다 신용을 잃다.

실재實才. 글재주가 있는 사람.

심계心界. 마음 상태.

써래

심복지인心腹之人. 마음놓고 부리거나 일을 맡길 수 있는 사람.

심산궁곡深山窮谷. 깊은 산속의 험한 골짜기.

심상(尋常)히 대수롭지 않게.

심의深衣. 높은 선비들이 입던 희 베로 만든 웃옷. 소매를 넓게 하고 검은 비단으로 가를
    둘렀다.

십삼도十三道. 조선 고종 33년(1896)에 지방 제도의 개정에 따라 구획된 전국 13개의 도.
    곧 전라남도, 전라북도, 충청남도, 충청북도, 경상남도, 경상북도, 경기도, 황해도,
    강원도, 평안남도, 평안북도, 함경남도, 함경북도.

십상팔구十常八九. 열에 여덟이나 아홉 정도로 거의 예외가 없음.

십승지지十勝之地. 풍수지리에서 말하는, 피란하기 좋다는 열 군데의 지방.

싸리말 싸리로 결어 만든 말. 지난날, 천연두의 역신(疫神)을 쫓아내는 데 쓰였음.

쌍상투 옛날 관례 때에 머리를 갈라 두 개로 틀어 올린 상투.

써렛발 써레몽둥이에 박은 끝이 뾰족한 나무. 논바닥을 고르거나 흙덩이를 부수는데 쓴다.

아낙 부녀자가 거처하는 곳을 점잖게 이르는 말.

아성亞聖. 유학에서 공자에 버금가는 성인(聖人)이라고 하여 '맹자'를 이르는 말.

아오 '아우'의 방언.

아홉방 겹겹이 문으로 막은 깊은 곳을 이르는 말.

악머구리 끓듯 많은 사람이 모여서 시끄럽게 마구 떠드는 모양으로 비유적으로 이르는 말.
'악머구리'는 잘 우는 개구리란 뜻으로, '참개구리'를 뜻한다.

악살 박살.

악종惡種. 흉악한 성질.

안렴사按廉使. 고려 시대에, 각 도(道)에 파견된 지방관. 도내의 주(州), 현(縣)을 순찰하며
수령을 규찰하는 임무를 맡았다. 조선 건국 후 도관찰사로 환원되었다.

안무(按撫)**하다** 백성의 사정을 살펴서 어루만져 위로하다.

안산案山. 풍수지리에서, 집터나 묏자리의 맞은편에 있는 산을 이르는 말.

안석案席. 앉을 때 몸을 기대는 방석. 안식(案息).

안온(安穩)**하다** 조용하고 평안하다.

안유(安遊)**하다** 편안하게 놀거나 지내다.

안잠 여자가 남의 집에서 잠을 자며 일을 도와 주고 사는 것.

안차고 다라지다 겁이 없이 깜찍하고 당돌하다.

암매(暗昧)**하다** 못나고 어리석어 생각이 어둡다.

암축(暗祝)**하다** 신에게 마음속으로 기원하다.

압상押上. 죄인을 체포하여 상급 관청으로 넘겨 보냄.

앙화殃禍. 죄의 앙갚음으로 받는 재앙(災殃).

애연(哀然)**하다** 슬픔이나 서글픔을 자아내는 상태에 있다.

애총 어린아이의 무덤. 아총(兒塚).

야매野昧. 촌스럽고 어리석음.

양계초梁啓超. 량치차오(1873~1929). 중국 청나라 말에서 중화민국 초의 학자 겸 정치가.
입헌군주제를 주장하여 무술변법을 시도하였으나 실패하자 일본으로 망명하였다.

양귀비楊貴妃. 중국 당(唐)나라 현종(玄宗)의 비. 절세의 미모와 재주로 현종의 총애를 받
았다.

양금洋琴. 채로 줄을 쳐서 소리를 내는 현악기의 일종.

양미섬 양식으로 쓰는 쌀.

양증陽症. 활발하고 명랑한 성질.

어거(馭車)**하다** 거느리어 바른길로 나가게 하다.

어깻바람 신이 나서 어깨를 으쓱거리며, 활발하게 동작하는 기운.

어리치다 독한 냄새나 심한 자극을 정신이 흐릿해지다.

어백미御白米. 임금에게 바치던 흰쌀.

어육魚肉. 짓밟고 으깨어 아주 결단낸 상태를 비유적으로 이르는 말.

어한禦寒. 추위에 언 몸을 녹이는 것.

억륵(抑勒)으로 억지로.

억조창생億兆蒼生. 수많은 백성.

언구럭 사특하고 교묘한 말로 남을 농락하는 태도.

언연(偃然)히 거드름을 피우며 거만하게.

언필칭言必稱. 말을 할 때마다 반드시.

엄가뇌수嚴枷牢囚. 죄수를 엄격하게 가둠.

엄전하다하는 짓이나 모양이 점잖다.

엇구수하다하는 말이 이치에 그럴듯하다.

여겨보면 매부의 밥그릇이 높다 처가에서 사위는 대접을 잘 받으므로 오라비 되는 이가 이
　　　것을 샘하고 부러워한다는 말.

여귀厲鬼. 돌림병에 죽은 사람의 귀신이나 제사를 받지 못하는 귀신.

여년餘年. 여생.

여당與黨. 남은 무리.

여룡여호如龍如虎. 용과 같고 호랑이와 같음.

여반장如反掌. ‘손다박을 뒤집는 것 같다’는 뜻으로, 일이 매우 쉬움을 이르는 말.

여상(如常)히 평소와 다름없이.

여염가閭閻家. ‘…과 같은 셈으로’의 뜻을 나타내는 말.

여합부절如合符節. 부절을 맞춘 듯 사물이 꼭 들어맞음.

여항閭巷. 인가가 모여 있는 곳, 또는 서민들이 모여 있는 마을. 여염(閭閻).

여형약제女兄若弟. 친하기가 형제와 같음.

여화여월如花如月. 꽃과 달 같은.

역력(歷歷)하다 뚜렷하고 분명하다.

역수逆水. 고기가 용이 되기 위해 상류의 급류를 이루는 곳으로 오르는 것.

역일曆日. 책력(冊曆)에 의하여 정해진 하루하루의 날짜, 또는 그런 세월.

역질疫疾. ‘천연두’를 한방에서 이르는 말. 두역(痘疫).

연감 물렁하게 잘 익은 감. 연시(軟柿).

연골軟骨. 어린 나이를 이르는 말.

연기年歳. '나이'를 달리 이르는 말.

연때 인연이 맺어지는 기회.

연부역강年富力强. 나이가 젊고 힘이 셈.

연비聯臂. 서로 이리저리 알게 되는 것.

연상硯床. 문방 제구를 벌여 놓아두는 작은 책상, 또는 벼룻집.

연속부절連續不絶. 계속 이어져서 끊어지지 아니함.

연장접옥連墻接屋. 집이 이웃하여 닿음.

연치年齒. '나이'를 이르는 말.

연화대蓮花臺. 불교에서, 극락세계에 있다는 대(臺).

연환계連環計. 중국 삼국 시대에 오나라의 주유(周瑜)가 위나라 조조(曹操)의 군사를 불로
　　　공격할 때 방통(龐統)을 보내어 조조로 하여금 군함을 쇠고리로 연결시키게 한 고사
　　　에서 유래한 것으로, 적진에 간첩을 보내어 계교를 꾸미게 하고, 그 사이에 자기는
　　　승리를 얻는 계교를 이르는 말.

열없다 겸연쩍고 부끄럽다.

열인閱人. 많은 사람을 겪어 보는 것.

열파裂破. 찢어 결딴을 내는 것.

열화熱火. 매우 급하게 치밀어 오르는 화증.

염낭 두루주머니. 아가리에 잔주름을 잡고 끈 두 개를 좌우로 꿰어서 여닫게 된 작은 주머
　　　니. 끈을 훑치면 거의 둥근 모양이 됨.

염량후박炎涼厚薄. 세력 있을 때는 아첨하고 권력 없어지면 푸대접함.

염습殮襲. 죽은 사람의 몸을 씻긴 뒤에 옷을 입히고 염포로 묶는 일.

영(靈)하다 영험하다.

영결(永訣)하다 죽은 사람과 산 사람이 영원히 헤어지다.

영결종천永訣終天. 죽어서 영원히 이별함.

영귀榮貴. 지체가 높고 귀함.

영독(獰毒)하다 모질고 독살스럽다.

영명사永明寺. 평양 금수산(錦繡山)에 있는 절. 고구려 광개토왕이 지은 아홉 절의 하나라
　　　고 한다. 조선 시대에 선교 양종 서른여섯 본사의 하나로 되었으며, 현재의 건물은
　　　청일 전쟁 때 불타 버린 것을 일제 강점기에 다시 지은 것이다.

영문營門. 감사(監司)가 직무를 맡아보는 관아.

영연일곡靈筵一哭. 죽은 사람의 영전에서 곡을 함.

영절스럽다 (마치 실제의 것인 양) 보기에 그럴듯하다.

영창映窓. 방을 밝게 하기 위해 방과 마루 사이에 낸 미닫이 창.

영통(靈通)**하다** 신묘하게 통하다.

예기禮記. 중국 유가 5경(五經) 중의 하나. 원문은 공자가 편찬했다고 전해진다. 『예기』는 곡례(曲禮), 단궁(檀弓), 왕제(王制), 월령(月令), 예운(禮運), 학기(學記), 악기(樂記), 대학(大學), 중용(中庸) 등을 담고 있으며 그 속에 드러나는 도덕적인 면을 매우 중요하게 보고 있다. 1190년 성리학파의 주희(朱熹)는 『예기』중의 대학·중용 2편을 각각 별개의 책으로 편찬하고 유교 경전인 『논어』, 『맹자』와 더불어 4서(四書)에 포함시켰다.

오강五江. 예전에 서울 근처의 나루가 있는 한강(漢江), 용산(龍山), 마포(麻布), 현호(弦弧), 서강(西江) 다섯 군데의 강가 마을을 이르던 말.

오거서五車書. 다섯 수레에 실을 만큼 많은 책.

오괴(汙怪)**하다** 물정에 어둡고 괴벽하다.

오도吾道. 유자들이 유교의 도를 일컫는 말.

오라 도둑이나 죄인을 묶는 붉고 굵은 줄.

오려 철 이르게 익는 벼. 올벼.

오쟁이 곡물을 갈무리하거나 물건을 담아 두기 위해 짚으로 엮어 만든 물건. '섬'과 비슷하나 크기가 작다.

오포午砲. '오정포(午正砲)'의 준말. 정오를 알리는 대포.

오합지중烏合之衆. '까마귀 떼같이 질서 없는 무리'라는 뜻으로, 갑자기 모인 훈련되지 않은 군사를 이르는 말. 오합지졸(烏合之卒).

옥골선풍玉骨仙風. 살빛이 깨끗하고 고결하여 신선 같은 풍채.

옥관자玉貫子. 옥으로 만든 망건 관자. 종1품 이상의 벼슬아치는 조각을 하지 않았고, 정3품 당상관 이상의 관원만 조각을 하였다.

옥녀탄금형玉女彈琴形. 옥녀가 거문고를 타는 형세. '옥녀'는 마음과 몸이 깨끗한 여자를 옥에 비유하여 이르는 말.

옥룡자소점玉龍子所點. 옥룡자 도선(導詵)의 점지한 바.

옥추경玉樞經. 도교(道敎) 계통의 경전. 민간에서 널리 읽혔으나 도교의 정통 경전이 아닌 위경(僞經)으로 추정된다. 『옥추경』은 조선 시대 전체에 걸쳐 가장 많이 읽히는 치병(治病)경전으로 병굿이나 신굿과 같은 큰굿에서 독송되었다.

옹망(顒望)하다 크게 우러러 바라다.

옹이에 마디 나무 옹이에 마디까지 생겼다는 뜻으로, 일이 공교롭게 서로 어긋나거나 지장이 있음을 이르는 말. '옹이'는 나무의 몸에 박힌 가지의 그루터기를 뜻한다.

옹축(顒祝)하다 크게 축원하다.

와사瓦斯. '가스'의 한자명.

와석종신臥席終身. 사람이 제명을 다 살고 편안히 자리에 누워서 죽음.

완자卍字. '卍' 모양으로 된 무늬나 표지.

왕사往事. 지나간 일.

왕인王仁. 4세기 후반 무렵 일본에 건너가서 활동한 백제의 학자.

왕장王丈. 남의 할아버지를 높여 이르는 말.

왕환(往還)하다 왕복하다.

왕후장상王侯將相. 제왕(帝王), 제후(諸侯), 장수, 재상을 아울러 이르는 말.

외간外艱. 아버지의 상사(喪事). 또는 아버지가 없을 때의 할아버지의 상사.

외식外飾. 바깥쪽의 치레를 하는 것.

외읍外邑. 외딴 시골.

외장外庄. 멀리 떨어져 있는 자기 소유의 전장(田庄).

외탁 생김새나 채질, 성질 따위가 외가 쪽을 닮음.

외하방外下方. 서울 밖의 모든 지방.

요공要功. 자기가 베푼 공을 남이 칭찬해 주기를 바라는 것.

요기차療飢次. 요기하라고 하인에게 주는 돈.

요량料量. 일의 형편이나 사정 등을 헤아려 어떻게 하리라고 생각하는 것.

요마(幺麽)하다 변변하지 못하다.

요명要名. 명예를 구함.

요순堯舜. 고대 중국의 요임금과 순임금을 아울러 이르는 말.

요요(了了)하다 똑똑하고 약다.

요용소치要用所致. 필요가 있어서 행함.

요지瑤池. 선녀가 산다는 중국 곤륜산의 연못.

요해처要害處. 지세(地勢)가 군사적으로 아주 중요한 곳.

용렬(庸劣)하다 사람이 변변하지 못하고 졸렬하다.

용마루 지붕 위의 마루.

용서성容恕性. 용서해 주는 성품이나 성질.

용진호퇴龍進虎退. 풍수지리에서, 묏자리나 집터의 왼쪽 지형(龍)이 앞으로 나와 있고 오른
　　　　쪽 지형(虎)이 뒤로 물러나 있음을 이르는 말.

용혹무괴容或無怪. 혹시 그러할지라도 괴이할 것 없음.

우근진右謹陳. 다음과 같이 삼가 아뢴다는 뜻.

우두牛痘. 천연두를 예방하기 위하여 소에서 뽑은 면역 물질.

우심(尤甚)하다 더욱 심하다.

우중(偶中)하다 우연히 맞다. 우이득중(偶爾得中)하다.

우환질고憂患疾苦. 근심과 걱정과 질병과 고생.

울 '울타리'의 준말.

울짱 말뚝 따위를 죽 잇따라 박은 만든 울타리.

움도 싹도 없다 사람이나 물건이 감쪽같이 없어져 그 간 곳을 아주 모르겠다는 말.

움파 겨울에 움 속에서 기른 파.

원범原犯. 범죄를 실제로 저지른 사람.

원수치부怨讐置簿. 원수진 것을 오래 기억하여 둠.

원억(冤抑)하다 원통한 누명을 써서 억울하다.

원정原情. 억울한 사정을 하소연하는 것.

위군(爲君)하다 임금을 섬기다.

위석(委席)하다 몸져 누워서 일어나지 못하다.

유공불급唯恐不及. 오직 미치지 못할까 두려워함.

유래지고풍由來之古風. 예로부터 전하여 오는 풍속.

유련(留連)하다 객지에 묵다.

유루(遺漏)하다 빠지거나 새어 버리다.

유명幽明. 저승과 이승.

유방백세流芳百世. 꽃다운 이름을 후세에 길이 전함.

유세차 효자 모 효손 모는 감소고우 현비 현조비 모봉 모씨維歲次 孝子 某 孝孫 某 敢昭告于
　　　　顯妣 懸祖妣 某封 某氏. 아들과 손자가 돌아가신 어머니와 할머니에게 바치는 축문.

유의유식遊依遊食. 아무 하는 일 없이 놀고 입고 먹음.

유조(有助)하다 도움이 있다.

유주산有主山. 주인이 있는 산.

유치幼齒. 어린 나이.

유표(有表)하다 여럿 중에서 특히 두드러지다.

유하혜柳下惠. 중국 춘추 시대 제나라 사람. 맹자의 의해 높이 평가되었다.

육기肉氣. 고기의 맛.

육례六禮. 혼인의 여섯 가지 예법. 곧 납채(納采), 문명(問名), 납길(納吉), 납폐(納幣), 청기(請期), 친영(親迎).

육혈포六穴砲. 탄알을 재는 구멍이 여섯 개 있는 권총.

윤척輪尺. 글이나 말에서 횡설수설하여 순서와 조리가 없음.

율보律譜. 음악의 곡조를 일정한 기호로 기록한 것.

융로隆老. 칠팔십 세 이상 되는 노인.

융희隆熙. 조선의 마지막 임금인 순종 때의 연호(1907~1910).

은반상銀飯床. 은으로 만든 반상.

은정隱釘. 양끝 못. 양끝이 뾰족한 못. 나무의 양면을 박음. 은혈못.

은휘(隱諱)하다 꺼리어 숨기다.

음사淫祠. 내력이 바르지 아니한 귀신을 모시어 놓은 집채.

음음(陰陰)하다 분위기가 흐리고 어둡다.

음증陰症. 음울한 성격.

읍하邑下. 읍내(邑內).

의귀(依歸)하다 몰아의 경지에서 종교적 절대자나 종교적 진리를 같이 믿고 의지하는 일. 귀의(歸依)하다.

의리부동義理不同. 의리에 맞지 아니함.

의복차衣服次. 옷 해 입으라고 주는 돈.

의사스럽다 제법 속생각이 깊고 쓸모 있는 생각을 곧잘 해 내는 힘이 있다.

의신矣身. 〈이두식 표현〉 저.

의장衣欌. 옷을 넣는 장.

의차衣次. 옷감.

의취意趣. 뜻이나 마음이 쏠림. 의지와 취향.

의표儀表. 몸을 가지는 태도. 의용(儀容).

이구(已久)하다 이미 오래되다.

이매(移買)하다 가진 땅을 팔아서 다른 땅을 사다.

이성호李星湖. 이익(李瀷, 1681~1763). 조선 후기의 실학자로, 유형원(柳馨遠)의 학문을
　　　계승하여 조선 후기의 실학을 대성했다.

이승(理勝)스럽다 모두 이치에 맞다.

이에 두 물건을 맞붙여 이은 짬. 이에짬.

이역異域. 이속(吏屬)의 임무.

이울다 (꽃 잎 따위가) 시들다.

이인異人. 재주가 신통하고 비범한 사람.

이태백李太白. 이백(李白). 중국 당대(當代)의 시인. 자는 태백(太白). 두보(杜甫)와 함께 중
　　　국 최고의 고전시인으로 꼽힌다.

이허裏許. 마음속에 감추거나 드러내지 않고 있는 생각.

이현령비현령耳懸鈴鼻懸鈴. '귀에 걸면 귀걸이, 코에 걸면 코걸이'라는 뜻으로, 어떤 사실이
　　　이렇게도 저렇게도 해석됨을 이르는 말.

인군人君. 임금.

인사정신人事精神. (주로 '없다', '모르다' 따위 부정을 뜻하는 낱말과 함께 쓰여) 신상에 벌
　　　어지는 일을 살피거나 예절을 차릴 수 있는 제정신.

인아姻婭. 사위 쪽의 사돈과 동서 쪽의 사돈을 아울러 이르는 말.

인읍隣邑. 가까운 고을.

인족人族. 민족(民族).

인퇴人退. 난발회. 사람의 머리털을 불에 태워 만든 재. 고약의 원료나 지혈제로 쓰고 또
　　　어린아이의 경련이나 열, 임질, 대소변 불통에 쓴다.

인후증咽喉症. 구강(口腔)의 맨 안쪽으로, 식도(食道)와 기도(氣道)로 통하는 곳에 생긴 병.

일경一境. 한 나라. 또는 어떤 곳을 중심으로 한 일부 지역.

일껏 '일껏'의 방언

일도一度. 한 번.

일동일정一動一靜. 모든 동작.

일명逸名. 서얼(庶孼).

일병一竝. 일체.

일부종사一夫從事. 한 남편만을 섬김. 또는 그 도리.

일부함원 오월비상一婦含寃 五月飛霜. 여자가 원한을 품으면 오월에도 서리가 내린다.

일색一色. 아주 뛰어나게 아름다운 미인.

일석지지一夕之地. "천리행룡(千里行龍)에 일석지지(一夕之地)"에서 유래한 말로, '묘지'를 가리킴.

일심전력一心專力. 한마음로 한 곳에만 온 힘을 다함.

일안一安. 한결같이 편안함.

일언반사一言半辭. 극히 짧은 말로 비유.

일용범절日用凡節. 날마다 하는 모든 질서나 절차.

일용상행日用常行. 날마다 하는 일상적인 행동.

일자반급一資半級. 예전에, 보잘것없는 작은 벼슬을 이르던 말.

일조一朝. (주로 '일조에' 꼴로 쓰여) '하루 아침'이라는 뜻으로, 갑작스럽도록 짧은 사이를 이르는 말.

일판 어떤 지역의 전부.

일패도지一敗塗地. '한번 패해 넘어지면 간과 뇌가 땅에 뒹군다'는 뜻으로 여지없이 패하여 다시 일어날 수 없게 됨을 이르는 한 고조 유방의 말로『사기』의「고조본기(高祖本紀)」에 나오는 말이다.

일향一向. 언제나 한결같이.

일호一毫. '몹시 가늘고 작은 털'이란 뜻으로, 극히 작은 정도를 비유하여 이르는 말.

일호차착一毫差錯. 극히 작은 어긋남.

일후日後. 뒷날.

입도(入盜)**하다** 도둑이 되다.

입렴入廉. 염탐에 걸려듦.

입주(立柱)**하다** 기둥을 세우다.

입찬소리 자기의 배경이나 지위 따위만 믿고 지나치게 장담하는 것. 입찬말.

입후入後. 양자(養子)를 들이는 것.

자겁自怯. 제풀에 겁을 내는 것.

자고송自故松. 저절로 말라 죽은 소나무.

자구自救. 스스로 구하는 것.

자금自今. 이제부터.

자단(自斷)**하다** 스스로 딱 잘라 결정하다.

자두지족自頭至足. '머리에서 발끝까지'라는 뜻으로 온몸을 이르는 말.

자락 스치는 생각.

자래(自來)로 '자고이래로'의 준말. 예로부터 내려오면서.

자리걷이 관(棺)이 나가기 전에 행하는 의식의 하나. 관 위에 명정과 죽은 사람이 입던 옷
　　한 벌을 올려놓고 만신이 의식을 행한다.

자별(自別)하다 친분이 남보다 특별하다.

자복(自服)하다 자백하여 복종하다.

자심(滋甚)하다 점점 더 심하다.

자작일촌 自作一村. 한 집안끼리 한 마을을 이룸.

자좌오향 子坐午向. 풍수지리에서, 묏자리나 집터 따위가 자방(子方)을 등지고 오방(午方)을
　　향한 방위.

자주장 自主張. 자기의 주장대로 함.

자질 子姪. 아들과 조카를 통틀어 이르는 말. 자여질(子與姪)

자채(紫彩)벼 상품 쌀로 유명한 올벼의 일종. 경기도 이천 부근에서 생산한다.

자처 自處. 스스로 목숨을 끊음.

자초 自初. 어떠한 사실이 비롯된 처음.

자현(自現)하다 자기 스스로 범죄 사실을 관아에 고백하다.

작광(作壙)하다 땅을 파내어 무덤을 만들다.

작란(作亂)하다 난리를 일으키다.

작전(作錢)하다 물건을 팔아서 돈을 마련하다.

작첩(作妾)하다 첩을 두다.

잔약(孱弱)하다 가냘프고 약하다.

잘고 疾苦. 병에 걸리는 일.

잘코사니 미운 사람의 불행을 고소하게 여길 때 하는 소리.

잠언 箴言. 가르쳐서 훈계하는 말.

잡아다리다 잡아당기다.

장계(狀啓)하다 감사 또는 지방에 파견된 관원이 자기 관하(管下)의 중요한 일을 임금에게
　　글로 보고하다.

장근 將近. '거의'의 뜻을 나타내는 말.

장도감 張都監. 큰 말썽이나 풍파를 이르는 말. 『수호지(水湖志)』에 나오는 말로, 장도감의
　　집이 풍파를 만나 큰 해를 입었다는 이야기에서 유래한다.

장독교帳獨轎. 가마의 한 가지. 앞에 들창문처럼 생긴 문이 있고, 양옆에 창이 있으며, 뚜껑은 지붕처럼 둥긋하게 되어 있고, 네 귀가 추녀처럼 생겼다.

장본張本. 어떤 일이 벌어지게 되는 근원.

장산壯山. 웅장하고 큰 산.

장원(長遠)**하다** 길고 멀다.

장진지망長進之望. 장래에 크게 진출할 희망.

장창長鎗. 긴 자루에 날을 붙여 군사들이 무기로 쓰던 칼.

장풍향양藏風向陽. 바람을 갈무리하고 햇빛을 마주 받음.

장하杖下. 곤장으로 매를 맞는 자리.

장황수작張皇酬酌. 매우 길고 번거롭게 말을 주고 받음.

재 들은 중 평소에 좋아하거나 바라던 일을 하게 되어 신이 난 사람을 비유적으로 이르는 말. ‘재(齋)’는 우리나라 절에서 부처에게 드리는 공양을 말한다.

재랑초사齋郎初仕. 조선 시대에, 묘(廟), 사(社), 전(殿), 궁(宮), 능(陵), 원(園) 따위의 참봉 등에 처음으로 오름.

재승덕박才勝德薄. 재주는 있으나 덕이 적음.

재임齋任. 향교에서 숙식하면서 일을 맡아보던 유생.

재조才繰. ‘재주’의 원말.

재징再徵. 두 번째 물려받음.

재판 방안에 깔아 두는 두꺼운 종이나 널빤지.

재하자(在下者)**는 유구무언**(有口無言) 아랫사람은 웃어른에 대하여 할 말도 제대로 못하고 지냄을 이르는 말.

쟁쟁錚錚. 쇠붙이가 맞부딪쳐 맑게 울리는 소리.

저모립豬毛笠. 돼지의 털로 싸개를 한 갓.

저사수건紵紗手巾. 중국 비단으로 만든 수건.

저함(低陷)**하다** 밑이 가라앉아 낮고 우묵하다.

적공積功. 어떤 일에 많은 공을 들임.

적년積年. 여러 해.

적벽대전赤壁大戰. 중국 삼국 시대인 208년 손권과 유비의 소수 연합군이 조조의 대군을 적벽에서 크게 무찌른 싸움. 이로 인하여 손권은 강남의 대부분을, 유비는 파 지방을 얻어 중국 천하를 삼분하였다.

적서등분嫡庶等分. 적자와 서자의 등급을 구분하는 것.

적악積惡. 남에게 못된 짓을 많이 하는 것.

적원(積怨)하다 원망이 쌓이고 쌓이다.

적자赤子. 갓난아이. 임금이 백성을 갓난아이처럼 여겨 사랑한다는 뜻에서, '백성'을 이르
　　는 말.

전등신화剪燈新話. 중국 명대(明代)에 구우(瞿佑)가 지은 단편소설집.

전반 종이를 도련할 때에 쓰는 얇고 좁은 긴 나뭇조각.

전백전관錢百錢貫. 많은 돈.

전수(全數)이 모두 다.

전수가결全數可決. 회의에 모인 모든 사람이 찬성하여 결정함.

전안청奠雁廳. 전통 혼례에서 전안지례(奠雁之禮)를 치르기 위하여 차려 놓은 자리. 대개
　　마당에 차일(遮日)을 치고 병풍을 둘러 놓고, 큰 상 위에 솔, 대, 과일, 음식 따위를
　　차려 놓아 꾸민다.

전위(專爲)하다 오로지 한 가지 일만을 위하여 하다.

전인(專人)하다 어떤 일을 위하여 특별히 사람을 보내다.

전재全財. 전 재산.

전전걸식轉轉乞食. 정한 곳이 없이 이리저리로 돌아다니며 구걸함.

전전반측輾轉反側. 누워서 몸을 이리저리 뒤척이며 잠을 이루지 못함.

전정剪程. 앞길.

전좌(殿座)하다 임금이 옥좌(玉座)에 나와 앉다.

전지자손傳之子孫. 자손에게 물려줌.

전천錢千. 천(千)으로 헤아릴 만한 적지 않은 돈.

절당切當. 사리에 꼭 들어맞음

절대絶代. 대가 끊어짐.

절등(絶等)하다 매우 두드러지게 뛰어나다.

절적絶迹. 발걸음을 끊고 왕래하지 않는 것. 절족(絶足).

절종絶種. 생물의 씨가 끊어져 아주 없어짐.

절치부심切齒腐心. 몹시 분하여 이를 갈고 속을 썩임.

절통(切痛)하다 뼈에 사무치도록 원통하다.

절행節行. 절개를 지키는 행실.

절화絶火. 아궁이에 불을 때지 않는다는 뜻으로, 양식이 떨어져 밥을 짓지 못하는 것.

정거停擧. 조선 시대에, 시험장에서 부정 행위를 한 자에게 일정 기간 동안 과거를 못 보게 하는 벌.

정금남鄭錦南. 금남군(錦南君) 정충신(鄭忠信, 1576~1636). 조선 중기의 무신.

정남貞男. 동정(童貞)을 지닌 남자.

정당正堂. 여러 건물 중에서 주가 되는 집채.

정대(正大)하다 의지나 언동 등이 바르고 당당하다.

정문旌門. 충신, 효자, 열녀 등의 표창하기 위하여 그 집 앞에 세우는 붉은 문.

정밤중 한밤중.

정소呈訴. 소장(訴狀)을 관청에 바치는 것. 정장(呈狀).

정쇄(精灑)하다 매우 맑고 깨끗하다.

정월 대보름날 귀머리장군 연 떠나가듯 멀리 가서 떨어지는 모양으로 이르는 말. '귀머리장 군'은 윗머리 양쪽 귀퉁이에 검은 부등변 삼각형이 그려진 연(鳶)을 말한다.

정인군자正人君子. 마음씨가 올바르며 학식과 덕행이 높고 어진 사람.

정자산 정나라의 대부 공손교(公孫喬).

정절情節. 사정이 가엾은 정황.

정처正妻. 본처(本妻).

정충증怔忡症. 공연히 가슴이 울러거리며 불안한 증세.

젖주럽 젖이 모자라 아이가 잘 자라지 못하는 상태.

제갈량諸葛亮. 중국 촉한(蜀漢)의 정치가. 자는 공명(孔明).

제관하회第觀下回. 큰 집에서 하인을 부리며 살아감.

제만除萬. 한 가지 일에만 전력하기 위하여 다른 일은 다 제쳐 놓음.

제반악증諸般惡症. 여러 가지 악한 증세.

제석帝釋. 불법(佛法)을 지키는 신 제석천(帝釋天)으로, 무당이 신봉하는 신의 하나.

제왈 장담으로.

제웅 짚으로 만든 사람의 형상. 음력 정원 열나흗날 저녁에 그 안에 푼돈을 넣고 이름과 생년을 적어서 길가에 버림으로써 액막이를 하는 데 쓴다. 초우인(草偶人).

제일상원第一上元. 정월 대보름.

제일절 주산에서 청룡으로 흘러들어가는 첫 마디.

제자백가諸子百家. 중국 춘추 전국 시대의 여러 학파. 공자(孔子), 관자(管子), 노자(老子),

맹자(孟子), 장자(莊子), 묵자(墨子), 열자(列子), 한비자(韓非子), 윤문자(尹文子), 손
자(孫子), 오자(誤字), 귀곡자(鬼谷子) 등과 유가(儒家), 도가(道家), 묵가(墨家), 법
가(法家), 명가(名家), 병가(兵家), 종횡가(縱橫家), 음양가(陰陽家) 등을 통틀어 이른
다. 여기서는 제가백가 지은 '제자백가서'의 뜻으로 쓰였다.

제잡담除雜談. 일절 말을 하지 않음.

제주祭酒. 성균관의 종3품 벼슬.

조고여생早孤餘生. 어려서 어버이를 여의고 자란 사람.

조련(調練)**하다** 못되게 굴어 남을 몹시 괴롭히다.

조민(躁悶)**하다** 초조하여 가슴이 답답하다.

조섭調攝. 조리(調理).

조수족措手足. '손발을 움직인다'라는 뜻으로, 자기 힘으로 겨우 살아갈 만함을 비유적으로
이르는 말.

조은당趙隱堂. 은은당(隱隱堂) 조린(趙潾, 1601~1687). 벼슬은 장악원(掌樂院) 첨정(僉正)
에 이르렀으나, 주로 은거하며 학문에 잠심함.

조잔凋殘. 말라서 쇠약하여 시듦.

조좌稠座. 여러 사람이 빽빽하게 모인 자리. 조인광좌(稠人廣座).

조지서造紙署. 조선 시대 궁중과 중앙 정부 기관에서 사용하는 종이와 중국에 공물로 보내
는 종이 등을 생산하던 관설 제지소.

족足. 산자락.

족과평생足過平生. 한평생을 넉넉하게 지낼 만함.

족부족간足不足間. 자라든지 모자라든지 간에.

족불리지足不履地. '발이 땅에 닿지 않는다'는 뜻으로, 몹시 급하게 달아나거나 걸어감을
이르는 말.

족장族丈. 성과 본이 같은 사람들 가운데 유복친 안에 들지 않는, 위 항렬이 되는 어른.

존봉(尊奉)**하다** 높이어 받들다.

존숭(尊崇)**하다** 존경하고 숭배하다.

존전尊前. 예전에 임금이나 높은 벼슬아치의 앞을 이르던 말.

졸곡卒哭. 사람이 죽은 지 석달 안의 첫 정일(丁日)이나 해일(亥日)을 택하여 지내는 제사.
삼우제(三虞祭)를 지낸 뒤에 지낸다.

졸연(猝然)**히** 갑작스럽게.

종다수취결從多數取決. 여러 사람의 의견 가운데서 많은 사람이 지지하는 의견을 따라 결정함. 종다수결.

종벌終罰. 마지막 벌.

종사從事. 어떤 일에 마음과 힘을 다함.

종신지질終身之疾. 평생 고칠 수 없는 병.

종씨從氏. 남에게 자기의 '사촌 형'을 높여서 일컫는 말.

종중宗中. 한 겨레붙이의 문중(門中).

종처腫處. '부스럼이 난 자리'라는 뜻으로 사회 생활이나 어떤 분야에서 건전하지 못하고 썩은 부분을 비유적으로 이르는 말.

종통宗統. 종가(宗家) 맏아들의 혈통.

종회宗會. 종중(宗中)의 일을 의논하기 위한 일가붙이끼리의 모임.

좌기(坐起)**하다** 관청의 우두머리가 출근하여 일을 시작하다.

좌립구견지지坐立俱見之地. 앉으나 서나 다 보이는 땅.

좌불안석坐不安席. 불안하거나 초조하거나 걱정이 되거나 하여 자리에 가만히 앉아있지 못하고 왔다하거나 일어났다 앉았다 하는 상태

좌상座上. 여러 사람이 모여 앉은 자리.

좌전左傳. 중국의 역사서 『춘추(春秋)』에 대한 고대의 해석서.

좌지坐地. 높은 위치.

죄만(罪萬)**하다** '죄송만만(罪悚萬萬)하다'의 준말. 더할 수 없이 죄송하다.

주룡主龍. 풍수지리에서, 주산(主山)의 줄기를 이르는 말.

주사야탁晝思夜度. 밤낮으로 깊이 생각함. 주사야몽(晝思夜夢).

주안酒案. 술상.

주야배도晝夜倍道. 밤낮을 가리지 아니하고 보통 사람 갑절의 길을 걸음.

주역周易. 중국의 유교 경전. 『역경(易經)』이라고도 한다. 「경(經)」, 「전(傳)」의 두 부분을 포함하며 대략 24,000자이다. 주(周)의 문왕이 지었다고 전해진다. 괘(卦)·효(爻)의 2가지 부호를 중첩하여 이루어진 64괘·384 괘사(卦辭), 효사(爻辭)로 구성되어 있는데, 괘상(卦象)에 따라 길흉화복을 점쳤다. 주나라 사람이 간단하게 8패로 점을 치는 책이었으므로 『주역』이라고 했다.

주엽산 광릉의 주산.

주왕 조왕(竈王). 부엌의 길흉화복을 맡아보는 신.

주용酒用. 술값.

주육酒肉. 술과 고기.

주인 잠시 머물러 있을 곳.

주작(做作)하다 없는 사실을 꾸며 만들다.

주장(朱杖)질 주릿대 따위로 쓰는, 붉은 칠을 한 몽둥이로 매질하는 것.

주지周紙. 두루마리.

주초柱礎. '주추'의 잘못. 기둥 밑에 괴는 돌 따위의 물건.

주축走逐. 뒤쫓는 일.

주출(做出)한 없는 사실을 꾸며 만들다. 주작(做作)하다.

주토朱土. 빛이 붉은 흙.

죽마고교竹馬故交. '죽마를 타고 놀던 옛 친구'라는 뜻으로, 어릴 때부터 친한 벗을 이르는
　　　말.

죽영竹纓. 가는 대로 꿰어 만든 갓끈.

죽장망혜竹杖芒鞋. '대지팡이와 짚신'의 뜻으로, 먼길을 떠날 때의 아주 간편한 차림새를
　　　이르는 말.

죽젓갱이질 '죽을 쑬 때 죽젓광이로 죽을 젓는 일'이란 뜻으로, 남이 하는 일을 훼방 놓는
　　　일을 이르는 말.

준절(峻節)히 매우 위엄 있고 정중하게.

준준무식蠢蠢無識. 굼뜨고 어리석어 아무것도 알지 못함.

줄남생이 물가에 죽 늘어앉은 남생이.

줄무지 가까운 친구끼리 풍악을 울리고 춤을 추며 상여를 메고 가는 일.

중단中單. 남자의 상복 속에 입는, 소매가 넓은 두루마기.

중로中路. 오가는 길의 중간. 중도(中道).

중률重律. 아주 무거운 형벌.

중방中房. 고을 원의 시중을 드는 사람.

중언부언重言復言. 이미 한 말을 자꾸 되풀이함.

중인소시重人所視. 여러 사람이 다같이 보고 있는 형편.

중정中情. 가슴속에 맺힌 감정이나 생각.

증자曾子. 증삼(曾參, BC 505~BC 436?). 중국 노나라 때의 유학자로『증자(曾子)』,『효
　　　경(孝經)』등을 저술했다.

지관地官. 풍수지리설에 따라 집터나 묏자리 따위를 가려잡는 사람.

지그럭대다 남이 듣기 싫도록 자꾸 불평하다.

지나支那. '중국(中國)'을 달리 이르는 말.

지남석指南石. 자석(磁石).

지남철指南鐵. 지침으로 항상 남북을 가리키도록 만든 기구. 나침반.

지노귀새남 죽은 사람의 넋이 극락으로 가도록 하는 굿.

지룡地龍. '지렁이'를 약재로 이르는 말. 해열, 상한(傷寒), 살충 등에 쓰인다.

지어부지간知於不知間. 알든 모르든 간에.

지원절통至冤切痛. 뼈에 사무치도록 지극히 원통함. 지원(至冤). 지원극통(至冤極痛).

지재지삼至再至三. '두 번 세 번'이라는 뜻으로 여러 차례를 이르는 말.

지접(止接)하다 잠시 몸을 의탁해 머물다

지지地誌. 특정 지역의 자연 및 인문 현상을 백과사전식으로 나누어 기록한 책.

지차之次. 다음이나 버금

지취동성只取同姓. 단지 동성에서 취함.

지파支派. 종파(宗派)에서 갈라져 나간 파.

지화紙貨. 종이돈.

직각直閣. 조선 시대 규장각의 벼슬.

진개眞箇. 참말로.

진당홍(眞唐紅)물 진한 자줏빛을 띤 붉은색.

진령군眞靈君. 명성왕후가 세워 준 북묘에 거주하며 왕후의 총애를 빌려 권세를 휘두른 요
　　무(妖巫). 1895년 왕후 시해 후 몰락함.

진배송 천연두로 아이가 죽은 경우 그 다음 아이에게 천연두가 옮지 않도록 하기 위하여
　　서 벌이는 푸닥거리.

진소위眞所謂. 그야말로, 참말로.

진시趁時. '진작'의 잘못.

진위振威. 오산 아래 송탄 위에 있는 지명.

진위대鎭衛隊. 대한제국 때에 지방의 각 진(鎭)에 둔 군대. 고종 32년(1895)에 지방대를
　　고친 것으로 융회 원년(1907) 군대 해산 때 폐하였다.

진적(眞的)하다 참되고 틀림없다.

진평陳平. 중국 한 고조의 모사.

질빵 짐을 걸어서 메는 데 쓰는 줄.

질욕(叱辱)하다 꾸짖어 욕하다.

질자배기 둥글넓적하고 아가리가 딱 벌어진 질그릇.

집심執心. 흔들리지 않게 마음을 잡고 열중함.

집지執贄. 제자가 스승을 처음 뵐 때, 예폐(禮幣)를 가지고 가서 경의를 표하는 일.

쩍지다 상대하기가 만만치 않거나 힘겹다.

차치물론且置勿論. 내버려 두고 문제 삼지 아니하다.

찬물에 돌 같다 지조가 맑고 굳셈을 비유적으로 이르는 말.

찬선贊善. 조선 시대에, 왕세자의 교육을 담당하던 시강원(侍講院)의 정3품 벼슬.

찬성장贊成長. 후원회장.

찬찬 사람의 성질이나 태도가 일을 서두르지 않고 차근차근 해 나가는 상태에 있음.

찰떡근원根源. 아주 화합하여 떨어질 줄 모르는 내외간의 애정을 비유적으로 이르는 말.

참경慘景. 끔찍하고 참혹한 광경.

참례僭禮. 분수에 맞지 않는 지나침 예의.

참사參祀. 제사에 참례하는 것.

참척慘慽. 자손이 부모나 조부모보다 앞서 죽는 일.

창졸倉卒. 미처 어찌할 사이 없이 매우 급작스러움.

채근採根. 어떤 일의 내용을 캐어 밝히거나 따져 독촉하는 것.

처창하다 몹시 구슬프고 애달프다.

처판處辦. 사무를 분간하여 처리하는 것.

척양斥洋. 서양을 배척함.

척왜斥倭. 왜국을 배척함.

척화斥和. 화친하자는 논의를 배척함.

천견淺見. '자기 의견'을 겸손하게 일컫는 말.

천기賤妓. 천한 기생.

천동天動. '천둥'의 원말.

천병만마千兵萬馬. 썩 많은 군사와 말.

천신天神. 하늘의 신령.

천신만고千辛萬苦. 갖은 애를 쓰며 고생을 하는 것.

천인賤人. 사회의 낮은 신분에 속하던 사람.

천정연분天定緣分. 하늘에서 짝지어 준 연분.

천하대지天下大地. 천하의 좋은 묏자리.

천향賤鄕. 풍속이 비루한 시골.

천호만호千呼萬呼. 수없이 여러 번 부름. 천호만환(千呼萬喚).

철무리 철마다.

철장鐵腸. 단단하여 쉽사리 변하지 않는 굳은 마음.

첨詔. 아첨.

첩경捷徑. 아마 틀림없이.

첩첩이구喋喋利口. 거침없고 능란한 말솜씨.

첫대 첫째로. 또는 무엇보다 먼저.

청(請)질 어떤 일을 하는 데에 권세 있는 사람에게 부탁하는 일.

청문聽聞. 널리 퍼져 있는 소문.

청보(靑褓)에 개똥 겉보기에는 그럴싸하나 속내는 매우 흉함을 이르는 말. ‘청보’는 ‘푸른
　　　빛깔의 보자기’를 뜻한다.

청상(淸爽)하다 맑고 상쾌하다.

청종(聽從)하다 이르는 대로 잘 듣고 따르다.

청촉請囑. 청을 들어주기를 부탁함.

청편지請片紙. 청을 넣느라고 하는 편지.

체격體格. 여기서는 ‘형식’이란 뜻.

초哨. 예전에 군대 편제의 하나. 1초는 약 100명으로 이루어졌다.

초로길 ‘소로(小路)’의 방언. 작은 길.

초사初仕. 처음으로 벼슬길에 오르는 것. 초입사(初入仕).

초선抄選. 위정 대신과 이조(吏曹) 당상이 모여 특별히 어떤 벼슬에 맞는 사람을 뽑는 일.

초솔(草率)하다 거칠고 엉성하여 볼품이 없다.

초종初終. ‘초종장사(初終葬事)’의 준말. 초상이 난 때로부터 졸곡(卒哭)까지를 이르는 말.

초종장례初終葬禮. 초상이 난 때로부터 졸곡(卒哭)까지를 이르는 말. 초종(初終). 초

초헌(軺軒)다리 초헌이나 의자에 앉는 자세의 다리 모양. ‘초헌’은 조선 시대에 종2품 이상
　　　의 벼슬아치가 타던 수레를 말한다.

촉비(觸鼻)하다 냄새가 코를 찌르다.

총망悤忙. 매우 급하고 바쁨.

총명재자聰明才子. 영리하고 재주가 뛰어난 남자.

총중叢中. 떼를 지은 뭇 사람 가운데.

최판관催辦判官. 불교에서, 죽은 사람의 생전의 선악을 판단하고 이르는 저승의 벼슬아치.

추렴 모임, 놀이 등의 비용으로 여럿이 얼마씩 돈이나 물건을 나누어 내는 일.

추월춘풍秋月春風. 가을달과 봄바람. 이 말은 『삼국연의』서사(序詞)에 나오는 말로, 난세에 숨어 지내는 은자(隱者)의 삶을 가리킨다.

추육醜肉. 죄지은 몸.

추포麤布. 거친 베.

축(縮)지다 몸이 약해져서 살이 빠지다.

축내다 모자람이 생기게 하다.

축일逐日. 하루도 거르지 않고 매일.

축조(逐條)하다 해석, 검토 등에서 하나하나씩 순서대로 좇아가다.

춘색春色. 아름다운 모습.

출렴出斂. 모임이나 놀이 또는 잔치 따위의 비용으로 여럿이 각각 얼마씩의 돈을 내어 거둠.

출륙出六. 조선 시대에, 참외(參外) 품위에서 육품의 계(階)로 오르던 일.

충연유득充然有得. 마음에 부족함이 없어 흐뭇함.

충욕(充慾)하다 욕심을 채우다.

취대하기取貸下記. 돈을 꾸고 꾸어 주는 것을 적은 장부.

층암절벽層巖絶壁. 몹시 험한 바위가 겹겹으로 쌓인 낭떠러지.

층절層節. 일의 많은 가닥이나 변화.

치국평천하治國平天下. 나라를 잘 다스리고 온 세상을 평안하게 함.

치도곤治盜棍. 조선 시대에, 죄인의 볼기를 치던 곤장의 한 가지, 길이 다섯 자 일곱 치, 너비 다섯 치 서 푼, 두께 한 치임.

치산治山. 집안 살림살이를 잘 다스리는 것. 치가(治家).

치성(熾盛)하다 (불길같이) 성하게 일어나다.

치적治績. 잘 다스린 공적. 또는 정치상의 업적.

치행治行. 길 떠날 행장을 차리는 것, 치장(治裝).

칙사勅使. 칙명을 전달하는 사신.

친교親教. 부모의 가르침.

친산親山. 부모의 산소.

친상親喪. 부모상.

친신(親信)하다 가까이 여겨 신뢰하다.

친좁게 지내는 사이가 매우 친숙하고 가깝게.

친환親患. 부모의 병환.

칠 년 대한(大旱)에 비 기다리듯 '칠년이나 계속되는 큰 가뭄에 비 오기를 바란다'는 뜻으
　　　로, 몹시 간절히 바람을 비유적으로 이르는 말.

침재針才. 바느질하는 솜씨.

침책侵責. 책임을 추궁하는 일.

침혹(沈惑)하다 무엇을 몹시 좋아하여 정신을 잃고 거기에만 빠지다.

칭탁(稱託)하다 어떤 것을 핑계로 대다.

타구唾具. 가래나 침을 뱉는 그릇. 타호(唾壺).

타옥墮獄. 지옥에 떨어지는 일.

탁지度支. 탁지부. 대한제국기에 국가 재무를 총괄하던 중앙 행정 부서.

탄평무사坦平無事. 근심없이 마음이 편해 아무 걱정할 일이 없음.

탄하다 남의 말을 탓하여 나무라다.

탈태奪胎. '환골탈태(換骨奪胎)'의 준말. 용모가 환하게 아름다움.

탐음무도貪淫無度. 여색을 지나치게 탐하는 데 도가 없음.

탑전榻前. 임금의 자리 앞.

탕건宕巾. 말총으로 앞은 낮고 뒤는 높아 턱이 지게 만들어 벼슬아티가 갓 아래, 망건 위에
　　　쓰던 관(冠).

탕패(蕩敗)하다 (재물 따위를) 죄다 써서 없애 버리다.

태묘太廟. 종묘.

태서泰西. 서양.

태육胎育. 태교(胎敎).

태조봉太祖峯. 주봉 위의 주봉

태타怠惰. 게으름.

택차擇差. 쓸 만한 인재를 골라서 벼슬을 시키는 것.

탱중(撑中)하다 화가 가슴속에 가득 차다.

터주 집터를 지키는 지신(地神). 여기서는 터주에게 바치는 곡신을 담은 항아리를 가리킨

다.

토설吐說. 숨겼던 사실을 밝힘.

토왕土王. 토기(土氣)가 왕성하다는 절기. 토왕지절(土旺之節).

토피土皮. 나무나 풀로 덮인 땅의 거죽.

토호土豪. 지방에서 양반을 떠세할 만큼 세력과 재산이 있는 사람.

통감痛鑑. 중국의 편년체 사서.

통기通寄. 통지(通知).

통문通文. 여러 사람의 이름을 적어 차례로 돌려 보는 통지문.

통정通情. 남에게 자기 의사를 표현함.

통투(通透)하다 사리를 꿰뚫어 보듯이 훤히 알다.

퇴기退妓. 기생 노릇을 하다가 그만둔 여자.

퇴박 마음에 들지 않아 물리치는 것.

퇴송(退送)하다 물품 등을 물리쳐 도로 보내다.

퇴침退枕. 서랍이 있는 목침.

투기(妬忌)하다 시샘을 부리다.

투미하다 어리석고 둔하다.

투장偸葬. 남의 산이나 묏자리에 몰래 묘를 쓰는 일.

투전鬪牋. 두꺼운 종이로 손가락 너비만 하고 다섯 치쯤 되게 만들어, 여러 가지 그림으로 끗수를 나타낸 도구로 하는 노름.

튀기다 도둑이나 짐승 따위를 건드려서 갑자기 튀어 달아나게 하다.

파겁破怯. 익숙해져 부끄러움이나 두려움이 없어지는 것.

파계派系. 같은 갈래에서 갈라져 나온 계통.

파수波收. 닷새마다 매매한 물건값을 치르는 일.

파의(罷意)하다 하려고 마음먹었던 뜻을 버리다.

파직罷職. 관직에서 물러나게 함.

판셈하다 빚진 사람이 빚 준 사람들 앞에 자기의 재산 전부를 내놓고 자기들끼리 나누어 셈하도록 하다.

판수 점치는 일을 직업으로 삼는 소경.

판책版冊. 판으로 박아 낸 책.

패당牌黨. 같이 어울려 다니는 사람의 무리.

패독산敗毒汕. 감기와 몸살을 다스리는 한약의 한 가지.

패악(悖惡)하다 사람으로서 마땅히 해야 할 도리에 어긋나고 흉악하다.

패호(牌號)하다 남들이 패채워서 별명을 부르다.

편성偏性. 원만하지 못하고 한쪽으로 치우친 성질.

평교平交. 나이가 비슷한 사람끼리 사귐.

평량자平凉子. 신분이 낮은 사람이나 상제가 쓰는, 댓개비로 결어 만든 갓의 한 가지.

평리원平理院. 대한제국 때, 재판을 맡아보던 중앙 관청.

펴다 '펴이다'의 준말. 순조롭지 못한 일이 제대로 잘되어 가다.

폐일언蔽一言. 이러니저러니 할 것 없이 한마디로 말함. 일언이폐지(一言以蔽之).

폐포파립弊袍破笠. '해진 옷과 부서진 것'이란 뜻으로, 너절하고 구차한 차림새를 비유적으
　　　로 이르는 말.

포계襃啓. 각 도의 관찰사나 어사가 고을 원의 선정을 포상하는 계문(啓聞).

포달 샘이 나거나 심술이 나서 약을 쓰거나 마구 대들면서 야단스럽게 구는 것.

포살(砲殺)하다 총포로 쏘아 죽이다.

포장襃獎. 칭찬하여 장려(獎勵)하는 것. 포양(襃揚).

포전鋪氈. 양탄자처럼 퍼져 있음.

포폄(襃貶)하다 옳고 그름이나 착하고 약함을 판단하여 결정하다.

폭로(暴露)하다 물건이 비나 바람에 노출되어 바래다.

폭백(暴白)하다 억울하고 분한 사정을 털어놓고 말하다.

푸념 굿을 할 때에 무당이 귀신의 뜻을 받아 정성들이는 사람을 꾸짖는 것.

푸돌다 '풀돌다'의 방언. 어떤 둘레를 돌던 방향과 반대로 빙빙 돌다.

풀 방구리에 쥐 드나들 듯 자주 드나드는 모양을 비유적으로 이르는 말. '방구리'는 물을
　　　긷거나 술을 담는 데 쓰는 질그릇을 말한다.

풍병風病. 중추신경 계통에서 일어나는 현기증, 졸도, 경련 따위의 병증을 통틀어 이르는
　　　말.

풍비(豊備)하다 풍부하게 갖추다.

풍설風說. 떠도는 소문.

풍정風情. 물정(物情).

풍후(豊厚)하다 얼굴에 살이 쪄서 너그러워 보이는 데가 있다.

피득 황제 러시아의 황제 표트르 1세(Pyotr Alekseyevich, 1672~1725). 서유럽화에 주

력하는 한편, 동쪽으로 발트해와 카스피해 연안까지 영토를 확장함.

피봉皮封. 겉봉.

필유곡절必有曲折. 반드시 무슨 까닭이 있음을 이르는 말.

하관下官. 아래 지위에 있는 벼슬아치가 상관에 대하여 자기를 낮추어 이르는 말.

하도감下都監. 조선 시대에, 훈련도감에 속한 분영(分營).

하방遐方. 서울에서 멀리 떨어진 지방.

하불실何不失. 아무리 적어도.

하속下屬. 하인배(下人輩).

하정下情. 자기의 심정을 낮추어 이르는 말.

하해河海. 큰 강과 바다.

하회下回. 어떤 일 다음에 벌어지는 일의 형태나 결과.

학구방學究房. 서당.

학궁學宮. 성균관(成均館)의 별칭.

학부인學部印. 교육부 직인.

한가 원통히 생각함. 또는 그런 생각.

한골 나가다 썩 좋은 지체로 드러나다.

한구(閑具)히 한가로이.

한기신징역限己身懲役. 종신형.

한림翰林. 조선 시대 예문관의 '검열(檢閱)'의 별칭.

한만(閑漫)하다 아주 한가하고 느긋하다.

한명限命. 하늘이 정한 목숨.

한북문漢北門. 서울 종로구 홍지동에 위치한 홍지문(弘智門)의 옛 이름.

한식경食頃. 한 차례의 음식을 먹을 만한 시간. 일식경(一食頃).

한퇴지韓退之. 한유(韓愈). 중국 산문의 대가이며 탁월한 시인. 자는 퇴지(退之).

할경하다 남에게 말로써 업신여기는 뜻을 나타내다.

함일덕 함진해의 본명.

함혐含嫌. 싫어하는 마음을 품는 것.

합장배례合掌拜禮. 두 손바닥을 마주 대고 절함.

합죽선合竹扇. 얇게 깎은 겉대를 맞붙여서 살을 만든 쥘부채.

합폄合窆. 합장.

한북문

핫옷 옴을 둔 옷

항쇄족쇄項鎖足鎖. 죄인의 목에 씌우던 칼과 발에 채우던 차꼬를 아울러 이르는 말.

해소咳嗽. 기침.

해토(解土)머리 봄이 되어 얼었던 땅이 녹아서 풀리기 시작할 때.

해포한 해가 넘는 동안.

행검行檢. 품행이 방정(方正)함.

행담行擔. 길 가는 데 가지고 다니는 작은 상자. 흔히, 싸리나 버들 따위로 만든다.

행랑行廊. 조선 시대에, 종로 큰 거리 양쪽에 지어 놓은 전방.

행랑 뒷골 예전에 서울의 종로를 중심으로 양쪽에 벌여 있던 가게 뒤쪽의 좁은 골목.

행룡行龍. 높고 낮게 멀리 뻗친 산맥.

행장行裝. 여행할 때에 쓰이는 모든 기구.

행지行止. '행동거지(行動擧止)'의 준말.

행하行下. 경사(慶事) 따위가 있을·때 주인이 자기 하인에게 내리는 돈이나 물건.

행행悻悻. 성이 발끈 나서 자리를 박차고 나가는 모양.

향곡鄕曲. 시골의 구석

향념(向念)하다 마을을 기울이다.

향족鄕族. 좌수, 별감 등 향청 직원이 될 자격이 있는 집안.

허소虛疎. 다루는 태도가 야무지지 않음.

허신許身. 몸을 허락함.

허언虛言. 실속이 없는 빈말.

허의許意. 허락할 뜻을 보임.

허전장령虛傳將令. 윗사람의 명령을 거짓으로 꾸며서 전하는 것.

허탄(虛誕)히 어이가 없고 허무하게.

허탄무거虛誕無據. 거짓되고 미덥지 못하며 근거가 없음.

헐수할 수 없다 어떻게 해 볼 도리가 없다.

현수(懸殊)하다 판이하게 다르다.

현신現身. 아랫사람이 윗사람에게 처음으로 뵈는 것.

현연(顯然)히 나타나는 정도가 뚜렷하게.

현영現影. 형체를 드러내는 것.

현철(賢哲)하다 어질고 사리에 밝다.

현형現形. 형체를 드러내는 것.

혈합穴盒. '서랍'의 잘못. '서랍'을 한자로 빌려서 쓴 말이다.

혐의嫌疑. 꺼리고 미워함.

협잡하다 옳지 아니한 방법으로 남을 속이다.

협종脅從. 남의 위협에 눌려 복종하는 것.

협판協辦. 대한제국 때 궁내부와 각 부(部)에 둔 차관.

형국形局. 관상, 풍수지리 등에서, 얼굴이나 집터, 묏자리 등의 겉모양 및 부분의 생김새.

형용形容. 말이나 글, 몸짓 따위로 사물이나 사람의 모양을 나타냄.

형장兄丈. 나이가 엇비슷한 친구 사이에서 상대편을 높여 이르는 2인칭 대명사.

호구별성戶口別星. 집집마다 찾아다니며 천연두를 앓게 한다는 여자 귀신. 역신(疫神).

호사자好事者. 남의 일에 특별히 흥미를 가지고 말하기 좋아하는 사람.

호생지덕好生之德. 사형에 처할 죄인을 득사하여 살려 주는 재왕의 덕.

호정戶庭. 집 안의 뜰.

호중湖中. 충청남도. 호서(湖西).

혹세무민惑世誣民. 세상을 어지럽히고 사람들의 판단을 흐리게 하여 속임.

혼띔 단단히 혼냄.

혼서지婚書紙. 혼서를 쓰는 종이. 검은 비단겹보에 싸는데 보자기 네 귀에는 다홍술을 단
    금전지를 붙이는 것이 보통이다. 납폐서.

혼암昏闇. 어리석어서 사리에 어두움.

혼정신성昏定晨省. '밤에는 부모의 잠자리를 보아 드리고 이른 아침에는 부모의 밤새 안부
    를 묻는다'는 뜻으로, 부모를 잘 섬기고 효성을 다함을 이르는 말.

홀만(忽滿)히 무심하고 소홀히.

홍덕鴻德. 넓고 큰 덕.

화기和氣. 온화한 기색. 또는 화목한 분위기.

화류장花柳場. 기생 따위가 노는 계집의 사회.

화색禍色. 재앙이 일어나는 기색.

화외化外. 교화(敎化)가 미치지 못하는 곳.

화제和劑. '약화제(藥和劑)'의 준말. 약을 짓기 위해 약재 이름과 분량을 적은 종이.

화패禍敗. 재앙으로 인한 실패.

화평(和平)히 평온하게.

환골탈태換骨奪胎. 사람이 보다 나은 방향으로 변하여 전혀 다른 사람처럼 된 것을 비유하여 이르는 말.

환롱(幻弄)**하다** 교묘한 못된 꾀로 남을 농락하다.

황공복지惶恐伏地. 지존한 존재의 은덕이나 위엄 등이 분에 넘쳐 땅에 엎드림.

황황망조遑遑罔措. 마음이 급하여 허둥지둥하며 어찌할 바를 모르다.

회장(會葬)**하다** 장례 지내는 데 참례하다.

회집(會集)**하다** 여러 사람이 한 곳에 모이다.

회회교回回敎. 이슬람교.

횡래지액橫來之厄. 뜻밖에 당하게 되는 재액. 횡액(橫厄).

횡접와(橫接窩)**체** 접시 모양으로 깊지 않으면서 오목하게 들어간 혈.

효박(淆薄)**하다** 인정이나 풍속이 어지럽고 경박하다.

후려後慮. 뒷날의 염려.

후박厚薄. 후하게 구는 일과 박하게 구는 일.

후분後分. 사람의 한평생을 초분, 중분, 후분의 셋으로 나눈 것의 끝 부분. 곧 늙바탕의 운수나 처지.

훈로勳勞. 나라를 위하여 세운 공로.

훌뿌리다 업신여기어 함부로 뿌리치다.

훤자(喧藉)**하다** 여러 사람의 입으로 퍼져서 왁자하게 되다. 훤전(喧傳)하다.

휘문의숙徽文義塾. 1906년 민영휘가 서울에 설립한 사립 중등학교. 지금은 휘문중·고등학교의 전신(前身)이다.

휘자諱字. 돌아가신 높은 어른의 이름자.

휘휘하다 무서운 느낌이 들 정도로 쓸쓸하고 적막하다.

흉중胸中. 마음속에 품고 있는 생각.

흑함黑陷. 마마가 곪을 때 출혈이 되어 빛깔이 검어지는 증세.

흔전흔전 생활이 넉넉하여 아쉬움이 없이 돈을 잘쓰며 지내는 모양.

흠복(欽服)**하다** 마음으로부터 깊이 존경하여 복종하다.

흠선(欽羨)**하다** 우러러 부러워하다.

흠향歆饗. 신이나 신령이 제물을 받거나 제사 음식의 향기를 맡는 것.

흥와조산興訛造訕. 있는 말 없는 말 지어내어 마구 남을 비방함.

희랍교希臘敎. 그리스정교.

1869년(1세)　2월 27일 경기도 포천군 신북면 신평리 121번지에서 이철용과 청풍 김시의 장남으로 출생함. 본관은 전주. 가족이 모두 서울로 이주한 뒤 대부분의 생애를 임낭굴(현재의 익선동), 와룡동, 도렴동 등지에서 거주함.

1888년(19세)　초시에 합격함.

1894년(25세)　대동사문회(한시를 즐기던 유학자들의 모임)를 주관했음.

1906년(37세)　『제국신문』 기자로 재직함. 소설 「잠상태」(『소년한반도』, 11~ 1907. 4월호)를 연재함.

1907년(38세)　「빈상설」(『제국신문』, 2.13~2.12)을 연재함.

1908년(39세)　대한협회 교육부 사무장, 기호흥학회 평의원 역임. 소설 「원앙도」(『제국신문』, 2.13~4.24), 「구마검」(『제국신문』, 4 .25~7.23), 「홍도화」(『제국신문』, 7.24~9.17), 「만월대」(『제국신문』, 9.18~12.3), 「쌍옥적」(『제국신문』, 12.4~1909. 2.12) 등을 발표함. 소설집 『구마검』(대한서림), 『홍도화』(유일서관), 『은세계』(회동서관), 『빈상설』(광학서포) 등을 간행함.

1909년(40세)　소설 「모란병」(『제국신문』, 2.13~2.28)를 발표함. 소설집 『원앙도』(중앙서관)를 간행함.

1910년(41세)　소설 「박정화」(『대한민보』, 3.10~5.31), 소설집 『만월대』(동양서원), 『자유종』(광학서포) 등을 간행함.

1911년(42세) 소설 「월하가인」(『매일신보』, 1.18~4.5), 「화의 혈」(『매일신
보』, 4.6~6.21), 「구의 산」(『매일신보』, 6.22~9.28), 「소양정」
(『매일신보』, 9.30~12.16) 등을 발표함. 소설집 『모란병』(박문
서관), 『쌍옥적』(보급서관), 『월하가인』(보급서관), 『원앙도』
(동양서원), 『화세계』(동양서원) 등을 간행함.

1912년(43세) 「춘외춘」(『매일신보』, 1.1~3.14), 「옥중화」(『매일신보』, 1.1
~3.16), 「탄금대」(『매일신보』, 3.12~5.1), 「강상련」(『매일신
보』, 3.17~ 4.26), 「연의 각」(『매일신보』, 4.19~6. 7), 「소학령」
(『매일신보』, 5.2~7), 「토의 간」(『매일신보』, 6.9~7.11), 「봉선
화」(『매일신보, 7.7~1913.2.4), 「비파성」(『매일신보』, 11.30
~1913.2.13) 등을 연재 발표함. 소설집 『고목화』(동양서원),
『강상기우』(동양서원), 『소양정』(신구서림), 『강상련』(광동서
국), 『탄금대』(신구서림), 『옥호기연』(동양서원), 『추풍감수록』
(동양서원), 『춘외춘』(신구서림), 『구의 산』(신구서림), 『화의
혈』(보급서관), 『옥중화』(보급서관), 『옥호기연』(보급서관, 동
양서원, 광학서포) 등을 간행함.

1913년(44세) 소설 「우중행인」(『매일신보』, 2.25~5.11) 연재 발표함. 소설
집 『봉선화』(신구서림), 『비파성』(신구서림), 『소학령』(신구
서림), 『연의 각』(신구서림), 『천중가절』(유일서관), 『우중행
인』(신구서림), 『우중기연』(신구서림) 등을 간행함.

1916년(47세) 소설집 『토의 간』(박문서관)을 간행함.

1918년(49세) 소설집 『홍장군전』(오거서창)을 간행함.

1925년(56세) 소설집 『강명화실기』(회동서관)을 간행함.

1927년(58세) 사망.

1881년(1세)   음력 8월 16일 경기도 광주에서 출생함. 부친은 개화기 언론계의 중진인 최영년임. 유년 시절 서당에서 한문을 수학함.

1897년(16세)   부친이 설립한 시흥학교에 입학하여 신학문을 익힘.

1900년(19세)   관립 한성중학 졸업.

1907년(27세)   중국 상해에서 발간된 소설집 『설부총서』를 번역함.

1912년(32세)   소설집 『추월색』(회동서관)을 간행함.

1914년(34세)   소설 「해안」(『우리의 가정』, 1.15~11.15)을 연재함. 소설집 『금강문』(박문서관), 『안의 성』(박문서관) 등을 간행함.

1916년(36세)   소설집 『도화원』(유일 박문서관)을 간행함.

1917년(37세)   잡지 『신문계』 『반도시론』(1919년 폐간됨) 기자 생활을 시작함. 「종소리」(『반도시론』, 5월호),

1918년(38세)   소설 「능라도」(『조선시론』, 7. 5)를 발표함. 소설집 『삼강문』(덕흥서림)을 간행함.

1919년(39세)   소설집 『능라도』(유일서관)을 간행함.

1921년(41세)   소설 「동정의 눈물」(『신민공론』, 11월호) 발표함.

1924년(44세)   소설집 『춘몽』(박문서관)을 간행함.

1926년(46세)   소설집 『용정촌』(조선도서), 『자작부인』(조선도서) 등을 간행함.

1951년(70세)　의병장 최익현의 실기(實記)를 집필하던 도중 6·25전쟁 발
　　　　　　　　발과 함께 고초를 겪다가 1·4후퇴로 피난 도중에 병사함.

신소설 대중화의 기수
―이해조의 작품 세계

김 석 봉(울산대)

이해조는 고종 6년인 서기 1869년 경기도 포천에서 출생하여 1927년 59세로 세상을 떠날 때까지 신소설 창작에만 전념한 대표적인 신소설 작가이다. 그는 대부분의 소설을 필명으로 발표하였는데 동농(東儂)이 가장 대표적인 필명이자 아호(雅號)라고 할 만한다. 그의 대표작은 「자유종」인데 이 작품 말고도 「고목화」, 「빈상설」, 「구마검」, 「원앙도」, 「홍도화」, 「쌍옥적」 등 약 30여 편에 달하는 작품을 발표하여 후세까지 이름을 남긴 신소설 작가 중 가장 많은 신소설 작품을 발표한 작가로 기억된다.

1906년 『만세보』에 이인직의 「혈의 루」가 발표되면서 시작된 신소설의 시대는 이해조에 이르러 그 꽃을 피웠다고 해도 과언이 아니다. 「혈의 루」와 「치악산」, 그리고 「은세계」로 대표되는 이인직의 작품 세계가 20세기 초반 조선 사회가 해결해야 될 정치 사회적인 과제에 집중하는 모습을 띠었던 반면 이해조의 작품은 당시 사람들이 일상적으로 부딪히는 문제를 소재로 삼았다는 점에서 그 차이를 찾을 수 있다. 그 결과 이인직은 신소설의 기초를 놓았음은 물론 그 작품 내에서 계몽적인 성격을 강하게 표출하고 있는 작가로 높이 평가 받았다. 그러나 이해조는 신변의 일상 문제를 소설 소재로 채용함으로써 신소설이 지니고 있었던 계몽주의적 성격을 약화시켰다는 비판을 받기도 한다.

그러나 이해조가 활발하게 작품 활동을 했던 1910~1912년 사이 조선 사회의 상황을 생각하면 이해조의 작품에 나타난 대중적인 성격이 과연 일방적으로 폄하될 수 있는 성질의 것인가라는 점은 의문의 여지로 남는다. 실상, 현재와 같이 소설이 '책'이라는 형태로 '출판'되고 이것이 다시 일정한 유통 경로를 따라 독자 혹은 청자(당시까지만 해도 글을 읽을 수 있는 사람이 많지 않아서 대부분의 일반 사람들은 누군가가 대신 이야기책을 읽어주지 않으면 그 내용에 접근할 수 없었다)들에게 전달되는 일반적인 방식은 상당히 후대에 와서 이룩된 제도이다.

이 시기 독서 활동을 연구한 성과들을 살펴보면 1900년대 혹은 1910년대는 지금과 같은 독서 대중이 막 형성되기 시작한 시기라고 보는 것이 오히려 정당하다. 즉, 이 시기에는 이야기책을 읽고 그 내용을 향유하는 독자 집단을 형성하고 유지하는 것 역시 중요한 과제로 대두 되었던 시기라는 의미이다. 이러한 상황에서 이해조가 활발한 작품 활동을 통해, 작가가 분명한 문학 텍스트를 매개로 한 사회적 의사소통 과정의 형성에 일조하였다는 사실은 뚜렷이 강조될 필요가 있다.

한편 이해조는 20세기 초반에 소설에 관한 자신의 생각을 명확하게 제시한 몇 안 되는 사람들 중의 하나였다는 점을 상기할 필요가 있다.

> 소설이라 하는 것은 매양 빙공착영(憑空捉影)으로 인정에 맞도록 편집하야 풍속을 교정하고 사회를 경영하는 것이 제일 목적인 중 그와 방불한 사람과 방불한 사실이 있고 보면 애독하시는 열위 부인 신사의 진진한 재미가 일층 더 생길 것이오. 그 사람이 회개하고 그 사실을 경계하는 좋은 영향도 없지 아니할지라. 고로 본 기자는 이 소설을 기록함에 스스로 그 재미와 그 영향이 있음을 바라고 또 바라노라.

위 인용문은 이해조가 그의 소설 「화의 혈」에 후기로 덧붙인 내용이다. 여기서 우리는 "빙공착영"이라는 생소한 표현을 만나게 된다. 이를 말 뜻 그대로 풀이하면 "허공<空>에 의지하여<憑> 그림자<影>를 잡는다<捉>"는 의미로 허망한 언행, 혹은 어떤 일이 이루어지기 힘듦을 표현한 말이라고 해석할 수 있다. 그러나 이 표현은 소설이란 작가의 상상력을 통해 현실에 존재하지 않는 어떤 인물과 사건을 만들어 내고 거기에 구체적인 생명력을 불어 넣은 것이라는 의미로 재해석 할 수 있다.

요즘에는 소설이 허구이고 작가의 상상력에 근거한 허구라는 사실이 누구나 알고 있는 상식에 속하는 것이 되었지만 이해조가 작품 활동을 전개하던 20세기 초반은 아직 그런 개념이 만들어지고 교육되기 이전이었다. 이러한 상황에서 이해조가 자신 있게 "소설은 빙공착영"의 산물이라는 점을 주장했다는 사실은, 명시적이든 암시적인 그가 근대적인 의미의 소설 개념에 상당히 근접한 생각을 가지고 있었다는 점을 분명히 밝혀준다.

위의 인용문에서 발견할 수 있는 또 한 가지의 중요한 사실은 이해조가 소설의 기능으로 "풍속 교정"과 "재미"라는 두 가지 항목을 제시·하고 있다는 점이다. 첫 번째로 "풍속 교정"이란 소설과 같은 예술 작품을 통해 그런 텍스트를 수용한 사람의 의식과 실생활에 일정한 변화를 줄 수 있는 힘을 예술 작품이 가지고 있다는 사실에 대한 강한 긍정이다. 이는 마치 이솝 우화를 통해 인간의 삶에서 지혜가 소중하다는 사실을 깨닫는 것이나 「심청전」을 통해 효(孝)의 중요성에 대해 다시한 번 인식하는 것과 같은 맥락이다.

이에서 한 걸음 더 나아간다면, 신소설이 창작되고 향유되던 당시 상황 속에서 이 "풍속 교정"은 또 다른 의미를 가질 수 있다. 19세기 말~20세기 초반 조선·대한 제국을 둘러싼 상황을 다시 돌아볼 필요가있다. 흔히 "개화기"로 지칭되는 이 시기는 조선의 전통적인 문화와 외부에서 유입되는 새로운 문명 사이의 격렬한 충돌 양상을 보여준다. 일상생활의 모든 영역에서 전통의 가치 질서와 수입된 가지 체계가 경쟁을 하는 것이다. 그런데 이해조를 비롯한 신소설 작가들은 전통의 가치 질서보다는 새로운 문물에 더 많은 의미를 부여하고 있었다. 이런 그들의 시선으로 볼 때 당시의 조선 사회는 고치고 변화시켜야 할 것이 많은 '개조의 대상'으로 다가왔던 것이다.

어린 나이에 배우자를 맞이하는 조혼 풍습, 신상에 혹은 집안에 일이 생기면 점집을 찾고 무당을 찾아가던 미신 풍습, 젊은 나이에 남편을 여의고도 주위의 시선을 의식하여 재혼 하지 못하던 과부 개가(改嫁) 금지 풍습, 단지 여자라는 이유만으로 정규 교육을 받을 기회마저 박탈 되던 현실, 실생활에 유익한 학문을 학습하기 보다는 수 천 년 된 경전 을 암소하기만 하는 교육 현실, 사회의 지도적 위치에 있거나 경제적으 로 풍요를 누리던 일부 계층에 만연해 있던 축첩(蓄妾) 제도, 이로부터 비롯한 적자(嫡子)와 서자(庶子)사이의 구별과 차별 등 이해조와 같은 개화기 지식인들에게 당시의 조선 사회란 개선해야할 점들로 가득찬 모순 덩어리로 다가왔던 것이다.

　이들에게 닥친 문제는 이것만이 아니었다. 당시 대다수의 사람들은 자신들이 살아가고 있는 국가 공동체가 어떤 문제점을 지니고 있는지 조차 인식하지 못하고 있었던 것으로 이들은 파악했다. 따라서 개화기 지식인들은 목전에 놓인 문제를 명확히 해야 하는 과제와 함께 명확해 진 그 사회적 과제를 공동체 구성원들과 공유해야하는 과제를 동시에 자각한 것이다. 여기서 후자의 문제 즉 공유의 문제를 해결하기 위한 유력한 매개체로 등장한 것이 이야기의 형식이고 그것이 구체화된 것 이 바로 신소설이라고 할 수 있다. 다시 말해 신소설의 작가들은 21세 기적인 의미에서 소설가이면서 동시에 사회 사상가, 사회 운동가로서의 역할을 함께 부여받고 있었던 것이다. 신소설을 창작했던 많은 사람들 이 1900년대~1910년대 언론계에 동시에 종사했었다는 사실로부터도 그 근거를 찾을 수 있다.

　이해조가 인용문에서 소설의 기능 가운데 첫 번째로 제시한 것이

"풍속 교정"이었다는 점은 바로 이와 같은 배경을 가지고 있었던 것이다. 그리고 이러한 그의 진술은 근대 문학 관련 개론·입문서에서 빠지지 않고 등장하는 이른바 "문학 효용론"의 원시적인 모습을 띠고 있다는 평가도 가능할 것이다.

그런데 개화기 지식인들이 구상했던 계몽의 프로젝트는 곧바로 그 한계와 문제점을 드러내기 시작한다. 그것은 그들의 입장과 태도가 지극히 추상적인 것이었다는 사실에 말미암는다. 즉, 한 사회의 성격을 개조하거나 개선하기 위해서는 변화의 방향에 대해 추상적으로 지적하는 것으로 끝나서는 곤란하다. 앞서 열거한 이러저러한 문제점들은 하나씩 개별적으로 존재하는 것처럼 보이지만 사실은 상당히 밀접한 관계를 가지고 서로 연결되어 있는 것이 한 사회의 숨겨진 비밀이다. 따라서 사회 공동체의 문제를 극복하기 위해서는 해당 사회 구성체에 대한 정밀한 분석과 대안 모색이 선행되어야 한다. 다시 말해 1900년대 현재 조선 사회가 지닌 여러 문제점 중 가장 핵심적인 문제가 무엇이고 부차적인 다른 문제들은 이 핵심적 문제와 어떤 연관을 맺고 존재하는지에 대한 객관적인 분석이 선행되어야 한다는 말이다.

안타깝게도 개화기의 지식인들에게는 이런 접근 자세가 결여되어 있었던 것으로 보인다. 이는 이해조 역시 마찬가지였다. 그의 대표작이라 평할 수 있는 「자유종」에서 이 사정은 남김없이 드러나고 있다. 사실 「자유종」은 이를 과연 소설이라는 명칭으로 불러도 좋을 것인지 의문을 가지게 한다. 그 이유는 인물의 행위와 내면이 유발하는 갈등과 그 해결이라는, 우리에게 익숙한 서사 전개의 방식을 취하고 있지 않기 때문이다. 21세기의 관점으로 보면 「자유종」은 소설이라기보다는 잘못 만들어진 연극 대본과 비슷한 모습을 지니고 있다.

그런데 이 작품이 만들어지던 당시에는 현재와 같은 의미에서의 '소설' 개념이 아직 형성되기 전이었다는 사실을 다시 기억할 필요가 있다. 뿐만 아니라 그 당시에는 「소경과 안즘방이 문답」, 「신진사 문답기」, 「거부오해」 등처럼 「자유종」과 비슷한 형식을 선택한 서사 텍스트가 많이 창작·발표되고 향유되었다는 점 역시 반드시 기억되어야 한다. 덧붙여서 이처럼 문답 혹은 대화의 형식을 차용하여 글쓴이의 사상과 세계관을 드러내는 글쓰기 방식은 동양의 유교 문화권에서는 상당히 오랜 전통을 가지고 있다는 점 역시 지적될 필요가 있다.

결국 「자유종」은 유교 문화권의 전통과 당시 글쓰기 방식의 유행, 그리고 작가 이해조의 의도가 함께 맞물려서 만들어낸 복합적인 영향 관계의 산물로 바라보아야 한다는 것이다. 여기서 중요한 것은 이해조가 다른 여러 가지 서사 형식 가운데 「자유종」과 같은 형식을 선택한 이유이다. 지금까지의 논의를 통해 짐작할 수 있는 것처럼 「자유종」을 구성하고 있는 서사 형식은 글 쓰는 사람이 가진 사상과 문제의식을 가감없이 드러낼 수 있는 가장 유력한 방법이다. 이 텍스트에는 인물 사이의 갈등도 그로 인한 긴장도 찾아보기 힘들다. 차례로 발언 순서를 따라 등장하는 인물들은 당시의 조선 사회가 지닌 문제점에 대해 누구의 방해도 받지 않고 장황한 연설을 이어 간다. 따라서 이들 등장인물들은 생명력을 지닌 구체적인 개인이라기보다는 작가 이해조의 분신과 같은 존재들일뿐이며 심하게 평가한다면 작가의 나팔수 역할을 하고 있을

뿐이라는 결론에 이를 가능성도 있다.

또 다른 문제는 이야기로서의 긴밀한 구성을 포기한 「자유종」이 그 대가로 무엇을 얻었는가하는 점이다. 안타깝게도 「자유종」에는 문제는 제시되어 있지만 그에 대한 정당하고 합리적인 해결책은 나와 있는 것 같지 않다. 앞서도 지적했지만 이는 이해조만의 문제가 아니라 당대 개화기 지식인들 모두에게 해당되는 문제인 것이다.

다시 앞서의 인용문으로 돌아가 보자. 이해조는 소설이 가진 또 다른 기능으로 "재미"를 들고 있었다. 우리는 흔히 어떤 드라마나 영화가 "재미있다."는 표현을 자주 사용한다. 그리고 누군가가 그런 표현을 사용했을 때 "왜 재미있지요?"라고 질문하거나 "재미란 게 도대체 뭘까요?" 혹은 "어떻게 하면 영화/드라마를 재미있게 만들 수 있을까요?"라는 식의 질문이나 의문을 품지 않는다. 즉 '재미'란 명확하게 규정할 수는 없지만 누구나 쉽게 공감할 수 있는 그 무엇으로 남아 있는 것이다.

그렇다면 '재미'는 어떻게 발생하는 것일까? 우리가 어떤 대상에 대해 재미있다고 이야기할 때 그것은 익숙함과 편안함이라는 두 가지 요소를 함께 지니고 있다는 의미로 해석될 수 있다. 일반적으로 사람들은 낯선 것에 대해 호기심을 갖지만 재미를 느끼지는 않는다. 즉 익숙한 것이 주는 편안함 속에서 재미를 느끼는 것이다. 따라서 재미란 한편으로는 싫증이라는 위험스러운 동반자를 가지고 있는 셈이다.

이인직과 이해조가 조선 시대의 이야기 전개 방식과는 구별되는 새로운 이야기 구성 방식을 선택하여 신소설이라는 서사물을 만들어내었을 때 그것이 주었던 문화적 충격을 21세기의 감각으로 재구성하기란

무척 어렵다. 그만큼 신소설은 낯선 것이었고 호기심의 대상이었다. 「혈의 루」에 등장하는 일본과 미국 문물에 대한 사실적인 묘사는 자신의 고향 땅 조차 벗어난 경험이 없었던 당시의 독자들에게 낯선 것이 주는 호기심을 자극하기에 충분한 것이었다.

하지만 거기까지가 끝이었다. 낯선 것에 대한 호기심이 현실의 상황과 적절하게 조화되지 않을 때 남는 것이라고는 공동체의 운명과 진로에 대한 작가의 날선 목소리뿐이었다. 이를 두고 '신소설의 이상주의(idealism)'라고 불러도 좋을 것이다. 그러나 그 이상주의가 강화 될수록 신소설의 서사 구조는 앙상한 골격만 남게 되었고 독자들의 외면을 자초하는 꼴이 되고 만다. 신소설의 연재하던 신문사의 입장에서 볼 때 골격만 남아 독자의 관심을 받지 못하는 신소설에 굳이 지면을 할애할 필요는 없었다.

이해조가 다른 신소설 작가들에 비해 한 걸음 더 나아갈 수 있는 지점은 바로 이곳이었다. 그는 독자들에게 익숙한 이야기의 구조를 신소설 속에 들여오기 시작했다. 권선징악, 해피엔딩과 같이 현실 속에서 벌어지기 어려운 그렇기 때문에 독자의 지속적인 관심을 유도할 수 있는 매력을 지닌 대중 소설의 서사 구조가 그것이다.

「화의 혈」은 기생 선초의 이야기이다. 선한 마음을 가진 백성이 탐관오리 때문에 고난에 빠지거나 심지어 생명을 잃고 종국에는 자신의 힘으로 혹은 누군가의 도움을 받아 그 복수를 실현한다는 이야기 구조는 전국 각지에 널려 있는 너무나도 익숙한 이야기 형식이다. 여기에 약간의 현실성, 동시대성만 가미된다면 낡았지만 익숙한 기생 복수담은 한

편의 신소설로 재탄생할 수 있는 것이다.

「구마검」의 경우는 재미와 풍속 교정의 문제가 적절하게 결합된 작품으로 판단할 여지가 충분하다. 굿과 점으로 상징되는 미신 타파의 문제를 전면에 내세운 이 작품은 그러나 그 내부에서는 선과 악의 대립이라는 전형적인 대중 서사의 구조를 충실히 따르고 있다. 악인의 모해에 의해 선인이 위기에 내몰리고 우여곡절 끝에 선인이 애초 자신의 지위를 회복하는 행복한 결말을 맞고 악인은 회개하거나 징치 당한다는 다소 도식적인 이 서사 구성의 너무나도 도저한 것이어서 현대의 드라마나 헐리우드 블록버스터 영화의 기본 서사 구조를 이루고 있다. 따라서 「화의 혈」이나 「구마검」은 「자유종」에 비해 훨씬 독서를 유도하는 장치를 잘 가지고 있는 셈이다.

이처럼 한 시대를 풍미했던 이해조이지만 그가 주력했던 대중소설에 대한 독자의 취향은 너무도 쉽게 변하는 것이어서 더 자극적이고 더 이국적인 것을 원하는 독자들의 반응에 제대로 반응하지 못했을 때 1910년대 유일의 일간지였던 『매일신보』로부터 그가 퇴출되는 것은 어쩌면 당연한 수순이었다. 그리고 그 빈자를 매운 존재들이 일재 조중환 혹은 이상협과 같은 작가들이었는데 이들이 들고 나온 새로운 무기는 일본 소설을 번안한 것으로 그 대표작으로는 '이수일과 심순애'로 잘 알려진 조중환의 「장한몽」이 있다.

「추월색」의 작가 최찬식

고종 18년 서기 1881년 출생한 최찬식의 대표작은 「추월색」과 「안의 성」 그리고 「금강문」 정도이다. 흥미로운 점은 그의 사망 연도가 1951년이라는 점이다. 즉 최찬식은 다른 신소설 작가들과 달리 신소설 이후 한국 근대 문학이 전개되는 과정과 독립, 그리고 한국 전쟁 등 20세기 전반 한국 현대사의 산 증인으로 그 삶을 살아왔던 것이다. 이러한 그의 독특한 이력은 개화기 조선 문학을 재구성 하는데 큰 영향을 끼친 것으로 판단된다. 이 시기의 문학사를 정리한 임화의 『조선 신문학사』는 구체적인 사실 확인을 위한 많은 부분을 최찬식과의 인터뷰를 통해 해결 하고 있다.

최찬식의 대표적인 작품으로 몇몇 작품을 위에 열거하였지만 누가 뭐라해도 그의 대표작은 「추월색」이라고 할 수 있다. 이 소설은 작품의 주요 무대가 일본 동경은 물론 조선과 런던 그리고 만주까지 포괄하는 광범위한 영역으로 설정되어 있다는 점이 우선 독특하다. 정임과 영창이라고 하는 두 남녀의 정혼(定婚)과 이별, 재회, 결혼, 그리고 두 집안의 완전한 결합을 기본 이야기 구성으로 하는 「추월색」은 당시로서는 이색적인 서양식 결혼 장면과 신혼여행이라는 소재를 삽입함으로써 이야기를 확장하고 있다는 점을 구성상의 특이점으로 제시할 수 있다.

「추월색」은 여주인공 정임의 고난과 그 극복을 서사의 중심으로 한다. 가을 밤 동경 우에노(上野) 공원에서 한 여학생이 치한의 습격을 받게 되었을 때 청년 신사에 의해 구원을 받았으나 인근을 지나던 순사에 의해 그 신사가 치한으로 오인, 경찰서에 연행된다. 작가는 그 여학생과 치한, 중산모를 쓴 신사가 누구인지 밝히지 않은 채 그들의 과거 행적을 들려주는 역전적인 서사 진행 방식을 선택한다.

우에노 공원에서 치한의 습격을 받은 여학생은 서울 사는 이시종이 늦게 얻은 무남독녀 정임(貞姙)이다. 정임의 아버지 이시종은 동년배의 친구를 두었는데 그 역시 늦은 나이에 아들을 두었고 이름은 영창(永昌)이라고 하였는데 두 사람은 일곱 살이 되던 해에 영창과 정임을 정혼시킨다. 그러나 김승지가 초산 군수로 부임한 후 민요(民擾)로 인해 행적이 묘연해 지고 이시종은 정임을 다른 혼처로 시집보내려는 계획을 세운다. 비록 어린 나이이기는 하지만 영창과의 정혼 약속을 지켜야 한다는 굳은 결심을 가지고 있었던 정임은 부모의 결혼 강권에 고민하다가 혼인 전날 한 장의 쪽지만을 남겨둔 채 서울 집을 떠나 동경으로의 도피 길에 오른다.

동경을 향하는 길에 부산을 경유한 정임은 괴한의 유인을 받아 사창가로 팔려 가는 위기에 처하지만 간신히 이 상황을 벗어나 동경에 도착한다. 혈혈단신을 동경에 도착한 정임은 여관 주인에게 일본어를 배우고 小石川區 여자 대학에 입학하여 우수한 학업으로 이름을 날리는데 정임을 흠모하던 강영한은 하숙집 노파를 통해 정임에게 구혼하지만 거부당하고 이에 낙담한 그는 우에노 공원에서 그녀를 헤치게 된다. 한편, 부친을 따라 초산으로 이주했던 영창 역시 정임을 잊지 못하지만 민요(民擾)를 만나 부모와 이별한 후 온갖 고초를 겪다가 영국인 스미트의 도움으로 영국에서 학업을 마치고 스미트가 요코하마 영사로 부임할 때 일본에 와 있다가 그 날 밤 우에노 공원에서 정임을 구하고 경찰에 연행되었다.

이러한 저간의 사정을 재판정에서 알게 된 두 사람은 스미트의 도움으로 귀국, 성대한 신식 결혼식을 올린다. 두 사람의 결혼식 날 밤, 동경에서 도주하여 경성에 숨어 있던 강영한이 술김에 친구와 시비가 붙어 실체가 드러나 경찰에 체포되고 3일 후 신혼 여행길에 오른 정임과 영창은 마적 떼를 만나 고난에 처하지만 오히려 그들이 김승지 부부를 보호하고 있다는 사실을 알고 영창과 그 부모가 재회하는 계기가 된다. 정임과 영창의 의지를 통해 사돈 관계를 맺은 두 집안이 술잔을 기울이며 과거의 고난을 회고하는 것으로 작품은 종결된다.

이상의 줄거리에서도 알 수 있는 것처럼 「추월색」은 조선이라는 제한적인 공간을 넘어서 동경과 영국, 만주까지를 배경으로 처리하고 있다는 점에서 상당한 스케일을 보여주고 있는 사실을 특징적인 면으로 제시할 수 있다.

일반적으로 신소설은 주인공이 유학에서 돌아오거나 혹은 유학을 결심하고 이를 실행에 옮기는 것으로 서사가 종결된다. 그런 맥락에서 본다면 정임과 영창이 일본에서 돌아와 결혼식을 올리는 대목에서 「추월색」은 중단되는 것이 옳다. 그러나, 「추월색」은 이 지점에서 새로운 사건을 삽입함으로써 서사를 지속하고 있어 흥미롭다. 결혼식 후 3일 만에 정임 부부가 만주로 신혼여행을 떠나는 것이 그것이다. 이처럼 주인공이 행복한 결말에 도달했음에도 불구하고 서사가 지속되는 이유는 정임과 영창의 결합만으로는 충족되지 않은 무엇인가가 남아있기 때문이다. 그것은 바로 작품의 초반부에서 사라진 영창의 부모, 김승지 내외의 생사 여부를 독자에게 선명하게 전달해야 할 서사 내적 필연성 때문이라고 판단할 수 있다.

「추월색」의 서사는 주인공 이정임의 정혼에서 결혼에 이르는 과정을 서사의 기본축으로 삼고 있다. 그런데, 혼인 관계는 쌍방적인 것이므로 이 서사에는 정임의 가족과 영창의 가족이라는 두 개의 가족 관계가 제시되어 있는 것이다. 주인공 정임만을 논의 대상으로 한정한다면 그녀가 일본 유학에서 돌아옴으로써 붕괴되었던 그녀 가족의 질서는 회복된다. 그러나 정임의 상대방인 영창의 가족 역시 그 질서를 회복해야만 서사는 원래의 상황으로 되돌아 갈 수 있는 것이다. 왜냐하면 작품의 진행 과정에서 김승지 내외의 생사는 내내 불분명한 것으로 처리되어 있으며 그럼에도 불구하고 영창이 정임의 앞에 당당한 청년 학자의 모습으로 되돌아왔기 때문이다. 정임과 영창의 결혼이 두 사람의 만남과 감정의 교분에 의한 말 그대로의 자유 연애적인 것이었다면 이러한 복잡한 설정을 불필요한 것이었을지도 모른다. 그러나 두 사람의 만남은 부친들에 의해 정해진 것이며 따라서 그 결합이 온전한 것이 되기 위해서는 약속의 또 다른 당사자인 김승지의 존재 여부가 중요한 문제로 제기될 수 있는 것이다.

작품 속에서 정임의 아버지 이시종은 영창과 정임에 대해 씻기 힘든 죄책감을 지니고 있는데 이 감정은 젊은 부부의 행복한 생활만으로는 보상되기 힘든 성질을 지녔다. 즉, 약속의 상대방인 김승지 부부의 안위가 어떠한 방식으로든지 해결되어야만 일정하게 상쇄될 수 있는 것이다. 그리고 이러한 감정의 상쇄가 없이는 완전한 의미의 가족의 복원은 달성되지 않은 미완의 것으로 남게 마련이다. 때문에 작가는 젊은 부부의 신혼여행이라는 당시로서는 상당히 낯선 풍속을 서사에 삽입하고 있는 것이다. 이러한 작가의 구도에 따라 그들의 신혼여행은 두 가족의 완전한 재결합을 위한 계기로서의 역할을 떠맡는다.

정임은 동경 유학 시절 명석함으로 이름을 날리지만 그녀의 내면은 가족과의 재결합을 강력하게 원하고 있다. 그 당시의 정임의 모습에는 아버지 이시종의 강권(强勸)을 거부하고 집을 뛰쳐나오는 능동적이고 주체적인 정임의 모습은 찾을 수 없고 고향과 가족을 그리워하는 한 인간만을 볼 수 있을 뿐이다. 정임의 이러한 태도는 그녀에게 있어 가족과의 재결합이 얼마나 중요한 문제인지를 상징적으로 보여준다. 뿐만 아니라 그녀에게는 정혼의 대상인 영창이 존재하고 있음으로 인해 가족 재결합의 강도는 더욱 심해질 수밖에 없었을 것임을 미루어 짐작할 수 있다. 결국 서사는 정임과 영창의 재회는 물론이려니와 두 집안 사이의 재회까지도 완벽하게 마무리했을 때 비로소 종결될 수 있었다. 이는 상실된 가치의 회복이라는 의미를 지님과 동시에 신소설이라는 서사물이 가지고 있는 구조의 유사성을 보여 주는 것이다.

과도한 우연성으로 인해 서사 구성에 많은 부담을 줌에도 불구하고, 초산의 민요 이후 종적이 묘연했던 김승지 부부가 이시종 부부 앞에 모습을 드러내었어야만 했던 것은 그들의 존재가 정임과 영창 부부의 완전한 결합을 보증해 줄 수 있는 중요한 축이었기 때문이다. 이 대목에 이르러서야 비로소 두 가족은 온전한 재결합, 복원의 상태에 놓이게 된 것이다. 바로 이 지점에서 「추월색」의 서사는 종결된다.